地方的浮沉

现代乡绅叙事研究

袁红涛 著

上海社会科学院出版社

本书系国家社科基金项目"社会史视野下的现代文学'士绅'阶层人物研究"(15BZW178)研究成果

序　言

李继凯

欣闻袁红涛《地方的浮沉：现代乡绅叙事研究》即将由上海社会科学院出版社出版，非常高兴。在这里及时地向他表达一下热烈的祝贺！作为他的硕导，总希望他能出版一本现代文学专业方面的优秀学术专著，如今眼看就要实现了，着实可喜可贺！

记得1999年，我一下子就招了5位硕士研究生（此前几年是我刚获得学位教育授权的初期阶段，虽有导师资格却并没有招生），他们是袁红涛、孙强、黄蓉、潘磊和陈黎明。这5位研究生都相当努力且各有个性。我至今想起他们还颇为骄傲，他们后来都顺利毕业并先后考上了博士，都成了高校或科研机构的骨干且恰好分布在东西南北中不同区域。袁红涛在硕士阶段就勤于思考，治学认真且问题意识突出，特别关注文学本体的一些问题，如文学语言变革、小说叙事及人物形象塑造等。彼时他给我留下的印象就是"性格温婉、沉静，耐得住寂寞，是个能够做学问并有后劲的青年"。他的硕士学位论文题目是《论现代白话文学的确立——以胡适的白话文学主张为中心》，从中便显示了他善于聚焦学术前沿且能深究细研的学术品格。后来，红涛从复旦大学拿到了文学博士学位，又到上海社会科学院工作，始终踏踏实实从事具有学术创新性质的科研工作，取得了不少坚实的有价值的学术成果，在学术界也产生了一定的影响。

这种学术影响的体现之一，就是他近些年来连续获得了一些层次较高的科研项目，其中有两项是分别立项于2015年和2022年的国家社会科学基金项目，这体现了学术界对其学术能力和水平的认可与信任。而本书的主体即为其2015年立项的国家课题"社会史视野下的现代文学'士绅'阶层人物研究"的结项成果。该课题于2020年秋季结项,结项成绩为优秀。尽管结项成果已经相当优秀了,但红涛仍在尽力修改完善。如今的定稿本确实可以说是凝结了作者多年的心血,是一本内容丰富、主旨鲜明、思维缜密和论述深刻的学术专著,是能够经得住学术界长期的"价值重估"的。

几位匿名学者在鉴定课题结项成果时就表达了诸多肯定性意见,窃以为颇为精当,本人深为认同,不妨在此借用和归纳一下,仅列四点,供有缘的读者诸君参考。如:

其一,该成果从"社会史"视野来观照现代文学中的"士绅"阶层人物形象很有创意,具有开拓价值。某种程度上可以说是一部填补空白的专著,丰富了现代文学人物形象系列。该成果选题新颖、视角独特,在交叉学科视野下展开文学研究,具有鲜明的探索性和前瞻性。其涉及作品之多,人物之繁复,地理空间之广阔,地方社会特色之鲜明,显示出作者在研究时下了一番功夫。

其二,该成果有创新,主要体现在研究视角和研究方法上,作者能够借鉴社会史研究中最新的研究观点、思路和方法,在文本细读的基础上来解读中国现当代文学史上经典作家的作品,新见迭出,新意频现,尤其是对解读难度较大、解读文章众多的鲁迅、茅盾、张天翼等名家的作品,在辨析前人观点的基础上不断提出新见解,有新思考,殊为不易。其突出特色是研究者有较好的学科研究意识和较为强烈的创新精神,跨学科研究的开阔视野和较为自觉的方法论意识,在文史互证、文史互鉴上作出了比较好的探索和实践;主要建树体现在对经典作品中人物形象的分析上,尤其是对现当代文学文本中乡村士绅阶层的一干人物的发现与揭橥,有助于深入认识文学作品中的全息特征和丰富历史文化的特性。

其三,该成果大量吸收了社会史以及社会学、思想史、政治史、文化人类学等领域中外学者的研究成果,以文史互证的方法来诠释现当代文学作品中的士绅形象,拓展了现当代文学研究一个新的学术生长点,同时选取鲁迅、王统照、茅盾、叶圣陶、洪深、张天翼、李劼人、丁玲等重要作家的一系列作品中的"士绅"人物，结合其活动的社会空间，分析他们所代表的传统旧士绅、洋气的新士绅，以及贤良或恶劣的品性。总体架构较为完备，初步构建了本课题的研究体系。

其四，该成果在学术上构建了士绅阶层人物形象的社会史研究范式，彰显了士绅人物形象的多元化形态，勾勒了现代文学画廊中士绅人物命运沉浮和阶层演变的线索。通过这一阶层的社会生活和公共空间的描绘展现了现代文学作品所反映的重大社会历史事件和当时的社会生活风貌，推动了现代文学人物形象研究的社会空间转向，其中士绅形象研究的传播学转向也初露端倪。相关研究在理论上突破有关人物形象的单一意识形态研究，突破了线性的研究思路，融入了空间理论和身份文化，有利于认识文学作品反映的社会现实，在理论研究方面呈现了一个全息的文学世界。这种研究方法的运用和理论探索有利于在文学研究实践中推广，对文本中士绅人物或其他文学作品中人物形象分析具有应用价值，对现代文学人物形象研究是一个丰富和拓展，具有重要的推动作用。

参与本成果鉴定的学者确实很用心，其间自然也提出了一些建设性的修改意见，其中不少意见已被心存感激的本书作者认真吸收了，甚至作者对其中若干部分重新进行了论述，增删多次，遂成佳构。

无论是我的回忆、介绍还是鉴定者的评说片段，都只是读者的参考，或者也只是本书的别一种"小引"而已。

2023 年 5 月 28 日于西安启夏斋

目　录

序言 ································· 李继凯 1

绪论　乡绅的"发现"与地方视野 ···················· 1
　第一节　一个现象:"乡绅"的遮蔽与发现 ··············· 1
　第二节　乡绅与地方:中国乡绅研究史的一种梳理 ··········· 5
　第三节　"国家与社会":社会史研究的启示 ·············· 9
　第四节　研究路径:"乡绅"叙事与"地方"浮沉 ············ 12

第一章　"地方"之为"故乡":士绅阶层近代蜕变的预言
　　　　——鲁迅《呐喊》《彷徨》······················ 19
　第一节　《离婚》:绅权与地方社会 ·················· 20
　第二节　"假洋鬼子":士绅阶层的新变种 ··············· 29
　第三节　《故乡》:知识阶层的裂变与"乡愁" ············· 32

第二章　从改良到革命:世事巨变与地方绅缙
　　　　茅盾《动摇》《子夜》《霜叶红似二月花》············ 41
　第一节　《动摇》:革命、地方社会与劣绅 ··············· 42
　第二节　《霜叶红似二月花》:江南城镇的绅缙变迁 ·········· 46
　第三节　《子夜》:"老乡绅"进城与末路 ··············· 54

第三章　走出地方社会：一个新青年的"前史"
——叶圣陶《倪焕之》　58
第一节　废科举与新教育：青年何以消沉？　61
第二节　乡镇与乡绅：一个新青年的前世　67
第三节　报刊与演说："五四"来到小镇上　70
第四节　潮起又潮落：新青年进城与大革命下乡　74
第五节　"新教育小说"与知识阶层的现代转型　80

第四章　转型的困境：乡绅分化与江南城乡社会
——洪深《农村三部曲》　85
第一节　《五奎桥》："乡绅的传统"与传统乡绅　86
第二节　《香稻米》：绅商的劣化　91
第三节　《青龙潭》："现代""学绅"的无力　93
第四节　困境：江南地方社会与现代转型　100

第五章　叛逆与断裂：乡绅继替与北方乡村社会
——王统照《黄昏》《山雨》　103
第一节　《黄昏》：觉醒青年的叛逆　103
第二节　《山雨》：乡村领袖阶层的断裂　107
第三节　反差与交错："乡绅"与"知识分子"　119

第六章　地方的近代史：绅界变迁与四川"社会"的兴起
——李劼人"大河小说三部曲"　123
第一节　"接受之谜"与"社会"主题　123
第二节　从"微澜"到"大波"：四川绅界的分化与变迁　127
第三节　报刊、演说和社团："绅士公共空间"的兴起　139
第四节　青羊宫、茶铺与公园：成都"公共地方"的近代化　150
第五节　大河小说与现代文学史的"社会"意识　153

第七章　新旧乡绅：在宗族、地方与国家之间
——张天翼的"喜剧"世界 ………………………… 155
第一节　《脊背与奶子》《砥柱》：族绅与"理学" ………………… 155
第二节　《清明时节》："区董"的内斗 ………………………… 158
第三节　《华威先生》："国族主义"下的新乡绅 ………………… 160

第八章　转折：从"乡绅"到"地主"
——革命文学之两例 ………………………… 165
第一节　《咆哮了的土地》：土地革命与绅士父子 ……………… 165
第二节　《太阳照在桑干河上》："地主"的发现与"诉苦"的动员 … 170
第三节　从"乡绅"到"地主"：话语的转换与"新中国"想象 …… 179

第九章　潜流："乡绅"与"知识分子"
——十七年文学之侧影 ………………………… 189
第一节　《风云初记》：在绅士家庭与革命队伍之间 …………… 190
第二节　《红旗谱》：复杂身份与"地方色彩" ………………… 192
第三节　"知识分子"：一种可疑的身份 ………………………… 200

第十章　发现商州：一个"地方社会空间"
——贾平凹《腊月·正月》 ………………………… 203
第一节　近乎乡绅的"韩先生" ………………………… 204
第二节　地方社会的延续 ………………………… 208
第三节　"人物"、面子与影响 ………………………… 211
第四节　商州写作与"地方社会空间"的复现 ………………… 214
第五节　"发现商州"与文学批评的"空间转向" ……………… 224

第十一章　世纪回眸："最后一个士绅"
——陈忠实《白鹿原》 ………………………… 229

第一节　"最后一个先生" ……………………………………… 230
　　第二节　"国家"的进入 ………………………………………… 234
　　第三节　话语的覆盖 …………………………………………… 239

结语　打开现代文学研究的地方空间 ……………………………… 244
　　第一节　从"乡绅"到"地主"：阶级革命对于地方社会的改造 …… 245
　　第二节　"乡绅"与"知识分子"：城乡分离与地方视野的消隐 …… 246
　　第三节　绅权终结：现代国家与地方关系重构 ……………… 249
　　第四节　20世纪80年代的寻根文学与"发现地方" ………… 251
　　第五节　以"乡绅"为方法，打开现代文学研究的地方空间 ……… 254

主要参考文献 ……………………………………………………… 260
后记 ………………………………………………………………… 271

绪论　乡绅的"发现"与地方视野

第一节　一个现象:"乡绅"的遮蔽与发现

中国现代文学中"乡绅"阶层人物形象的广泛存在,与文学研究者一度对之基本无视,对比鲜明,值得思考。

与浮泛的印象不同,在中国现代文学所叙写的城乡社会生活中其实活跃着大量的乡绅阶层人物:从"鲁镇"(鲁迅)、"乌镇"(茅盾),以及浙东、皖南的宗族村落(许杰、吴组缃)、江南的乡下(叶圣陶、洪深、柔石)到湖南的县城(张天翼),从湘西边城(沈从文)到四川的城乡茶馆(李劼人、沙汀)、大西南的乡野(蹇先艾、艾芜),北至山东(王统照)、山西(赵树理)、中原(师陀)、冀中(孙犁)的村镇,处处可见。他们在小说中的称谓不一,有"大人""老爷""太爷""大老官""绅士""老师""先生"等;其时代横跨晚清民国,从前清的"举人""秀才"到清末的"假洋鬼子",民国以后的各类"会长""董事""校长",直至"土豪劣绅"地方强人等,鱼龙混杂;其阶级身份或分属"地主""民族资产阶级""小资产阶级""知识分子""开明绅士",加之朝代更迭,政治身份多变,文化修养悬殊,道德面貌甚至截然相反,地方差异明显。然而,根据社会史的考察,他们大体都属于其时社会结构中的"乡绅"("士绅""绅士")阶层,只是身处转型时代社会分化剧烈,阶层标识模糊,各人的具体身份更加复杂多变而已。相关叙事纵贯启蒙文学、乡土文学、左翼革命文学、自由主义文学、抗战文学、解放区文学等各个阶段,在小说、话剧乃至诗歌中都有表现。

而在中国现当代文学研究中,无论是对作家群体的研究,还是对人物形象的分析,在相当长一个时期里均难觅"乡绅"的影子。一方面,现代作家大多自然地被归为"知识分子",因而缺乏对部分作家从士绅出身向现代知识分子转型过程的关注。另一方面,叙事文本中大量存在的乡绅阶层人物一度也被遮蔽。这首先缘于研究话语的"覆盖",主要是对阶级身份的划分曾完全替代了对社会阶层的分析,因而即使文学作品中的人物角色明确地以乡绅身份出场,通常也被研究者先划分为地主阶级、新兴资产阶级或知识分子等,然后再展开分析,主要关注其阶级行为和本质,忽视其在作品所展开的社会空间中的实际地位和完整角色,因此遮蔽了其与明清时期乡绅阶层的历史联系,从而不曾留意一系列文学人物形象共同的社会阶层特征。其次,可能因为历史观念带来的"错觉"。在现代化研究范式中,乡绅阶层被视为现代化的阻碍,这一阶层的消亡具有历史必然性。以线性进化的历史观念回望,自现代伊始乡绅阶层就应该符合历史规律地消失了。这一时期乡绅阶层在现实生活与文学文本中的活跃,仿佛并不存在,其分化、蜕变、消亡的具体过程更无须关注。尤其是这两方面因素相互叠加,更使得"乡绅"人物形象长期被遮蔽,相关人物分析不乏偏颇、误读之处。

然而,在具体的研究中,这一社会阶层并未被完全覆盖。尤其是在鲁迅研究领域,由于鲁迅本人身处转型时代的鲜明特征,其家世、文化精神与中国士阶层传统的深刻联系并未被忽视。不过,主要侧重于对作家文化精神的分析,其小说中人物的社会身份并未完全得到"还原"。近十余年来,现代文学中的乡绅阶层人物形象开始得到关注。李莉在其关于中国现代小城镇小说的研究中,较早将"士绅""新士绅"等作为一种现代小说人物类型进行讨论。①本书作者也在关于鲁迅《呐喊》《彷徨》、王统照长篇小说《山雨》乃至当代小说《白鹿原》的阅读中,逐渐明确地指出应当还原一系列人物在小说所展开的社会空间中的士绅或乡绅身份。2014 年

---

① 李莉:《三四十年代小城镇小说中的士绅形象》,《湖北经济学院学报(人文社会科学版)》2007 年第 10 期;《中国现代小城镇小说中的士绅形象》,《湖北社会科学》2008 年第 3 期;《中国现代小城镇小说中的"新士绅"形象》,《湖北经济学院学报(人文社会科学版)》2008 年第 4 期。

初,《文学评论》连续两期刊发相关论文,晏洁《论中国现代文学多重视角下的"乡绅"叙事》(第1期)、罗维斯《"绅"的嬗变——〈动摇〉的一种解读》(第2期),恰可代表其时关于乡绅人物研究的进展。前者以现代文学研究既有话语如启蒙文学、革命文学、自由主义文学,分析三者对于乡绅形象的不同塑造,主要将"乡绅"视为一种新的小说人物类型;后者除了观点的新颖之外,更重要的是显示出方法论上的更新,自觉地借鉴社会史研究视野,以还原小说人物的社会身份及其代际变迁。循着这一研究路径,此后罗维斯著成《绅士阶层与中国现代文学》(花城出版社2019年版)一书,充分借鉴历史学、社会学的研究成果,通过中国社会固有的"绅士"这一概念梳理现代文学中相关人物形象谱系,既努力还原现代文学所书写的清季民国时期的社会历史情境,又以文史互证的研究方法对诸多现代文学作品做出了新的解读,进而对"小资产阶级""地主阶级""封建"等现代文学研究中惯用概念的内涵和意义进行了辨析。此著及其问题意识可以代表近来相关研究的推进,但历史研究与文学研究如何结合与平衡,此著也留下了进一步探索的空间。另有研究者将"乡绅叙事"的概念,下延至当代文学,发掘当代作家对于乡绅或新乡贤人物的塑造[①]。总之,中国现当代文学中的"乡绅"人物形象已经得到了越来越多学界同行的关注,也成为多篇学位论文的选题。

回望现代文学研究中对乡绅阶层人物形象遮蔽与发现的过程,不仅是在此领域增加了一个人物类型,更可见研究视野和方法的更新,但目前的更新又是有限的。其一,大多研究仍主要集中于对乡绅人物形象本身的分类和归纳,侧重对人物道德品质、文化人格的优劣的评价,但乡绅不仅仅是文化人物,不仅仅是传统文化的代表,而是基于明清时期国家与社会关系格局所形成的一个重要阶层,在政治、经济、社会、文化领域发挥着整体性的影响。对此,除了"文化"视角,还需要增强"社会"意识。其二,

---

[①] 如雷鸣:《近年来长篇小说乡绅叙事的审美反思》,《当代文坛》2019年第2期;杨超高:《"新乡贤"的生成、困境与蜕变的可能——论二十年来"新乡贤"小说叙事的一种路向》,《江苏社会科学》2021年第2期;杨婉:《新世纪乡土小说中乡贤形象研究》,硕士学位论文,南京师范大学,2019年;等等。

部分研究关注并努力揭示现当代文学中从"乡绅"到"地主"乃至"乡贤"人物形象塑造的变化往复,但是对于这种转折主要从作家的文化观念、外部意识形态调整这一层面进行解释。然而,乡绅叙事变迁并不能仅由文学自身的演进得到说明,乡绅阶层命运变迁与国家和社会关系重塑息息相关,乡绅叙事与现代以来社会历史进程之间的关系需要充分揭示。其三,现有的研究和批评,大多立足于"现代",将乡绅归于"传统"之列,而且这一现代意识与现代国家相互支持,同时包含着立足于"国家"向下看的视角。然而,乡绅叙事的变迁、现实社会中从"传统乡绅"再到新的地方权威人物的浮现或回归,恰恰提示研究者不仅要居高临下,还需要认识地方社会本身的进程,自上而下与自下而上的视角相结合。回顾现代文学研究中对乡绅人物形象的遮蔽与发现,在对具体作品和人物新的解读之外,进行学术史的梳理和反思尤为重要。如果不能对已有研究的概念、话语、视野有所反思和追问,新的发现是有限的。

百余年来,"乡绅"人物形象在文学中的消隐与重现,本身已成为值得探究的文学现象。乡绅曾经是传统社会中尤其是明清时期重要的社会阶层,也是明清小说中的重要形象。晚清科举制度废除,这一阶层失去了立身之基;在现代革命大潮中,这一阶层中人通常被归于"土豪劣绅"之列;在20世纪中叶的社会变革后,通常认为这一阶层已经整体覆灭。与此相应,书写当代生活的小说中,几乎看不到乡绅人物的影子,以现代历史为背景的小说中,类似的人物或有现身,但评论者对其社会阶层身份并不敏感。21世纪以来,随着当下基层社会治理转型,城乡社会巨变加速,一方面,对"新乡贤"的召唤吸引众多作家将关注的目光投向当代生活,另一方面,明确以乡绅人物及其家族为主角重述现代历史的小说时有发表,两方面的创作相呼应,以至有评论者认为出现了"乡绅叙事热"。[①]它是否构成

---

① 目力所及有赵德发《君子梦》(人民文学出版社1999年版)、张浩文《绝秦书》(太白文艺出版社2014年版)、刘庆邦《黄泥地》(北京十月文艺出版社2014年版)、贺享雍《人心不古》(四川文艺出版社2014年版)、叶炜《福地》(青岛出版社2015年版)、少鸿《百年不孤》(湖南文艺出版社2016年版)、何存中《最后的乡绅》(长江文艺出版社2018年版)、侯波《胡不归》(太白文艺出版社2021年版)等关于乡绅或乡贤的中长篇小说。

对此前叙事模式的转折,或只是历史螺旋式发展规律的又一次验证?是否意味着作家的历史观念、叙事意识的重要改变,这一改变如何发生,又或只是对意识形态调整的反映?当代文学中"乡绅"人物形象从消失到重现,其间是否只是一片空白或一种断裂?

无论是面对当下文学现象,还是为了认识和回应巨变中的城乡社会,文学研究者都需要开放学科视野,转换认知框架,从而清理和呈现复杂现象背后的历史脉络,进而可能揭示文学叙事与文学研究之间的互动关系。

第二节 乡绅与地方:中国乡绅研究史的一种梳理

以"新社会史"视野来回顾关于中国士绅阶层研究的历程,有研究者坦言其不满,国内学界对社会历史的分析往往陷入某种"趋势论情结",由此呈现的"士绅还是大时代变动棋盘上的一颗棋子,而不是活生生的具有能动性的个人或群体"[①]。而在中国现代文学的世界中,"活生生的具有能动性的"乡绅个人和群体其实一直存在着。如何揭示和呈现他们的存在,就成为本书的任务。梳理中国乡绅研究史,不仅奠定本书的知识基础,分析其视野和方法的变迁,认识"活生生的"的乡绅人物何以被遮蔽,也将启示本书研究路径的选择,这一选择就是努力在人与地方社会的互动中来把握乡绅阶层的变迁。

中国乡绅阶层的历史悠久,不过成为现代学术的研究对象一般认为始于20世纪40年代。当时历史学家吴晗与社会学家费孝通发起组织了有关中国社会结构的研讨,后结集为《皇权与绅权》一书出版。其时不同学者关于士绅身份与功能的界定,已有明显差异。吴晗认为:"照我的看法,官僚、士大夫、绅士、知识分子,这四者实在是一个东西,虽然在不同的场合,同一个人可能具有几种身份,然而在本质上,到底还是一个。""今日

[①] 杨念群:《中层理论:东西方思想会通下的中国史研究》(增订本),北京师范大学出版社2016年版,第140页。

的知识分子,在某些方面相当于过去时代的士大夫,过去的士大夫有若干的特性还残存在今日知识分子的劣根性里面。""士大夫也就是地主,因为他们可以凭借地位来取得大量土地,把官僚资本变成土地资本,士大夫和地主其实就是同义语。"①吴晗从经济史角度观察社会阶层,以土地占有和经济利益的垄断程度来确定士绅阶层身份和作用。他的认识框架显示了阶级论的影响,持以国家现代化为标准向下看的视角。而费孝通则强调"绅士"与"官僚"的不同。"绅士是退任的官僚或官僚的亲亲戚戚。他们在野,可是朝廷内有人。他们没有政权,可是有势力。"②费孝通做出这种划分的依据是他对传统社会结构的认识。他认为,传统中国的基层治理存在着两条平行的轨道:一条是自上而下的轨道,它以皇权为中心,通过官僚和"准官员"将政令传递到地方,通常到县衙门为止;另一条是自下而上的轨道,"这轨道并不在政府之内,但是其效力却很大的,就是中国政治中极重要的人物——绅士。绅士可以从一切社会关系,亲戚、同乡、同年等,把压力透到上层,一直可以到皇帝本人"。③相比观点的差异,两人背后的论说框架影响更为深远。这不仅是因为历史学与社会学两门学科观察问题角度的差别,还可视为从国家主义或地方史模式进行乡绅阶层研究最初的分途。其后不仅历史研究领域的学者,而且包括文学研究者在内对于乡绅阶层的认识、分歧乃至遮蔽与再现,都可以追索些许脉络至此。特别是20世纪50年代以后,由于社会学学科一度被取消,从社会结构分层、地方社会场域中认识乡绅阶层的视野随之不彰,对乡绅阶层进行阶级划分的认识方式占据主导。

而20世纪中期以来,日本、美国等海外学界关于中国乡绅阶层研究不仅取得重大成果,而且研究方法论持续更新。"乡绅社会论"这一命题逐步形成,突出了乡绅阶层的中介位置和功能。先有人类学家莫里斯·弗里德曼在对中国东南地区的宗族组织研究中认为,中国社会地方自治

---

① 吴晗、费孝通等:《皇权与绅权》,天津人民出版社1988年版,第66—69页。
② 吴晗、费孝通等:《皇权与绅权》,第8页。
③ 费孝通:《乡土重建》,上海观察社1948年版,第49页。

的主体是宗族,而"因为绅士这种缓冲器的存在,所以宗族可以一方面与国家形成对立,另一方面使自己的立场富有官方色彩"①。由此,将绅士阶层界定为国家权力与地方社会之间的中介性角色。萧公权认定士绅是乡村组织的基石,没有士绅的村庄,很难有任何具有高度组织性的活动。②瞿同祖认为,与地方政府所具有的正式权力相比,士绅拥有非正式权力;在百姓和官吏之间,士绅常常充当调停人角色。③日本学者重田德提出"乡绅支配论",认为不应该把乡绅与王权统治和官僚统治视为同一性的整体,而应该将其区别开来,独立进行解释。关于中国绅士的界定,费正清认为,一是应该把它视为一群家族,而不仅是个别有功名的人,二是不应只以有无功名来划分。而这一时期,另有研究者倾向于以功名为标准来界定绅士身份,显示了内在理路的差别。瞿同祖、何炳棣、张仲礼等历史学家从不同角度推进了关于绅士阶层的研究④,但都基于明清时代的科举制度,将功名和官职作为认定绅士身份的标准。他们的研究因此更多是对历史的总结,近代以来乡绅阶层的分化蜕变尚没有进入考察视野。由于标准的确定,这一阶层也被视为一个高度同质化的群体。

然而,如果在地方社会中具体考察乡绅阶层的活动,这一同质性理解就会遭遇挑战,进而带动研究方法论的更新,特别是人类学研究方法的引入对乡绅研究推动显著。周荣德较早运用社会学和人类学方法,于20世纪40年代在云南昆阳进行实证调查,写成《中国社会的阶层和流动——一个社区中士绅身份的研究》(学林出版社2000年版)一书,再现了这一地区士绅阶层真实、具体的生活。至20世纪80年代人类学方法对于美国学界影响更大,启示研究者应当在"场域"中理解士绅阶层的多样性。

---

① [英]莫里斯·弗里德曼:《中国东南的宗族组织》,刘晓春译,上海人民出版社2000年版,第175页。
② 萧公权:《中国乡村——论19世纪的帝国控制》,张皓、张升译,九州出版社2018年版。
③ 瞿同祖:《清代地方政府》,范忠信、晏锋译,法律出版社2003年版。
④ 参见瞿同祖:《中国法律与中国社会》,中华书局2003年版;何炳棣:《明清社会史论》,徐泓译注,中华书局2019年版;张仲礼:《中国绅士:关于其在19世纪中国社会中作用的研究》,李荣昌译,上海社会科学院出版社1991年版。

由此带来一个重大转向,即"观察士绅作为主体角色在乡村生活中的实践过程,而不是被动性地使之成为结构性指标驱动下的支配对象,或者成为某种趋势性叙述中的一个因子。士绅也有自身应对世事变化和控制相关资源的处置方式和反应策略,以随时在变化中维持自己的支配地位"①。而受到后现代结构主义的影响,杜赞奇在对中国华北社会的研究中提出了"权力的文化网络"这一概念。虽然他的阐释大大扩展了在乡村社会有影响者的范畴,而不仅仅是乡绅,但是这一概念对于动态地理解乡绅等地方精英人物权威的形成大有启发。他对地方精英所做的"保护型经纪"与"营利型经纪"的划分,直面近代以来华北乡村社会的变化,并给予了具有一定合理性的阐释②。黄宗智转而从下层民众的角度,不再基于国家/士绅这一二元结构的"共识",主张华北乡村社会是"一个牵涉国家、士绅和村庄三方面关系的三角结构",他以此呈现了更具动态的华北地区近代社会变迁图景。③

总之,海外学界对于中国乡绅阶层的称谓,如士绅、绅士、地方精英等,并不一致,具体论断或者相对,在其背后是研究视角、方法进而是研究模式的不断更新,而在场域中动态地呈现这一阶层的能动性和主体性成为一个颇有吸引力的方向。

在国内学界,傅衣凌的"乡族社会论"④、陈旭麓"近代社会的新陈代谢"等命题⑤延续了对于乡绅阶层的关注,后者涉论的近代士绅与社会变迁关系问题,在20世纪80年代以来吸引了学界进行更充分的探究。如果说贺跃夫《晚清士绅与近代社会变迁——兼与日本士族比较》(广东人民出版社1994年版)、马敏《官商之间:社会剧变中的近代绅商》(天津人民出版社1995年版)、王先明《近代绅士——一个封建阶层的历史命运》

---

① 杨念群:《中层理论:东西方思想会通下的中国史研究》(增订本),第139—140页。
② 参见[美]杜赞奇:《文化、权力与国家——1900—1942年的华北农村》,王福明译,江苏人民出版社2003年版。
③ [美]黄宗智:《华北的小农经济与社会变迁》,中华书局2000年版,第229页。
④ 参见傅衣凌:《中国传统社会:多元的结构》,《中国社会经济史研究》1988年第3期。
⑤ 参见陈旭麓:《近代中国社会的新陈代谢》,上海社会科学院出版社2006年版。

(天津人民出版社 1997 年版)等著侧重于近代史画卷上整体勾勒士绅流变,那么徐茂明《江南士绅与江南社会(1368—1911 年)》(商务印书馆 2004 年版)、李世众《晚清士绅与地方政治:以温州为中心的考察》(上海人民出版社 2006 年版)等著则明确将乡绅阶层置于具体的地方社会中进行考察。除了历史研究领域,20 世纪 80 年代以来,中国乡绅研究的进展更在于多学科的共同关注,社会学领域如孙立平、王铭铭、张静等,政治学领域如徐勇、张鸣、吴毅等,思想史领域如罗志田、许纪霖等,都以不同视角推进了对于这一阶层的认识。[①]而在不同学科推进研究的背后,逐渐显现出新兴的社会史研究方法的共通影响,那就是基于国家与社会的相对划分,乡绅阶层的研究获得了更为开阔的空间。

第三节 "国家与社会":社会史研究的启示

20 世纪 80 年代以来,社会史研究兴起,成为中国史学界最为活跃的创新点,并被视为中国社会科学最具标志性的事件之一,[②]因为其超出历史学领域的广泛影响。有学者如此概括中国社会史学科的性质,即从具体的研究对象和内容的学科意义来讲,社会史就是一门专史;从史学研究的方法和视角来看,社会史以它鲜明的总体史的追求、自下而上的视角,还有它跨学科的研究方法,为旧史学带来了翻天覆地的变化,从这个意义来说,它又是一种新的范式。[③]

[①] 参见孙立平:《现代化与社会转型》,北京大学出版社 2005 年版;王铭铭:《村落视野中的文化与权力——闽台三村五论》,生活·读书·新知三联书店 1997 年版;张静:《基层政权——乡村制度诸问题》,浙江人民出版社 2000 年版;徐勇:《国家化、农民性与乡村整合》,江苏人民出版社 2019 年版;张鸣:《乡村社会权力和文化结构的变迁(1903—1953)》,广西人民出版社 2001 年版;吴毅:《村治变迁中的权威与秩序——20 世纪川东双村的表达》,中国社会科学出版社 2002 年版;罗志田:《权势转移——近代中国的思想、社会与学术》,湖北人民出版社 1999 年版;许纪霖:《许纪霖自选集》,广西师范大学出版社 1999 年版。

[②] 行龙、胡英泽:《三十而立:社会史研究在中国的实践》,见山西大学中国社会史研究中心编《中国社会史研究的理论与方法》,北京大学出版社 2011 年版,第 122 页。

[③] 行龙:《也谈社会史的"专史说"与"范式说"》,《光明日报》2001 年 7 月 3 日。

在文学研究中借鉴和引入社会史研究的成果和方法,近几年已见端倪。除了罗维斯、高静、谢力哲、杨早、张均等对乡绅形象或乡绅叙事的研究之外①,周维东、黄锐杰等融社会史研究于延安文艺和解放区文学作品的解读中,都见出新意②;姜涛不仅在将社会史研究方法融入现代文学研究方面取得一系列成果,而且对于社会史方法的应用与限度亦有自觉反思。③对这一研究取向,《文学评论》杂志多有支持、倡导之功,除了发表相关论文,还曾两次组织笔谈"社会史视野下的中国现当代文学"(2015年第6期和2020年第5期)。不过,虽然"社会史视野下的中国现当代文学"研究这一命题已经提出,但如何结合、效力如何仍有待更多具体研究的进展来证明。作为一种新的研究范式,社会史研究的核心是总体史的视野,不仅看到国家,更要看到国家与社会的互动,不仅关注显见的历史活动、事件,更关注日常社会生活,而且将目光下移,举凡社会文化、集体组织、公众信仰、约定习俗、宗教仪式、普通人的生活等均在视野中,注重叙事文本的分析,强调把局部、静态的研究变成整体、动态的研究等。基于文学书写的全息性特征,社会史的研究方法对于文学叙事的解读应该有其穿透力。特别是作为其基本框架的"国家-社会"理论,不但持续推进了关于乡绅阶层本身的研究,而且对于乡绅叙事研究路径的选择也颇有启示。

对于本书所聚焦的乡绅叙事研究而言,"国家-社会"首先是一种应该了解的基本的理论分析框架,它展示了一种不同于"传统-现代"二元对立

---

① 参见高静:《〈死水微澜〉的创作本末与社会史意识的自觉》,《中国现代文学研究丛刊》2018年第3期;谢力哲:《历史困境中的乡绅与佃农——"民国"情境下的〈一千八百担〉》,《文学评论》2018年第2期;杨早:《汪曾祺的水灾叙事与士绅传统》,《当代作家评论》2018年第5期;张均:《革命与乡绅——〈太阳照在桑干河上〉史实考释》,《中山大学学报(社会科学版)》2021年第2期;赵天成:《论高晓声小说的乡绅视角》,《中国当代文学研究》2021年第2期;等等。

② 参见周维东:《解放区的天是明朗的天——延安时期的移民运动与"穷人乐"叙事》,《文学评论》2013年第4期;《革命与乡土——晋察冀边区的乡村建设与孙犁的小说创作》,《文学评论》2014年第6期。黄锐杰:《"长老政治"与"差序格局"——延安时期农村青年的两个"战场"》,《文艺研究》2019年第2期;《看看再说》——〈邪不压正〉中的土改难题再解读》,《文学评论》2018年第6期;等等。

③ 参见姜涛:《20世纪40年代国统区文学研究中"社会史视野"的适用性问题》,《文学评论》2020年第5期。

的认知模式。自有学术史以来,国家与社会的关系就是社科人文领域的元命题。近代文明突飞猛进,公与私、官与民、国家与社会的紧张进一步加剧,学术界对之思考的结晶便是国家与社会二元对立的理论框架。在这一主导理论框架下,形成了一系列经典理论模式。具体到20世纪40年代以来海内外学界对中国乡绅的研究进展,背后都有"国家-社会"理论发展的推动,从而在定义上发生了从士大夫、士绅、乡绅到地方精英的转变,研究模式始于本质主义的描述,现在更注重对士绅变迁历程的分析,研究视角从皇权国家下移到地方社会、民间社会,从对官僚政治的聚焦转换到对官-绅-民三方互动过程的呈现。究其因,基于对国家与社会的相对划分,得以摆脱了以国家为中心、整体论的研究模式,为乡绅研究拓展出相应的社会空间。即使是文学研究者,为了认识现代文学世界中乡绅人物及其命运变迁,同样需要思考认知框架的转变。正是基于国家权力与地方社会之间的空间,上下并不是整齐划一的进程,才有了中国现代文学叙写社会生活的丰富和复杂。

其次,"国家-社会"理论提示了讨论乡绅问题必要的历史视野,即需要认识中国国家与社会关系变迁的具体历史,在这一历史过程中认识乡绅阶层及其现代命运,而不是将其作为一种固化的存在,或传统文化的一个代表或符号。乡绅这一社会阶层处于国家与地方社会之间,发挥着重要的调节器作用,是明清时期国家与地方社会关系的产物。这一阶层自近代以来的兴衰之迹,可由国家与社会关系转型的角度得到解释。特别是,这一视野提示在现代化、革命整体进程与地方社会的具体实践之间存在空间,由此才能理解和认识中国现当代文学中从乡绅覆灭到召唤新乡贤之间,并非一片空白。一方面,在20世纪中叶空前的社会变革后依然可能有乡绅人物角色存在的空间;另一方面,从集体化时代的村社干部,到新时期以来能人崛起,再到当下涌现的新乡贤等,自然各不相属,但是作为地方社会有威望者,与传统乡绅阶层亦有距离不一的内在联系。现代文学中的乡绅叙事,可以并且应当置于现代以来国家与地方社会关系调整的大背景中来研究和分析;而文学叙事同样参与了这一时期国家与地方社会关系建构与转型的过程。

第四节 研究路径:"乡绅"叙事与"地方"浮沉

一、关于"乡绅"

从明到清,"绅衿士庶"一语,常出现在告示之中。这里的"绅"为有入仕经历者,"衿"为有功名者,"士"为无功名者;"绅衿士"大致囊括了读书人的全体,然后是庶民百姓。不过,后来一般言说中所谓"士绅""绅士"或"乡绅",似没有这么严格,往往是泛称在乡之士人。①另有研究者专门考证,明清"乡绅""绅士""士绅"是不同历史阶段形成的历史性概念。所谓"乡绅",主要是指居乡或在任的本籍官员,后来扩大到进士、举人;而"绅士"一词在明代主要还是分指"乡绅"与"士人",到晚清已演变为对所有"绅衿"的尊称和泛称;"士绅"一词出现较晚,但内涵较宽,主要是指在野的并享有一定政治和经济特权的知识群体,它包括科举功名之士和退居乡里的官员。中外学者由于受到研究时段、研究视角和理论原则等方面的影响,会各自赋予"乡绅""绅士""士绅"不同的内涵。②结合乡绅研究史,反思关于乡绅叙事的已有认识,重要的不是给"乡绅"下一个确切的定义,以包罗如此众多甚至千差万别的文学人物形象,更值得探讨的是界定"乡绅"的方式。20世纪前半叶,乡绅阶层急剧分化;与此相关,现代文学中的众多乡绅阶层人物亦是样貌不一,似乎已难以进行整体性描述。这促使本书在研究方法上进行反思。在知识和财富要素之外,参与地方事务是乡绅身份的核心,由此"绅权治理与乡绅身份之间存在一个连续不断的互构关系"③。相比以知识和财富要素为标准来静态地识别人物身份,从人物与地方社会关系动态变化的视角,更适合把握现代文学中不断分化蜕

---

① 罗志田:《地方的近世史:"郡县空虚"时代的礼下庶人与乡里社会》,《近代史研究》2015年第5期。
② 徐茂明:《明清以来乡绅、绅士与士绅诸概念辨析》,《苏州大学学报》2003年第1期。
③ 徐祖澜:《绅权与国家权力关系研究——从明清到民初》,社会科学文献出版社2017年版,第34页。

变的乡绅阶层人物形象。

本书最后选择以"乡绅"来总称现代文学中不同作家笔下、不同地方的权势人物,主要是基于对文本事实的尊重。如前所述,在现代文学作品中,这一阶层人物广泛存在,差异巨大,分化明显。然而,在大量作品所展开的社会空间中,"乡绅""绅士""士绅""绅缙"等仍然是社会各方对这一地方权势阶层人物普遍的称谓。本书立足于此,在具体作品中辨析乡绅身份在名义上的延续与现代以来分化、蜕变的实际情形,进而与已有研究对话,关注从作品中的"乡绅"到研究论述中被定义为"地主""知识分子"等身份的转换过程。

如果说在此意义上,"乡绅""绅士""士绅""绅缙"等并无特别区别,本书具体论述中通常采用作品中的称谓;那么,全书选择以"乡绅"统称这一阶层,则基于如下问题意识。

首先,与"士绅"相比,"乡绅"意在突出支撑这一阶层地位的知识制度改变的时代背景。现代文学中的乡绅人物承接明清乡绅阶层的地位而来,主要生活在近现代时期,特别是废除科举制度以后,一方面,他们的身份不可避免地在分化、蜕变之中,"士"的因素日趋淡化。另一方面,在新的教育制度下,"知识分子"[①]阶层开始生成和壮大。乡绅阶层与新的知识分子阶层之间的转化也成为本书在不同文本阅读中关注的一个线索。

其次,"乡绅"常常被划定为"地主",但其间存在概念的转换。乡绅阶层通常有一定财富基础,占有一定的土地。"富民家族和乡绅家族是一体两面的,一个诞生新乡绅的家族往往既是富民家族,又是乡绅家族。"[②]但是作为一个阶级概念的"地主",是随着阶级话语的引进而确立的,"地主"并不一定是"乡绅"。"乡绅"是基于原有的社会阶层结构的概念,而"地主"乃后起的阶级概念。追索现代文学中"乡绅"向"地主"身份的转换过程,也构成本书叙事分析的一个线索。

---

① "知识分子"这一概念的历史及复杂变化的含义,可参见方维规:《概念的历史分量:近代中国思想的概念史研究》,北京大学出版社2019年版,第349—397页。
② 徐祖澜:《绅权与国家权力关系研究——从明清到民初》,第27页。

最后,更重要的是,所谓"士大夫居乡者为绅"①,以"乡绅"统称,意在凸显这一阶层本来与"乡"或曰"地方社会"的密切关系,及这一关系在现代以来的变化和疏离。"尽管乡绅不过是众多'地方势力'之一种,但绅与官的联系,充分体现了'国家'的存在;绅与士的关联,则可以上升到'道'的层面;而绅与乡的关联,使道与国家落实到在地的领域。可知乡绅的存在,对于构建一个具有自足性的'地方'至关紧要。"②已有文学研究中对于这一阶层人物的遮蔽,相当程度上与认识和定义"乡绅"的方式有关。相比明显的知识或财富要素,乡绅身份与地方社会之间动态生成关系更容易被忽视。"从社会结构而言,乡绅,作为一种身份,特指其在乡村共同体中所处的位置。通常,我们还可以用'角色'这样一种术语来表示这种身份的动态性质。"③乡绅身份是地方性的,其公共身份的获得有赖于他们建构乡村共同体的努力;除了国家授予的功名,家族财富的积累、个人的权威都来自乡村共同体。④因为这种身份是动态的,是在人物与地方社会的互动中生成的,它恰可提示我们的认知方式不应该以确定的标准在文学世界中辨析或认定某一人物是否属于"乡绅",转而应该认识人物作为主体在地方场域中的角色、活动从而赢得权威的过程,以此来认识人物的身份。现代时期,这一阶层急剧分化,在整体堕落大势下,"土豪劣绅"成为其更突出的身份标签,而只有确认这一阶层身份的核心,从而在文学叙事中寻绎这一阶层与地方社会关系的延续与改变,在这一关系的变化中才能揭示和还原话语转换的过程。

相应地,本书所谓"乡绅叙事",并不是将"乡绅"作为一种身份标准确定的人物类型,由此进行一种文学题材意义上的作品范围明确、历史线索清晰的完整系统的文学史研究;而是重在以问题意识为指引的作品阅读

---

① 史靖:《绅权的本质》,载吴晗、费孝通等《皇权与绅权》,第131页。
② 罗志田:《地方的近世史:"郡县空虚"时代的礼下庶人与乡里社会》,《近代史研究》2015年第5期。
③ 徐祖澜:《绅权与国家权力关系研究——从明清到民初》,第29页。
④ 张静:《基层政权——乡村制度诸问题》,浙江人民出版社2000年版,第18—24页。

和重读,即尝试在国家与社会关系现代转型视野下,对一系列与乡绅有关的作品进行新的解读和阐释,特别关注其不同身份要素转化、分化的动态过程,进而反思已有研究话语,引发进一步思考。这也表明本书的重读不是严格的叙事学意义上的研究,重点不在对叙事要素和技巧的关注,尽管也会适当进行一些叙事分析;而重在内容上与乡绅人物有关的作品及对这些作品的评论。

二、关于"地方"

以上强调在现代文学的地方场域中来动态地认识"乡绅"。另一方面,我们通过对乡绅叙事具体作品的解读,有可能会发现现代文学中地方社会形态的隐现浮沉。

汉语史中的"地方"含义丰富。当发音为"dì fāng"时,有中央下属各行政区的统称,本地、当地,非军队的、和军队相对举的另一方等义;当发音为"dì fang"时,有区域、空间、处所、地点、方面、部分等义①。本书中"地方"首先指乡绅居住和生活、获得身份并实施其绅权的社会空间,其多重含义的具体展开也就与"乡绅"息息相关。

其一,"地方"有"乡里社会"的含义,亦所谓"绅为一邑之望"②的"一邑"。"小农经济的中国以血缘为纽带而有宗族组织,但作为地方社会,乡里又大于宗族。"因为乡里大于宗族,所以需要一种更富于广度的权威,明清时代由朝廷授予功名的士人群体遂成为领袖乡里社会的人物。③"乡里"除了指乡民聚居的基层单位之义外,还有"家乡、故里"的意思,也与乡绅之特征有相合处。"比之官僚群体的出仕即是离乡远走,这种以士绅为总称的功名群体则大半都留在生于斯、长于斯的地方社会之中。"④在此意义上,近于"乡里社会"的"地方"还有一层"本地"甚而"本土"的意思,从而也

---

① 《古今汉语词典》,商务印书馆2000年版,第290页。
② 〔清〕田文镜:《钦颁州县事宜》"待绅士",载《官箴书集成》编纂委员会编《官箴书集成》第3册,黄山书社1997年版,第676页。
③ 杨国强:《衰世与西法:晚清中国的旧邦新命和社会脱榫》,中华书局2014年版,第421页。
④ 杨国强:《衰世与西法:晚清中国的旧邦新命和社会脱榫》,第419页。

为本书的研究留下了沟通全球化语境的通道。

其二,"地方"是有界限的。从词源上看,"地方"由象征"大地"的"地"与指代"边界"的"方"组成。①雍正一朝的诏书曾曰:"为士者乃四民之首,一方之望。"②诏书意在突出士绅受到一方尊崇的威望,但也可见这威望限于"一方"。乡绅的权威是有"地方性"的,也因此,乡绅之间是有差异和等级的。在此意义上,对现代文学中乡绅人物形象的认识也不能脱离具体的"地方"。

其三,"地方"是一个"社会空间",地方的社会性使它有别于主要在地理意义上使用的"地域"概念。20世纪西方社会科学的空间转向和关于"地方"批评的多元化发展,更大大丰富了其"社会"内涵③,兹不赘述。可借鉴者,如列斐伏尔曾用两层定义解释"空间",即相对抽象的空间及有意义的空间。前者称为绝对空间,后者是社会空间,与地方的定义相近,即"地方就是我们如何使世界有意义,也指我们经历这个世界的方式。基本来讲,地方就是权力的背景下具有意义的空间"④。在现象学视野中,"特别的地方"是由个人和群体的讲述、社会活动、惯例和习俗、共同的"记忆"相互塑造的,是一个"包括空间性和时间性、主体性和客体性、自我和他者的结构"⑤,所以"地方"不仅是人物活动的外部容器,而是与人的主体性不可分割的社会结构。因此,对乡绅的认识不能脱离于其存在的"地方";而在地方空间中认识乡绅,亦在凸显乡绅作为一个"社会"阶层的存在,而不仅仅是一类文化人物。

其四,作为在"国家/地方"关系中的一方。"地方"是相对于"国家"(或"天下")而言的,由此还可以延伸出"基层/民间/非正式 vs 中央/官方/正式"等一组对举结构来展开其含义。只能以如此方式阐发"地方"的含义,不但可见其与"国家"之相对独立,亦可见两者之不可分离。正如不能

---

①③ 陈浩然:《西方文论关键词:地方》,《外国文学》2017年第5期。
② 王炜编校:《〈清实录〉科举史料汇编》,武汉大学出版社2009年版,第165页。
④ Tim Cresswell, *Place: An Introduction*, Oxford: Wiley Blackwell, 2015, p.19.
⑤ Jeff Malpas, *Place and Experience: A Philosophical Topography*, Cambridge: Cambridge UP, 1999, p.163.

简单地将乡绅界定为与国家、官方相对应的地方、基层社会的代表一样，在理想的情况下，他们不是分割两者，而是存在于两者互动的场域之中。"这种以功名为尊的人物因名器得自朝廷而与国家相连，又因根脉系于乡里而与地方相连。他们身处上下之间，所以他们能沟通上下之间。"①因此，"如果没有在地的士绅，'社会'与'国家'就可能疏离"②。现代以来乡绅阶层的消亡，不是"地方社会"的消亡，而是由其所实践、所支撑的一种国家与地方关系的终结或转型。与这一过程相关联，以现代国家为中心的叙事、自上而下的视野趋于强势，地方社会的表达、自下而上的视野一度被压抑。现代文学研究中对乡绅人物的陌生即反映了现有认知框架的失衡或片面。在此，"国家/地方"又是作为一种认知框架，"地方"可谓"地方视野"。延伸至全球化语境中，研究者也意识到，"地方除了是存在之物，还是认识世界的一种方式，是我们观看、认识和理解世界的方式和途径。"③

三、研究路径

基于以上，遂确定本书的研究路径。其一，"盖绅为地方之重"④，乡绅身份与地方社会是动态互构的关系。本书在现代文学以来若干作品中，在乡绅阶层与地方社会互动生成的具体场域中，呈现乡绅阶层的分化、蜕变，由此关注现代文学世界中"地方社会"的隐现浮沉。

其二，当代文学评论中对乡绅阶层人物一度的陌生，显示的是批评话语中"地方"视野的隐没，在此背后是现代国家意识、自上而下视野的空前强大。这构成本书另一重研究路径，即通过对具体作品的解读，对其中乡绅人物角色的"还原"，与已有研究对话，揭示文学研究中"地方"意识的变迁，呈现作为认知框架的"国家与地方"之间关系消长的若干痕迹。

---

① 杨国强：《衰世与西法——晚清中国的旧邦新命和社会脱榫》，第420页。
②④ 罗志田：《地方的近世史："郡县空虚"时代的礼下庶人与乡里社会》，《近代史研究》2015年第5期。
③ 黄莉萍：《找回失去的"地方"——基于西方马克思主义空间批判范式转型的阐释》，硕士学位论文，华东师范大学，2017年。

相应地，本书以具体作品重读来展开，择取鲁迅、茅盾、叶圣陶、洪深、王统照、张天翼、丁玲、李劼人等若干重要作家作品，对每部作品或每位作家的乡绅叙事力求相对系统地分析。基于不同文本所展开的世界，设置的问题、研究的角度并不完全一致，虽然大体以代表作品初版时间的先后为序，但是并不着意从中梳理出一个前后相接续、线索很清晰的文学史脉络，彼此的关联主要在于上述问题意识的贯穿。或者说，这一重读的目的不在于建立新的结论，而重在与已有研究视野、模式的对话与反思。

本书选择在地方社会空间中辨识人物身份，进而在乡绅叙事的重读中关注地方社会空间的浮沉，追索地方视野的消长，这并不意味着去中心的研究取向，因为整体上依然在"国家/地方"关系框架中展开，并基于对这一关系进行现代转型、调适的关注。而之所以关注研究视野本身，乃是警醒于这样一种现象：在现代教育的塑造下，"当我们研究历史时，亦不免会不知不觉地运用了当代人习惯的思维和分类方式，去探索一个自己并不十分熟悉却可能更多姿多彩的过去的世界。我们往往会因为历史距离而产生时空错乱，作出与事实不符的判断"①。为此，对"地方"视野的强调，主要是一种贴近文学世界的探索，努力从作品所展开的社会空间出发，在彼时彼地理解人物的角色和认同。而"从那个时代的内在视野出发"还可以"反思地观察我们自身的知识、信念和世界观"，并"反思现代性的知识处境"②。

---

① 程美宝：《走出地方史——社会文化史研究的视野》，中华书局 2019 年版，第 15 页。
② 汪晖：《现代中国思想的兴起》"重印本前言"，生活·读书·新知三联书店 2008 年版。

第一章 "地方"之为"故乡":士绅阶层近代蜕变的预言
——鲁迅《呐喊》《彷徨》

鲁迅小说中有这样一个人物系列:赵太爷、钱太爷、举人老爷(《阿Q正传》),赵七爷(《风波》),丁举人(《孔乙己》),鲁四老爷(《祝福》),慰老爷、七大人(《离婚》)……他们后来被统称为"地主",具体则又被分为"地主阶级统治者"和"地主阶级知识分子"①两类。但是他们和典型的"地主"形象似乎不大一样。首先,在小说文本中,他们通常被称为"老爷""太爷""大人"。其次,研究者也注意到,鲁迅小说中这些"地主"人物的行为特征也与典型的"地主"形象有别。他们统治的暴力性一面并不突出,具体的剥削行为也几乎看不到,研究者由此总结他们主要是在精神上统治和奴役农民阶级。在他们的精神统治下,农民普遍不觉悟,意识不到自己被压迫的阶级地位,因而不能自觉进行反抗。那么,主要进行精神统治的地主人物,是鲁迅的特别发现吗?他们的精神统治以何种方式、如何进行的,从而使得统治阶级的意识也成为被统治阶级的意识?地主阶级是否可以这样划分为"地主阶级统治者"和"地主阶级知识分子"两类,前者主要活动于政治、经济领域,追求物质的实际利益,而后者则主要在社会思想领域进行统治,维持封建社会思想界的秩序②?封建社会历史中是否曾现实地存在这种统治领域的相对分割,从而相应地有这样两种类型的人物,并

---

① 王富仁:《中国反封建思想革命的一面镜子——〈呐喊〉〈彷徨〉综论》,北京师范大学出版社1986年版,第293页。
② 王富仁:《中国反封建思想革命的一面镜子——〈呐喊〉〈彷徨〉综论》,第326页。

且统属于一个"地主"阶级？

另一方面，鲁迅小说中实际出现的一种社会角色——"绅"或"绅士"，具体所指何人，却似乎少有人追问。比如，"他们——也有给知县打枷过的，也有给绅士掌过嘴的，也有衙役占了他妻子的，也有老子娘被债主逼死的"（《狂人日记》）；"兵，匪，官，绅，苦得他跟木头人似的……"（《故乡》）。"绅"是一群什么样的人，他们何以能与知县一起对村民掌嘴，何以把千千万万的闰土们压榨得麻木不仁呢？

追索或辨析现代文学中"绅士"向"地主"或"知识分子"的转换及其背后叙事与"社会"的关系，不能不自《呐喊》《彷徨》始，重新进入"鲁镇""未庄"等地方空间。

第一节 《离婚》：绅权与地方社会

《离婚》①写于1925年，是小说集《彷徨》的最后一篇。学界关于鲁迅的每一篇小说的研究都相当充分，不过贴近《离婚》这一短篇小说来分析，依然有含混模糊的地方。在既有研究中，小说中的主要人物慰老爷、七大人一般被视为"封建地主阶级的典型形象"且"体现出封建地主阶级的反动本质"②；爱姑则是一个富有反抗精神又有局限性的劳动妇女形象，"她对压迫她的封建统治和封建礼教并没有本质的认识，而却幻想用个人的力量去反抗压迫"③。关于小说讲述的故事，林非的阐释具有代表性。他指出爱姑找慰老爷、七大人裁决婚姻矛盾反映了"当时人民群众的不觉悟"，对于七大人的信任是"多么严重的误解"；而作为封建阶级的代表，七大人"一方面十分腐朽，另一方面又很有权威，这种权威造成了人民群众的一种莫名其妙的畏惧心理"④。那么，被压迫者何以"不觉悟"而对统治

---

① 鲁迅短篇小说《离婚》发表于1925年11月23日《语丝》周刊，后被收录在小说集《彷徨》，1926年8月由北京北新书局初版。本书据《鲁迅全集》第2卷引用，人民文学出版社2005年版。
② 丁尔纲：《鲁迅小说讲话》，四川文艺出版社1985年版，第54页。
③ 李希凡：《〈呐喊〉〈彷徨〉的思想与艺术》，上海文艺出版社1981年版，第61页。
④ 林非：《论〈离婚〉在鲁迅小说创作中的意义》，载严家炎、唐沅、丁尔纲编《中国现代文学论文集》，北京大学出版社1986年版，第88页。

者抱有信任呢？被压迫者对统治者的"误解"与后者权威的建立之间有何关系？人民群众"莫名其妙"的畏惧心理究竟为何？

拓展学科视野，借鉴社会史研究成果，或能对小说人物关系有更加明晰的认识：爱姑与七大人其实处于中国地方社会的绅-民关系格局中。围绕爱姑的婚姻纠纷调解事件，小说生动地展现了中国传统社会中很重要的权力形态——绅权的基础、特征与运作的过程。在《离婚》这一短篇小说中，亦包含着丰富的社会史信息，对小说意义的阐发应当与小说所展开的社会空间相结合。

一、何以权威？

小说开篇，通过船上一群人之间的谈话，得知庄木三和爱姑父女两人要到慰老爷家请求七大人裁决爱姑的婚姻纠纷，而且这不是他们第一次去。这件事情已经拖延两年多了，他们一直在找慰老爷进行调解，但是至今没有平息。这里的问题是：爱姑的婚姻纠纷为什么要找慰老爷、七大人来"说和"？慰老爷、七大人的身份是什么？从小说中可以看出七大人虽然很有权威，但是他不是"官"。虽然和知县大老爷换过帖，有点平起平坐的意思，但这也就显示他不属于知县所属的官僚系统，他并不掌握正式的权力。那么他们何以能够裁决爱姑的婚姻纠纷呢？研究者认为这是"由于当时的社会风气，社会心理。人民群众中发生了矛盾纠纷，如果不告到官里去，就要请地方上有势力、有地位的人物出面调解。这同样反映当时人民群众的不觉悟，不论庄家还是施家，都是这样认识的"[①]。然而，爱姑等人找七大人说和，这不仅仅是一种社会风气、社会心理，也不单单取决于人民群众的"觉悟"状况，而是与乡土社会权力结构相关。慰老爷、七大人之所以成为"地方上有势力、有地位的人物"，乃是因为他们掌握着绅权，以此处理乡村事务，实行着对基层社会的控制。

社会史考察指出，传统村庄社会的特点是双层权力架构，有着"官方"

---

① 林非：《论〈离婚〉在鲁迅小说创作中的意义》，载严家炎、唐沅、丁尔纲编《中国现代文学论文集》，第91页。

与"非官方"、"体制内"与"体制外"之分,二者在村庄正常社会政治秩序运作中起着不可替代的作用。乡村社会秩序正常的运转则由体制外的权力组织——村庄内生的领袖承担并维持。①基于这样一种社会秩序,乡里社会倡导"无讼",一般纠纷都力求在乡村社会内部求得解决。正是在这样的社会格局中,爱姑父女才向慰老爷、七大人寻求调解。

那么,慰老爷、七大人何以赢得赫赫权威,从而能掌握调解乡里社会纠纷的权力呢?小说展现了七大人等人的权势的两个基础,首先是他们知书识理;其次是他们凭借其功名地位参与地方事务,并赢得村民们的信任。这体现了"士绅"的典型特征。

知书识理,尤其是要取得功名,这是士绅拥有乡里社会主导地位的基础。知书识理提供了处理地方事务、维护乡里秩序必要的知识和能力。最重要的是,功名需要通过参加科举考试才能获取,即需要"国家合法性权威"的认定,通过这样的认可程序,从而保证士绅阶层在意识形态上与皇权体制的一致性。以功名为基础取得士绅地位,这样的制度设计保证了体制内与体制外权力格局的衔接,士绅"遂成为沟通城市和乡村、封建皇权与基层地方社区的重要社会力量,使中国基层社会的行政权和自治权奇妙地融为一体"②。然而,功名身份仅仅是获得士绅地位的基础,如果不参与诸如调解乡间纠纷这样的地方事务,其身份优势就无法转换为权威。如果将七大人拥有的财富视为经济资本,与知县大老爷的交情体现了他的社会资本,"知书识理"属于文化资本,那么他还需要参与乡村公共事务,才能将前述优势转化为象征资本,即赢得士绅的权威。某种意义上,这可以视为士绅对于乡村社会的责任。在行政能力不能达到的乡村社会,总有社会事务需要有人出面组织。

"士绅"正是凭借功名身份参与地方公共事务,赢得民众认同和个人声望,从而取得的一种社会地位。由此可见,"村庄领袖的权威来自社区

---

① 渠桂萍:《华北乡村民众视野中的社会分层及其变动(1901—1949)》,人民出版社2010年版,第300、264页。

② 马敏:《官商之间:社会剧变中的近代绅商》,天津人民出版社1995年版,第26页。

民众认同的合法性权威,其统治力与支配权并非通过'暴力'方式获得的,而是一种布迪厄所说的'温和支配力'"①。在小说中,爱姑等人相信"知书识理的人是讲公道话的",正体现了绅权这一典型特征。从爱姑这一方面来讲,找慰老爷、七大人不是因为他们拥有最强暴力,而是因为相信他们会讲"公道话"。这也是她面对七大人的威势一再据理力争、不断给自己打气、坚持自己的请求的心理基础,而且慰老爷也多次宣扬七大人是最讲公道话的、最公平的,这也是与爱姑父女同船的村民们的共同看法。比如,汪得贵就认为"他们知书识理的人是专替人家讲公道话的",相信慰老爷不会因为接受施家的吃喝而偏袒对方。对于爱姑父女、汪得贵等人而言,这并非完全由于自身的不觉悟。社会史考察指出,在具有一定自治性的乡土社会中,村民并非完全被动地接受士绅阶层的统治,毋宁说这一社会格局是在绅-民双方互动关系中形成的。对士绅而言,调解纠纷既是他的权力,也是他的义务;对于村民而言,这既是他们基于实际需要对于士绅阶层的期待,他们也以社会舆论、道德评价等方式对这种权力进行约束。比如,爱姑父女、八三哥、汪得贵等人在船上的议论就构成了这样的舆论空间。

二、"说和"

爱姑父女到了慰老爷府上,吃完年糕汤后,就开始了又一次"说和"。爱姑眼中所见到的七大人首先在玩弄一个"屁塞"。研究者指出,"这说明七大人精神世界所关心、所引为自豪的,不是什么新鲜的、有意义的事物,而是腐朽的东西",这一形象显示,"封建阶级威风凛凛,似乎很有势力,但却专门故弄玄虚,虚张声势,说明这是一个外强中干的腐朽的阶级"②。然而,对于七大人来说,类似这样的小物件却是不可或缺的。读者由此见识到七大人的情趣不高,七大人却是以这样的"道具"来向众人展示其士绅地位。"诸如兴趣、爱好、生活情趣等身体化的文化资本是村庄领袖区别

---

① 渠桂萍:《华北乡村民众视野中的社会分层及其变动(1901—1949)》,第141页。
② 林非:《论〈离婚〉在鲁迅小说创作中的意义》,载严家炎、唐沅、丁尔纲编《中国现代文学论文集》,第87页。

于其他阶层的又一显著标志",它们"实际上是一个社区成员外显的地位符号,……人们的社区地位越高,对于他们身体化的文化资本则越喜欢展示"①。七大人也正是借此谈古论今,向众人显示他的见识。而众人皆诺诺称是,来表达对七大人的恭敬。这个细节充满戏谑,讽刺意味尽显,然而其意义尚不限于此,它对于展示七大人的社会地位、推进叙事亦是重要一笔,这与下文中爱姑突然胆怯的场景相联系就更为清楚了。

  正式调解开始的时候,仍然是慰老爷出面。七大人虽不发话,但很明显居于主导地位。慰老爷特意强调,新的调解方案得到七大人的认可。强调这种一致性,既是借助于七大人的威望,也意在加强慰老爷自己的权威。

  由于父亲庄木三一直不开口说话,这让爱姑觉得事情危急起来。于是,她选择直接向七大人申诉。特别是她坚信"七大人是知书识理,顶明白的",所以她坚持向七大人讲述自己所受的冤屈。慰老爷见状,力图压服爱姑:"打官司打到府里,难道官府就不会问问七大人么?"这既可以说慰老爷企图以"地主阶级的权力"压服爱姑,然而在其时其地体会,慰老爷这样说主要还是为了强调七大人的权威,也是在维护调解的权威,维护士绅的调解权力,不希望爱姑转而走"打官司"这条路,不愿在乡间事务方面将士绅的主导权让渡于正式的行政权力。假若爱姑不服从调解,转而"打官司打到府里",这并没有在整体上挑战"地主阶级的统治",却动摇了慰老爷、七大人的个人权威和地位。

  事已至此,七大人终于亲自出面:

> "……莫说府里,就是上海北京,就是外洋,都这样。你要不信,他就是刚从北京洋学堂里回来的,自己问他去。"于是转脸向着一个尖下巴的少爷道,"对不对?"
> "的的确确。"尖下巴少爷赶忙挺直了身子,必恭必敬地低声说。

---

① 渠桂萍:《华北乡村民众视野中的社会分层及其变动(1901—1949)》,第80—81页。

七大人开口说话,着重突出的是自己说法的可信性,尤其是秉持的道理、调解理据的普遍性,以此显示自己的权威性。七大人在此既是压服也有劝服的意思,强调自己的权威而不是展示暴力,这正是绅权的特征,这让爱姑"觉得自己是完全孤立了"。这不仅仅是因为父兄都不为自己说话,此时此刻她处于孤立无助的境地;尤其是七大人的话,更让她有一种深深的孤立感。七大人通过强调自己的说法的普遍性,将爱姑孤立在他所主导的世界之外。士绅因为知书识理,从而掌握着道德伦理规范的解释权。七大人的话,排除了爱姑在这个世界上获取支持的可能,因而爱姑的抗争就不仅仅是在和"小畜生"一家"赌气",不仅仅是在挑战七大人个人的权威,也是在和七大人所代表的社会秩序对抗。但是倔强的爱姑在惊疑和失望中依然坚持自己的要求。

然而,接下来出现了突变:

> 她打了一个寒噤,连忙住口,因为她看见七大人忽然两眼向上一翻,圆脸一仰,细长胡子围着的嘴里同时发出一种高大摇曳的声音来了。
> "来~~兮!"七大人说。
> 她觉得心脏一停,接着便突突地乱跳,似乎大势已去,局面都变了;仿佛失足掉在水里一般,但又知道这实在是自己错。

爱姑的突然胆怯和妥协很让批评家失望,并多少有些费解。其实让爱姑终于住口、突然胆怯进而深感后悔的场面,不过是七大人唤进来一个"像木棍似的"男人恭恭敬敬地接受了七大人的吩咐,然后为他捧上鼻烟壶罢了。何以爱姑就突然胆怯了呢?前述研究者认为这体现了"人民群众的一种莫名其妙的畏惧心理"。从士绅权威的构成因素来分析,或可以更合理地解释。与出场摆弄"屁塞"的形象有着内在联系,七大人在这里着力展示的是士绅的威仪。吸鼻烟的习惯,通过颇具表演性的场景呈现,七大人以展示身份化的文化资本的方式来表现自己的权威地位,也意在凸显绅-民等级格局。拥有身份化的文化资本,这是士绅在绅-民等级格局中居于优势地位的显著体现。前面七大人以言语明确强调自己的权威,爱姑还不屈服,于是七大人进而通过仪式展示这一点。这具有很强表演性的场景所展示的士绅威仪,凸显了绅权的存在,终于惊醒、慑服了爱姑,于是她胆怯地顺从了。爱姑不仅仅是慑服于七大人个人的威势,而且因为意识到她身处绅-民等级格局之中,面对的是士绅所主导的乡土社会秩序。

三、社会史与地方视野

小说的尾声亦富有意味:

> "好!事情是圆功了。"慰老爷看出他们两面都显出告别的神气,便吐一口气,说,"那么,嗡,再没有别的了。恭喜大吉,总算解了一个结。你们要走了么?不要走,在我们家里喝了新年喜酒去:这是难得的。"

慰老爷此时很畅快,这不仅仅是作为统治者在压迫农民之后的扬扬自得,也包含着作为纠纷调解人的满足之情,庆幸自己的权威、士绅的地位最终得以维护。如果爱姑依然不接受调解,不但慰老爷本人的面子受损,而且七大人的权威也将受到损害。在长出了一口气后,慰老爷接着客气地招呼纠纷双方留下来喝新年喜酒。经过士绅的"说和",乡间的一个纠纷解决了,乡里社会又恢复了它的日常秩序。虽然调解过程中,通过爱姑的眼睛和心理活动,一度让人感受到如置身于"公堂"之上;但是事情结束之后,慰老爷的客气又提示读者这里毕竟不是"公堂",无论是爱姑父女和施家,还有七大人,都是在慰老爷的宅院。纠纷的双方和调解人共处于乡里社会中,他们之间具有不同的社会等级,且阶级地位对立,在此之外,他们还是邻居,是乡亲,生活在同一个地方社会空间中。

只是研究者已经没有从容心境来感受这一点,对于它的阅读和批评已经处于现代民族国家兴起的历史背景中。无论是对它所具有启蒙意义还是阶级革命意义的阐发,无论评论者无意或是自觉,都内在地包含着建构现代国家权力形态的要求。现代民族国家要求重构国家与社会的关系,直接面对最广大的群众进行社会动员并汲取资源,因而士绅这一中间阶层及其主导的非正式社会权力就成为其批判和打倒的对象。既往对于《离婚》中的事件和人物关系的解读,以不同话语表达着这一内在要求。

在政治革命话语体系中解读这一短篇小说,故事被阐释为一起表现了封建地主阶级压迫农民阶级的政治事件。研究者认定爱姑是一个富有反抗精神然而又有局限性、不彻底性的劳动女性形象,小说的主题即在于由此指出农民以个人力量反抗封建压迫的不可能性。① 然而,这样的认定和小说中的人物形象有一定的距离。贴近小说来分析,爱姑既不具备反抗压迫的自觉意识,也不具备反抗的主动精神。构成爱姑支撑因素的,第一,她出身的家庭具有一定的实力,而且父兄都很支持她;第二,她本人性格中有一份倔强;第三,她在婆家受到了不公平对待,从而要"赌气";第四,不可忽视的是,她一直坚信"知书识理的人是讲公道话的"。以上因素结合起来,才使得她特别倔强和顽强。然而,在她身上其实找不到挑战封建压迫的主观意识。只要她相信所谓"知书识理的人是讲公道话的",她可以在这个秩序中求得公正,那么她就不会走上自觉反抗的道路。而事实上,她是相信的,让娘家人为自己出气,向士绅申诉以求得公正,她依然是在既有社会格局中进行抗争。她并非先行抗争,然后突然妥协。她的胆怯表现突然,却并非偶然。因为爱姑富于"反抗"精神的表现,其实是以承认士绅权威、信服士绅权威为基础的。正因为她坚信"知书识理的人是讲公道话的",所以两三年来她一直在寻求士绅的调解;而只要她一直在这个权力格局中争取自己的权利,那么她早晚会接受士绅裁决的结果,只是如何接受调解、最终接受什么样的结果而已。爱姑的倔强性格使得调解过程拖延了两三年,但是并没有对士绅权威构成根本挑战。相反,通过她的最终服从稳固并加强了乡土社会中的绅权。

---

① 参见丁尔纲:《鲁迅小说讲话》,第 64—65 页。

在 20 世纪 80 年代对于鲁迅小说思想革命意义的发掘中,研究者则认为这是一起反映了农民阶级尤其是劳动妇女的不觉悟状况的事件,进而发掘出爱姑身上其实还内含着"奴性",小说由此表现了进行反封建思想革命的重要意义。然而,正是爱姑对于士绅的信服、正是她的"不觉悟"成为她"反抗"精神的基础,她的"奴性"成为她挑战封建统治的凭依。这样的批评话语将小说人物置于悖论之中。统治者与被统治者的阶级地位对立,但是处于共同的社会空间中。如果对于他们所在的地方社会本身缺乏充分认识,那么所谓被统治者个人的不觉悟抑或是时代的局限性,更近乎一种宣判而不是人物分析,更多是研究者自身理念的展开,却与小说人物形象存在距离。

关于爱姑婚姻纠纷的调解,可以是一起地主阶级压迫农民阶级的政治事件,或者是一起表现农民需要启蒙的思想事件,但这首先是或者至少也是一起当时当地发生的社会事件。小说围绕爱姑的婚姻纠纷调解事件,由于倔强的爱姑不断挑战士绅权威,促使绅权得到了多角度、全方位展示,从而揭示了绅权的基础、特征和运作过程,生动地呈现了中国乡土社会一个侧面。这乃是在中国曾延续数百年的权力结构和社会形态,作家在这一短篇小说中将之生动地展现出来,就此已足以体现它的价值。从中可以进而解读出政治解放、思想启蒙的意义,但也应该以小说所叙述的社会事件本身所呈现的社会内容为基础。无论可以从中阐发出什么观念,首先应该对小说事件本身做出准确概括,对参与事件的人物关系、各自的角色和地位有准确把握,对于事件所发生的地方社会空间有基本清楚的认识,否则深刻的阐发却可能包含着疑问与含混。

在慰老爷、七大人之外,鲁迅小说还塑造了诸多这样的士绅人物形象。"夫文童者,将来恐怕要变秀才者也;赵太爷钱太爷大受居民的尊敬,除有钱之外,就因为都是文童的爹爹"(《阿Q正传》),士绅不仅仅指的是获取功名者本人,还包括他的家庭成员。鲁四老爷(《祝福》)是个"监生",举人老爷则被直接以功名相称——"这老爷本姓白,但因为合城里只有他一个举人,所以不必冠姓,说起举人来就是他。这也不独在未庄是如此,便是方圆一百里以内也都如此,人们几乎多以为他的姓名就是叫举人老爷了。"(《阿Q正传》)其身份光芒所及,连阿Q也因为"在这人的府上帮忙,那当然是可敬的"。士绅的地位高下与功名有直接关系,功名越高,相应的地位越高,由此还带来了士绅影响的地方性差异。举人老爷居住在城里,影响全县;赵太爷、钱太爷的势力范围就限于"未庄"。无论是在"鲁镇"还是"未庄",官府的身影很少出现,实际活动在这里、掌握着这里的权力和财富、享有权威和地位的主要是如七大人、慰老爷这样的士绅。在七大人、赵太爷等人的身上,可以看到士绅的身份地位、行为特征;在鲁镇、未庄,无时无刻不可以感受到绅权在主导着社会秩序的运转。社会史研究则确认了"士绅"在传统中国政治、社会、文化各个方面的重要作用和影响,在社会结构中的枢纽地位。比如费正清认为:"在过去一千年,士绅越来越多地主宰了中国人的生活,以致一些社会学家称中国为士绅之国。"[1]在地方社会中还原这些权势者的"士绅"身份,才能深入地理解鲁迅小说的现实主义,更完整地体会鲁迅小说呈现"老中国"的准确、深刻。

第二节 "假洋鬼子":士绅阶层的新变种

鲁迅小说不仅刻画了这些地方社会权威阶层人物的面貌,而且展现了这一阶层在时代大潮中分化的轨迹。《阿Q正传》[2]中的"假洋鬼子"就是这样一个典型人物。王富仁曾经指出:"迄今为止,我们对'假洋鬼子'这个人物典型重视是不够的。在全部《呐喊》和《彷徨》中,他是一个极其特殊的人物。总括来说,他是地主阶级知识分子的一个新变种,是十九世纪末叶和二十世纪初年中国时世的新变化在中国地主阶级这块腐木上催生的一颗毒癣,是已微新其形而未新其思想的封建阶级的直系后裔。历

---

[1] [美]费正清:《美国与中国》,张理京译,商务印书馆1987年版,第26页。
[2] 《阿Q正传》最初分章发表于北京《晨报副刊》,署名巴人,自1921年12月4日起至1922年2月12日止,每周或隔周刊登一次;后被收录于小说集《呐喊》,1923年8月由北京新潮社初版。本书系引自《鲁迅全集》第1卷,人民文学出版社2005年版。

史注定了他与他的同类们将成为封建阶级末代政治统治的代理人。"①所谓"地主阶级知识分子的一个新变种"的"假洋鬼子",虽然极其特殊,却并非个别人物,当是士绅阶层近代转型过程中一个典型形象,这个人物形象的塑造甚至融入了鲁迅自身在时代变迁中的体验。只有结合士绅阶层在中国近现代转型时期分化的历程,才能明了"假洋鬼子"这一人物形象的前世今生。

假洋鬼子出身士绅之家。"夫文童者,将来恐怕要变秀才者也;赵太爷钱太爷大受居民的尊敬,除有钱之外,就因为都是文童的爹爹。"如果没有清末时代巨变,"假洋鬼子"本可以沿着文童、秀才、举人的道路一路走下去,或做官,或回乡,在县城可以成为"举人老爷",回到未庄就是新一代的"钱太爷"。然而,因为科举停废,他主动或无奈地走上了一条新的道路,而表现出新的时代特点。先是读了新式学堂,进而留了洋,尤其是剪掉了辫子,再回到未庄就惹出了轩然大波。"假洋鬼子"是小说中阿Q对其蔑视性、贬损性称呼,然而后来却成了读者乃至研究者的视角。客观地从近现代社会进程中考察,假洋鬼子的这些经历当属顺应时代变化之举,其中还有着作者自身的某些经验在其中。

从19世纪70年代起,清政府因办洋务的需要,开始成批派遣学生出国留学;到20世纪初,因推行"新政"而派遣得更多。其中也有士绅阶层的子弟因为对旧学的失望,对科举制度的不满,主动进入新学堂,并出洋留学。因为祖父卷入"科场案"的影响,鲁迅早在科举制度废除前夕已经断了科举梦想,而选择走异路,逃异地,1898年到南京进入新式学堂,1902年赴日留学,1903年即在日本剪掉了辫子,并拍照留念,写下了七言绝句《自题小像》:"灵台无计逃神矢,风雨如磐暗故园。寄意寒星荃不察,我以我血荐轩辕。"然而,当他回国探亲的时候,感受到因为剪掉辫子带来的困扰和压力。于是当他结束留学生涯回国时,一到上海便买了一条假辫子装上。一个多月后,因为老是担心掉下来或是被人拉下来,于是"索性不装了",但是又遭到辱骂。其间的经历和《头发的故事》中的主人公"N 先

---

① 王富仁:《中国反封建思想革命的一面镜子——〈呐喊〉〈彷徨〉综论》,第28页。

生"接近。N 先生由于没有辫子,在大街上行走的时候,屡屡被骂为"冒失鬼""假洋鬼子"。他终于开始反抗了,"在这日暮途穷的时候,我的手里才添出一支手杖来,拼命地打了几回,他们渐渐的不骂了。只是走到没有打过的地方还是骂……"鲁迅也曾满怀悲愤地写道:"我想,如果一个没有鼻子的人在街上走,他还未必至于这么受苦,假使没有了辫子,那么,他恐怕也要这样的受社会的责罚了。"①

"假洋鬼子"的形象在当时的社会条件下,是有着某种普遍意义的。辛亥革命前后回国的留学生中,有着和"假洋鬼子"类似遭遇的人不在少数。如作家李劼人在长篇小说《暴风雨前》中所塑造的四川士绅新一代人物尤铁民、苏星煌等,在赴日留学期间剪掉了辫子,尤铁民还加入了同盟会。回到成都以后,西装革履、手持拐杖、剪发易装行走在成都街头上的尤铁民表现得颇为奋发,毫不畏惧。然而,在准备赴四川各州县去联络革命党人的时候,同学劝他不要太引人注目,他也表示已经准备了假发辫。在《病后杂谈之余》中,鲁迅曾提及上海有一个专门装假辫子的专家,"他的大名,大约那时的留学生都知道"。这也从一个侧面反映出了当时社会上"假洋鬼子"实在是一个不小的群体。所以有研究者从中体会出,鲁迅在自己的小说中用了"假洋鬼子"这一自己永远也不想听到的词语,大概是出于一种自嘲和反讽,"假洋鬼子"形象有着若干自况意味。②

假洋鬼子与作者的经历和选择有同有异,于是有了不同的归宿。前者留洋归来,又回到了乡村,迎应时变,及时参加"革命",成了"革命"在未庄的代表,又加入了"柿油党",唬得未庄人觉得这值得上一个翰林,以新的方式加固了个人和家族的地位。虽然小说没有继续讲述"假洋鬼子"后来的故事,但是以其长袖善舞,应当会成为一个新的"钱太爷",继续控制着未庄。"在 20 世纪前期剧烈的社会政治变迁中,士绅仍然成为乡村结构的主体,只是此时的士绅构成却并非局限于功名、身份,其来源和出身

---

① 鲁迅:《病后杂谈之余——关于舒"愤懑"》,载《鲁迅全集》第 6 卷,人民文学出版社 2005 年版,第 194 页。
② 史建国:《鲁迅与"假洋鬼子"》,《书屋》2004 年第 7 期。

已经呈多元化趋向。而且，学堂出身的新学人士也成为士绅阶层来源之一。"①而作者在绍兴光复之后，渐渐对这次革命感到失望，本人也再次离开故乡，先到南京，后到北京，在都市里经过痛苦地思考、选择，最终探索出一条现代知识者的新道路。

不能因为"假洋鬼子"属于士绅阶层、欺压村民而无视其曾经追求新学的经历；同样，新学人士不会因为接受过一定的新教育新思想、有过一定的叛逆举动而彻底与自身阶层告别，都走上一条全新的知识分子道路。这里正体现了在"三千年之一大变"的历史时期，社会阶层结构转型的复杂性和丰富性。历史研究者也注意到这一现象，"新学人士只有融入到城市社会或社会分化程度较高的社会，才能在新的社会结构扮演新的角色：自由职业者，公务员，知识分子等；而一旦回归乡村社会，并融入到传统社会中，就只能扮演传统社会角色，发挥乡村社会结构所需的功能"②。最初接收新学教育者或延续士绅在乡土中国的生活方式，或探索一条全新的也更为艰难的现代知识者的道路，乃是社会变迁与个人选择相结合的结果。

"假洋鬼子"只是《阿Q正传》中一个配角，然而，从"文童"到"假洋鬼子"再到参加"柿油党"等身份的变化，以一身包含了新学与旧路、维新与革命、"地主"与现代知识人等多重矛盾关系初露端倪时的形态。回望这一阶层在20世纪中国文学中形象和命运的变迁，"假洋鬼子"几乎具有起点的意义。

第三节 《故乡》：知识阶层的裂变与"乡愁"

一、返乡与知识阶层的裂变

短篇小说《故乡》③中最令人难忘的当是"我"与闰土再见的场景：

---

① 王先明：《士绅构成要素的变异与乡村权力——以20世纪三四十年代晋西北、晋中为例》，《近代史研究》2005年第2期。

② 王先明：《变动时代的乡绅——乡绅与乡村社会结构变迁（1901—1945）》，人民出版社2009年版，第384页。

③ 《故乡》最初发表于1921年5月《新青年》九卷1号，后被收录于小说集《呐喊》，1923年8月由北京新潮社初版。本书系引自《鲁迅全集》第1卷，人民文学出版社2005年版。

> 他站住了,脸上现出欢喜和凄凉的神情;动着嘴唇,却没有作声。他的态度终于恭敬起来了,分明的叫道:
>
> "老爷!……"
>
> 我似乎打了一个寒噤;我就知道,我们之间已经隔了一层可悲的厚障壁了。我也说不出话。

评论家多关注闰土那麻木的精神状态、自然生命力的消失,并结合下文,"多子,饥荒,苛税,兵,匪,官,绅,都苦得他像一个木偶人了",由此论断这是社会压迫、阶级剥削造成的结果。关于"我"与闰土之间这层可悲的"厚障壁",也有论者指出,当年是阶级界限,但是"我"现在已经是知识分子,"我"与中年闰土之间的那层"厚障壁"不是阶级隔阂,而是思想麻木的闰土对"我"的不了解所导致的隔膜。① 其实这一"厚障壁"是存在于"我"和闰土之间的,不仅与闰土有关,而且与"我"亦有内在联系。"我似乎打了一个寒噤","我"的震惊不仅包含着对于"闰土"命运的感叹,也不只是因为发现自己成为故乡的"陌路人",更为惊心的波澜来自"我"内心深处对于命运的顿然发现和深长感叹:短短的几十年间,"我"已经远远地脱离了定居家乡、从一个"少爷"成长到"老爷"的士绅生活轨迹,而在陌生的都市里踏上了作为一个现代知识人那未知的道路。

儿时的迅哥儿虽然和闰土玩得很开心,但是两者其实处于社会等级结构中的不同阶层。"那时我的父亲还在世,家景也好,我正是一个少爷。"《故乡》带有作者自身很强的投影。鲁迅本人即出身于典型的士绅之家。在绍兴,士大夫家族的居所被称为"台门"。城南覆盆桥周氏共有三个台门,一般称为老台门、新台门和过桥台门,鲁迅出生于东昌坊口的新台门。周作人回忆:"乡下所谓台门意思是说邸第,是士大夫阶级的住宅,与一般里弄的房屋不同,因此这里边的人,无论贫富老少,称为台门货,也

---

① 代纯、应剑:《这是一层什么样的"厚障壁"?》,《辽宁师院学报》1980 年第 6 期。

与普通人有点不同。"①士绅与民众之间的等级是明确的。虽然"我"小时候和"闰土"玩得无拘无束,不拘礼法,但这不过是年龄原因,并不意味着社会等级的消失。

几十年间世事沧桑巨变,"迅哥儿"自从离开故乡,走异路,逃异地,在陌生的都市里,已经渐渐完成了从传统士绅阶层向现代知识分子的裂变。士绅是一种社会等级身份,士绅阶层与传承千年的科举制度尤其是明清时期的社会制度紧密结合在一起。而知识分子作为一个相对独立的社会阶层,是伴随着近代学堂和近代教育制度的创建而产生,并在五四运动前后才初步形成的。两者的世界图景是不一样的,人与人之间的关系结构也是不一样的。但是故乡却基本没有改变,包括这里的社会形态。闰土按照本有的社会等级称呼"老爷",只是这一声对迅哥儿不啻惊雷,一下子使他意识到不仅是自己和闰土的距离,而且还有自身所发生的裂变。不仅是闰土变木呆了,而且因为迅哥儿变"现代"了。基于旧时社会结构的称谓与迅哥儿此时身份认同反差太大,他强烈地意识到一种断裂,"我似乎打了一个寒噤"。在过去面前,惊觉了自己的现实处境,无可奈何地确认了自己身份的裂变。"我"已经不是当年的"迅哥儿",已经不可能真正回到曾经的故乡了。

在返乡与告别的这几天里,"我"心头的百般滋味、万千感慨,置于中国士人的文学传统中来对比,将更为显豁。这是曾延续千余年的士绅阶层在向现代知识分子转型时刻的深长咏叹。因为在士绅传统中,返乡是归宿,是目标,是在外宦游一生终于可以回归故里的时刻,终于可以在家乡享受生活,享受尊重了。回到了《故乡》,"我"却是要卖掉祖屋,卖掉家具,告别同族和邻居,告别儿时的伙伴,继续远在异地(城市)的漂泊。文章开篇已经确立了基调,萧索而悲凉。不同于士绅还乡的快慰,"我"返乡却是为了告别。它清楚地标识出了士绅与知识者不同的人生道路和命运轨迹。然而,故乡还是"士绅社会"的延续。比如,杨二嫂对于"我"在外人

---

① 周遐寿:《鲁迅的故家》,人民文学出版社1957年版,第103页。

生的想象:"啊呀呀,你放了道台了,还说不阔? 你现在有三房姨太太,出门便是八抬的大轿,还说不阔?"学而优则仕,乃是科举制度的设计。新教育改变了这一模式,着力培养的是立足于各个职业岗位的有知识的现代"国民",已和选官制度脱钩。但这又是"我"无法给杨二嫂解释的,所以"我"只能无语。对故乡的告别,不仅仅意味着与童年记忆、与家族积淀的告别,而且也意味着对在故乡做一名士绅这一人生道路的彻底放弃,对士绅传统的告别。告别故乡之后,前方的路并不明确,还需要一个人孤独地探索。

有研究者感悟到:"对于现代知识者,这样的还乡与其说是现实的回归,不如说是精神成长中必然经历的仪式。这些接受了西方文明洗礼的现代知识者需要这样的一次还乡来清除对故乡的想象,从而在东西文化的坐标中对故乡进行定位。"①这一感悟很敏锐,但是依然局限于本原意义上对"故乡"的告别,或者将故乡视作乡土中国的象征,而没有揭示在告别故乡背后具体的社会、文化意蕴。研究者体会出,在这对荒凉、萧瑟故乡的探询中隐藏着"我"对于自己"身份认同"的探询,但是没有借此进一步探究回乡的几天中"我"所经历的身份认同的断裂,特别是对这种断裂的确认。故乡不仅仅是童年的乐园,也不仅仅是乡土中国的隐喻,还曾经是士绅阶层所主导的"地方社会"与传统。

二、新教育与现代"乡愁"经典的生成

研究者日益深入地认识到,短篇小说《故乡》对于中国现代乡愁书写的"开端"和"起源"意义。第一,在叙事模式上,它创造了"离乡—返乡—再离乡"的结构,揭示了"故乡"的丧失和现代人"无家可归"的处境;第二,因为故乡成为他者,成为一面镜像,个人借此开始探询自我的身份与归属问题,"乡愁书写由此成为现代个体和集体通过书写表达自我、寻求意义、建构(情感和精神)家园的话语实践"。②这一认识自有其洞见,但是,把"现

---

① 何平:《〈故乡〉细读》,《鲁迅研究月刊》2004 年第 9 期。
② 参见卢建红:《乡愁与认同——现代中国作家的故乡书写》,生活·读书·新知三联书店 2020 年版。

代"和"全球化"作为立论的前提,可能会遮蔽鲁迅的个人体验、小说创作与现代"乡愁"生成之间更具体的联系。设若将《故乡》的创作和阅读,将小说作者和读者,置于中国近现代转型的历史视野中考察,可能呈现现代"乡愁"之复杂况味,更可以由此认识其广泛传播直至成为一篇"经典"的机制。

小说中的"我"之所以无可奈何地发现将永远失去故乡,不仅仅是因为"我"离乡太久,已有二十多年,而且是因为这二十多年适逢中国的转型时代。有思想史家指出:"所谓转型时代,是指1895—1920年初前后大约二十五年的时间,这是中国思想文化由传统过渡到现代、承先启后的关键时代。在这个时代,无论是思想知识的传播媒介或者是思想的内容均有突破性的巨变。"①中国知识阶层在这一时期的分化、蜕变,是转型时代最核心的变化之一。小说《故乡》中"我"身份的裂变,既是个人选择和经历的结果,也是转型时代的具体呈现。它或可以追溯到小说作者二十多年前"走异路,逃异地"的无奈选择,而新教育的确立最终使得当年的"异路"成为"正路","异地"与家乡的空间关系也经历重要调整,它们共同构成"我"此番还乡的背景,也是"我"最终只能永别故乡的缘由。

此番还乡是因为当年的离乡:

> 我要到N进K学堂了,仿佛是想走异路,逃异地,去寻求别样的人们。我的母亲没有法,办了八元的川资,说是由我的自便;然而伊哭了,这正是情理中的事,因为那时读书应试是正路,所谓学洋务,社会上便以为是一种走投无路的人,只得将灵魂卖给鬼子,要加倍的奚落而且排斥的,而况伊又看不见自己的儿子了。②

学洋务、进入新式学堂,之所以是"异路",因为"那时读书应试是正

---

① 张灏:《中国近代思想史的转型时代》,《二十一世纪》(香港)1999年4月号。
② 鲁迅:《〈呐喊〉自序》,载《鲁迅全集》第1卷,人民文学出版社2005年版,第437—438页。

路"。作者当年的离乡,不仅是远离家乡,而且是远离了参加科举考试的正途。对于出身于绍兴新台门周家的作者来说,其间的痛楚绝不止于他人的"奚落与排斥",本来台门中人的出路也是以参加科举为指向。"根据他们的传说,台门货的出路是这几条,……其一是科举,中了举人进士,升官发财或者居乡当绅士;其二是学幕,考试不利,或秀才以上不能进取,改学师爷,称为佐治;其三是学生意,这也限于当铺钱店,若绸缎布店以次便不屑于干了。"①覆盆桥周氏自从第一世祖周逸斋迁往绍兴后四百余年,曾出过三个举人、一个进士和不计其数的秀才,其中的进士就是鲁迅的祖父周福清。"台门"地位的维持,士绅家族的延续,最重要的在于子弟相继参加科举考试,求取功名。而作者当年却走上"异路",既是个人对士绅传统的弃绝,也远离了家族的期许。

而到"我"此番还乡,二十余年间,最重要的变化之一就是,当年的"异路"现在已成为正途——科举制度被废除了,而新学教育成为主流。士绅阶层失去了绵延存续的制度基础,而新教育制度培养的则是现代知识人。新旧学制的转换,使得士大夫与现代知识分子的人生模式截然不同,永久性地改变了中国的乡愁书写模式。不同于往日"怀旧",故乡由此成为他者,告别"故乡"则成为新一代知识人建构新的自我认同的必由之路。

只能告别故乡,不仅因为新学制带来社会阶层结构的转变,还因为新学制改变了远方与"故乡"的空间格局。"我"此番回乡卖掉祖屋,最终离乡,再次去往"异地",还因为"异地"与家乡的关系已经不同于往日。当年是"逃"向异地的N市,而现在的N市与此番归来的北方城市,与家乡却处于城/乡社会结构之两端。在一个新的隐隐成形的空间格局中,一边是现在应该去往的都市,一边是应该离开或者"逃离"的乡镇。"逃"的方向反转,除了因为初步工业化和商业化拉开了传统中国城乡差距之外,新旧学制变迁对此同样影响至深。

以科举考试为核心的旧学制度,也是传统社会的一种整合与凝聚机

---

① 曹聚仁:《鲁迅评传》,复旦大学出版社2006年版,第14—15页。

制。如费正清指出,中国直到近代,"上流社会人士仍力图维持一个接近自然状态的农村基础。在乡村,小传统并没有使价值观和城市上流社会的大传统明显分离"①。这是因为,所谓的"上流社会人士"主要指士绅阶层,学而优则仕与落叶归根相联系,在朝为官与身居地方掌握绅权随时转换,城乡文化都受这一阶层的支配。而在新旧学制变迁过程中,"制度安排的重心无论是从新式学堂的地理分布,还是新学堂的教学内容,抑或是各专业学堂的比例来看,新学教育在很大程度上,都远远疏离了乡村社会。其城市化和工业化的方向性显然"。②新教育改变了人才循环流动的模式,叶落归根不再是当然选择,城市成为不断向上求学之地,也成为求职和终老之地。由此,在原有文化体系下城乡的地理差异渐渐开始呈现为城乡二元化结构。

《故乡》中"我"的此番还乡与离乡,也许只是这一趋势的初露端倪,然而它体现的方向是明确的:"我"将永别了故乡,"搬家到我谋食的异地去"。"异地"与家乡原本的地理距离,现在逐渐形成城乡二元化结构,现代/传统、先进/落后、启蒙/愚昧,诸多关系都与这一新的空间格局相叠合与叠加。从此知识人"进城",告别的不仅是地理上的家乡,也包括乡土文化空间。知识人的怀乡之思,不再是在同一个文化体系中的回味,而总隐含着城市文化对乡土文化的打量和审视。这一空间格局还只是隐现于《故乡》背后,但是它改变了还乡叙事的传统,特别是直接影响和改变着它的读者。

新的学制带来的社会阶层结构的改变及其推动的城/乡空间格局,是隐藏在《故乡》背后的巨变,可谓是现代乡愁书写背后的机制。这一机制不单是产生《故乡》的背景,更持续地推动了《故乡》的传播和阅读。

日本学者藤井省三从阅读史视角分析了《故乡》的读者群体。1921年初,鲁迅创作完成短篇小说《故乡》,随即由《新青年》杂志发表。《新青年》

---

① [美]费正清、费维恺编:《剑桥中华民国史(1912—1949)》(下),刘敬坤等译,中国社会科学出版社1994年版,第30页。
② 王先明:《变动时代的乡绅——乡绅与乡村社会结构变迁(1901—1945)》,第67页。

杂志的阅读者主要是这一时期在北京初步形成的知识阶层，如大学师生、政府官吏等，约一万人。收录这篇小说的鲁迅第一本小说集《呐喊》于1923年8月出版，小说集的畅销为其带来了更多的读者。至鲁迅逝世后的1937年，这部小说集发行超过十万册。几乎与单行本出版的同时，这篇小说已经被收录在其时各种中学国语教科书中，第一种教材甚至比小说单行本的出版还略早，1923年7月，上海世界书局新编《中学国语文读本》推出，收录《故乡》；8月，商务印书馆出版《新学制国语教科书》，《故乡》被收录在第五册。①由此开始，《故乡》成为超稳定的教材选文，被一代代中小学生阅读、朗诵。藤井省三由此入手着力于分析不同时期的中学课堂上如何讲解《故乡》，而本书则更关注于这种讲授行为本身。教科书这种形式随新学（西学）在中国的传播而出现，随着新式教育大获全胜，教科书也成为新教育的标志。新学与旧学的转型构成《故乡》的重要背景，而在新教育的课堂上，对于《故乡》的讲授和阅读，另有一种效应：收录了《故乡》的教科书不但在课堂上以文章本身感染着学生，以教科书为标志的新教育还在以自身机制不断培养着可以与《故乡》产生共鸣的新一代知识者——在这个意义上，《故乡》进入新教育的课堂，可以说是现代"乡愁"的再生产。

通过《新青年》杂志或小说集《呐喊》来阅读《故乡》的读者，大多当是新兴的知识阶层的一员，他们可以与文本内外的"乡愁"相共鸣，不过这一群体最初是有限的。而坐在中学课堂上，在中学课本上阅读《故乡》的学生，尚不能称为"知识分子"。但是，经过新教育的课堂，他们在观念和知识体系方面将逐渐成长为新一代知识者，同时由小学而中学而大学，相应地由乡村而县城，由县城而省城而都市进行迁移，蓦然回望故乡，已渐行渐远，其间横隔着城乡两个世界。回味中学课堂上阅读《故乡》的体验，也许当时只有朦朦胧胧的感受，而随着离乡进城的迁移，他们的感受逐渐明

---

① 参见［日］藤井省三：《鲁迅〈故乡〉阅读史——现代中国的文学空间》，董炳月译，南京大学出版社2013年版。

晰而强烈。由此,《故乡》就不只是一篇中学时代的课文,由最初的感染到逐渐的唤醒,再到深深的共鸣,回首当初的阅读仿佛是对一个现代知识者一生的预言。——与杂志和单行本不同,教科书不但传播着《故乡》,其依托的新式教育体制同时在生产现代"乡愁"。

《故乡》不仅是因为其本身的"经典性",才进入中学语文教科书,也不仅是因为进入了教科书,才逐渐成为乡愁"经典"。新文学的语言形式、情感内容与新教育机制本身,另有一种共振效应——以转型视野重读《故乡》,即可触摸这一点。身份转型、制度巨变、空间分立,凝练于一篇《故乡》之内;而通过教科书,新文学与新教育相呼应,新教育的内容与形式相共振。文本内外沟通,创造与再生产相叠加,当是短篇小说《故乡》成为现代乡愁"经典"的多重内涵。

与明清科举制度相伴生,士绅阶层身处国家与社会之间,既身居乡里,又掌握绅权,原本是地方社会的主导者,乡里社会的纠纷通常由其出面来调解。然而,清末以来世事巨变,士绅阶层的新一代在时局推动下,因接受新式教育先离乡后离国,再返乡者或被称为"假洋鬼子",感受着身份转换中的尴尬;入都市者可能转型为"知识分子",并由此渐渐告别地方社会和士绅传统,原本存身的"地方"就此成为难以回去的"故乡"。在对身份本身的关注之外,由地方视野中,既可见七大人、慰老爷、举人老爷等与"我"之间看似各不相属,其实有一条社会阶层分化变迁的线索;而百余年来,离乡进城的趋势至今不衰,又可见鲁迅小说以其凝练而具有的现实生命力。《呐喊》《彷徨》作为现代小说开山之作,也包含着对士绅阶层近代蜕变的深刻洞察与预言。

第二章　从改良到革命：世事巨变与地方绅缙

——茅盾《动摇》《子夜》《霜叶红似二月花》

在茅盾的《动摇》《子夜》到《霜叶红似二月花》等诸多小说中有一类人物，如胡国光、曾沧海、赵守义、王伯申或钱良材等，都以明确的"绅士""老乡绅""绅缙"等身份出场，不过在相当长的时期内，研究者主要关注其阶级身份，如"封建没落地主""民族资产阶级"等，也有被视为"知识分子"者。近年来，受社会史研究的启示，现代文学研究者已注意到上述人物本身作为"士绅"的身份，还原这些人物的社会阶层身份后，对其有了新的阐释和认识。然而，社会史研究的引入，不仅是为了梳理出茅盾小说中一个新的人物形象系列，这一视野更启示我们关注近代以来国家与社会关系转型的历史背景，由此注意到这些乡绅人物得以存身的地方社会空间，从而将阶级视野与阶层视野相结合，自上而下与自下而上的视野相结合，打开茅盾小说的另一个世界。首先，茅盾对于乡绅阶层人物的叙写不仅是成系列的，而且是富有历史感的，在众多小说的互读中可以梳理出这一阶层自清末以来代际更替的过程；其次，进入茅盾小说所展开的社会空间，可见传统士绅与现代知识分子阶层的深层联系与分化；最后，茅盾部分小说中可以梳理出一个从乡绅阶层变迁展开叙事的视角，作家对宏大历史的讲述离不开其对地方社会空间的体验和记忆。追索茅盾小说中乡绅阶层的嬗变，不仅可见其政治史叙事何以生动，还可见近代以来国家与地方、城市与乡村关系变革的迹象。

第一节 《动摇》:革命、地方社会与劣绅

茅盾在开笔写小说之初,就捕捉到风起云涌的大革命时代的重要动向:打倒土豪劣绅。茅盾在《〈动摇〉法文版序》中自述:"《动摇》是借一个小县城发生的故事,反映了一九二七年大革命时期革命与反革命斗争之尖锐与复杂,也反映了投降妥协派之终于没落。"①"斗争之尖锐与复杂",看起来是因为形势瞬息万变,究其实则主要是因为作为斗争对象的"土豪劣绅"反向渗透且游刃有余,打乱了革命与反革命的阵线,也让"革命"的内涵变得含混不清。不独如此,贴近小说来阅读,《动摇》的主角基本都出自这个县城的绅士阶层。由远而近的大革命风暴、自上而下的现代政党政治与地方社会上新旧绅士之间的网络相交织,才使得斗争异常尖锐和复杂。在自上而下的"革命"视野之外,进入地方社会空间,辨析和还原小说人物的社会阶层身份,将对大革命多一种"在地"的认识。

一、盘踞地方的"劣绅"

小说开篇即是"劣绅"胡国光登场。他既不是新兴的资产阶级,也非地主,小说很明确地写道:"这胡国光,原是本县的一个绅士;……他是个积年的老狐狸。"清末民初以来天地翻覆,然而正如胡国光的观察,虽然政局动荡,但是绅权依然稳固,因为传统的官绅关系如故,"没有绅就不成其为官","既然还要县官,一定还是少不来他们这伙绅士"。而从胡国光此后半年间投机国民革命的种种举措,也可以发现这一阶层自近代以来,地位稳固又权势膨胀的奥秘。

其一,胡国光能极快地判断并利用近代以来剧变的时势。辛亥革命兴起,他率先剪去辫子,戴上"一块镀银的什么的党的襟章",由此"在县里开始充当绅士"。辛亥革命之于他,不过是带来了一个地方精英大换班的

---

① 《茅盾全集》第1卷,人民文学出版社1984年版,第430页。《动摇》自1928年1月始连载于《小说月报》第19卷第1—3号,后被收录于《蚀》,开明书店1930年初版。本书据《茅盾全集》第1卷引用。

机会,他以加入新的政党获得了充当"绅士"的资格。而这一次大革命风暴降临县城,"打倒土豪劣绅"的声音已经在他的内宅响起。眼见形势不妙,他敏锐地把握到"委员"已成为新的权力身份,为此他力图加入商民协会,四处投机拉票以当选"委员"。类似商民协会这样的社团成为清末以来绅士阶层掌控地方权势的新形式,促成了"绅权"的不断膨胀。胡国光正是意识到这一点,决定改了名字混入商民协会。失败之后,他另作努力,迅速掌握新的革命话语并进行更激烈的表达,因而蒙蔽了省里来的特派员,得以当选县党部"执行委员",掌握了更大的权力。

其二,胡国光既能及时变换外在面目和身份以迎合于上,又能毫不放松地利用着在剧变时势背后不变的本地乡绅网络。胡国光为了混入商民协会进而当选委员,想到的重要手段就是拉拢陆慕游。因为陆慕游出身于绅士世家,在地方社会关系众多,虽然他本人不过是一个纨绔子弟而已。在后者的帮助下,胡国光果然当选,却不料在商民协会选举现场被人揭发实为"劣绅",面临查处的危险。于是他再次求助于陆慕游。虽然陆家已经衰落,但在此地绅士传统依然延续,出身门第依然是重要的社会身份。虽然地方权力结构有所改变,比如有了县党部,有了各种协会,然而在这种新的权力结构中居于主导地位的还是绅士阶层。陆慕游虽是一个纨绔子弟,通过拉票依然顺利当选商民协会委员。即若虽然不够坚定但属于革命派的方罗兰,其实也出身于这个县的绅士阶层。"既然和陆府有旧,方府当然也是世家。"胡国光并不惧作为革命派的方罗兰,相反却主动登门结交以逃脱调查,乃是因为他是以地方社会的关系和逻辑来行事的。

其三,胡国光在混进革命政权之后,又以激进革命的姿态,把个人的私利包裹在所参与制定的政策中。南乡农民协会出现了分配妇女的事件,在县党部讨论的时候,胡国光更是"主张一切婢妾,孀妇,尼姑,都收为公有,由公家发配"。遇到质疑后,胡国光反驳:"走了半步就不走,我们何必革命呢?""似乎'何必革命呢'这句话,很有些刺激力,而'半步政策'亦属情所难堪,所以林子冲和彭刚都站到胡国光一边了。"革命高涨时代,激进或者貌似激进者总是更有影响力。而胡国光之所以有此主张,则是出于自己和陆慕游的私欲,胡国光可以由此安顿好家里的小妾与婢女,而陆慕游则可以与垂涎已久的孀妇钱素贞公开交往。总之,在此时尚属革命性质的机关和民众团体中,以胡国光、陆慕游为代表的绅士阶层以"革命"的姿态加入其中,并具有实际上的主导权。反过来,他们行事不是遵循新的政治原则或者各自所代表的团体的立场,而是依托原有的绅士阶层之间的关系彼此呼应,在各个不同的团体、机关背后相互通融,上下其手,从而延续着这一阶层对于地方社会的控制权。

胡国光投机革命之所以一度得手,不仅仅因为他个人的狡猾,也因为他成功利用了地方上原有的绅士阶层网络,而这个网络已经渗透于新的革命机构中。而他的成功混入,进一步加强了这一阶层在新的革命权力机构中的控制力。胡国光甚至想打倒县长,取而代之。对于胡国光来说,其实无所谓"革命"或"反革命"。他既可以投机"革命",也可以投机"反革命",他没有自己的政治立场,而以牢牢掌控地方权力为目的。所谓"劣绅",小说除了透露他在当年抵制日货行动中表里不一外,并没有具体的劣迹;关键在于胡国光之流盘踞县城,在正式的国家权力之外掌握着地方社会权力。虽然政权更迭,但是在地方社会中,绅权却很稳固,而且不断膨胀。他们以地方社会的逻辑来应对自上而下的种种变动。胡国光敏锐地发现激进的革命姿态可以掌控权力,那么他就选择做革命阵营中的激进派,从而渗透进新的政权组织中,继续维护绅士的实际地位。而当省里来的巡视员李克准备将其作为"劣绅"拿办的时候,他就利用掌握的店员工会反击,殴打了巡视员。当已经反叛革命的夏斗寅部队即将到来的时候,他自然就成了"反革命"的先锋。

胡国光这一人物形象的价值,就在于让地方社会空间由此显形。关于这部小说的已有研究多在宏大的"革命与反革命"话语下展开,而这一话语又因为革命阵营其后的分裂和斗争而一再改写,其内部充满歧义,而二元对立的形式却更加凝固。在此视野中,简单地将胡国光划入"反革命"的阵营,会模糊对"革命"内涵的理解。胡国光其实是置身于"革命与反革命"之外的地方权势人物,而这曾经是国共双方共同的斗争对象,也就是大革命的目标。有历史学者指出,"1920年代的国民革命以政治革命开始,针对的是帝国主义和封建主义,却以社会革命而告终,其矛头对准的是地方自治运动的社会基础"①,即地方士绅阶层。胡国光这一形象,既说明了"打倒土豪劣绅"何以成为大革命的目标,又说明了大革命的失败不仅仅是国共两党最终的分裂,也包括地方势力对于国民革命的渗透、利用和改造。在地方社会空间中,还原胡国光的"绅士"身份,才可能对于小说叙写的时代风云之复杂变幻有更准确、深入的认识。

二、"世家"出身的知识分子

在这场尖锐的斗争中,不仅可以看到如胡国光一类"劣绅"投机革命的种种表现,还可见其时地方社会中绅士阶层整体上的分化与裂变。

在方罗兰这个人物身上,显示了绅士阶层具有时代特征的新变化。如小说中透露,方家也是"世家",与陆家来往密切,方罗兰本与陆慕游背景接近,当属于地方上的绅士家族。然而,方罗兰不但在政治斗争中与胡国光相对立,似乎在面貌、气质上也与胡国光乃至陆慕游之流少有相近,并不表现其本有的"绅士"出身。他虽然出生于本地,但是并不立足于地方社会,不谋求地方权势,而是立足于贯彻从省里自上而下的方针、政策,遵守"党义"。他的背后隐隐代表着建立现代的统一的"国家"的意志,而革命正是现阶段统一国家的一种手段。这是他与胡国光、陆慕游之流的根本区别所在。

两者的区别,显示了地方社会中绅士阶层的分化。而探究这一分化的动因,与方罗兰个人经历分不开。"方罗兰今年不过三十二岁,离开学校,也有六年了。"多年接受新教育的经历当是他脱离地方社会、接受现代政党政治、立场更接近自上而下的现代国家政权形态的原因。一方面,新教育是由现代国家推动的,内含着建立统一的现代国家,以深入地方、动员民众、应对危难时局的企图。另一方面,新教育还赋予方罗兰新的身

---

① [美]费约翰:《唤醒中国:国民革命中的政治、文化与阶级》,李恭忠、李里峰等译,生活·读书·新知三联书店2004年版,第249页。

份——"知识分子",其个人气质、心理和内在情感,显示出从传统的知识阶层向现代知识分子过渡的状态。在如此紧张激烈瞬息万变的斗争时期,小说一再叙写着方罗兰内心在妻子与孙舞阳之间的摇摆。而在政治决策上,他没有定见,不够坚决。内心感情丰富,对敌斗争意志不够坚定,幻想"宽大中和",这几乎成为此后革命文学中"小资产阶级知识分子"出身的革命者的标签。虽然此后因国共斗争不断强化的阶级对立遮蔽了两者之间的共同性,但追溯其出身,他与"革命文学"中的"知识分子"形象一起,共同显示了出身于传统的知识阶层的新一代,在现代以来严酷的政治斗争中日益狭小的生存空间和精神世界。

多年后,茅盾在《〈动摇〉法文版序》中自述:"《动摇》和它的姐妹篇《幻灭》与《追求》,都是企图反映一九二七年前后的中国革命形势。但正面描写那时期革命与反革命斗争的,只有《动摇》。《幻灭》与《追求》中的人物都是知识分子,《动摇》中的人物便复杂得多了,这是更近于实际情况的。"①然而,《动摇》不仅是正面描写斗争,也不仅是在知识分子之外写了"劣绅"或"绅士"人物,更因为它呈现了在地方社会空间中"知识分子"与"绅士"阶层本有的联系,由此揭示出现代国家进入地方、地方社会应对革命风暴的方式,打开了"革命与反革命斗争"之外的另一种视角,所以才"更近于实际情况的"。

第二节 《霜叶红似二月花》:江南城镇的绅缙变迁

《动摇》在讲述复杂尖锐的大革命斗争故事之余,亦可见茅盾对于地方绅士阶层的熟悉,其间已流露出叙写这一阶层生活世界的兴趣,从中亦隐隐可见其后创作《霜叶红似二月花》的若干伏笔。比如,作者在紧张的大革命斗争故事中,却轻轻打开古色古香的陆府宅院,只见两位老人闲坐"怀旧":

---

① 《茅盾全集》第1卷,第430页。

第二章 从改良到革命:世事巨变与地方绅缙——茅盾《动摇》《子夜》《霜叶红似二月花》

> 陆三爷正和老友钱学究在客厅里闲谈。……
>
> 钱学究和陆三爷的二哥是同年,未尝发迹。他常来和陆三爷谈谈近事又讲些旧话。今天他们谈起张文襄的政绩,正是"老辈风流,不可再得"。钱学究很感叹地说道:
>
> "便是当初老年伯在浔阳任上,也着实做了些兴学茂才的盛事;昨儿敝戚从那边来,说起近状,正和此地同样糟,可叹!"
>
> 陆三爷……叹口气说:
>
> "自从先严弃养,接着便是戊戌政变。到现在,不知换了多少花样,真所谓世事白云苍狗了。……"

这一有些"白头宫女在,闲坐说玄宗"意味的场景,其实更多体现的是作者本人对于本地世家的熟悉,笔触不禁放缓。只是斗争势紧,"白云苍狗"之叹无暇展开,作者只能匆匆收手。即如小说特别提到的陆家待字闺中的小姐陆慕云,也仅出场一次,与小说故事情节并无更多联系,流露的其实主要是作者对于刻画世家深宅里的女性人物的兴趣。作家的兴趣终不可抑制,关于这一阶层的生活他拥有丰富素材和体验,最终还是娓娓道来,这就是《霜叶红似二月花》(以下简称《霜叶》)[①]。

何以茅盾在抗战岁月写出了一部似乎与既往作品大异其趣的《霜叶》来?细读默想,其动因其实在作家开始小说创作的时候已经埋设。从《动摇》的陆府走进《霜叶》的张宅,其间氛围相当接近,几乎不用转换。帷幕开启,就见到两位太太的闲谈:

> ……瑞姑太太早又接下去说道:"王伯申现在是县里数一数二的绅缙了,可是十多年前,他家还上不得台面;论根基,我们比他家好多

[①] 茅盾长篇小说《霜叶红似二月花》未完稿,前9章1942年连载于《文艺阵地》七卷1号至4号,后5章1943年连载于《青光》,题名为《秋潦》,1943年5月由桂林华华书店初版,此后作者增补了写作大纲、部分章节梗概和片段后新版。本书据《茅盾全集》第6卷所收录《霜叶红似二月花》引用,人民文学出版社1984年版。

了,不过王伯申的老子实在能干。"……

老太太点头,有点感慨地说:"这话也有三十多年了,还有那赵家赵老义,也不过二三十年就发了起来;……"

照例,这种背诵本县各大户发迹史的谈话一开始,只有瑞姑太太还勉强能作老太太的对手,恂如的母亲是外县人,少奶奶还年轻,都不能赞一辞。恂如不大爱听这些近乎神话的陈年故事,但也只好耐心坐在那里。……

这部小说的主角赵守义、王伯申与钱良材即在两位太太的闲谈中以"绅缙"身份登场。以这样的从容笔致,整部小说前后穿插勾连,实际上展现了晚清至"五四"前后一个江南县城"绅缙"阶层整体上的命运变迁与内部的分化和斗争。身处转型时代,这一群体代际更替明显加快,三十年间已大体可以分为三代。

一、"老新党"

在瑞姑太太与张老太太的闲谈中,在各色新旧人物的对话中,以钱良材的父亲为代表的一代绅缙面貌不断丰满、清晰,而且富有人格魅力。关于这部小说的已有研究对于张老太太等人的闲谈大多视而不见,其实大大缩小了这部小说的时空,限制了对其文学价值的发掘。

作为"县城里一个最闲散,同时最不合时宜的绅缙",老者朱行健是一个少见的人物形象,他的"最不合时宜",其实主要在于坚持公心,以地方公益为重,不但自己全无私心,而且也对他人的私心毫不通融,绝不同流合污。他的一派天真有时会被赵守义、王伯申利用,然而也会让他们假公济私的图谋暴露出来。更让人称奇的是,他见到张府的少爷恂如时还聊起自己的研究:"我的化学不够,试验器具又不齐全,我竟弄不出什么名堂。"恂如笑问:"行健老伯,你在化学上头,还是这么有兴味么?"这样一位老者还在搞"化学"试验,坚持当年参与维新、认真求知的劲头儿至今,并由此回忆起钱良材的父亲:"十五年前,那还是前清,那时候,县里颇有几个热心人,——令亲钱俊人便是个新派的班头,他把家财花了大半,办这样,办那样,那时我也常和他在一道,帮衬帮衬,然而,到头来,还是一事无成。……(五六年前)那时他说,行健,从戊戌算来,也有二十年了,我们学人家的声光化电,多少还有点样子,惟独学到典章政法,却完全不成个气候,这是什么缘故呢,这是什么缘故呢?""钱俊人"曾推广西学,学过西方的"声光化电",因此后时局动荡,结果不尽如人意。但是他由此发出的疑问、表达的困惑意味深长。

近代以来士绅阶层的面目似乎都为一句"土豪劣绅"所概括,其实只是一种浮泛的印象。身处千年未有之变革时代,他们也曾积极趋新,曾经相当程度上作出进步的努力和尝试。他们的形象使人想起鲁迅的回忆:

> 我想赞美几句一些过去的人,这恐怕并不是"骸骨的迷恋"。
>
> 所谓过去的人,是指光绪末年的所谓"新党",民国初年,就叫他们"老新党"。甲午战败,他们自以为觉悟了,于是要"维新",便是三四十岁的中年人,也看《学算笔谈》,看《化学鉴原》;还要学英文,学日文,硬着舌头,怪声怪气的朗诵着,对人毫无愧色,那目的是要看"洋书",看洋书的缘故是要给中国图"富强",……
>
> "老新党"们的见识虽然浅陋,但是有一个目的:图富强。所以他们坚决,切实;学洋话虽然怪声怪气,但是有一个目的:求富强之术。所以他们认真,热心。①

钱俊人、朱行健等原来曾经是"老新党"中的一员,代表了清末以来为图富强而维新的一代人的鲜活形象。在这个江南县城此时看来已显迂腐的朱行健的种种表现,原来是"老新党"的作风。仅十余年过去,曾经的维新派已经"不合时宜",又足见世事变迁之快。

而从钱家村附近村民的口中,可以感知"钱三老爷"在地方社会的威

---

① 鲁迅:《重三感旧——一九三三年忆光绪朝末》,载《鲁迅全集》第5卷,人民文学出版社2005年版,第342—343页。

望。钱俊人在一定意义上承担着"保护人"的职责,这正是传统正绅的形象。从瑞姑太太等人言语间对于钱俊人的敬重,可知其品行方正。甚至从赵守义之流闲谈中对于钱俊人的敬重,既可见其德才,也可见其当年在一县范围内的影响。钱良材遇到困惑的时候对父亲的追思、追问,则勾勒了钱俊人的内在世界。以此多方补缀、层层渲染,一个既表现出传统绅缙的德行又努力迎应时变,既保护村民利益又思谋国家富强的近代乡绅形象逐渐立体。钱俊人这一没有出场的人物形象不仅大大拓展了小说叙事时空,而且成为一个参照,显示了在这一时期江南城镇社会中,绅缙阶层本身急剧的分化与劣化。

二、"大老官"

这一时期,在这个县城占据主导地位的是"绅缙"赵守义、王伯申。在阶级视野中,通常视王伯申是新兴民族资产阶级的代表,赵守义是封建没落地主的代表。不过在小说所展开的地方社会空间中,在当时当地人们的口中,他们的身份都是"大老官",这是当地对于"绅缙"的通称。虽然两人之间也隐然有"新派""老派"的区别,不过相比钱三老爷,他们更有共同特征,代表了这一时期乡绅阶层的面目:依然绅权在握,只为假公济私,道德沦丧,徒留伪善。

小说将二人安排在不同的场合中出场,显示了作者对于这一阶层的熟悉和高妙的笔法。赵守义出场是在家中,一伙人正在谈话,按照省里的"孝廉公"的来信,追查"陈毒蝎"(陈独秀)的党徒,检视县里稍露苗头的新风,感叹风俗的败坏。不料,赵守义后院起火,因为与儿媳有私,引发吵闹,慌得他只好走开。座中其他人则由敦风化俗会长引题议论起女裤、裙子,由正经转为下流。传统乡绅本是一个无形的"声誉群体",乃是当地社会正统意识的代表,并因此获得其他社会阶层的敬重,这一阶层也自感对于社会风俗负有引导之责。而在此时此地,其一方面整体上已经呈现堕落之势,另一方面还想把持着维护道德风俗的责任。作者对于赵守义出场的设计正对应这一阶层的时代特征。这个"老派"绅缙先正容严肃地在客厅端坐,不料他的姨太太与儿媳之间起了纷争,他急忙跑回内室去平息风波,狼狈不堪。他又交代徐士行下乡收债,暴露了他通过高利贷盘剥村民,借此抢夺农民土地的贪婪,随后两人为下乡催债的花费锱铢必较,显露了吝啬本相。品行不修,盘剥农民,守财如命,彻底暴露了这个"大老官"看似老派而已非老派,维护着正统的面貌而已经堕落的底子。

而对于另一个"大老官"王伯申,作者则着力展现其新派作风下面的旧底子。此人出场更有"未见其人,先闻其声"的效果。开篇在张家两位太太的闲谈中提及其身份和家世,颇有些暴发户的样子。接着在茶馆里赵、王两派的纷争已经公开,而作为主角之一的王伯申直到第七章方才出场。在办事房,他正与左近的人商议应对赵守义的攻击。赵守义一伙人在一起的氛围,既酸腐又虚伪;而王伯申的周围,明显以他为中心,彼此之间不像同道,隐然有上下等级。王伯申言行举止间颇有威势,刚愎自用,目的明确,少有道德羁绊,抓住赵守义"和女校那个教员的纠葛"也只是为了"反敲"赵一把。其"新派"气度主要因为他是商人,谋利至上,因而注重效率,说话少道学气,或大笑,或沉吟,动作节奏明显,隐然有此前《子夜》中吴荪甫的影子,与赵守义的虚伪作派就区别开来。比如,同是谋利,赵守义是"老派"的放高利贷的方式,赚取利息,吞并田地;而王伯申则开设公司,引进"现代"的轮船连通这个县城与上海之间的人员物资往来。不仅于此,作者又接着表现其新派中的旧底子。同是家庭内部场合,赵守义在姨太太和儿媳妇之间狼狈不堪,展现了他的虚伪;而王伯申对儿子婚事的独断专行,暴露了新派人士的专制如旧。

在这一阶层整体堕落的大势中,代与代之间又有分化,老派的绅缙与新崛起的绅商之间,似新实旧,似旧而新,《霜叶》对此刻画得准确、传神。除了对于两者阶级身份的分析,在其时其地的社会结构中,以其本有的"大老官"的阶层身份认识这两个人物形象,更可以体会小说的意蕴、作家的笔力。

三、"新地主"

《霜叶》的价值更在于塑造了钱良材这个人物。对于钱良材及其同辈,如黄和光、张恂如等,研究者常以"青年知识分子"称之,并不确切。小说中有时候也称钱良材是钱家村的地主,不过这里"地主"仅仅取其本义。从小说所展开的社会空间来看,钱良材及其同辈就是当地传统绅缙家族的子一代,他们在个人品行上还保留有传统乡绅之家的气质,若干社会行为上也继承了正绅的职责。只是在过渡时代,周围环境和他们自身都在变化。面对世事如此,他们或浅尝辄止,偶有振作,随即就颓废下来;或勇于担当,但不过是苦苦支撑,最后还是止不住深深地迷茫和困惑。

当此时代,绅缙的新一代有了新的出路。张恂如曾经"专修法政",黄和光也是从学校毕业,曾经竞选省里的议员,许静英以及王伯申的女儿可以到省里的教会女校读书。新教育给予他们新的上升通道。然而,黄和光在议员复选失败后,即颓唐下来。回到县城,这里依然是士绅社会。不过"绅缙"的地位和身份并不是自动获得的,恂如、和光还需要积累相应的资历和声望才能出任地方上的"绅缙"。两人目前所能做的只是先"守住了这祖业",以作为候补。研究者通常将这样读过新学的青年人自动归为"知识分子",然而"知识分子"却在此回归旧路。这既显现了原有社会结构的延续和对人物强大的塑造作用,又提示研究者认识小说所呈现的地方社会结构的必要性,即对人物身份的界定不能脱离其社会空间。看起来这两个青年的人生将重回地方绅缙阶层的轨迹,不过他们的颓唐状态、沉闷气质又显示旧路已无法安顿其内心。两人身上所呈现的从士绅阶层向现代知识分子转型阶段的模糊状态,既体现着两个阶层难以斩断的历史联系,更说明以清晰的概念区分二者的必要,因为只有概念清晰才能注意到小说对这种"过渡"状态的捕捉。而小说之所以能呈现这种新旧难以截然分开的过渡状态,当是基于作者对传统社会阶层的熟悉和对转型期社会特点的洞察。这一点在小说另一个青年人物钱良材身上有着更为充分的体现。

与恂如、和光的颓唐相比,钱良材因为父亲早逝,已经独立承担家事,并往来奔走于城乡之间,继续维持着父亲创办的地方公益事业,比如"佃户福利会",并欲扭转本县绅界的堕落。就像他对王伯申的不屑,"良材和他父亲一样的脾气;最看不起那些成天在钱眼里翻筋斗的市侩,也最喜欢和一些伪君子斗气"。传统乡绅需要以服务地方来"争点名义,要大家佩服",有时需要资财上的贡献。钱俊人当年无疑是这样做的。而现在地方上的两个"大老官"为了个人私利明争暗斗,甚至不惜牺牲人命,却偏偏都要扯上"公益"的名目,这让钱良材尤为不平。

然而,"这样一个豪迈的人儿""还有那么许多烦恼",不仅仅因为家事不如意,也因为继承父亲乡绅之路的诸多挫折和困惑,让他禁不住发问:"老人家指给我那条路,难道会有错么?"最困惑的是,在自己的村庄上,面对原来的村民,也开始感到迷茫。问题不仅仅指向外部的世事巨变,也开始指向了自身,对于乡绅阶层自身地位开始省思。困惑、反思和自我怀疑使得这个人物独具价值。面对王伯申轮船公司的汽轮对河道两岸农田的严重冲击,钱良材制止了村人的冲动,决定让出一段农田后再围堰。然而,在这样吩咐的时候,他会感觉到无力。当天晚上他会更进一步反思,会去思索"为什么大家心里不愿,却又服从我呢?"这是一个崭新的问题。在传统乡绅那里,比如话剧《五奎桥》中的周乡绅依然自信:"乡绅们说的话,乡下人素来是听从的。我要他们怎样,他们就是怎样。"① 而钱良材却对此产生了疑问,其实是对于自己出身的乡绅阶层的基础开始反身打量。这些问题是之前本没有人提出也无须提出的。钱良材之所以产生这样的疑问,是因为他处在了一个新的时代。困惑之下,他转而向父亲那里寻求答案:

> 他默然谛视着父亲的相片,仿佛听得父亲的沉着的声音在耳边说:"君子直道而行,但求心之所安,人家怎样想,不理可也。"哦!但"道"是什么呢?良材苦笑着,却又忍不住想到:"可也作怪!这一个字,在父亲那时就轻而易举,片言可决,干么到了我手里又变得那么疑难?"

他的追问和反思至此到了一个节点,虽然尚无明确意识,但是他已经

---

① 洪深:《五奎桥》,载《洪深文集》(一),中国戏剧出版社1957年版,第225页。

感受到"道"发生了改变。士绅阶层与"道"本不可分,这是这一阶层立身的基础,尽管不是人人都能够践行"道"的精神。然而在钱良材这里,却不由得对"道"本身开始了反省。"父亲每举一事,决不中途怀疑它的对不对。好像那时候一切事情就分成两大堆:一堆是善,一堆是恶。而且那时候人们的见解也是那么干脆:好与不好,人人所见是一律的。"如果视"道"为一个时代共同的价值观,"人人所见是一律的",那么在钱良材的时代,这种共同性正在瓦解。或如有思想史家所论,这是一个"道出于二"的时代。①钱良材的反思、迷茫、内在的焦虑、紧张预示了士绅阶层在这个时代分化、蜕变的必然,而其思考的严肃又显示了知识阶层对于"道"一贯的持守。

此前此后,这一形象颇是罕见。在现代文学中,出身士绅之家的年轻一代,在城里读过几年新学后,可能背叛自己出身的地主家庭,走向革命道路;更多的则是浑浑噩噩,毫无所成,最终还是回到乡下,既没有受到现代教育太多影响,又缺少祖上领袖一方的本领和威望,只能成为倚靠祖业、无所事事的寄食者,已经不能称之为士绅,只能显示传统士绅的没落而已。依然怀着士绅认同却又努力面向新时代,认真思考着时代的变化、探索着新的道路、痛苦地思索着自身阶层的价值的形象并不多见,钱良材堪为代表。他是士绅阶层嬗变过程中的重要一环,他的疑问、困惑既意味着传统士绅的终结,也预示着向现代知识分子转化的可能与开始。然而,他还不是知识分子,他依然占据的是一个"士绅"的位置。他既显现了士绅阶层自身不得不变、不能不变,又展现了中国士人传统与现代知识分子的内在联系。

第三节 《子夜》:"老乡绅"进城与末路

在《子夜》②问世之后,吴组缃说道:"我记得作者早年的三部曲之一的

---

① 罗志田:《道出于二:过渡时代的新旧之争》,北京师范大学出版社2014年版。
② 茅盾长篇小说《子夜》于1933年由开明书店初版;本书系引自《茅盾全集》第3卷,人民文学出版社1984年版。

第二章　从改良到革命：世事巨变与地方绅缙——茅盾《动摇》《子夜》《霜叶红似二月花》

《动摇》中有个主人翁土豪胡国光。这个人物，恐怕是作者脑筋中凭空想象出来的，故不免有许多乱七八糟的过火的描摹。如今本书中的曾沧海便是《动摇》中胡国光的化身，不过改了一个姓名罢了。这个人物在本书中写得最失败。"①由"曾沧海"回想起"胡国光"，实属自然。而对"胡国光"的描摹虽然有过火的地方，却不能说是作者凭空想象出来的，如前文所述，作者对这一阶层的人物相当熟悉。也正因为如此，作者在《子夜》中因为要写一场乡村革命的故事，于是这样一个人物又出场了："就在吴老太爷遗体入殓的那天下午，离开上海二百多里水路的双桥镇上，一所阴沉沉的大房子里，吴荪甫的舅父曾沧海正躺在鸦片烟榻上生气。这位五十多岁的老乡绅，在本地是有名的'土皇帝'。"这里的背景接续着《动摇》所叙写的国民革命运动时期，"打倒土豪劣绅"的口号响亮，不过这位"土皇帝"没有投机"革命"、呼风唤雨，而是逃到了上海。但他依然会让读者想起"胡国光"，因为小说刻画人物的方式似曾相识。比如，后者的内室混乱，而到了"曾沧海"的家里，情节几乎一样。"但对于自己家里这两个女人——他的非正式的小老婆和他的儿媳中间的纠纷，他却永远不能解决，并且只能付之不闻不问。"他的儿子也与他的小老婆阿金之间不明不白。创作于《子夜》之后的《霜叶红似二月花》，故事时间提前到"五四"前后的江南一个县城里，读者又看到了类似的"绅缙"形象，赵守义与儿媳关系暧昧，姨太太争风吃醋，内室乱成一团，老赵一筹莫展。

对于这类"老乡绅"，作家或是因为熟悉，形成了提炼素材的模式，习惯于从家庭秩序的混乱、伦理的败坏来显现其品行的堕落，其间也暴露出"乡绅"与阶级话语中"地主"概念的差异。为了写出一场乡村暴动，《子夜》补叙了一段农民武装攻打双桥镇的场景。这次农民暴动的领导者，是"一个佩手枪的青年"，而曾沧海之所以成为目标，是因为阿金原是这个农民的老婆，被曾沧海抢占了。小说插入的这一节，显现了作家其时对于乡

---

① 吴组缃：《〈子夜〉》，原载《文艺月报》第1卷创刊号（1933年6月），后被收录于唐金海、孔海珠编《中国当代文学研究资料·茅盾专集（第二卷）》，福建人民出版社1985年版，第936页。

村阶级斗争的想象有限,农民代表没有名字,作为对立方的是"老乡绅"形象,主要依托的是作家原有的社会体验,而不是阶级话语对于"地主"的定义,仍习惯于叙写一个传统阶层的堕落,而不是揭示"阶级敌人"的"剥削"本质。

相比曾沧海,对另一个进城的"老乡绅"冯云卿的刻画,得到了更多的肯定。朱自清评价:"如冯云卿利用女儿事,写封建道德的破产,却好。"[①]之所以如此,是因为作者贴近地写出了冯云卿原来的"乡绅"身份,而不是如对曾沧海那样多用固定笔法。曾沧海更多表现外在行为,而冯云卿则体现内在挣扎,老乡绅的道德伦理意识与上海的金钱至上法则相交战:"他忽然发狠,自己打了一个巴掌,咬着牙齿在心里骂道:'老乌龟!这还成话么?——……你,冯大爷,是有面子的地主,诗礼传家,怎么听了老何的一篇混账话,就居然中心摇摆起来了呢?'"这是他听了用女儿来实施美人计以谋利这个主意,心动之后又反悔的心理过程。因为本是"有面子"的地主,"诗礼传家",所谓"前清时代的半个举人兼乡绅",而不仅仅是"地主",所以他在道德沦丧过程中的挣扎、犹豫才可触可感。冯云卿的经历也提供了一个这一阶层堕落过程中的内在视角。

有研究者评论,"三个地主,在压迫农民这一点是一样的,不过,各人的面目还是不同的。曾沧海是地头蛇,吴老太爷是复古派,而冯云卿是金钱迷。"[②]茅盾能写出他们的不同,恰恰在于不仅以"地主"的概念来刻画,而且依据自己本有的社会体验,关于传统乡绅阶层生活的感受和记忆。更重要的是,《子夜》将其置于一个以"上海"为中心场域的故事中,揭示了乡绅阶层在近代以来,城乡社会渐成分离之势的大时代的命运。所谓"绅为地方之重",乡绅阶层本是地方社会重心所在;随着这一阶层向近代都市的集中,也就失去了其原本植根的社会空间。在这个意义上,吴老太爷

---

① 朱佩弦:《〈子夜〉》,原载《文学季刊》第1卷第2期(1934年4月),后被收录于《中国当代文学研究资料·茅盾专集(第二卷)》,第968页。

② 庄钟庆:《〈子夜〉的艺术风格》,载《中国当代文学研究资料·茅盾专集(第二卷)》,第1109页。

到上海以后即刻"风化",既颇具象征意义,也有社会史内涵,既因为道德、观念的冲突,更因为从地方社会到中心都市的空间迁移,后者当是这一阶层消亡的深层原因。

茅盾的小说创作始于"打倒土豪劣绅"的口号响彻城乡的大革命时代。基于当时地方权力恶化的情状,"土豪劣绅"成为人们对于乡绅阶层的整体评价和称谓,所谓"有土皆豪,无绅不劣"。不过,从一向居于"民望之首"的乡绅变成"平民之公敌"其实有一个过程。而作家本人成长于士绅传统深厚的江南社会,不但对此多有观察,而且深有体会。于是,茅盾首先抓拍到这一阶层面对革命大潮的狼狈情形,然后镜头由近及远,笔法由紧张的速写、漫画转为从容的工笔描摹,近乎全景式地展现了这一阶层自清末以来的嬗变之迹。这不仅是关于茅盾小说研究中曾被忽视的一个线索,而且它与茅盾对宏大历史的书写有着深层联系。

《动摇》《霜叶》等都从"绅士"或"绅缙"人物的出场开始,茅盾对清末以来世事巨变的讲述于此落笔,既可由此梳理出从这一阶层变迁展开叙事的视角,也可见作家对宏大历史的讲述离不开其有关地方社会空间的体验和记忆。《子夜》自然是以上海为中心,但是对老乡绅们乡居时代的追述则扩充了小说的社会史内涵。自清末改良运动兴起到大革命时代近三十年间,乡绅阶层作为原有社会结构的中枢,既多方探索新路,内部也泥沙俱下,但无疑是社会变迁的主角之一,对这一时期历史叙事的分析不能忽略且需要认识这一阶层的存在。追索茅盾小说中乡绅阶层嬗变之迹,不仅可见政治史叙述何以生动,还可见近代以来国家与地方、城市与乡村关系变革的迹象。若以社会史视野打开茅盾小说所展开的地方社会空间,注意到传统士绅与现代知识分子阶层的联系,还将丰富对中国知识阶层现代转型过程复杂性的认识。

茅盾书写宏大社会历史的笔力早已为文学史所承认,而其具体内涵还值得不断发掘,其中不但可见"革命与现代中国"等既有研究已经深入开掘的主题,还蕴含着从空间视野进行新的阐释的可能。

第三章　走出地方社会：
一个新青年的"前史"
——叶圣陶《倪焕之》

　　1928年，叶圣陶应《教育杂志》之约在该刊连载长篇小说《倪焕之》①，于年底续完；翌年，单行本出版。此前十余年，作者已经写了诸多以当时的中小学教师生活为题材的中短篇小说，"教育小说"成为其鲜明标志，此时《倪焕之》的出版可谓这方面创作的大成。

　　其时最有影响的批评家之一茅盾立刻给予了热烈的回应②。他的批评高屋建瓴，特别是提供了一个认识和评价这部小说的基本框架。后来者从政治史、思想史、教育史或心灵变迁的角度入手，视野更加多元③，但是在两个方面深受茅盾批评的影响。首先，将小说内容的时段聚焦或压缩为"自'五四'以来的十余年"；其次，将主人公倪焕之的人生历程概括为"从乡村到都市，从埋头教育到群众运动，从自由主义到集团主义"的转变之路。茅盾的批评深具功力，同时带着批评家其时其地特定的认识框架。他立足于大革命刚刚落幕的1929年，回望小说主人公由远渐近的脚步，关注点主要是自五四运动以来的十余年；相应地，以主人公在思想认识和行动上与革命时代接近的程度来判定其不同人生阶段的价值。他的概括方式内含着一种目的论，"从乡村到都市，从埋头教育到群众运动，从自由

---

① 《倪焕之》在《教育杂志》连载之后，作者有所修改，1929年9月再由开明书店初版，此后亦曾修改再版。本书系引自《叶圣陶集》第3卷所收《倪焕之》，江苏教育出版社1987年版。
② 茅盾：《读〈倪焕之〉》，载《文学周报》8卷20期（1929年5月）。
③ 陈思广：《〈倪焕之〉接受的四个视野》，《辽宁大学学报（哲学社会科学版）》2012年第3期。

主义到集团主义"——在三组关系中,后者是方向,前者是应该被超越的或被否定的阶段。后来研究者的认识或不尽如此,但大多会沿用这样一种概括方式。因为主人公在五四运动以后的道路才是通向正确的、有价值的方向,所以对他的人生故事自然聚焦于后半程。他之前的经历,或被一笔带过,或作为后半程的对比,进行简要评析。主要观点有,在找到正确道路之前,倪焕之的事业追求,"一切希望悬于教育"的理想,注定是虚幻的;他的精神状态,对生命的"怀疑和烦闷",这是此时作为一个小资产阶级知识分子或个人主义者的软弱性的体现。

回到文本,一个客观的事实是,小说故事所包含的时段,不仅是五四运动以来的十余年。倪焕之生于清末,上过私塾,废除科举之后进了学堂,在中学时代经历了辛亥革命,毕业之后做了小学教员,读过《新青年》,在小镇上迎来了五四运动,此后才在老同学的拉动下,离乡进城,一步步走向大革命时代。——主人公在五四运动之前的人生历程清晰可见,约占小说三分之二的章节,都是发生在五四运动之前,而且是不能一笔带过的——那么,将他的人生时段压缩为五四运动以来的十余年,这种认识是如何产生的?作为一个被五四运动划分了生命两个阶段的人,五四运动又是如何改变了他的人生?

这不是对倪焕之这样一个虚构的文学人物形象进行历史复核。有历史研究者曾对民初知识分子进行年龄代际考察,发现新文化运动的发动者和拥护者在1905年废科举时的年龄处于童年少年(6—15岁)和青年(16—25岁)时期,五四运动时则正当青年成熟期(20—39岁)。研究者由此指出,"新文化运动的兴起,恰恰是1905年废科举后尚处青少年时期的一代知识分子成长为社会中最活跃的一代人所带来的结果。"①新文化运动的拥护者、五四运动的参与者与"倪焕之"是同一代人。作为现代文学中一个少见的如此清晰的"新青年"形象,倪焕之的一生都值得完整体悟

---

① 苏云峰:《民初之知识分子(1912—1928)》,转引自金观涛、刘青峰《开放中的变迁:再论中国社会超稳定结构》,法律出版社2011年版,第194—195页。

和重新认识。那就是我们重新阅读历史时已经逐渐模糊,而在茅盾当时或许并不需要特别留意的问题:"新青年"是谁,是一群什么样的人?他们何以走向五四运动,成为"新青年",进而走向革命?如果新文化运动不仅是一场从天而降的风暴,席卷了众多的参与者被动加入,而是一代青年人成长起来后所带来的结果,那么它是如何与参与者个人的人生相结合的?如果一代"新青年"的人生,并不能简单以五四运动为标志分为两段,那么,其内在联系又何在呢?

警惕基于后见之明的评判惯习,开放历史视野,进而会发现不仅倪焕之的青春时代与"五四"同行,而且他的一生恰与中国的"转型时代"相重合。思想史家发现,自"1895—1920年初前后大约二十五年的时间,这是中国思想文化由传统过渡到现代、承先启后的关键时代","在这个时代,无论是思想知识的传播媒介或者是思想的内容均有突破性的巨变",可谓中国的"转型时代"①。这一发现将始于晚清改革,包含辛亥革命、五四运动,直至20世纪20年代中期的历史视为一个前后相续的时代,尤其是提供了一个中国近现代思想文化"转型"的视角。倪焕之生于转型时代,完整经历转型时代。不以政治史、思想史、教育史上某一阶段的观念为立足点进行评判,而是在中国近现代转型的视野下整体地认识倪焕之的人生道路,或将对"新青年"一代有更为切近或更多层面的认识。比如,"新青年"常常直接被视为"知识分子",然而,这一身份从何而来?"新青年"如果作为中国知识阶层的新的一代,他们何以走出或跨越中国知识阶层的传统?

"20世纪初的中国知识人,面临着从古代士大夫到现代知识分子的大转型。这一转型,既是一次思想史意义上的价值转变,也是一个社会史层面上的身份、地位和角色的转型。"②关于《倪焕之》的已有研究,多对主人公的社会转型缺乏敏感,不但未曾注意其身份的转换,而且没有留意这一

---

① 张灏:《中国近代思想史的转型时代》,《二十一世纪》(香港)1999年4月号。
② 许纪霖编:《20世纪中国知识分子史论》,新星出版社2005年版,第1页。

转型是一个重要而曲折的社会史过程,因而把倪焕之的知识分子身份作为一个既定的事实。在中国近现代转型的视野下整体地体味倪焕之的人生故事,以社会史、生活史的研究视角贴近主人公的道路,可以发现既有研究尚未揭示的层面:在倪焕之下乡、进城、最终走向革命道路背后,隐含着一个新兴阶层走出或脱离地方社会空间的过程。这是一个地方社会的读书人最终告别士绅社会空间和士绅传统,寻找新的空间建立新的身份认同,由此探索全新的知识分子道路的历程;在他身上,叠合了新教育兴起、现代知识空间扩展、近代城乡社会分离等多个进程之间的内在联系。

第一节　废科举与新教育:青年何以消沉?

相比倪焕之在小镇上充满理想主义而被研究者总结为必然幻灭的教育实验,他在由城下乡、结识蒋冰如之前的精神历程更是常常被忽略。然而,主人公这一段似乎充满失望、感伤和苦闷的经历,却是今日重新体认中国知识阶层现代转型历程不能省略的叙事,它生动呈现了新旧时代的断裂与联系。

倪焕之中学毕业后,最终做了小学教员。在见识了过渡时代小学校的种种怪相、乱象之后,他一度深深地消沉,感到"自己沉沦在地狱里",他的失望和哀伤至此达到了顶峰。对此,已有研究或将之归因于过渡时期教育界的黑暗,或将之概括为小资产阶级知识分子容易伤感颓唐的软弱性。近来也有研究者从心灵史的角度,贴近主人公,肯定其前后人生阶段的内在联系,敏锐地将对倪焕之的关注向前追索到了中学毕业后这一小段时间,并视其时的"心灵跌宕"为一种必要的"精神历练",肯定其在人物自身成长中的价值。[①]这一分析更接近人物自身,不过,和此前轻忽主人公这种低沉状态的研究者一样,都将之仅仅视为主人公的"心灵"或"精神"

---

① 何希凡:《叶圣陶的教育情结与倪焕之的心灵变迁》,《西华师范大学学报(哲学社会科学版)》2005 年第 2 期。

问题。倪焕之对做电报生的不快、辛亥革命后无端的哀愁、毕业求职时的失望到执教后如沉沦于地狱般的哀叹,这自然是其精神和心理状态,然而仅仅是表现。贴近小说人物的现实处境,其实可归结为"该怎样生活"的问题纠缠着主人公。这一问题可以分为两个层次,首先是现实的"出路"问题,求职谋生一直让他压力重重;与之相联系的是人生价值何在的问题,倪焕之进行职业选择的时候总会考虑这一层。而之所以"该怎样生活"会成为一个问题,则是因为废止科举这一千年巨变,将原本不是问题的问题抛给了新一代读书人。

倪焕之本来可以走一条很确定的人生道路。当焕之出生的时候,父亲对他的人生是这样"巴望"的:

> 那时还行着科举,出身寒素,不多时便飞黄腾达的,城里就有好几个。他的儿子不是也有这巴望么?到焕之四五岁时,他就把焕之交给一个笔下很好、颇有声望的塾师去启蒙,因为他不是预备叫焕之识几个字,记记账目就算了事的。

科举之路原本是平民家庭最重要的上升性社会流动渠道。"焕之十岁时开笔作文,常常得到塾师的奖赏。……不上两年,作经义作策论居然能到三百字以上。"看起来,这个少年的人生将沿着科举之路走下去。若如此,便不必如后来那般上下求索。然而:

> 这时候,科举却废止了,使父亲颇为失望。幸而有学堂,听说与科举异途而同归,便叫焕之去考中学堂。考上了。

1905年(光绪三十一年)科举制度的废除,对于中国社会以及身居其间的读书人而言,都意味着一场牵系极多的巨大变化。后世历史学家也从诸多方面指出废止科举堪称千年之变意义的事件。不过,历史巨变的当时似乎并没有引起个人生活的波澜,主人公不过是由私塾进入中学堂,而"学堂生活真像进了一个又新鲜又广阔的世界"。无忧无虑的少年,还没有意识到,他的人生已经永远地改变了:科举之路已经被废除,站在这一刻,无人知道读书人新的道路怎么走,往什么方向走。倪焕之此后的故事,都从这一刻开始。

在中学还没有毕业的一天,父亲要焕之去报考电报生。虽然父亲后来取消了这个提议,但是后科举时代的生活,已经开始展露在一个中学生面前。接下来,主人公即将中学毕业、面临求职选择的时候,又一个历史大事件发生了,辛亥革命爆发。这似乎可能带来新的希望。"但是他随即失望了。这个城也挂了白旗,光复了。他的辫子也同校长一样剪掉了。此外就不见有什么与以前不同。"通常将主人公的失望作为辛亥革命不彻底性的又一个证明,需要留意的是,这种失望又是与一个中学毕业生其时的出路、前途联系在一起的。"然而哪里来机会呢! 毕业期是近在眼前了,……他开始感觉人生的悲哀。"如主人公自己的剖析,这是一种无端的哀愁,不仅仅是因为对大事件的失望,对做电报生的担心。这种哀愁却又如此强烈,甚至有一天"萌生了跳下池塘去死的强烈欲望"。哀愁之无端,大概还混合着青春期的特质;哀愁之强烈,则是置身于巨变时代的反应。

科举制度下培养的是士大夫阶层,其出路和前途原本是明确的。然而,废除科举之后,新一代读书人毕业以后还需要在社会上选择一个具体的职业和岗位来谋生。这本身就意味着知识阶层的边缘化,正从国家与社会的中枢滑出。①在社会地位和个人心理上空前的落差感,才是倪焕之求职时节失望复失落的内因。比如,对"小学教员"工作的反感,大概更因为对远离军界政界等中心场域的失望。而且,选择教员职业的时候,在个人还看不到上升的希望,在整个社会还没有形成新的循环流动的渠道。对于一个"喜欢用思想,要叫人家得到益处"的读书人,觉得就此决定了

---

① 罗志田:《近代中国社会权势的转移:知识分子的边缘化与边缘知识分子的兴起》,《开放时代》1999年第4期。

"平平淡淡的一生",哀伤悲叹自是难免。

其次,所谓"该怎样生活"的问题,还有人生价值何在、精神世界如何建立这一层面。以儒学为中心的中国传统学术完成了对读书人从知识、道德到伦理、态度等多个层面的规定,在这个意义上,科举制度就不单纯是读书人的登进之途,更构成了他们修身养性的道德世界和精神给养的来源。①废除科举、倾覆道统后,时人已无稳固的价值可以依托。倪焕之在面临出路选择的时候,都会考虑到相应的人生价值的问题。在中学还未毕业时候,已萌生出模糊的想法,"喜欢用思想,要叫人家得到益处";到最终做教员,也是因为"觉得这事业仿佛也有点价值"。与前人相通的是,作为一个读书人总难舍价值问题的选择和思考;和前人不同的是,值此过渡时代一切已无可遵循,只能一个人来探索。

面对"该怎样生活"这一问题而"心灵跌宕",不仅是某一"个人主义者"或"小资产阶级知识分子"的软弱表现,也不仅是独属于一代人的体验,而是知识阶层身处历史变革之中一种普遍的人生处境。"中国近代知识分子处在一个过去熟悉的规范与秩序皆跌得粉碎的时代,想要寻找自己的新定位,变得非常困难。精英与国家、社会,精英与民众的关系必须重新定义。这是一个中国历史上影响最大的阶层转型变化的历史,其中有许多的曲折与复杂性。"②思想史家曾专题讨论五四青年的烦闷和迷茫③,若与辛亥革命后身为地方社会小学教员的"倪焕之"的失望哀伤连接起来,可以发现其遥遥指向废科举这一千年之变。废科举是一个过去时代的终结,新文化与新文学则着眼于创造未来,两者的联系予人印象更深的是作为新青年导师的鲁迅一辈讲述科举制度的桎梏,对个人成长和心灵上的创痛之深。而对于儿时刚入私塾即遭逢废除科举的一代读书人而言,似乎更多的是一种童年回忆。如叶圣陶曾作过一篇短篇小说《马铃

---

① 沈洁:《后科举时代的清末社会》,载杨国强主编《近代中国社会研究》,上海社会科学院出版社 2008 年版,第 90 页。
② 王汎森:《中国近代思想与学术的系谱》(增订版),上海三联书店 2018 年版,第 300 页。
③ 王汎森:《思想是生活的一种方式——中国近代思想史的再思考》,北京大学出版社 2018 年版。

瓜》,有批评家从中却读出,小说写科举时代的"童生"生活非常亲切有味,活泼可喜①。不过废除科举制度,也留下一片巨大废墟,并不能轻易挥去。如倪焕之作为小学教师的经历常常被一笔带过,而他的学生时代更是作为教师经历的序曲而被忽略;然而序曲却奠定了他人生乐章的基调,"该怎样生活"的问题此后一直伴随着他,让他时而消沉,时而奋进。这是很难超越或消解的问题,贯穿了他的一生。因为倪焕之的"心灵跌宕",将一个后来的"新青年"与废科举这一千年巨变之间的联系凸显出来。断裂也是一种联系,后科举时代当是现代文学史难以隐去、不能忽略的底色。

在废科举与一个"新青年"人生故事的连线上,才能更深入理解倪焕之对"教育"的爱与憎。

因废科举而新教育大兴。废科举意味着旧路已断,新教育则是倪焕之苦苦求索新道路的空间。它是后科举时代如倪焕之这样一个地方社会的读书人仅有的工作和栖身之地,也是可以让他思考价值和意义、实验他的"理想",从而可能向一个知识分子转型的最初的空间。

其一,新教育已经初步把他培养为现代知识人,改变了他的观念世界和生活世界,初步塑造了他的人生轨道。就像他跨进新学校的感觉一样,"真像进了一个又新鲜又广阔的世界"。在学堂生活中,通过和同学们传阅报纸,听校长的演讲,种族的观念、天下的观念都已改变,已难于想象他再继续成为一个士子。倪焕之按照新教育的学制毕业、谋职,已经是新教育的产物。

其二,他虽然对当小学教员怀着抵触情绪,然而作为一个地方社会上边缘读书人,"新教育"基本上是其唯一可以栖身之地。有研究者将清末尤其是民初以来介于上层读书人和不识字者之间的学堂毕业生称为"边缘知识分子"②。清季教育改革特别是科举制的废除,即是大量边缘知识

---

① 钱杏邨:《叶绍钧的创作的考察》,载刘增人、冯光廉编《叶圣陶研究资料》,知识产权出版社 2010 年版,第 328 页。

② 罗志田:《道出于二:过渡时代的新旧之争》,北京师范大学出版社 2014 年版,第 22—37 页。

分子出现的一个直接原因。与科举制度下可以终身参加考试不同，新教育的毕业制度每年都在向社会推出大量中学毕业生。在这种情况下，小学教员就成为边缘知识分子群体最主要的就业岗位。社会史研究的这一概念清晰地道出了倪焕之和他的同学们的处境。

其三，过渡时期的新教育虽然弊病丛生，但却是倪焕之这样的地方社会上的读书人向知识分子转型的最初的空间。

已经选择了"小学教员"职业的倪焕之，在失望之中转而奋起。因为遇到一个同事，对待学生的投入和教育学生的方式，是"当了三数年教师的焕之从没听说过"的，这位同事"不只教学生识几个字，还随时留心学生的一举一动，以及体格和心性"，这使焕之的"心转了个方向"，想到要焕发自己青春和生命力。他开始将"教育"作为一门专业，加强学习理论，仿效同事转变教学态度，将教学工作本身作为一项业务与同事进行探讨，从中获得了好些新鲜的"趣味"。进而"趣味"改变了他的精神状态，与同学金树伯的通信中，他已经"由忧郁转为光昌"，还由此产生了好些理想。倪焕之的转变在于，立足教师职业和岗位，努力探求和建立职业伦理，进而以此为基础重建人生价值。作为后科举时代的读书人终于承认和接受职业分工，并由此进一步思考教师工作本身还应该有价值和意义，作为教师还应该有"理想"。

此时，倪焕之已经在进行一个重要转型，在努力地成为现代教育体系下的一名"教师"。"在1905年废除科举之前，教师一直是官僚体系的附属物，是科举制度的副产品。"① 而现代教师是一个新的职业和群体，在中国是随着科举制的废除、新教育长足发展而逐步显示其现代特征的。新教育体系下的"老师"在社会结构中的位置、职业目的、职业意义并不是既成的，而是逐步建立的。而在倪焕之有意识地思考并重新定义"教师"工作的时候，也是立足职业岗位追寻后科举时代一个读书人的人生价值和

---

① 丛小平：《师范学校与中国的现代化：民族国家的形成与社会转型：1897—1937》，商务印书馆2014年版，第3页。

意义,在以个人的努力探求"该怎样生活"这一时代问题的答案。

第二节 乡镇与乡绅:一个新青年的前世

在倪焕之探求作为教师的职业伦理,并由此产生了或远或近的理想的时候,终于遇到了他的同志。小说开篇,倪焕之坐船从江南一个城市来到周边一个小镇上担任高等小学的老师,因为他与校长蒋冰如教育理念相通。两个人由此在这个小镇上展开了"理想教育"实验。

对于二人的教育实验,似乎早有定论,其改良性质显而易见;二人的理想,自然不免"空想"的成分;推行过程中的犹豫妥协,更加证明二人作为民族资产阶级或小资产阶级知识分子的软弱性。不过在转型时代的视野下,对于二人的"理想"与实验仍有辨析的必要,既有研究重在其所表述的教育理念本身,且不乏后见之明或今日立场的评判,而对两个人"理想"内部的差异、立场的不同,关注不够。究其因,对二人在变动时代的身份、位置的差异缺乏敏感。而认识其内在的差异,不仅是为了重估他们的教育实验,更因为二人的合作与最终的分途包含着中国知识阶层现代转型的核心关节。

焕之的探求始于一个边缘读书人"该怎样生活"的问题,焦虑于一个读书人在后科举时代的角色和自我认同的建立,因此其侧重也在于立足一个教师的岗位建立职业伦理,由此获得人生价值感和幸福感。他的改革尝试所着眼的方向更多在"教育界"内,在于教师和教育本身怎样良性发展。他将人生价值建立在"职业"发展基础上。他从反感小学教员的工作,转而立足具体的岗位,将这一岗位当作自己在社会上、在动荡时代里一个坚实的立足点,人生希望和价值都由此而生。而已有研究重在对其教育改革想法本身的评判,没有留意到主人公作为一个知识人的内在转型。

与之对比,蒋冰如大力推进教育实验,首先是将之作为一项"地方事业",主要是为了改良世代所居的小镇。正像他第一次给焕之介绍小镇的时候所吐露的:"不过究竟是个乡镇,人口只有二万。你要是有理想有计划的话,把它改变成一个模范的乡镇也不见得难。"途径就是通过学校教育,不断地培养人。他的着眼点主要是眼前的小镇,希望促进小镇的公共事业。焕之更关注于教育界本身的发展,这与他立足"职业"的精神是一致的;而蒋冰如是把出任校长、办高等小学、实验理想教育当作一项"地方事业"来推进,办教育是实现改良地方社会的"理想和计划"的途径。相比焕之,他更关注"教育与社会"的关系,他力主"学校要转移社会","我们认为不错而社会不了解的,就该抱定宗旨做去,让社会终于了解"。面对小镇上刮起的迁坟风波,他的想法是"从学校的立场说,应该把破除迷信的责任担在自己的肩膀上"。他认为学校负有引领和改变地方社会的责任,他的自我认同将其与士绅传统联系起来。

> 树伯的同乡蒋冰如是日本留学回来的,又是旧家,在乡间没什么名目,但是谁都承认他有特殊的地位。当地公立小学的校长因事他去时,他就继任了校长。他为什么肯出来当小学校长,一班人当然不很明白,但知道他决不为饭碗,因为他有田有店,而且都不少。

这种"没什么名目"而又"特殊的地位",正是士绅的位置。明清时期,以科举功名为支撑的士绅阶层,进而为官,退居乡里则为绅,上沟通国家权力,下引领和教化普通民众,以至有海外学者认为中国曾形成一个由获得功名的精英主宰的士绅社会①。晚清时期,内忧外患,引发巨变,绅权却空前扩张。虽然废除科举制度从根源上中断了士阶层的来源,当时却无碍绅权扩张之势。事实上,自停废科举之后,不少丧失了向上流动途径的地方士绅便转而投身于新式教育,试图以此继续维持其在地方上的影响力,这也构成了新式教育发展的最初动力。②与依靠科名出身的士绅人物

---

① [加]卜正民:《为权力祈祷:佛教与晚明中国士绅社会的形成》,张华译,江苏人民出版社2005年版,第21页。
② 季剑青:《地方精英、学生与新文化的再生产——以"五四"前后的山东为例》,《现代中国文化与文学》2009年第2期。

有别,这类因趋新而赢得或巩固了地方权势的人也被称为新士绅,其中不乏投身新学,甚至留学海外者,如蒋冰如就是留洋回来的。留学的经历如同曾经的科举功名一样,成为晋身士绅阶层的重要资历。而出任高等小学校长,掌握当地的新学学务,则是士绅身份的体现。尤其是他有田有产,出任校长"决不为饭碗",乃是士绅的典型姿态,其所在意的不是实际的收益,而是由此维护和加强个人在地方上的"特殊的地位"。

对蒋冰如教育理念的评价,多局限于"教育"领域本身;实际上他的"教育理想"离不开其作为新士绅的身份。其"理想"既有对逐渐走向独立的现代教育事业本身的思考和探索,又混合着新士绅对于地方的责任,背后是士绅教化地方社会的悠久传统。倪焕之与蒋冰如的合作,其实是刚刚毕业的新一代读书人与新士绅的合作,焕之在新士绅主导的地方社会空间获得了实验新教育理想的机会;冰如则热切寻找着"同志",一起通过教育改革来促进小镇向自己理想的方向发展。二人有共同的知识基础,对新教育的想象乃至具体的主张、见解都有接近的地方,这源于二人在知识上共同的新学背景。两人的合作更有深刻的精神背景,乃是同为读书人,在转型时代都面临着严重的价值危机。为此,倪焕之和蒋冰如都努力在"教育"领域中应对时势,寄托和建立新价值。也因此,二人彼此呼应的教育"理想"其实内涵有异。这对于焕之有着建立新的信仰的意义,填补的是过渡时代个人价值取向的空虚;这对于冰如却是士绅原有中枢地位的新投射,将士绅的教化责任与时势相结合,以"一切的希望在教育"来化解士绅阶层在新的社会结构中的位置与价值何在的问题。

两人"理想教育"实验的困境也因此显豁。冰如亦新亦旧,却又不新不旧。他虽然以新士绅的身份掌握着地方上的学务,也做出了一些革新的尝试,但是科举废止、道统倾覆后,支持士绅地位的制度性基础已经不存。他的想法从来没有走出校园,只能在校内宣讲;而且,除了得到焕之的真诚赞赏之外,并没有赢得同事的信服和支持,遑论得到小镇民众的拥护。不能赢得道义权威的士绅,地位是不稳固的,影响力必然有限。"迁坟"风波中,小镇上人声喧嚣,冰如只能关起门和几个教员商议应对,高等小学如风浪中一个孤岛,即是这一处境的显现。已有研究多将其笼统地解释为新旧冲突,究其实则是新士绅的困境。

两个人的合作源于"教育"一直是中国知识阶层的领地。焕之在观看小镇上灯会盛况的时候,也会不由自主地想到,"逢到国庆日,学校应当领导全镇的人举行比这灯会更完美盛大的提灯会;又想到其他的公众娱乐,像公园运动场等,学校应当为全镇的人预备,让他们休养精神,激发新机"。"教化"地方民众是中国士人阶层熟悉的传统和责任。但是废除科举后,文教传统的制度基础已经不存在。新教育需要面对民族国家,重新定位与大众的关系,寻找在社会的位置。这个小镇上的经历,宛如新一代读书人的前世一梦。在向新的路上,安居地方社会、接续士绅传统依然还是那么熟悉而又亲切,不由自主还是会被吸引;然而它终归难以安放这一代青年的理想。

五四运动的到来使二人内在差异和限制暴露出来,最终将倪焕之从地方小镇拉动到现代都市,去寻找真正属于自己的阶层和空间。

第三节　报刊与演说:"五四"来到小镇上

在现代文学史上,《倪焕之》罕见地叙述了一个小镇社会响应五四运动的过程,提供了一个认识五四运动的地方场域。

高等小学经过教工商议决定罢课三天,并在学校大门口搭建了一个临时台子,面向全镇民众举行"救国演讲"。这样一场被暴雨中断的演讲,给演讲者最大的触动是听众的反应。面对台下听众专注的神情,焕之忘记了"站在台前的正就是前年疑忌学校、散布流言的人",而体认到"先觉者"的角色;冰如则空前体会到作为新士绅的权威。两个人的备受鼓舞反映了一个更重要的变化:小镇舆论空间改变了。高等小学占据了小镇议题的制高点,第一次统一了地方社会的舆论空间。

蒋冰如对小镇上舆论空间的分裂和对立有很深的感触。"冰如却最恨那些茶馆,以为茶馆是游手好闲者的养成所",看起来似乎只是对不良风习的排斥,实际上更因为身陷茶馆者"思想走上了另外一条路",因为这里是由蒋老虎主导的空间。蒋老虎"是如意茶馆的常年主顾,是赌博的专门家;而镇上的一般舆论,往往是他的议论的复述"。蒋老虎坐镇茶馆,制造和影响着全镇的舆论。"迁坟"风波即是由蒋老虎首先从茶馆里放出风声且推波助澜的。茶馆和新学校隐然是两个对立的空间。蒋冰如此前的想法只能在校园内交流,在校园以外的小镇上几乎没有得到理解和支持。

当五四运动的大潮波及小镇的时候,局面改变了。经由报纸传来北京爱国学生运动的相关消息,让小镇上的人都很愤激,但初始只能读报或听报,赵举人在茶馆里慷慨激昂的议论也止于对卖国贼的痛骂,最有力也因而最"现代"的表达只能是高等小学的"救国演讲"。作为新学校的教师,蒋冰如、倪焕之不是报纸信息被动的接受者,他们又以公开演讲的形式扩大了传播,而且在小镇上也唯有他们能够传达和表达运动所内含的"民族主义"动因。焕之所表达的"民族国家"观念,已不同于起自晚清的自强、救亡意识。他们的演讲将小镇和全国联系起来,将小镇上的居民和现代"民族国家"联系起来。走出校园、站在学校大门外的演讲,吸引了几百位镇上的居民认真听讲,有力地改变了小镇的舆论版图。蒋冰如第一次感到这样的议题也可以走进茶馆里去演说,可以占领茶馆原本闲适、颓废且一直与自己相对立的空间。

"在众多话语和实际的权力中,五四让所谓'舆论'变成了至关重要并极大影响日后历史走向的东西,因此五四就成为现代中国舆论转型的重要时刻。"①舆论的改变,是因为生产舆论的公共空间此消彼长。不过已有研究多关注于中心场域,而《倪焕之》则提供了一个地方视角。循着小说叙述的节奏,此前主人公一直在小镇上忙于理想教育实验和个人的恋爱、结婚事务,五四运动波及这个小镇如大风从天而降,似乎有些突兀。于是叙述者立刻交代,这要"赞颂报纸的功效","假若每天没有几十份上海报

---

① 瞿骏:《天下为学说裂——清末民初的思想革命与文化运动》,社会科学文献出版社2017年版,第107页。

由航船带来,这个镇上的人就将同蒙在鼓里一样,不知道他们的国家正处于怎样的地位,遇到了怎样的事情"。报纸将北京和江南小镇这样的"各地的"民众联系起来,仿佛整个国家都动起来了,"这种情形在中国从来不曾有过;仿佛可以这样说,这是中国人意识到国家的第一遭,是大众的心凝集于一,对一件大事情表示反抗意志的新纪元"。正如诸多学者的研究,民族主义的发生、发展和现代媒介的兴起不可分割;而在地方社会,率先起而迎接新报纸,传播、表达民族主义思潮的,是新学校的师生。作为在地的读书人,倪焕之、蒋冰如通过报纸和演说,把源自运动中心的信息和思想传播开来,也将小镇纳入了一个以都市为中心正向乡镇扩展的现代空间中,覆盖了小镇上原本闲适、颓废的茶馆空间。废科举、兴新学,为新的思潮由中心向地方社会的扩散做了在地的准备。五四运动来到小镇上,背后是一个现代知识空间的下延,而小学代表的新教育体制则是这一现代空间向乡土社会扩展的先锋。延长历史视野,倪焕之与五四运动的相遇,有一段不可忽视、不可割断的"前史"。

　　回望倪焕之此前的经历,现代报刊、出版和演说早已进入了其日常生活,不仅仅只有新学校,在他的背后还有一个新教育、新报纸与新的知识人社群相结合所建构的现代知识空间的存在,只是距离或有远近,影响时隐时现。倪焕之成长的过程,也是现代知识空间与"小镇青年"日益切近的时代。

　　焕之自私塾进入中学堂以后,就感到新的课本和教育体系带来了一个新的世界,尤其是同学之间相互传阅禁书和报刊,一起聆听校长鼓动革命的演讲,"他对于校长的演说,也深深感动……他的演说并不怎么好,……但依然能牵动学生们年轻而敏感的心灵",在接受亡国灭种的危机意识和推翻清政府的思想同时,他们在改变着相沿已久的中国知识阶层的习惯,开始读新书、阅报刊和听演说。

　　一班中学生终于迎来了辛亥革命的爆发,他们是通过报纸参与这场历史巨变的。大家轮流去买报纸,力求第一时间抢到由邮政带回来的来自上海的报纸;他们在课堂上传阅报纸,压过了老师讲课的努力。叶圣陶本人则留下了更加生动的记述,他详细地把那段时间在学堂、茶楼等各处阅报的情形和感想一一写进了日记。①

这样的习惯一直伴随着倪焕之的生活,虽然曾因为对民初政治的失望而一度中断,但是接着就迎来了《新青年》杂志。在和金小姐的恋爱中,两个人的一个重要话题就是围绕《新青年》的文章展开讨论。

接下来在焕之婚礼的现场,则可见转型时代公共空间言说方式的变迁。按照金树伯的意见,婚礼当请赵举人作为主婚人。"可是赵举人不喜欢演说,以为那是当众叫嚣,非常粗俗可厌,便读一篇预先撰就的祝辞来代替。"作为传统士绅的赵举人和他端正严肃的祝辞,在这里带来了喜剧效果,"赵举人的祝辞摇曳再三,终于停止了。忍住了一会的笑声便历历落落从大家的喉际跳出来,仿佛戏院里刚演完一幕喜剧的时候一样"。人们依然尊重赵举人的地位和所代表的传统,但赵举人表达的内容则完全被忽略,大家转而听取的是蒋冰如发表的演说。在这样一个特别的场合,显示出"演说"这种公众表达方式的"现代性"。在叶圣陶的诸多"教育小说"中,也多有作为教师的主人公进城听取教育演讲的叙写。

由此回头发现,生活在地方小镇、执教于新学体制下的高等小学的倪焕之,一直通过报刊和演说与小镇外的都市空间保持着联系;报刊和演说,已经深深楔入这一代知识青年的成长之路。"从晚清到五四,再到五卅,以书籍、报刊、演讲等为代表的舆论所形成的权势网络的力量无论怎样估计都不过分。学生们正是依靠这股力量了解世界,想象世界乃至改造世界。"②关于《倪焕之》的已有研究多注重对于主人公思想内容变迁本身的梳理和评价,但是从生活史和社会史的视角贴近倪焕之的生活可见,他与一个"以书籍、报刊、演讲等为代表的舆论所形成的权势网络"乃至由此新舆论与新教育支撑起来的一个现代知识空间一起成长的历程,才是决定此后历史走向的更深刻因素。这当是新文化运动影响深远之所在,

---

① 参见《叶圣陶集》第 19 卷,江苏教育出版社 1994 年版,第 39—40 页。
② 瞿骏:《天下为学说裂——清末民初的思想革命与文化运动》,第 107 页。

倪焕之随后的选择即体现了这一点。

第四节　潮起又潮落:新青年进城与大革命下乡

"五四"大潮过后,小镇似乎又恢复如初;然而,倪焕之的感觉已经变了。"他只感到异样的寂寞,仿佛被关在一间空房子里,有的是一双手,但是没有丝毫可做的事情那样的寂寞。"之所以寂寞,因为他的心已经为新思潮所激荡。或如有研究者在重释20世纪20年代"文学青年"道路时所发现的,对新潮书刊的阅读"不只是思想的影响,还提供了一种崭新的时空关系,激励'我'在一种普遍的文化关联中,重新安排自己的'身份'"[①]。如果说五四运动将"各地青年"与一个不断壮大的现代知识空间连接起来的话,那么,这个新的空间吸引和拉动各地青年告别乡镇、进入其中,进而实现身份转型,才是更具实质性的影响。

倪焕之对一种"崭新的时空关系"的想象和向往是由王乐山激发的。老同学王乐山自新思潮的中心北京南下,在车站这两位多年不见的中学同学甫一见面,互相由对方触发了不一样的"感觉"。焕之首先迎面感受到了一种"青年气概";反过来,在王乐山眼里的老同学,却透着"隐士"的气息,生活的小镇让人感觉"清静极了,清静到觉着空虚"。而"王乐山是焕之在中学学校里的同学,是离城二十里的一个镇上的人",这样的江南小镇原本也是他出生、成长的空间。此刻,"乐山四望景物"却感到"清静""空虚"。这是小镇,生于斯老于斯的故乡,成为打量的对象,意味着主体与故乡空间的分离;之所以转而以审视的眼光看待故乡,因为王乐山来自新的空间。而这种"空虚"的感觉一下子就切近到倪焕之自己的心境。

接下来,应焕之的探询,乐山介绍了五四运动的具体情况,尤其是新

[①] 姜涛:《从会馆到公寓:空间转移中的文学认同——沈从文早年经历的社会学再考察》,《中国现代文学研究丛刊》2008年第3期。

文化运动影响下"学生界"的新情形,青年学生聚集在一起,探讨人生问题,结成社团,出版刊物,婚恋关系开始自由多了。在都市,新一代知识人正形成一种新的生活方式和新的空间。

当王乐山介绍这些情形的时候,两个人之间还是平等的交流。而当谈及焕之这么多年所努力的理想教育实验的时候,气势陡转。乐山"又长兄查问幼弟的功课似地问:'你们的革新教育搞得怎样了?'","焕之不由自主地有点儿气馁,话便吞吞吐吐了","乐山又这样进逼了一步,使焕之像一个怯敌的斗士,只是图躲闪"。一方紧紧追问,一方后退躲闪。王乐山的自信,是在发问和了解具体情况之前的。他气势上的居高临下,有面对焕之时的知识优势,来自运动中心的信息优势,还有已经在大学里和同学集聚在一起的集体优势,背后则是逐步集聚在都市里的知识人借助现代报刊和大学,"交织而成一个巨大的以都市为中心、向中小城市和小城镇逐级辐射的等级性的知识分子网络空间"①的支撑。这一空间从清末改革时期随着报刊和新学堂的开办,开始在传统社会的母体中渐渐显露雏形,学制改革加速了这一进程。从大学堂、中学堂到小学校的分布,与全国中心都市、省会城市、县城大体对应,从而以大都市为中心,到各地城市,再到乡镇,这种等级性的空间格局,空前拉开了各地的落差。直到新文化运动爆发,不仅是新知识的生产和新思想的传播,更重要的是形成了"新思潮",以都市为中心的新的空间格局不断下延和扩展。运动流布愈广,中心愈显高耸,因而落差越大,引力愈强,终呈雷霆万钧之势。此刻面对中学老同学,王乐山的"青年气概"和居高临下的气势,即是这一新的中心/边缘空间格局的具体体现。对"各地青年"而言,学习和掌握新思想本身,还需要理性和时间;而大潮袭来则是从头而下、身心弥漫的,于是"他们要在'潮'里头沐浴,要在'运动'中作亲身参加的一员"。骤然凸显的空间格局和巨大落差,就像瀑布激流,引动着各地的青年去"超越血缘、地缘的限制,在新文化的印刷符号的召唤下,在另一个空间,将自我寄托于反

---

① 许纪霖:《都市空间视野中的知识分子研究》,《天津社会科学》2004年第3期。

思性的追寻中"①。

在老同学的带动下,倪焕之经过认真思考和抉择之后,最终迈出了一步:进城。

> 这一回乘船往火车站去的途中,心情与跟着金树伯初到乡间时又自不同。对于前途怀着无限的希望,是相同的;但是这一回具有鹰隼一般的雄心,不像那一回仿佛旅人朝着家乡走,心中平和恬静。他爱听奔驰而过的风声,他爱看一个吞没一个的浪头,而仿佛沉在甜美的梦里的村舍、竹树、小溪流,他都觉得没有什么兴味。

这是倪焕之一生中重要的一步。在人生转折的此刻,首先是空间感觉在切换,从平和恬静到大潮涌动:这不是往常的离乡进城,不是地理意义上的迁移,这一次他将从地方社会进入都市空间,进而开始社会身份的转型。

倪焕之进城之后的生活,并不是立场各异的青年唯一的选择;但是他进城的历程,却是万千"新青年"的道路:

> 各地青年都往都市里跑,即使有顽强的阻力,也不惜忍受最大的牺牲,务必达到万流归海的目的。他们要在"潮"里头沐浴,要在"运动"中作亲身参加的一员。
>
> 他们前面透露一道光明;他们共同的信念是只要向前走去,接近那光明的时期决不远。他们觉得他们的生命特别有意义;因为这样认识了自己的使命,昂藏地向光明走去的人,似乎历史上不曾有过。

这里需要辨析两点:

---

① 姜涛:《从会馆到公寓:空间转移中的文学认同——沈从文早年经历的社会学再考察》,《中国现代文学研究丛刊》2008年第3期。

首先，新青年进城一个强大的动因在于"觉得他们的生命特别有意义"。"过去讨论'主义'之所以吸引人之处往往只重救国及政治的层面，而忽略了'主义'对日常生活的'意义世界'所提供的庞大资源。它与解决人生观、提供大经大法，赋予生命意义、目的感，解决日常生活中极度的烦闷与困惑感是分不开的。"①也因此，不能脱离倪焕之的哀愁、烦闷和寂寞来理解他对新思想的追求、向都市的靠拢。如前所述，倪焕之的寂寞与烦闷基于后科举时代一个读书人的迷茫，基于他对重建生活意义的追求。在王乐山的引导下，因为感觉找到了"根本意义"，他做出了离乡进城的重大选择。他的寂寞、烦闷中内含着追求新思想的动因，成为"主义"的接口。作为对比，焕之的同学金树伯就没有这样的烦恼。所以，没有充满"软弱性"或"空想"的"前史"，如倪焕之这样一个地方社会的读书人就不可能起来迎接"五四"，进而进城寻找与现代知识分子的集聚。

其次，都市是"大潮"拉动青年的方向。一代青年对新思想和"主义"的追求，与"进城"，即空间上向都市的迁移是同一个时代大潮的两个侧面。已有研究多关注于青年对新思想的追求本身，由此忽略了一个重要的社会史进程：现代知识分子阶层正是从"各地"的青年们告别地方社会、进城集聚开始壮大，由此登上历史舞台，日益清晰地显示出不同于中国传统士人阶层的特征。这一进程和近代以来中国城乡分离的趋势互为表里。在科举时代，"传统文化是城乡一体化，具有乡土性，中国所有文化，多半是从乡村而来的，又为乡村而设，法制、礼俗、工商业莫不如是"②。而近代以来，"通都大邑完全接受了西洋文明的洗礼，工业设施、西方习俗日渐传入，影响所及遂使城乡之间由程度之差变为性质的不同"③。知识精英首先在大都市集聚，依托报纸、学会和学校等，形成新的公共空间。在这个意义上，"现代知识分子是现代大都市的产物，从传统士大夫向现代知识者的转变，就是知识分子不断摆脱自然的血缘、地缘关系进入都市公

---

① 王汎森：《思想是生活的一种方式——中国近代思想史的再思考》，第90页。
② 梁漱溟：《梁漱溟全集》第2卷，山东人民出版社1990年版，第150页。
③ 史靖：《绅权的继替》，载吴晗、费孝通等《皇权与绅权》，第143页。

共空间的过程"①。进城之后,倪焕之很快适应了新的生活。教书、演讲、张贴标语、高呼口号,革命青年的活动也是基于现代都市空间展开。作为一个曾经在小镇上的读书人,此时他在新的空间中努力获得新的身份。他在推进革命,他也在壮大知识分子这一新的社会阶层,他参与、发动和见证了一波又一波新的时代大潮。

倪焕之进城之后的生活与留在小镇上的蒋冰如之间的距离,逐步豁显出二人分途背后的深层跨越。两年之后,冰如再来上海要带两个儿子回乡躲避学潮,焕之却正在发动学潮。一个迷惑于时代大潮,一个向往和迎接大潮。冰如看焕之,越发"激进"了。焕之看对面的冰如,"心里混和着惋惜与谅解,想道:'他衰老了!'"焕之与冰如的距离,不仅仅在是否接受新的思想观念,从而是否参与革命活动的差异。冰如在理念上是同意焕之的,但是他并没有加入的意愿。相比思想观念上认同社会革命,从士绅向新的知识人转型还包括空间的跨越。"选择在哪个空间里生活,也就意味着在选择何种文化秩序、何种社会网络里,安排下新的自我。"②作为后科举时代一个边缘读书人,既有的生活道路、社会角色与自我认同皆已不存在,倪焕之只能一路向前探索新的道路,也是寻找新的空间。在小镇上的教育实验是他觅路历程中的一段,但是他难以将其作为终点。一个边缘读书人与新士绅曾经结为同志,但是前者并没有放弃寻找自己在现代社会的角色和身份,边缘读书人只是他的过渡状态。这就是焕之离乡进城、与冰如分途的内在。

已经诀别士绅传统于身后,作为新一代知识人或革命,或教育,或出版,或学术,新的道路似乎有很多选择,却也有更多未知,可能更加步履蹒跚。焕之不再纠结于理想,思想更加明确,且积极行动。他投身大潮,追随大潮,进而成为"革命青年"。他是匆忙的,时而激动,时而亢奋,不知疲惫,也有疑惑,对革命团体忙着接收学校却无法正常开学的问题欲言又

---

① 许纪霖:《都市空间视野中的知识分子研究》,《天津社会科学》2004年第3期。
② 姜涛:《从会馆到公寓:空间转移中的文学认同——沈从文早年经历的社会学再考察》,《中国现代文学研究丛刊》2008年第3期。

止,更多的时候"焕之依然那么单纯,这时候让多量的乐观占据着他的心,相信光明境界立刻就会涌现"。他燃烧着自己的生命,最终病死于都市。

现代空间与小镇社会并非可以平行发展、相安无事。大革命时代到来了,犹如五四运动大潮,大革命仍循着由都会到城市到乡镇的层级,最终在小镇掀起波浪。这一次在小镇上迎接大潮的是冰如和焕之教出来的高等小学毕业生。这群小镇青年没能从上海请回来革命军,但是运回来了当天的一捆新闻纸。"一捆新闻纸当晚分散开来,识字的不识字的接到了占命的灵签似的,都睁着眼睛看。……那种感觉也不是惊恐,也不是怅惘,而是面对着不可抗拒的伟大力量的战栗。"这一次革命仍然是由城里的"新闻纸"带来的。由于蒋老虎见风使舵顺势利导,小镇上的革命对象被确定到蒋冰如身上。外来大势难免被地方所化解和利用,但是革命目标是清晰的,那就是一班青年在全镇集会上高声喊出、在标语上写明的:"打倒土豪劣绅。"由城里远道而来的大革命,最终要推翻绅权对地方社会的支配。这一次看起来似乎是被误导、被利用的大潮,显示了远方的都市空间越来越逼近的力量。尤其值得注意的是,上一次是冰如和焕之起来迎接五四大潮并发表演讲,他们是小镇上的先觉者;这一次是高等小学的毕业生起来革命,蒋华一度要打倒他的父亲蒋老虎,一班高等小学的毕业生要打倒他们的校长蒋冰如。学生们并没有成为地方社会上绅权的继承者,而是服膺于新的"主义",接受的是远方都市传来的话语。虽然冰如担任着校长,他的理想教育探索并不能提供新的人生观和价值观的引导,从而失去了支撑士绅地位的道义权威,因为学生们接受的是新的"主义"。通过自身的体制性力量,辅之以"上海来的新闻纸",新教育培养出的新一代学生,最终成为士绅阶层的反叛者,更显示了中国知识阶层的裂变。

而冰如最后在焕之灵前的告白,表明他依然向往着一个属于士绅的理想空间。"打倒土豪劣绅"的大革命风潮对冰如不无冲击,他似乎对士绅地位和责任已心生倦意,然而关于将来的路怎么走,依然不出士绅的意识。与传统士绅相比,他所欲宣讲的不再是圣人之道,而退缩为"卫生的道理,治家的道理";但是他的姿态依然是一个教化地方社会的新士绅。他最后的思考仍然囿于地方社会,典型地体现了士绅传统对其强大影响。

小说以焕之由城里来到小镇,与冰如相识开始;以焕之在都市病故"回到"小镇,冰如前来与之永别收尾。物是人非,中国社会在他们身后已经发生巨变。基于已有的研究视野,蒋冰如和如他这样的过渡时代的士绅阶层人物尚未得到准确的阐释,因而也没有足够的关注。如果说小说反映了中国知识阶层由士绅向现代知识分子的裂变与转型,那么这一叙事是由蒋冰如和倪焕之的人生故事共同完成的。他们曾经是同志和同事,然而冰如的生活犹如知识分子的前世,新一代知识人再也难以重复。一方面把两个人的人生联系起来,另一方面辨析他们身份的差异,才能更深刻也更切近地体会"新青年"曾经跨出怎样的一大步。

第五节 "新教育小说"与知识阶层的现代转型

茅盾当年即提示,小说《倪焕之》"半部全是描写乡镇教育","也许有人因此而误会此书是专谈教育的"①。夏丏尊认为,"评价一篇小说,不该因了题材来定区别。因《倪焕之》中写教育的事,说它是教育小说,原不妥当"②。那么,《倪焕之》在何种意义上是或不是"教育小说"? 茅盾同时高度评价其为"扛鼎之作",因其具有超出"教育"领域的重大"社会性"和"时代性"意义。而这与小说本身明确的"教育题材"、着力叙写的"乡镇教育"故事之间的关系何在? 迄今研究者尚未直面这一问题并给予回答。

倪焕之所身处的过渡时代的"教育界",似乎少见亮色。校舍大多由旧时的寺庙或祠堂改建而来,阴气森森,校长多将学校视为谋利的私产,许多老师也是倦怠的状态,因收入不高而士气低落,精神猥琐。叶圣陶在

---

① 茅盾:《读〈倪焕之〉》,《文学周报》8卷20期(1929年5月)。
② 夏丏尊:《关于〈倪焕之〉》,载《叶圣陶集》第3卷,江苏教育出版社1987年版,第282页。

《倪焕之》之前所做的诸多"教育小说"中主要呈现的就是这样的基层教育界。不过,这其实是以"倪焕之"怀抱理想的眼光所看到的落差。研究者也多顺从于小说叙事者的视角,将这一时期的"教育"本身概括为守旧、沉滞。然而,在中国近现代转型的视野下,尽管这一时期的"教育界"弊病丛生,但是新教育的兴起仍然是现代转型最重要的制度性建构之一,对于"教育小说"的意义也需要由此再认识。

学堂教育萌发于19世纪末,在1905年废除科举制度后获得长足发展。直到清朝灭亡、中华民国成立,于1912—1913年间制定"壬子癸丑学制",新教育体系基本确立。思想史家指出,报章杂志、学校与学会三者的出现是二十世纪文化发展基础建构的启端。①三者相互影响相互促进,但是就对中国社会现代化的影响而言,学堂的建立乃是清末新政中最重要的一个"创制",持久有力地改变了中国城乡社会。同样身处民初时代,陈独秀即以历史眼光指出新教育的现代性。他将传统以科举为核心的教育制度称为"旧教育",将清末学制改革后的教育制度称为"新教育"②。新教育是通过推进中国知识阶层的现代转型而实现其全方位的影响的。新教育切断了"士"的社会来源,培养出的是现代知识人,这是由传统四民社会向现代社会转型最重要的改变和进一步转型的动力。比如,倪焕之从中学毕业后再进入小学做老师培养新的学生,新教育者已经在进行再生产,持续地培养出新的知识人。尤其是女学的建立,更见新教育的解放意义。从小说中金沛璋的经历可见,进女学读书是她能走出家庭、改变嫁入绅富人家这种女性常规道路的依靠;而毕业以后被新学校接纳为老师,也是她当时所能找到的唯一的工作机会。这个教师的岗位,是她在经济上和社会上自立的基础。这不是她一个人的经历,几乎是新女性道路的缩影。第一代走出家庭的新女性几乎都是以教师的工作为立足点,"从这里出发,她们才逐渐获得立足之地,然后将自己的才能发展到其

---

① 张灏:《中国近代思想史的转型时代》,《二十一世纪》(香港)1999年4月号。
② 陈独秀:《新教育是什么?》,载华东师范大学教育系编《中国现代教育文选》,人民教育出版社1998年版,第177—178页。

他职业领域,如作家、编辑、记者、律师等,为下一代职业妇女开拓更广阔的社会空间"①。新教育不但培养着新的知识人,而且成为他们立足社会的起点。

诚然,《倪焕之》是一部关于"教育"的小说,主人公先是一个中学生,自中学毕业以后一直在做老师,"五四"之后离开小镇进入都市依然是做女子中学的教师;然而,它又不仅仅是关于"教育"的小说,如有研究者将其纳入教育史视野下以现代"教育"的理念来解读,倪焕之的努力只是一堆体现其历史局限性的材料。但是,研究者对"教育小说"之外的意义与小说本身明确的"教育题材"之间的关系却语焉不详。事实上,倪焕之所从事、所经历、所追求的"教育",不是对科举制度下中国文教系统的继承,也不是一个成熟稳定的现代社会结构中一个相对独立的行业和部门,而是自清末民初以来,由废科举而兴起的,推进整个中国社会、思想、文化现代化的一项重要的基础性建制。废科举、兴学堂引发的震荡,远远超出了教育制度改革,成为一场关乎社会结构与功能变迁的巨大变革。《倪焕之》超出"教育题材"的意义,不在于铺展开去描摹"新教育"引发的种种社会效应,而是聚焦于这一近现代转型的中心场域,叙述的是这一进程的核心环节——中国知识阶层的转型,讲述了一个地方社会的读书人在新教育中新生、栖身、追求、努力向知识分子转型的历程。所以更确切地说,《倪焕之》是一部"新教育小说",也是一部少有的关于中国知识阶层现代转型历程的完整叙事。

关注一个新青年的"前史",不为做翻样文章,而重在强调"前史"与"后史"并非截然两段,而有一线牵之:

其一,既有研究多抱后见之明,认为主人公在"五四"来临之前的教员生涯,尤其是到小镇高等小学和冰如一起探索的理想教育,不过是个人主义者必然幻灭的追求。然而,在转型时代大视野下,循着人物自身的脚

---

① 丛小平:《师范学校与中国的现代化:民族国家的形成与社会转型:1897—1937》,第239页。

步,他的努力追求,他曾经的失望、哀伤、颓唐,都是一个青年能够起而迎接进步大潮必不可少的前史。

其二,关于新文化运动和五四运动发生期的研究多聚焦于中心城市、领袖人物和在校学生,然而在后科举时代,许多散布在乡间小镇上的青年也在不懈地探索"出路",这一切终因为《新青年》等新报刊而互通声息,因为五四运动爆发而集聚,汇成雷霆万钧的时代大潮。后科举时代,无数的读书人身处地方社会仍怀抱理想和希望,历经幻灭而不懈追求的经历,同样是新文化运动之前史的一部分。

其三,如果说中国知识分子作为一个现代社会阶层最早在城市里集聚,进而登上历史舞台,那么一个地方社会的青年人回首士绅社会,终又告别士绅社会,安居于平静的乡下,终又决然作别乡土中国,最终进入都市的历程,就是现代知识分子阶层发展壮大的前史。

耙梳前史,不仅仅是为了呈现文学背后更完整的历史背景,更为了突破历史叙事的宏大框架而靠近具体的个人,切近地体会转型时代的青年曾经的焦虑彷徨和上下求索而不得,个人的选择和努力由此浮现出来,历史进程才有温度,才是活生生的。这即是文学叙事的价值。在这个意义上,《倪焕之》是"史"的,更是"诗"的。它不是政治史、思想史抑或教育史研究的材料和例证,它以一个人,一个具体的个人的道路,内蕴了转型时代的深层动力,那就是在延续千年的科举时代终结之后,读书人只能重新寻找和选择一条出路,既包括思想的出路,为了重建人生观,为了有所寄托和信仰,也包括生活的出路,寻求在社会中的位置、岗位,重建职业伦理,实现人生价值。倪焕之是为了自己的人生而不停地追求,不断了解新思想,参与新运动,最后汇入革命大潮的。他不是被时代浪潮裹挟的一粒沙,只是大时代的一个注脚,一个例证;相反,他是以自己的追求去迎接时代的人,也是创造时代的一员。他带着后科举时代一个读书人的迷茫和伤感,一直不停地向前探索,他的迷茫正是他不放弃探索和追求的动因。新思想与革命道路,因为与这样一个读书人内在追求相契合,才赢得了其全身心的接受和投入。《倪焕之》是叶圣陶于 1928 年写下的关于转型时代的史诗,也是迄今回望转型时代最立体、写实的作品①。由此视角庶乎更接近茅盾对其"扛鼎之作"的评价。

  耙梳前史,也是为了贯通文学史研究视野的一种尝试。废科举、兴教育、办报刊等,转型时代与中国现代文学的发生、与现实主义叙事的发展显然还有着更加丰富也更为内在的联系需要去发掘和认识。若顺流而下,一如知识阶层自转型以来一直在历史风云中跌宕,对知识分子的位置与责任、价值和意义的认识迄今并未定型。因此,重温一个过渡时代的人生故事,也许并没有那么遥远。转型时代或不能画上一个明确的终点,城乡结构依然在延续,对于当下无数面临着求学求职选择的"小镇青年",《倪焕之》的故事或许也不会如一页发黄的纸卷,因为其间一个小镇青年的彷徨与追求,一代新青年的"青年气概",虽越百年,声息依然可感。

---

① 1958 年,叶圣陶在向外国读者介绍《倪焕之》的时候回顾:"外国读者如果大略知道我国的现代史实,一定会了解就在我有生以来的六十多年间,我国的变革之大,之快,是史无前例的。……叙述这个变革,表现这个变革,是我国的历史家和文学家非担当不可的任务。这是一项极端重要的任务,目的不但在认识已往,而且在启发未来。当年我写这本小说,也曾经想到这样的任务。"(《叶圣陶集》第 3 卷,江苏教育出版社 1987 年版,第 287—288 页。)

第四章 转型的困境：乡绅分化
与江南城乡社会
——洪深《农村三部曲》

洪深于20世纪30年代初期创作的《五奎桥》《香稻米》《青龙潭》三部剧作组成《农村三部曲》，是其创作生涯最重要的作品。关于这三部剧作，既有研究明显表现出不平衡，《五奎桥》受到最多关注，但是在一定框架下对《农村三部曲》进行整体探讨的成果有限；在左翼文学研究视野中，多关注剧中人物的阶级身份并由此阐发其时乡村社会阶级矛盾激化的种种表现，在这一视角下的研究可能已经相当充分，三部剧作近年来较少为研究者继续讨论。然而，若借鉴社会史的研究视野，打开剧作所展现的地方社会空间，可能由此看到：虽然三剧的农事季节不同，矛盾纠纷各异，也可以看作它们前后相继讲述了一个故事，即生动展现了20世纪30年代江南地方社会中乡绅阶层与农民之间关系恶化、对立、冲突的发展过程，进而可见传统的官-绅-民社会结构在这一时期进行现代转型的困境，由此也展开了一个评价和分析三部剧作艺术水平的新角度。三部剧作创作的得失，可以从诸多方面进行检讨，然而更直观地体现于舞台人物形象的魅力：《五奎桥》因为周乡绅这一典型的传统乡绅形象而平添了诸多回味空间，在三部曲中确属翘楚，《香稻米》中对姜老爷等"劣绅"人物的塑造显然可见简单化、脸谱化的创作痕迹，而《青龙潭》中的小学校长林公达这一形象显示了传统士绅向现代知识分子过渡阶段所遭遇的无力、无奈的处境，这是现代文学人物画廊中少见的形象，《青龙潭》应该得到更多的关注、更高的评价。

第一节 《五奎桥》:"乡绅的传统"与传统乡绅

洪深曾谈起,《五奎桥》①"在上海首次上演时,幸得袁牧之同志演周乡绅;他的十分优秀的演技,加以其他演员合作的努力,已使全剧的表演,无懈可击"②。关于剧作演出效果,作者本人记忆的侧重点也说明"周乡绅"这个人物形象对于全剧的重要性。从现代文学人物画廊来看,如周乡绅这般典型的乡绅形象并不多见。而《五奎桥》也正因为表现这样一个"传统"的乡绅与农民之间的矛盾从激化到爆发的过程而富有戏剧张力,这与《香稻米》相比较就更加明显。

一、"情面":绅民关系的传统

帷幕拉开,一座桥赫然在目。剧作一开始就把尖锐矛盾摆出来,周乡绅要护桥,五奎桥附近的村民要拆桥。护桥,因为这座桥就是为纪念和彰显乡绅的荣耀而建造,它已经"不仅仅是一座桥,而是一个重要的象征","同时关系着乡绅们的尊严和权威";拆桥,是因为这座桥阻碍了村民们运送洋龙的船通过,而不能及时抗旱浇水。在现代文学中,《五奎桥》设计的戏剧矛盾相当独特。不是直接的利益冲突,而是对于传统乡绅尊严的挑战,构成了这部剧作特有的戏剧张力和表演空间。

从剧作中人物谈话间可知,在这个地处江南的城乡社会,仍然保持着乡绅与村民的社会分层。各个村庄中都有一两个头面人物,在杨家村是"陆先生",在东边的齐家村"齐大先生"说话管用。这些被称为"先生"的人物,乃是地方社会的代表和领袖。而在这一阶层中,周乡绅享有更高的地位。在周乡绅出场之前,其权势气焰已经扑面而来。剧中几位农民和周乡绅之间还存在租佃关系,这也使得周乡绅居于主导地位。但是,周乡绅并不能简单等同于"地主",他的身份、地位,由此拥有的威

---

① 洪深话剧《五奎桥》作于1930年,1933年由现代书局初版,后被收录于《农村三部曲》,由上海杂志公司1936年出版。本书系引自《洪深文集》(一),中国戏剧出版社1957年版。
② 《洪深文集》(一),中国戏剧出版社1957年版,第493页。

第四章 转型的困境:乡绅分化与江南城乡社会——洪深《农村三部曲》

势主要不是因为他占有的田地,而是基于他的出身和做官经历。这乃是"乡绅"与"地主"的不同,绅士一般都是地主,但是"所有的地主不一定都是绅士"①。

帷幕拉开之前的舞台提示,已经可见周乡绅典型的阶层身份。科举功名是传统乡绅最重要的标志,功名愈高,身份也更加显赫,而周家祖上曾经"出了一位状元、四个举人",家世荣耀。周乡绅本人曾做过七任知县,虽然现在告老还乡,但是儿子侄子在外面还都做着大官。"士大夫居乡者为绅","绅也就是缙绅,是专指那些有官职科第功名居乡而能得到乡里敬重的人士,这个回答可以说是绅士最好的定义"②。周乡绅正是这样一位"缙绅",而周家的下一代继续在外做官,也在加强着这一家族的地位。虽然已经是民国时期,依托科举制度而晋身士绅阶层的道路已经中断,但是绅民社会结构延续,乡绅在地方社会仍然享有很高的地位。

剧作过半,作为事件中心人物的"周乡绅"终于登场,他"颀长身材,瘦狭脸庞,一双清秀中含着锐利的眼睛,而且吐属文雅,气度大方,不愧是一个世代仕宦,自己又是读过书做过官办过事,退老在家享福的乡绅!"这是独属于"传统"乡绅的气质和形象。以这样"一团和气"的斯文形象登场后,他先和几位老年农民一一打招呼,问候日常起居,家长里短,于是老农民也和他客气起来。这体现了传统乡绅与乡里社会的联系。

然后,他开始切入拆桥事件。他咬文嚼字,引经据典,捧出"四书、五经、二十四史",强调用水车是"圣人定了下来的制度;我中华以农立国,几千年来,所靠的就是这部水车!"这是传统乡绅典型的言说方式,也是周乡绅维护自身尊严和地位的有效方式。由于"圣人定了下来的制度"和倡导的道德观念主要依赖文字传承,乡绅阶层也俨然是传统的代言人,并得到传统的支持,因此李全生想打断周乡绅的表演时,有农民还制止了他。

周乡绅由此稳住了局势,于是转守为攻,开始抨击"洋龙":"洋龙是洋

---

① 史靖:《绅权的本质》,载吴晗、费孝通等《皇权与绅权》,第132页。
② 同上,第131页。

人做出来的洋东西。难道洋人不来,中国的田都得干死了么?"言语之间建立起"洋"与"中"的对立关系,促使局势开始逆转,争取到部分老年农民的支持。

接着,周乡绅进一步诉诸大家共有的"风水"信仰,强调五奎桥不但关乎周家也关系着全乡全村的风水。借助于"风水"观念,将"五奎桥"塑造为地方共同利益所在,于是,老年农民首先动摇,退出了拆桥的队伍。周乡绅登场的时候,身边同时跟着法院的王老爷和一个司法警,代表着国家权力的支持。但是出场之后,他并不倚仗官方,而是巧舌如簧,引经据典,诉诸传统,就使得保桥与拆桥的力量对比发生逆转。这一点体现了传统乡绅地位的基础。"绅士之所以在中国社会蕴含着巨大的力量者,就因为他有权势财富,还有根深蒂固的传统予以支持,绅士在基层社区里之所以厉害者,就因为他不仅能使人畏惧,还能使人信服。"①

形势的逆转让拆桥农民的领头人李全生,很是气恼。他揭露周乡绅的诡计:"你以为同他们客套几句,说两声好听话恭维他们几句,他们就会当你是好人,掉转头向着你,帮着你;至少也要顾到点情面,不好意思拉破脸皮和你闹拆桥?"李全生提到很重要一点——"情面",传统绅民互动关系就体现于此。乡绅对于农民的掌控与引导,农民对于乡绅的信服与追随,形成一个交集,就体现为"情面"。对于乡绅而言,其统治与剥削要罩上一层"情面"的面纱,即他的威望首先建基于社会文化"传统",他所争取的首先让农民信服而不单单是害怕。而农民一方则以信服和顺从给予乡绅"情面",从而获得利益上的庇护与人生意义的指导。而一旦其中一方或双方使用暴力,就突破了彼此之间给予的"情面",超出了绅民关系的常态。

《五奎桥》设计的戏剧冲突的关键恰恰就在于此,其舞台张力也源于此:在矛盾已经不可调和的局面下,看双方原来的"情面"如何撕破,传统的绅民关系如何改变。

---

① 史靖:《绅权的本质》,载吴晗、费孝通等《皇权与绅权》,第134页。

二、新教育：科学与迷信

虽然剧中大保这个少年形象并不为研究者关注，但是分析这场绅民冲突一波三折的发展过程，就会发现设计这个戏剧人物的内在逻辑。如果说李全生提供了与乡绅斗争的意志，那么大保则提供了斗争的知识和"思想"资源。

在这里可以看到新教育已经开始影响乡村社会。"大保虽是乡下人的儿子，一向是在城内县立第三高小读书的。"大保这个不满16岁的还在读书的少年站在了支撑周乡绅的"传统"的对立面。如果不是时事变易，其实大保本可能循着周乡绅所代表的读书、出外做官、回乡做乡绅的道路，成为乡绅阶层的候补。但是新教育给了他新知识和新观念，转而把随后登场的周乡绅劝导农民的说辞全部斥为"迷信"。周乡绅劝导大家应该求雨，而大保说："乡下人为什么这么相信天！……（求雨）这个真叫作迷信。"周乡绅宣扬风水，大保认为："乡下迷信的事太多了，吃素念经是迷信，拜忏打醮是迷信，坟地风水也是迷信。"他对于既有的绅民等级格局也表达了质疑，并不认为是当然的事情。长工解释说这是因为农民种了周乡绅的田，大保则进一步宣传："不错，田固然是他的，不过还得你们自己种了才得吃，还是吃你们自己的。……你们怕周乡绅也是迷信！"如果说李全生"坚决的斗争精神"更多表现为一种个人性格因素，那么大保所受到的新教育则提供了与乡绅斗争的知识和思想支持。虽然大保所宣传的"剥削"概念在此点到为止，在这部戏中没有下文，但后来正是由于启发了广大农民"受剥削"的观念，因此引动了乡村社会轰轰烈烈的革命运动。

虽然大保的话几乎和周乡绅登场以后的说辞针锋相对，不过两人却没有形成直接对话。大保先于周乡绅出场，他的听众只有两个长工和珠凤，他的演说不断受到两个长工的驳斥，被视为奇谈怪论，似乎没有对这场斗争发挥实际作用。而周乡绅是面对着李全生等一群准备拆桥的农民讲话，并成功地劝退了一半农民。由此也可以看出其时的乡村社会，传统观念和信仰依然占据主导地位，现代观念尚未对其构成挑战。

三、"动手":绅民关系的突破

依凭"乡绅传统",周乡绅似乎已经重新掌控局势,使拆桥行动落于下风。李全生识破了周乡绅的策略,却只能气恼而已。在此局面下,他转而请求周乡绅让农民拆桥。本来以理相争,现在以情相求,他只好重新回到绅民关系格局中。周乡绅犹豫之下,仍然以"风水"观念拒绝了这一请求。

在这个关口,李全生依然坚持拆桥。为了摆脱李全生,周乡绅进而当众诬陷他其实是想挟持大家拆桥来敲诈自己,以此分化农民。然而,这一诬陷行为的不道德,让他失去了"令人信服"的乡绅权威。为周乡绅的卑劣所刺激,李全生上前想去揪他。这一动作虽然被同伴拉住,但仍成为事件走向的转折,意味着李全生在激愤之下突破了绅民关系格局。周乡绅的佃户陈金福还勇敢地为李全生辩诬,周乡绅顿时恼怒,举起手杖劈头劈脑地打陈金福。李全生当即正告:"你偏要逼得我们不得不翻脸!"周乡绅又用手杖打李全生,但被夺下,他再将手里羽毛扇在李全生头上乱敲,也被李全生夺过去,撕得粉碎。"手杖""羽毛扇"对于身体的伤害其实有限,关键是他的动作撕破了彼此之间的"情面",或者说双方"翻脸"了。"手杖""羽毛扇"本来是体现乡绅身份的道具,然而周乡绅用之击打陈金福和李全生。这一动作更具有象征意义,他丢掉了传统乡绅的尊严,放弃了乡绅统治农民所保持的"文化"面纱,使得绅民关系走到身体冲突的地步。李全生以毫不退缩的坚持,刺激周乡绅突破了绅民关系的常态。

而一旦打破了原有绅民关系格局,失去了乡绅的身份和尊严之后,官方并不能有效地保护周乡绅。县法院的王老爷,带着一个警察,也无力镇压群情激奋的群众,反而被村民羞辱。周乡绅在祠堂里痛打陈金福,珠凤哭喊的声音传来,激发桥上的村民采取更加大胆激烈的行动,一起动手来拆除五奎桥。如此发展到暴力冲突的局面,传统的绅民关系也就解体了。

《五奎桥》通过设计这样一个拆桥与保桥不可调和的矛盾冲突,生动地展现了传统绅民关系的特征及其解体的过程。正因为传统的绅民关系有着深厚的社会、文化基础,冲突的一方是"乡绅"而不仅是"地主",矛盾双方之间不仅是阶级对立关系,这场绅民之间的冲突因而牵动着时世变迁的大局，内含着丰富的社会历史信息，所以才一波三折，扣人心弦，富有艺术张力。

第二节 《香稻米》：绅商的劣化

仅从故事背景看，《香稻米》①好像是《五奎桥》的续集。故事时间是在拆了五奎桥的那个冬天，前一部剧作中的部分人物继续出场，故事背景是在这个大旱之年，农民最终却取得了大丰收。剧本以黄二官一家的遭遇为中心，从多个方面反复渲染，务求穷形尽相，演绎了又一幕"谷贱伤农"的故事。不过，从剧作人物形象分析，《香稻米》与《五奎桥》又好似两个相对独立的社会空间。《香稻米》中的矛盾依然聚焦于绅民关系，不过更具有20世纪30年代的时代特征，绅商与农民之间表现为直接利益的冲突与对抗。如果说《五奎桥》像一场发生于乡间角落的风波，旋来旋去，声势并不浩大，但是可以听到社会历史深处变动的声音，那么，《香稻米》更像是一幅时代速写图，作者想在其中展现当时农村的全部问题。

活跃于《香稻米》中的几个人物，冯芸甫是经销肥田粉的经理，卜公和是县城里的一个米商，而最有威势的姜老爷则是县商会的委员。他们取代前一剧作中的周乡绅，成为活跃在城乡社会的权势人物，正反映了这一时期绅商阶层取代传统乡绅的趋势。姜老爷"从前在官场混过，民国初年当过省议会的议员"，"现任本城县商会的执行委员兼常务，自己还开着一个小钱庄"，乃是这一时期绅商的典型出身。在"士农工商"四民社会中，"士"与"商"地位悬殊。然而在19世纪末20世纪初，绅与商相互渗透、合流，从而形成了一个绅商阶层，亦绅亦商的"绅商"构成近代中国"新派绅士"的中坚之一，而与传统绅士相区别②，其与农民之间的关系也有很大变化。士绅阶层主要凭借科举功名身份获得文化和政治优势实现对乡间社

---

① 洪深话剧《香稻米》作于1931年，后被收录于《农村三部曲》，1936年由上海杂志公司初版。本书系引自《洪深文集》（一），中国戏剧出版社1957年版。
② 周积明、宋德金主编：《中国社会史论》，湖北教育出版社2000年版，第415页。

会的统治,而随着科举制度的废除,士绅阶层的继替发生了断裂,"知识力量和道义力量的流失使得乡村中的权力占有阶层发生了结构性的变化,从原来的'绅治'转变为家族地主、商人和高利贷者的'共治'"①。新兴起的绅商与农民之间的关系日益凸显为经济利益的直接争夺,《香稻米》即表现了这一点。

农民黄二官因为多年前的一场军阀混战,被烧毁了房屋。为了重修,向姜老爷借了七百块钱,但是多年来无力偿还本金。难得今年获得大丰收,他以为可以还上欠账。不料谷价不断下跌,即使出售全部收成,也还不上欠姜老爷账的一半。偏偏这个时候,姜老爷上门逼债;而因为黄二官欠了买肥田粉的钱,另一个商人冯芸甫则直接带了伤兵到黄二官家里抢东西,甚至最后还抢去了黄家准备给新娘子吃的几斗香稻米,黄家老太公急得大骂他们是"强盗"。作为乡村社会曾经的领袖阶层,此时却已堕落为"强盗"。接续着《五奎桥》中的一条线索,周乡绅的儿子也带了七八个保卫团丁,下乡强收租米,还把陈金福和六七个佃户都抓进去了。传统乡绅的下一代在处理绅民矛盾时候,也不再与村民对话,引经据典,于文化传统中寻找维护自己利益的合理性依据,而是直接借助于武力。"这种行为不仅违背了绅士们所笃信的正统思想中庸之道,而自毁其威望和信誉,也一定要因这种行为加速农民的愤恨和反抗。"②最终桂升等人放火烧了周家祠堂。

《香稻米》以速写的笔法,反映了这一时期乡绅阶层的劣化与绅民关系的日趋对立。虽然清末民初以来,变革频仍,但在地方社会,传统的官-绅-民社会结构尚未发生根本变化,所以乡绅阶层依然占据着原有的地位,但是其人员组成已经发生了很大变化,"士"的成分淡出,"商"的成分增加,服务性减弱,掠夺性增强。从《五奎桥》的周乡绅到《香稻米》的姜老爷,两个权势人物形象的差异体现了这一时期地方社会的重要变迁,也决

---

① 王先明:《变动时代的乡绅——乡绅与乡村社会结构变迁(1901—1945)》,第 225 页。
② 史靖:《绅权的本质》,载吴晗、费孝通等《皇权与绅权》,第 135—136 页。

定了两部剧作艺术价值的不同。《五奎桥》的戏剧冲突呈现一波三折之势,周乡绅的形象也随着事态发展越来越丰满和立体;而《香稻米》只有情节的转折,而无戏剧冲突的发展,其主要人物表现了这一时期"劣绅"横行之势,但是缺乏内在的性格,并未构成具有个性的人物形象。两部剧作似乎采用相同的创作方法,创作时间也前后相继,然而具有不同艺术价值,这与其中的乡绅人物形象有着内在联系:一为扎根于"传统"的典型形象,一为对新兴人物类型的匆匆抓取。

第三节 《青龙潭》:"现代""学绅"的无力

在《五奎桥》《香稻米》中,在城里高小读书的少年谢大保的声音,似乎与剧作主线有些游离,好像一段插曲,到了《青龙潭》[①]中,这一声音却成了矛盾冲突的一方,也由此建构了一个可以重新认识20世纪30年代左翼文学与现代性复杂关系的生动文本。

相比前两部剧作,《青龙潭》无论是戏剧冲突的背景、内容和性质都有不同。尤其是相比前两部中剧作者鲜明的立场,《青龙潭》显出游移和模糊。或正因为如此,作者以及研究者都少有提及,这部剧自1936年以后几乎没有再登上舞台。然而,假若开放研究视野,正视而不是掩盖其主题的复杂性,或可以深入发掘其文学价值。它塑造了林公达这一现代文学史上很独特的人物形象,由此展现了现代转型过程中江南乡村更为复杂多元的社会矛盾。剧作的一条主线是小学校长林公达与庄家村农民之间由和谐到冲突急剧转折的过程,代表官方或国家的汪县长只是在最后时刻才出场,然而在林公达与村民关系激化的过程中,政府的影子若隐若现,是推动矛盾发展的一个重要因素。这场冲突不具备明确的指向,而是呈现了传统的官-绅-民三方社会结构进入现代以来调整与转型的困境。

---

① 洪深话剧《青龙潭》作于1931年或1932年,后被收录于《农村三部曲》,1936年由上海杂志公司初版。本书系引自《洪深文集》(一),中国戏剧出版社1957年版。

它与前两部剧作的差异,显示了其时左翼文学大潮内部的复杂和丰富。

一、"学绅":在官与民之间

这是一部四幕剧,虽然庄家村小学校长林公达直到第二幕才登场,然而他的影响贯穿始终。甚至可以说,《农村三部曲》始终都有他的声音,不过在前两部剧中是以受着高小教育的学生谢大保的面目出现,他热忱地向乡村宣传"科学",反对"迷信",为村民解释何谓帝国主义的经济侵略,甚至描述了将来一种新的社会前景。在《青龙潭》中,也是受学堂教育的学生首先现身,宣扬科学,反对求雨,不过这些学生本身保留着村民身份。《五奎桥》中,大保宣传的新知识有力驳斥了周乡绅各种保桥借口,支持了村民引进洋龙的要求。而在《青龙潭》,当要求雨还是要洋龙成为摆在村民面前的选择的时候,再一次显示了周乡绅所代言的"传统"的习俗、信仰的深厚影响。"求雨"、对"五爪青龙"等民间神灵的信仰并不仅仅是周乡绅本人的一套狡猾的说辞,而是一种历史悠久的社会文化体系。拆除五奎桥的胜利,主要是因为李全生以个人的坚持打破了周乡绅与村民之间的"情面",然而支撑这一绅民关系的"传统"基础,如民间信仰体系依然根深蒂固。尤其值得注意的是,在乡土社会里,民间信仰为官、绅、民三方共享,其活动通常是三方共同参与,一般由乡绅们组织,民众是活动的主体,而官方的出面则显示了活动的合法性和权威性。正如剧中智圆和尚对求雨活动的追溯:"拜龙王,求雨,这是几百年传下来的旧规矩。从前做知县老爷的,到了要替百姓求雨,一面出告示断屠,一面亲自穿着朝珠,坐着蓝呢大轿,到我们青龙潭边,摆上香案,恭恭敬敬地朝大王磕三个头。"由此,这样的民间信仰活动也成为官、绅、民三方互动的重要场域。一套文化体系通过不断展示和实践,促进着对于共同文化体系的认同,从而得以整合不同的社会阶层,形成了不同阶层之间相互交流、有序稳定的社会结构。①

---

① 吴毅:《村治变迁中的权威与秩序——20世纪川东双村的表达》,中国社会科学出版社2002年版,第145页。

第四章 转型的困境:乡绅分化与江南城乡社会——洪深《农村三部曲》

然而,《农村三部曲》伊始,这一套文化体系就受到了挑战。首先,"洋龙"在这片江南乡村出现了,虽然只是一台机器,却代表着靠人事而不是天命来抗旱的新的信念。其次,高小学生谢大保解释了风雨形成的"科学原理",依据新的知识体系明确宣告求雨是迷信。新学堂、新教育成为传统民间文化体系之外的"异端"力量。而在《青龙潭》,新教育与传统民俗文化最终发生了直接冲突,林先生不幸成为新的知识和文化体系的殉道者。

如同新学堂对于乡村是个新事物一样,林先生的身份比较特殊,称之为"学绅"庶几近之。在地方社会空间看,林先生拥有类似绅权一样的影响力。绅权作为一种社会性权力,是法理权威与个人魅力权威的结合。林先生作为小学校长,应该是由官方任命的。而同时,林先生以个人的品德和对庄家村的贡献在村民中享有很高的威望,就像庄银子所说:

> 林先生是有道德学问的人;来村里七八年,不曾做过一桩脱腔落板的事,村里人自然敬重他。林先生做人又热心;闲常的时候,教他们年纪大的人认识字;讲一点居家做人的道理,和睦,合作,清洁,卫生,顾公益,不要自私自利;教大家爱国,人人尽责任,不懒惰,不怕事,不要甘心受贪官污吏的欺负。林先生对大家说这种话,大家不会不听的。

另一个村的杨大先生为了让村民接受洋龙,也要借助于林先生来劝导村民。汪县长受命劝阻群众求雨活动,首先想到的也是请林先生出面。从其社会功能看,林先生承担着传统乡绅的角色,即作为官与民的中介。林先生的位置和角色,也从一个侧面显示出,至民国时期官-绅-民这一三方社会结构依然延续。

但是,自晚清以来,天地翻覆,世事巨变,又使得传统社会结构不能不变,并且于变化中趋于解体。尤其是官-绅-民三方共享的民间信仰、传统文化已经不能保持其一统性,原有的文化体系已经发生了分裂。其中最重要的因素就是通过新教育的渠道,现代国家与现代性不断深入地方社会。开设私塾可以由个人或家族决定,新学堂却是由现代国家主导的。林先生作为庄家村小学校长应该是由政府任命的,林先生与官方在推广"现代"科学知识及其背后的意识形态方面具有一致性。比如,汪县长向林先生的表态:"他们做这种无聊的、迷信的举动,总还是乡间教育不普遍的原故。以后我们县里,得多办几个乡村小学。像林先生这样直接负着教导责任的人,希望更加努力些。"现代国家的"知识"体系已经调整,而国家推广"现代""科学"知识与文化理念的主要渠道就是新教育。通过国民教育将科学、技术、文化这些现代性的普遍性知识导入村庄,以取代"地方性知识",国家从而有可能通过教育来实现对村庄社会的现代化整合、开放和动员。①然而,问题的复杂和困难在于,从剧中可见,这一时期官方的立场模糊,能力有限,虽然已经显出新的时代气象。它具有推进现代化的设想,比如,从省里到县里都下决心以行政力量来推动修建一条"国防公路",但是相比它的建设规划,这个政府能力却相当有限。这里要修建的一条"现代"公路,规模和投入都不是原来的乡村大道可比,从省里到县里却都没有钱来修,还是想延续传统社会由乡绅出面筹款的方式。然而,"县里几个真有钱的绅士,最怕有这种摊派公债和筹集经费的事,早已搬到上海的外国租界里去了"。修建公路要占用庄家村的樱桃园,政府也拿不出钱赔偿,这样的现代规划自然得不到农民的支持。它虽然得到了部分新士绅的认同和襄助,他们积极劝导农民,转变农民的认识,然而它却无力给予这些新士绅以有力支撑,结果使得后者处境尴尬,威望受损。

林先生曾这样向村民全面阐述修建公路的深远效用和"现代"意义:

> 现在乡下地方,所害的是穷和愚,……救穷救愚,当然有许多办法啊,造公路也是好办法的一个。公路造好,农村的物产,都市的资本,彼此可以流通交换。……现时代有许多省工力,省时间,省麻烦的好机器好东西,乡下人采用的还不够多。现时代有许多关于农业

---

① 吴毅:《村治变迁中的权威与秩序——20世纪川东双村的表达》,第135—136页。

的,医药的,经济合作的新知识新方法,在乡村间传播的还不够广!必得等到交通发达,生活才会比前进步,比前宽裕的!

这是对于官方简单的行政计划所能做出的最好阐述,林先生以个人威望推动村民们接受这一现代工程。然而官方却无力落实自己的承诺,甚至不能有效地承担政府本身职责。比如,为了争取砍樱桃树的补偿,林先生让村民们去见县长,要求洋龙、引水、报荒、赈灾,县长当时满口答应。结果,除了洋龙,其他都落空了。林先生作为沟通官方与村民的中介,官方的敷衍使得村民对于林先生也转变了态度,甚至由怀疑到敌视。

二、"现代":在革命与民俗之间

三方之间文化认同上的断裂、相互之间的矛盾和积怨最终在求雨活动中爆发。而这悲剧的一幕发生在庄家村的小学学校中,是富有意味的。

这里留下了民国时期一所村小学的场景:

> 庄家村的小学校,从前是司徒庙。
> 此刻我们所看见的,是学校里的一间教室;就是从前庙里的大殿。我们坐北面南,正是那原来的偶像所居的地位。……
> 村中上学的人不多;最多时三十来人;须分三个年级,可是都在这一间教室里上课。教室西首是讲台,墙上悬着一块大的黑板。讲台前,排着四行长桌和长凳;每行可坐七八个人。东首不是墙,是板壁。靠壁一张半桌,堆着些旧杂志和儿童读物;桌上一块纸板:上写"图书借阅"。两边墙壁和中间柱子上,有那用红绿纸写的"人人应当注意清洁和卫生","求神拜佛都是无益的迷信"等标语。

新教育占据了原有民间信仰的场所,教室桌椅、黑板、杂志的摆放显示了新教育的空间布局,墙壁上破除迷信的标语传达着新文化的理念,然而这一切都设置在原来的文化象征空间"司徒庙"中。

悲剧幕启，林先生拖着沉重的身影走进小学学校。昨天晚上他已经知道了，好几千村民今天都要去迎龙王，但是他决意阻止这一活动。虽然妻子哀求，杨大先生也来提醒他阻拦求雨的可怕风险，但是林公达坚持："我在这村里七八年，一向是怎样教导学生的？不是始终教导他们不要迷信的么？……我此刻怎好去附和他们，放任他们迎龙王？"随即一群农民蜂拥而入村小学学校，决定将龙王请来后，就供在这里，因为这里本来就是司徒庙，天井里还有现成的香炉。村民们点燃香烛，重新将新教育空间还原为传统信仰空间，然后迎接龙王去了。林先生无力扭转这一切，不胜悲痛，他进而恸问："可是我到底错了没有？我劝他们造公路，劝他们斩樱桃，劝他们用洋龙，劝他们不要吃大户，劝他们不要迷信，不要迎龙王，我到底错了没有？……错了没有？"他的这一声声恸问，凸显了中国士人阶层向现代知识分子转型过程中深刻的迷茫与艰难的处境。这种迷茫并不仅仅属于其个人。

在此危急时刻，官方又一次显出游移与无力。作为现代国家，不再是王朝时代集道统和权力于一身的神圣象征，不再是各种民间信仰的倡导者，不再提供各路神灵权威性和合法性的认定。县长给乡下送来了洋水车，认定求雨是迷信活动，不再如原来的"知县大老爷"一样率先给青龙大王磕头烧香，相反省里会直接命令县长下乡弹压"迎龙王"活动。在观念层面，政府已经不再认可求雨这一民间活动。然而，政府既恐惧这种民间信仰活动所积聚的群众力量，另一方面或是无力，只派了县长带了两个卫士下来。需要面对群众的时候，县长首先想到的就是找林先生帮助劝解，然而，"林公达无言可答"。林先生前面激烈的恸问是对自身命运和价值的反思，此刻"无语"或者"失语"正是置身于两难境地的反应，感到双重的失望与幻灭。虽然对于求雨活动，他与官方有着共同的立场，然而官方却让他一再失信于民；虽然他想为民代言，但是他多年来的教育成效毁于一旦，村民们认为"现代"只不过是一种口头宣传，走投无路的时候只好回归传统文化体系寻求生存的希望。

县长与林先生因为不同的动力，相近的立场，都欲阻止农民的"迷信"

活动。但是已经在传统信仰下聚集的村民们也会反过来要求两人皈依他们的信仰。村民们以传统文化体系中官方的角色来要求汪县长;迫于群众的力量,汪县长无奈跪下、磕头、求雨。

汪县长明哲保身而依从了群众,林先生却决不屈从。对于林先生来说,他从事新教育的工作是与"科学""现代"紧密联系在一起的,他的价值就体现在以科学知识、现代观念逐渐改变乡村,因而,对于"迷信"的屈从就是对于自身价值的否定。受过林先生教育的沙小大率先拉扯林先生磕头,这让林先生彻底绝望。事发之前,林先生经过恸问和反思,已经再次坚定了自己的立场和信仰,现在发现新教育失效也就是自身价值丧失以后,他所拥有的立身之基已经只剩下自己的信仰了。所以最后他只有宣言,拒不磕头。于是信仰之争暴力性的一面释放了,有村民开始对林先生拳脚相加。最终,在冲突中林公达失去了生命。

林公达的坚持与最后的牺牲,树立起一个独特的现代文学人物形象。在革命文学中,现代知识分子或走上革命道路,对于自己出身的家庭和阶级反戈一击;或作为"小资产阶级",表现着这个阶级天生的"软弱性",彷徨,犹豫,迷茫。然而,林公达却展现了作为一个传统的士人或乡村社会刚刚出现的知识分子的另一种选择,以新教育弘扬科学知识,以士人威望支持"现代性"在乡村社会的引入,并视"现代"文化为自身的信仰,虽处境艰难,仍百折不悔,甚至为之牺牲生命。

在已有研究中,更注重对人物思想倾向本身的界定和划分,林公达被视为"一个具有改良主义思想的小资产阶级知识分子,是一个教育救国论者"①。洪深亦自觉归纳其创作意图是要批判资产阶级"农村复兴"的改良主义。以此来审视,《青龙潭》只能是"《农村三部曲》中毛病比较突出的一部剧作",它"既不能彻底批判改良主义思想,又把这场斗争转化成为迷信和科学的斗争,这就很不恰当了"②。然而,转换研究视野,这部剧作的"毛

---

①② 易新鼎:《洪深简论》,载孙青纹编《洪深研究专集》,浙江文艺出版社 1986 年版,第 316—317 页。

病"、主人公身份的含糊以致带来剧作主题的歧义,却保留着中国现代转型过程中的生动信息。从戏剧冲突来分析,如果《五奎桥》可以简单概括为周乡绅与抗旱农民的矛盾,《香稻米》是丰收后的农民与掠夺成性的绅商之间的矛盾,那么《青龙潭》并不是两方对立的结构,而是在现代转型时期,乡村社会因为大旱等问题陷于困境,激化了官-绅-民三方社会结构的内在矛盾,从而爆发了一场冲突。这场冲突没有胜利者,汪县长被迫跪下了,林先生被打死了,但是农民们也并没有胜利,反而更加茫然而绝望。这一幕悲剧暴露出现代时期江南地方社会的内在困境与深刻危机,其复杂性超越了关于革命文学惯习的阐释路径。潮起潮落,回望百余年来中国的道路,从"传统"走向"现代"的道路断续相连,依然是未竟的历程。在中国现代转型的历史视野中,回望这一幕乡村悲剧,对于林先生这样的人物形象应该有更准确的认识,从而做出更客观的评价。

第四节 困境:江南地方社会与现代转型

《农村三部曲》戏剧冲突的设计、人物形象的塑造包含着作者对于转型时代江南复杂社会结构的深刻洞察和理解。

借鉴社会史的研究视野,综观《农村三部曲》,它呈现了20世纪30年代一个动荡不安的江南地方社会,这里不断产生着复杂的社会矛盾,集中了诸多的社会问题,而不仅仅是地主阶级和农民阶级的对立。从中国现代转型的历史视野看,在这里,官-绅-民三方共存的传统社会结构依然在延续,但是已经在变化和转型,而在转型过程中矛盾不断产生和累积。在"官方",天下正转型为国家,王朝已经被现代政权所替代;在民众,既开始接受新教育,同时依然生活在传统文化体系中;而乡绅阶层作为三方社会结构的中枢,其分化和蜕变既是社会整体转型的动力,又是矛盾的焦点。由于制度变迁,乡绅阶层不断分化,既有周乡绅这样出身科举官宦世家的传统乡绅,不过后继无人,又有姜老爷等唯利是图的无赖绅商,正在成为主流,也有林公达这样以新教育立足传统乡村社会的新学绅,力图以科学和现代文化改造乡村社会,但是举步维艰,左右为难。从周乡绅、姜老爷到林公达,三人形象差异之大,几乎难以辨认其相近的社会阶层身份。正是乡绅这一中枢阶层的变化之大、之快,反映了社会转型过程重心之缺失,已没有稳固的力量支撑现代国家和现代性对乡土社会的进入。"国家的因素是连接和沟通现代性与村庄地方性知识的中介","现代性与国家实际上互为表里,互为支持的","后发外生型的中国现代化特征决定了现代性的物质、知识要素往往会以国家为搭载工具,而现代性的权利话语则会赋予现代国家行为以不同于传统国家的合法性特征"①,但是在20世纪上半叶,国家对乡村社会的下渗并不成功,不能建立新的政治社会结构,只带来了传统权威的瓦解。因此,农民的生活世界也在剧变中失去了方向,他们焦躁不已,然而这不过加剧了乡村社会的动荡,使得农民更加迷茫。《五奎桥》《香稻米》的叙事者还可以轻松地选择自己在戏剧冲突中的立场,为群众拆了五奎桥而欢呼,以烧了周乡绅的祠堂而给全局留下一个光明的尾巴,悬置对于"谷贱伤农"背后复杂问题的思考。这两部剧作对于群众奋起、斗争过程的展现也显示了其时风起云涌的左翼文学大潮对剧作家的影响。然而,在"青龙潭"边,迎龙王的农民大军又一次聚集起来,如同几千年来的民俗活动一样,群情激昂,如醉如痴,他们逼迫县长跪下了,打死了新学校的校长,然而"胜利"后的农民却可能更加迷茫。《青龙潭》包含着作者对于乡土社会转型更具个人性的体验和思考,也保留下20世纪30年代更为复杂的文学史图景。相比前两部剧作的直奔主题,《青龙潭》呈现现代性进入乡土社会的困境,或许更深入地揭示了革命得以兴起的动因。同时,革命的胜利并不能完全覆盖对现代性的追求,而是为之铺设道路。

《农村三部曲》的艺术力量就在于聚焦乡绅阶层的分化、蜕变,从而创造出官、绅、民之间颇具张力的戏剧冲突,由此拓展了中国现代话剧反映现实社会的巨大空间。三部剧作既有共同的背景,又有不同的旋律,其中

---

① 吴毅:《村治变迁中的权威与秩序——20世纪川东双村的表达》,第366页。

的杂音更值得细细倾听。因为中国乡土社会依然在由传统通向现代的道路上探寻。以社会史的研究视野重读现代文学,不仅是为了还原文本的地方社会空间,为了更准确揭示作品的社会历史内涵,更因为它打开了认识中国现代话剧和现代文学史之复杂和丰富的另一扇窗口。

第五章　叛逆与断裂：乡绅继替与北方乡村社会
——王统照《黄昏》《山雨》

出生于山东诸城的作家王统照，既是文学研究会的发起人之一，也是现代长篇小说早期的写作者之一。他于1922年出版的小说《一叶》[①]是现代文学史上早期的长篇小说之一，1923年他又完成个人第二部长篇小说《黄昏》，至1933年出版长篇小说《山雨》，则确立了作者在现代文学史上的地位。从《黄昏》到《山雨》，这两部创作时间相隔十年的小说，一为新文学试笔者的低吟，一为作者践行现实主义的扎实之作，技法圆熟自然有异，题材也似乎大相径庭；不过，在社会史视野中阅读两部小说，关注其间乡土社会权威人物形象的差异，进而分析两部小说中乡绅与现代"知识者"、乡绅与农民关系的变化及叙事设计的不同，隐然可见北方乡村社会在动荡时代趋于崩溃的内因。

第一节　《黄昏》：觉醒青年的叛逆

关于王统照前期的创作，研究者多以《春雨之夜》为代表，对于《黄昏》[②]的关注不多。假若于现代文学的世界中追索从士绅到现代知识分子

[①]《一叶》写于1922年5月，同年10月由商务印书馆初版，系《文学研究会丛书》之一种。
[②]《黄昏》自1923年1月《小说月报》第14卷第1号开始刊载，至第5号续完；1927年，作者曾做修订，1929年4月由商务印书馆初版。本书系引自《王统照文集》第2卷，山东人民出版社1981年版。

过渡的痕迹，《黄昏》则有着特别的意义——它表达了一个刚刚被新文化运动唤醒的青年睁开双眼的一刻所看到的"绅士"形象，发现绅士阶层"正常"的生活方式原来如此非人道，而这个阶层其实是现代知识者的前身。

　　主人公赵慕琏自幼随父母在外，与故乡久已违别，与赵建堂这个叔父一向疏于往来，只是听说过叔父"不十几年中便成了巨而有名的豪绅这些事"。慕琏现在正在读商科大学的三年级，不意这个暑假接到叔父来信邀请，于是回到了故乡，住进了叔父的宅第"武专堡"。武专堡高大坚固，与周围农民的房子相比更像一个堡垒。这与主人的地位是相称的。"赵五爷是这个小的县城中最著名的人物，因为他的厉害的父亲，是做过一世最足令人畏惧的讼师生活，在他本身原是生长于一个冷酷阴狠的家庭里，到后来他更不知用何方法，居然成了个新地主。而且在这几个小的县邑中，作了个有名的乡中的绅士。"这里需要注意的是，研究者常常简单把赵建堂视为"恶霸地主"或"官僚地主"，但从小说本身看这一概括并不全面。在其时其地社会结构中，赵建堂的身份主要是"绅士"。"地主"表明他的财富基础，而"绅士"则代表了他在县城范围内的社会地位。小说发表当时即有人评论："书中人物像赵建堂这般一种人，实在可以说是旧式富家翁的代表，他们好联络官场，好利用青年，好笼络一般中下流社会上的人，好模仿官僚式的动作，好开口咬嚼法律，而背地里却干那龌龊的勾当……"①这样的人物自然不仅仅是"地主"。从小说中赵建堂的社会活动可以明确这一点。他邀请慕琏回来，是想和他商量开办一个羊毛公司。他与一县中的绅士们来来往往，且在这一阶层很有威势。在家宴中，小学校长、教员等围在他身边，时而他还进城"与一些绅士们讨论县里的加赋问题"。在英苕与慕琏的谈话中可以得知赵建堂"是一县中的绅士，教育会长，宣道会的名誉会长"，琼符透露赵建堂还做过自治所的所长。自治所、教育会正是清末民初以来兴起的组织或团体，各地乡绅阶层借此加强了对地方社会的控制和影响。

---

①　张子俅:《王统照君的〈黄昏〉》，《小说月报》14卷3号(1923年3月)。

慕琏就有机会见识了教育会的衮衮诸公,也可见民国县域绅界的众生相。教育会中的人为了讨好赵建堂,邀请慕琏前去做一次演讲。这天讲演的地方,是一个城中公共集会的场所,在以前的玄武庙的大殿上。慕琏首先见过"县里学务局的四十余岁的绅士","那位绅士自然是县中所谓智识阶级的代表者,在他的属下管有一千多个的小学儿童"。然而,这些"绅士"们并不在意他的讲演内容。"他又与这些有点愚钝,有的狡猾的人周旋了一会",就发现了这些人的自矜与浮夸,"他觉得在这里,通俗教育实在是再必需而无可相比了。一般在县中教育的引导者,那种普泛的常识,并不完全,然而他们居然自信是一种指导者"。慕琏本想他们有些纯朴与率真的态度,或者能够由他们的言语中,多少可以知道乡民生活程度的变迁。但在他们休息闲谈时,最集中的话题是关于县中的牙捐问题,然后便是对财政科的科长吞了公债募集金的不平。他们虽多数都在教育界供职,但各人自视拥有着县中参事会一样的权力。乡绅的组织化是近代以来一大变化,各地纷纷成立了各种行业组织,诸如商会、教育会、农会等,基本上都由乡绅把持,这些组织的成立使得绅权大大扩张。

慕琏的发现不止于此,更主要的感受来自赵建堂这个"豪绅"的身边。本来"一位有钱有势的乡居绅士"有两个姨娘算不得奇怪的事情,然而,从新式大学回来的慕琏却用一双纯净的眼睛发现了建堂身边三个年轻女子的美丽与哀怨,进而一步步走进她们的故事。这里既有对于异性的好奇,更有新的人道主义观念的支持。于是,琼符和英苕原本悲惨的个人遭遇在"新青年"的眼光看来更具有悲剧的意味。赵建堂对于琼符的占有,不仅仅是手段卑劣,而且与新的时代对于"人"的价值的肯定相违背。他不仅仅侵害了琼符,而且侵害了人的价值。慕琏忽然发现武专堡像一座地狱,一座魔窟,阴森可怖。一方面,他已经无法接受、无法容忍赵建堂的生活方式,他不是在原有文化体系内抨击赵建堂个人行为,不是要以原有道德观念约束之,而是认为后者在毁灭美,毁灭青春,毁灭人的价值,所以慕琏不仅仅是同情三个"女奴隶",还有一种深深的感伤,感伤不是因为赵建堂的卑劣行径,而是后者的所作所为、阴险与伪善打破了他对这个世界的美好想象，没想到在现实世界、在故乡还有这么丑恶的现实。另一方面，赵建堂对他依然是强大的力量，所以他虽然愤恨却也畏惧，他没有当面抨击，他在赵的身边也找不到人可以控诉，他只能与一个外地的、身处都市的朋友的通信中讲述自己的想法。他最终采取的行动是帮助这三个被囚在"魔窟"的女子逃到了城市。

慕琏帮助三人逃到城市里以后，稍稍安定下来，琼符却在报纸上看到赵建堂发布的捉拿公告，不禁愤恨不已："这明明是表明二个被玩侮的家畜逃走了，还要如犯了什么大逆不道一般悬赏捉拿。自己想想怎样这么不幸，生为女子，为他人作玩具？……（如同）逃亡的囚奴一般。"她愤恨的不仅仅是赵建堂的嚣张，更是因为自己作为一个女子、作为一个人的价值被赵建堂公然蔑视和践踏，将自己看得如同私人的家畜、玩具、囚奴一般。她最终投水自尽。她抗争的已经不仅是脱离奴隶的地位，而是要求自己作为人的价值得到尊重。

小说虽然是采用第三人称叙事，但是很贴近赵慕琏的视角，不但慕琏的心理活动可触可感，尤其以很大篇幅照录慕琏与朋友的通信，在信中慕琏直接对朋友讲述在故乡的所见所感，这也可以视为小说的一个叙述视角。小说最有价值的地方恰恰在于从这双青春的眼睛展开叙事的视角，他在绅士们原本正常的生活中看到了非人道，看到了毁灭，感受到不合理。他不再认为这一切是理所当然的，他感到陌生、诧异和愤恨。这种陌生感来自新文化给他带来的新的眼睛，一双追求"爱"与"美"的眼睛。由于这种陌生感，他才与原有的世界相分离，从而选择不同的道路。这双眼睛在空间上是与故乡相对立的城市培育的，在制度上是与新的学制相联系，是由现代大学养成的。正是空间上的分离与学制上的转换，使得乡绅传统被重新审视和批判，开始受到挑战和打击，需要面对一种新的价值观念。

虽然赵建堂在现有的社会结构中依然强大，颇有威势，像一个巨大的阴影笼罩着周围，在他的生活世界里还没有遭遇公然的挑战，然而，侄子却帮助家中的三个女奴逃跑到了城里，将这个世界打开了一个缺口。虽然侄子在他面前依然恭顺,然而他已经感受到一个新的空间、新的观念的存在,并且他将越来越强烈地感受到这个新异世界的力量。

赵慕琏作为最早的一代大学生,回到故乡却又逃回城市,是富有意味的。面对故乡,他感到陌生,既在内心里对于旧世界的非人道感到愤恨,并为之感伤和惆怅,又在表面上依然对其顺从恭敬,这就是现代大学最初培育的一代回到故乡时,面对"乡绅"传统生活方式的感受。重要的是,虽然他表面顺从,但是最终走向叛逆,新一代的知识人正在积聚成长的力量。

第二节 《山雨》:乡村领袖阶层的断裂

1933年出版的长篇小说《山雨》,是王统照的代表作,也是20世纪30年代现代文学的重要收获。王统照自陈用心:"《山雨》,意在写出北方农村崩溃的几种原因与现象,以及农民的自觉。"[①]作为一部现实主义力作,它对其时动荡的北方乡村社会全方位地呈现,迄今并未得到全面而贴切的阐释。借鉴社会史的研究视野,系统地认识与分析小说中一系列乡绅阶层人物形象,将深化对于这部现实主义力作的内涵与价值的认识。

一、陈庄长:传统村庄领袖的无奈

《山雨》刚一出版,即得到其时文艺界的肯定。比如,吴伯箫曾把《子夜》《山雨》同时出版的1933年称誉为"《子夜》《山雨》季"[②];天津《大公报》与北平《晨报》,也都相续发表书评,把《山雨》的问世,看作当时文坛上的一件大事。不过与发表其时文艺界同行的赞誉相比,在随后文学史叙述中,《山雨》却有些落寞。其实小说随后的命运在当时已有迹可寻,因为它与其时兴起的"革命文学"叙事模式的差异和距离,而这集中体现在它所

[①] 长篇小说《山雨》由上海开明书店1933年初版;1955年人民文学出版社出版时,作者做了校订,有所改动;华夏出版社1997年出版王统照代表作《山雨》卷收录长篇小说《山雨》依据初版本,本书中的引文均出自此书。

[②] 参见刘增人:《王统照论》,山东教育出版社2001年版,第146页。

塑造的陈庄长(陈宜斋)这个人物形象身上。

　　初版之后,茅盾既撰书评予以高度肯定,其中已经注意到陈庄长这个人物:"他在村子里是一个和善廉洁的老人,所以全村的人都敬重他……并且他因为得人心,他事实上是领导着一村的农民忍受任何压迫,消弭了农民的反抗! 他是一个好人,但又是统治者最驯良最有用的工具。"①到了20世纪50年代,有研究者就此定性:"就阶级关系来说,把陈庄长作为正面的人物来写,实际上是美化了统治阶级的爪牙,模糊了阶级矛盾。……诗人把陈庄长写成处处为农民着想的忠厚长者,就历史的发展来说,是不真实的。"这使得小说在结构设置上,"看不到本村内地主阶级和农民的矛盾和斗争,……作者的出身和他对现实的认识使他对中国的社会关系没能够做出更正确的分析。事实上是抹杀了当时剧烈的阶级矛盾"②。

　　至新时期始有研究者明确肯定这个人物形象对于小说主题的意义:"陈庄长在作品的艺术构思上占有非常突出的地位。小说第一个出场的便是他。此后,陈家庄的每一重大事件无不和他相关。可以说,他是联结统治者和农民的桥梁和纽带。对于表达小说的主题具有巨大作用。"进而为其在文学史上定位:"陈庄长的形象在中国现代文学的人物画廊里,是颇为独特的一个。"研究者同时为作者辩解,并没有模糊阶级界限:"因为作者分明的写出,他终究是一个地主、庄长,他的社会生活地位同普通劳动群众的有着明显的区别,他的思想感情分明也打上了他所属阶级的烙印。"研究者进一步思考,对于这一"颇为独特"的人物形象的"历史真实性,应该用马克思主义的阶级分析方法和典型问题理论加以分析说明。……按照马克思主义的阶级分析方法,应该承认在社会上确有少数开明和比较开明的分子存在。他们同人民群众的关系,在特定的条件下,相对来说比较缓和,对人民群众的疾苦比较同情"③。总结起来,陈庄长是

---

① 东方未明(茅盾):《王统照的〈山雨〉》,《文学》第1卷第6号(1933年12月)。
② 田仲济:《王统照小说的现实主义精神》,载冯光廉、刘增人编《王统照研究资料》,知识产权出版社2010年版,第211—212页。
③ 冯光廉、刘增人:《〈山雨〉研究商兑》,《山东师大学报(哲学社会科学版)》1982年第3期。

"一个地主、庄长",是"剥削阶级下层人物",是一个"比较开明的分子"。这两位研究者对于陈庄长这个人物的关注和评论显示了很好的艺术感觉,在其时尤其难能可贵,不过局限于已有研究话语,依然侧重其阶级身份,而没有明确其在当时当地社会结构中的位置。这里的问题在于,如何认识或者解释陈庄长不为私利承担村庄公职的行为?如何解释陈庄长与村民之间的和睦关系?这是发生在陈家庄的个案,抑或有一定的社会基础,从而陈庄长这样的人物其实不仅仅是特例?进而,是否意味着研究者需要以更开阔的视野来认识这部小说的"现实主义"内涵?

将陈庄长界定为"少数开明的分子""剥削阶级下层人物"偏于抽象,无法完整解释他的所作所为,若还原其在地方社会空间中的角色,他当是一个介于下层乡绅与村庄耆老之间的村庄领袖形象。他具有下层乡绅的某些特征,即作为村庄社会的保护者与代言人,享有村庄领袖的地位,同时显示出自清末新政以来村庄领袖阶层"被职役化"的趋势,他们出面承担着村首事的职务,疲于奔命地应对着动荡年代的种种祸乱。陈庄长的苦苦挣扎乃至最终悲惨死去,既揭示出北方乡村共同体无可挽回地走向解体的原因,也是这一趋势最贴近的象征。

从奚大有与杜烈的谈话中知道,"陈庄长家有将近二十亩,他是这小村子唯一的富裕人家"。陈庄长能否就此被认定为"地主"是可以讨论的,也因为有一定的经济基础,所以他承担村庄公共事务可以不以获利为目的。而且陈庄长在主观上也有这样的自我意识,"我到镇上去,城中去办事,我并不向别人求好处,使分子,我为的大众;不然,我这把年纪向那些人脸前去犯丑,值得过么?"村里人也都相信这一点:"镇上的人说他从中捞摸钱用?陈老头该不是那等人,为挡门面他可不敢辞。"当然,陈庄长并非一无所求,一无所获。他不求私利地张罗村庄事务,从而赢得了村民的尊重,在村里保持了较高的社会地位:"在他所能活动的小范围中能够永久保持住出头人的地位,一份自尊心还留下一点企图好好干的希望。"由这样的社会地位,获得一定的心理满足,从而"陈老头在无形中觉得自己在本村的身分究竟高一些"。

对于像陈庄长这样的人物,费孝通、杨懋春等曾称之为"村庄绅士"①。近来有研究者提议命之为"村庄领袖阶层",以为更接近乡村民众自身的认知。这一阶层通常活跃在乡村公共事务层面,得到乡村民众的高度评价,扮演着"馈赠型"角色,在村庄具有表率作用。②作为"村庄绅士",与上层绅士的主要差别就在于缺少"功名学历"等文化资本;而依然被视为"绅士",乃是就其同样承担社会公共职责而言。研究者指出,一个人拥有巨大的财力或获得了学位,如果活动只局限于私人领域,他们都不可能是真正的地方权威。作为地方社会中具有公共身份者,他们需要投入地方的公共事务,得到社会对其能力和地位的确认。而参与或领导地方活动则赋予了他们地方公共身份,这种"公共身份"给予了其权威地位。③比如《山雨》中,"乡村中的中年人都能记得",不多年之前,"在较为安靖时候的官府,绅士,虽然一样连他们自己也不知道是伪善者,然他们却总以为他们还是对于这些地方上的一切事是应该负责任的。如同乞灾,祷雨,种种的一无所能的会集,正是那般嚼过诗书的善人所乐于倡导的。他们觉得自己当然是农民的先觉,一切事便做了领导人。于是往往对于团集办法,仪注,款项,都很有次序地做去。而乡民便安然地在他们后面追随着,而且称赞官府与绅士的热心"。这正是陈老人不求私利、奔走乡间的内在动力。

在具有一定自治性的地方社会,也需要有人承担地方公共事务、维持社会秩序的运转。比如,在陈家庄,村民们就期待陈庄长能承担这样的责任。杜烈和奚大有谈道:"现在乡间没有人出头不更糟。……你问问,他心里乐意? 不过他可辞不了。在咱这近处有老经验还识得字说出话来大家信得过,像陈老头也没有几个了。"在动荡时代担任村首事实在苦不堪言,陈庄长也曾经抱怨:"在我说,这份差事辞辞不掉,又没有别人托,活受

---

① 参见费孝通:《中国绅士》,惠海鸣译,中国社会科学出版社 2006 年版,第 117 页;杨懋春:《一个中国村庄:山东台头》,张雄等译,江苏人民出版社 2001 年版,第 180 页。
② 渠桂萍:《华北乡村民众视野中的社会分层及其变动(1901—1949)》,第 55—56 页。
③ 张静:《基层政权——乡村制度诸问题》,第 20 页。

罪,三天一回,十天,八天一回,不是办差,便是凑钱,弄得头晕眼花,还转不脸来。咳!——不必提了!"但是,由于村民们的期待,也由于陈庄长对于自己的社会角色已经建立认同,因而他只能忍辱负重,坚持下来,"总之,陈老头在无形中觉得自己在本村的身分究竟高一些,这笼统的意识驱使着他虽忍着难言的苦痛伺候别的人,混沌着过日子"。村民需要有人"出头"招应,而且能够承担这一社会责任的人选有限。在这样的社会结构中,作为村庄领袖所承担的社会角色与责任,已经不是可以推卸的了。

因而,陈庄长这样的人物也就并非个案,而代表着乡里社会的一个重要阶层。有一支军队驻扎到这个镇上,派款抢粮,百姓苦不堪言,于是一群村首事集体来到镇上,商议应对办法。"这群穷兵在这些村镇中住了五六日之后,正当一天的正午,吴练长的大客厅里集满了十几个乡下的首事人。穿方袖马褂的老者,戴旧呢帽穿黑绒鞋的中年的乡董,还有尖顶帽破皮鞋的小学教员,余外多半是短衣大厚棉鞋的乡下老。"有乡董,有老者,有小学教员,更多的还是"乡下老",这些人可能只是比普通村民年长一点,多识几个字,多见了些世面,由此受托于村民而已。为了送走镇上这群穷兵,吴练长出的主意是:"大家跪求旅团长!——求他另到好地方去吃好饭!"并且一一嘱咐妥当。"在场的乡董,首事,谁都清清楚楚的记在脑子里。……走起来也是不容易举步的!可是每一个人身背后有若干不能度日的乡民在那里催促着,哀求着,小孩子饿得不能抬步,老人们夜里冻得要死,再过十多天怕连撑着空架子的小房屋也要拆下来!这比起上场时的苦肉计利害得多!"身负乡民们的哀求,村首事们并不能作威作福,反而要以卑贱的姿态来上演 出苦肉计。

在地方社会场域中认识这一阶层人物,对于更准确理解小说内容、体会其文学价值殊有必要。王统照另有一部短篇小说《刀柄》[①],研究者也时

[①] 王统照短篇小说《刀柄》,发表于 1929 年,后被收录于《王统照文集》第 1 卷,山东人民出版社 1980 年版。

或论及,却通常含混地概括小说"描写一个红枪会死在自己锋利无比的大刀下的悲剧"①。若仅仅如此,不过悲惨而已。《刀柄》是否为"悲剧",更重要的是取决于对大刀主人"贾乡绅"的认识。小说叙述视角设置颇为巧妙,通过铁匠的回忆可知,贾乡绅祖辈曾经为官,他多年来组建并率领红枪会保护了村庄安宁。"那老头子太古怪,他将田地分与大家,却费尽心力教那些无知的肉蛋练武与土匪作对。……几年来也没见他们几十个庄子上出事。"并支持大儿子天运组建大刀队,特地为儿子打了一把上好的钢刀。不料在这次与土匪的战斗中天运被俘,刀也落到了土匪手中,土匪将这把刀送到铁匠铺里修理,准备在第二天用它砍下天运等人的脑袋。历史地认识乡绅阶层,认识这一阶层曾经承担过地方保护人的角色,才会对铁匠认出了这把大刀的主人后震惊、感叹、哀伤的复杂感受有所体会,才可体察小说叙事设计的用心之处,正是通过铁匠的视角大大加深了悲剧意蕴。

二、吴练长:乡绅变权绅

《山雨》不仅呈现了陈庄长这一级的"村庄绅士",而且牵动起从镇上到城中乡绅阶层的诸多人物,尤其是勾勒出这一阶层不断劣化的痕迹,更可见时代动荡的内在脉络。

这一阶层来源复杂,且有等级差异。比如,陈庄长为了奚大有被扣押的事情赶忙找到镇上,他没有直接去找吴练长,而是先去找镇上裕庆店的王经理,"店经理是陈老头的好朋友,又是镇上商会的评议员,在这镇上的商界中颇能说话"。作为一个商人,以商会组织为依托,参与着镇上的事务的调解和处理,拥有一定的发言权,从而也成为镇上绅士阶层的一员。他家的宅院,不仅接待生意往来,而且接待地方乡绅,陈庄长和奚二叔即直奔后院的大屋子。而王经理一看到奚二叔的身影即已经明白来由,"经陈庄长几句说明之后,他便派人去请吴练长。这等手续他是十分熟习并

---

① 田仲济:《王统照小说的现实主义精神》,载冯光廉、刘增人编《王统照研究资料》,知识产权出版社2010年版,第206页。

用不到踌躇与考虑"。

在镇上最有权势的人物是吴练长。吴练长这个人物颇为复杂,如果仅仅将其视为反面人物、剥削阶级的典型偏于简单。在他身上有着复杂的社会史信息,他体现了这一时期"官"与"绅"相结合的时代特征。虽然他的练长职位来自官方的授予,其实不过是对于他在这个小镇上权势地位的正式认可而已。他盘踞本地二十年,没有任期限制,没有地域轮换,他已经与地方社会紧密联系在一起。他的权威首先不是来自上级授予,而是植根于其所在的地方社会:

> 练长是做过官的,识字比他们多,儿子又在省城里当差,见过世面,有拉拢,他是地方上多年来的老乡绅,什么话都会说,心思是那样的深沉,老辣,他应当在这一些村庄中作一个首领。纵然他是著名的手段利害,可是谁也不想到把他去掉;不但没有这份势力,去了他谁敢替代他哩?镇上有来回的大道,兵差,官差,一个月不定几次,警备分队,保卫团,货捐局的分卡,牙行,商会,这许多麻烦事不能不办,谁敢应承下来没有差错?而且到县上去有比他更熟,说话更有力量的么?这声望,干才,外面的来往,心计,谁能和他相比哩?有这许多关系,所以这十几年中他还能够很尊严地维持他的练长的局面,各村子中的首事都得听他的调遣。

充当"县上"与广大的乡村社会之间的中介,代表镇上应对动乱年代的各项袭扰,这仍是传统乡绅的职责所在。他家的北墙上挂着四乡公送的"一乡保障"的金色木匾,陈庄长也不能不口头恭维"练长是一乡之望,在咱这里什么事都得仰仗仰仗!""一乡保障""一乡之望"云云,仍是对于传统乡绅期许与褒奖话语。绅权的特征即在于其地方性,乡绅多以地方的保护者自居。

不同于传统乡绅的是,吴又获得了"练长"的正式任命。这并没有改变其权力的绅权实质,不过使其从原本幕后操持地方事务的传统乡绅变为了公然的"权绅",逐利性增强,因而不断劣化。《山雨》即以曲笔揭露了吴练长假公济私的行径。比如,为搭救奚大有,奚二叔得拿出卖地的钱送给吴练长十元,四乡里贩卖鸦片的贩子都会向他"进贡",每年送上几两烟土。这让徐利乍一听大吃一惊,"一个在乡村里作头目的有这许多进益,这是他以前料不到的事。他平常认为那不过是有势力罢了"。吴练长常年向各个村预征派捐派粮派劳役,个人也从中谋私。在吴练长又一次收齐一万六千元打发了镇上的穷兵后,徐利愤而放火烧了吴练长的宅院。吴练长就将徐利的两个兄弟押在监狱里面,气死了徐老秀才。奚大有听闻这一事件后不由得大叫:"放火,放火,谁不知道乡下摊的兵款在那个东西手里有一小半!"

动荡时世里,乡民们离不开吴练长,同时他假公以自肥,两个方面相结合,才是这一地方权势人物的完整面目,也才反映了这一时期的社会现实。自清末新政以来,乡绅们借助于新的制度开始直接介入地方权力,成为与行政权力体系密切相关的权绅。它使乡绅阶层的统治基础发生了根本转换,使其一步步从地方社会中剥离出去。然而,由于民族国家建设的困顿,对于乡绅阶层吸纳、改造、融合有限,又并未将其完全整合于官方权威体系中,这一阶层遂成为一个逐利性的群体。他们对于地方社会的公益性影响减弱,掠夺性却日益凸显。绅民之间原来由"地方利益"联系起来的内聚结构,由此逐渐崩溃瓦解。①《山雨》中的乡民们已经逐渐意识到:

> 现在这些官府,绅士,他们的本身已经变了,他们的意识,却已比从前的乡民统治者更见得伶巧与学得多少新的方法。他们在自己的能力中尽着想去收获,——金钱的剥去,责任的意义他们早已巧妙的给它改变了颜色。自然他们批评他们的前身不是迂腐便是拙笨,不是无识便是呆子,因此除却有他们的收获之外,什么能够激动他们

---

① 王先明:《变动时代的乡绅——乡绅与乡村社会结构变迁(1901—1945)》,第120—121页。

呢？也因此乡民在不自觉中仿佛失去了领导，也像失了屏障。

小说结尾，徐利放火烧了吴练长的宅院，显示了地方社会中绅民矛盾激化的趋势。如果研究者简单地将吴练长等人界定为"剥削阶级"，则难以注意到小说所叙写的这一变迁过程。

只有历史地认识小说中所呈现的地方社会空间及其阶层关系，方可以体会在春天的田野上雇工魏二唱起《鱼骨词》、与乡民们一起所追怀的"安乐悠闲"的乡村生活，并不都是虚幻。也因此，兵连祸结、接踵而至的外来灾难固然令人难以苟活，陈庄长的惨死、当下绅民关系的恶化更能促动年轻一代农人开始反思自己的处境，重新打量祖辈已生活了千百年的乡村社会，进而或者如徐利暴力反抗，或者像大有、杜烈走向城市寻求新路，新一代农人的"觉醒"之路才更为真实、具体，可触可感。

三、陈葵园：谋利的新士绅

如果说陈庄长、王经理、吴练长等人显示了传统乡绅阶层不断分化的迹象，那么，陈小葵（陈葵园）则是这一时期乡绅阶层中一个全新的角色，带有鲜明的时代印迹，可以视为这一时期"新士绅"的代表。这一形象的新异之处在于，他的崛起与新学教育的兴起密切相关。而以新学教育为支撑崛起的"新士绅"逐步抗衡、接替旧乡绅是民国时期重要的社会变动。

小说开篇，在颇具山东乡村气息的地窖里面，陈家庄村民正聚在一起闲谈，他们对于时世的议论中，居然集中于"学堂"。先是陈庄长感叹："……怎么这些年坏人多？……国家的运气坏了，国家的运气坏了，到底也有个根苗！告诉你们一句吧，这全是由鬼子传过来的洋教堂、学堂教坏了的！"陈庄长对于学堂的责难其实是身处乱世的愤懑情绪比较随意的表达，奚二叔的反感却有相当的普遍性："识字，谁还不赞成？不过为什么非改学堂不可？"相比较延续千年的科举制度、遍及乡间的私塾书院，新学堂在乡村的建立无疑是新事物，奚二叔的不接受乃至反感固然因为村民们的保守心理，然而也与新学教育发展中暴露的问题有关。或者说，新学教育与村民的疏离本身就是一个严重问题。接着一位佃农直接触及了现实变动:"奚二叔,话不要尽从一面讲,学堂也发福了一些人家呢。北村的李家……他家的大少爷若不是从宣统年间到省上去上学堂,虽然是秀才,怕轮不到官位给他。……还有镇上吴家的少爷们,一些能够在外面耀武扬威,人家不是得了办学堂与上学堂的光吗?"从中可见,新教育已经成为新的社会上升阶梯,加强或者改变了乡村社会权势版图。乡民们的闲谈看似琐碎,却展现了"学堂"在乡村社会中的多元面相。自清末科举废除,学堂兴起,新学教育体制的落实既从制度层面,同时从文化层面揭开了乡村社会由传统走向近代的历史序幕。这一变革引发乡村社会变迁的深度和广度,都是前所未有的。文学研究者往往忽略这一点,然而,新学堂、新教育对于村民生活世界的改变是很重要的因素,《山雨》对这一方面的发掘和表现如草蛇灰线,最终清晰可见,显示了作者相当深厚的现实主义功力。

新教育对于陈家庄的推动和改变集中体现在陈庄长和陈小葵这一对父子的纠葛上。虽然在小说中陈小葵正式出场只有一次,然而作家巧妙安排,通过伏笔前后呼应,这一人物形象已很生动,且包含了丰富的社会史信息。

本来在村民眼里,陈庄长有一个在城里干事的儿子是被视为增加家庭体面的。然而,这一对父子见面的场景却很尴尬。正月里,陈庄长到镇上给吴练长拜年,却不料在吴的家里遇到了自己的儿子:"一个戴金丝眼镜的漂亮少年从容地走到床侧。出其不意地在他的一手拿着宽呢帽,仿佛是向床上鞠躬的神气之下,惊得陈庄长如机械似的站起来。……一点不错,正是在城中做委员的他的小儿子葵园。"然后听得吴练长向座中客人介绍:"陈葵园,县教育局的委员,——曾在师范讲习所毕业。"师范毕业的经历已经成为新的重要身份。陈庄长先是一惊接着眩晕,进退两难,不仅是因为正月里儿子居然不回家,而是先在别人家里偶遇,"作为没办法的家长"为儿子的不敬不孝既丢颜面又觉尴尬,其间气氛还透露出这对父子之间更多微妙关系,隐隐夹杂着其他矛盾。尤其是老人对儿子的做派看不惯,对其观念很反感。

接下来,是陈小葵正式亮相:

> 陈家村,在陈葵园号召之下,劝告办学的露天大会在村子中间水湾南岸的大农场上很容易的开了成立会。
>
> ……
>
> "今天我奉了县长的命令,请大家——请各位乡邻来开这个会,没有别的意思,一句话,要办学。……县长告诉我们说:要取消私塾,劝大家不必再请师傅,按照镇上的样子办一所小学。……私塾不算数,教的东西现今用不到……拿我说吧,不入学堂,不在城里见世界,不能办事,也没有薪水,以后识字,一句话,不行!县上叫大家办学是为的大家,一片好意,谁不能说不对!……"

这里传达的是民国时期兴办学堂的话语。取消私塾,是县长发布的命令,理由是私塾"教的东西现今用不到","现今"成为学制变革的出发点。新学堂要按照镇上的样子办,这是从上到下传下来的,学堂教育的取向是要"在城里见世界""办事""拿薪水"。面向"现今",面向"城里",这是教育取向的重要改变。在新旧学制变迁过程中,"制度安排的重心无论是从新式学堂的地理分布,还是新式学堂的教学内容,抑或是各专业学堂的比例来看,新学教育在很大程度上,都远远疏离了乡村社会。其城市化和工业化的方向性十分显然"[①]。村民们因此对于新学堂缺乏亲近感。奚大有打量学堂的眼光就反映了普通村民与学堂的距离:"不认字的乡农本来并没有到学校去闲逛的资格,他怕那由城中分派下来的教员……"不独如此,办新学还要靠村民们出钱捐资,增加了农户负担;而由于小葵贪污钱款,学堂迟迟不能开学,更使得村民反感学堂。

于是,小葵办学一事更加深了父子隔阂。"因为自从小葵挟了县上的

---

① 王先明:《变动时代的乡绅——乡绅与乡村社会结构变迁(1901—1945)》,第67页。

势力回家创办小学校以来,他们父子的关系更隔阻了,陈老头不能阻止,却也无法救济,眼看着在自己的力量之下任凭年轻的小孩子来分派学捐,指定校舍……"在传统乡村社会,私塾的兴办属于个人或地方事务,一般由地方乡绅主导。而新学教育代表着国家一项制度性安排,小葵是以学务委员的身份下乡来推动陈家庄建立学堂的,传达的是国家的意志。新旧学制的变革,也是乡绅地方权势此消彼长的过程。而陈庄长最反感之处在于儿子的"新做派",假公济私,借兴办学堂中饱私囊。对此"他觉得不止是损失了自己的庄严,并且少了对别人说一切话的勇气,更不爱到镇上去见人"。新旧乡绅行为方式和价值观念的差异使得父子之间的裂痕不断扩大。老一代乡村领袖奉行无私服务村庄,以此作为立身之基。相反,新教育培养的新士绅却假公济私,以贪欲至上。这一相反的价值取向恰恰表现在一对父子身上,对比更加鲜明。

　　置于近现代以来乡绅阶层变迁历程中来认识这一对父子之间的矛盾,不仅在于两人道德修养的差异,而且还与其时制度和社会变革有着内在关系。乡绅阶层与乡土社会的共生关系日益弱化,新士绅阶层正在蜕变为一个远离乡土社会的利益集团。传统乡绅的特征之一在于其地方性,他的权威需要地方上的认可,因此他与地方利益有高度相关的一面。但是新士绅的主要身份基础是新学教育经历,新学教育内在取向与乡土社会相疏离,促使前近代城乡一体化的文化模式出现了难以弥合的裂痕。旧学制度下,传统文化是乡土性的,是城乡一体的。新学体制的出现则打破了这种一体化结构,毕业生纷纷留在城里,呈现乡村社会流动的单向性。空间上的分离,还使得新士绅与乡村社会利益相分离,日益蜕变成为一个只谋私利的社会集团。"过去的社会精英有着强韧的地方关系并且毕竟与农村社会保持着某种接触,他们出于传统而多少还关心一些农民阶级的利益。但对于商业资产阶级和开放口岸的知识分子来说,情况却大不相同了。他们的生活方式、生活范围以及深受西方影响的思想意识,都使他们越来越远离农民阶级了,并使之对于所有农村和中国农业的根本问题皆视而不见了。所有这一切都促使他们鄙视这个苦难而又迷信的社会。"①陈小葵的身上充分显示了这一时代趋势。吴练长当是最有权势也可能是从村民身上盘剥最多的人物,然而陈庄长与吴练长还可相处,反而对自己的儿子几乎不能容忍。因为吴与陈庄长仍受到同一种地方社会机制和乡村伦理的约束,因此其盘剥行为相当隐蔽,还注意罩上伪善的面纱。而陈小葵则表现出新的行为做派,在城乡分立不断扩大的时代,立足县城榨取乡村,再不必遵从乡土社会中传统绅民关系及其界限,对私利的追求表现出赤裸裸的特征;更将一切面向"现代"、促使乡村转型的规划都扭曲为个人谋利的机会,使得乡村社会在无望中加速解体。

第三节　反差与交错:"乡绅"与"知识分子"

从《黄昏》到《山雨》,两部小说的叙事设计构成多重对照关系,从中既可见这一时期北方乡土社会变迁之迅疾,也为文学研究者提供了辨析"乡绅"与"知识分子"的差异与关联的契机。

在《黄昏》中,是新一代对于老一代的审视、审判和抗议,对其伪善面目的揭露,但是新一代迷茫而伤感,孱弱而无力,仿佛睁眼看到了一个残酷的现实,被击碎了对于这个世界的美好想象而禁不住哀怨叹息。"人"的价值、自由与爱的观念,是无力的新一代的支撑。在空间结构上,在城市里接受新教育的慕琏从城里返回乡下,而他对乡下的感觉只能和城里的朋友写信倾诉,他感觉乡下俨然成为父一代治下的魔窟,于是急急带着被囚的三人逃回城里。

而《山雨》恰成为一个有意味的对照。小说开篇是村人们对于外洋、对于城里世界的议论,表现出对于不可预测的未来的惊恐。从外面不断拥入的士兵或土匪劫掠着乡村,上面不断地预征、派款榨取着村民,从城里回来的小葵传达了县长办学堂的命令,同样增加着村民的负担。在村

---

① [法]谢和耐:《中国社会史》,耿昇译,江苏人民出版社1995年版,第516页。

民口耳相传中的小葵,挤进了城里士绅的行列后,已经成为城里对乡村进行剥夺的代表:侵吞办学钱款,但是小学迟迟不能开张;下乡查税,气焰嚣张,结果被村民扣留。陈庄长痛惜于儿子的堕落,痛恨其赤裸裸的贪污劫掠行为,并为此深感羞愧,但是却也无能为力。最终陈庄长被穷兵们踢伤,卧床不起,撒手而去。不过乡村里的子一代,如奚大有、杜烈等最终也告别故乡,到T市、到城里寻求新的道路。

两部小说在城乡之间立足点的变化,颇有意味。《黄昏》从新教育看乡村,《山雨》从乡村观察新学堂、新士绅。对于乡村而言,《黄昏》显示的是一种异己的目光,它刚刚打量一番乡村,迅即撤回了城里。十年后创作的《山雨》则反映出新教育、新的制度变迁对于乡村社会的影响逐步深入,日益显现。在这一转型过程中,乡村社会尚未体察到"现代性"带来的福音,却已经感觉到它既与乡村社会疏离,又带来巨大冲击和耗失。"20世纪初期,在剧烈的制度变迁中,新学制开始逐步渗入乡土社会,为乡村社会的结构性变动提供了基本动力。从这个意义上来说新学教育改革开启了乡村社会现代化的大门。"①但是它又疏离于乡村社会,这一发展中形成的时代性问题,造成了现代化进程中城乡社会的分离,乡村精英大量外流。②而如果外流的精英如陈小葵这般反过来加深对乡村的剥削,那么本已衰败不堪的乡村社会只能进一步陷入崩溃深渊。

《山雨》中陈庄长、陈小葵这一对新旧人物形象的塑造与《黄昏》中的也恰成对比,展现了"知识分子"叙事的复杂性,为研究者反思既有研究话语的起源提供了一个契机。陈小葵作为新式师范学校的毕业生,似乎属于文学研究者习惯指称的新式"知识分子"人物,然而却劣迹斑斑,四处钻营,究其人物内核毫无"知识分子"的时代气息,相反却更见传统权势阶层的加速堕落。老一代的村庄"首事",通常自然地就被划为"地主""剥削阶级"之列,这里的陈庄长却似乎没有突出的剥削、压迫行为。这一"反差"源于《山雨》叙事视角的选择就一反"常规"。在父子两代之间,这一时期

---

①② 王先明:《变动时代的乡绅——乡绅与乡村社会结构变迁(1901—1945)》,第68页。

的叙事通常会更接近新一代"知识分子"人物，以更好地传达"新"的、"现代"的立场，如《黄昏》更接近于新人慕琏的视角。然而《山雨》的叙事更贴近陈庄长，这里有陈庄长大量的心理活动和感受，相反陈小葵只正式出场了一次，其贯穿全书的个人活动则主要靠他人讲述。比如，他在城里绅士阶层中钻营谋利的过程，就主要通过宋大傻对奚大有讲述；他通过办学谋利，还带着警备队下乡收税，结果被村民扣留，这是由魏二讲述的。听说此事后，"这晚上的陈庄长完全没落于他儿子的行为之中，……良心上的颤栗使这位凡事小心平和的老办事人眼里溶着一层泪晕"。《山雨》中的这一对父子形象，既显现了这一时期左翼文学内部的丰富性，更提示文学研究者需对惯用概念、结论的适用性保持自觉反思。比如，对于"知识分子"这一概念，就需要辨析其历史性。"知识分子"是现代社会兴起后、在新的社会分工条件下逐渐形成的一个阶层。清末以来，在乡绅阶层的蜕变过程中，相当一部分受过新学教育的人成了"新士绅"而不是"知识分子"，他们同样构成中国士绅阶层近现代转型过程的一部分，但是并没有踏上"知识分子"这一新兴的道路。另外，"土豪劣绅"只是对于这一时期乡村社会上层人物的浮泛印象，而不一定是小说所呈现的历史图景，更不能以此浮泛印象反过来解读小说。相反，假若贴近小说呈现的世界，所看到的老一代士绅，既有赵建堂这样的恶魔形象，又有陈庄长这样的"忠厚老者"，而新的一代既可以如慕琏这般单纯，也可以像陈小葵这样利欲熏心。因此，借鉴社会史的研究视野，在地方社会空间中还原乡绅人物的身份，勾勒这一阶层蜕变、消亡与转型的脉络，也有助于更为准确、全面地揭示文学作品的内涵，体会作家现实主义笔力的精进。

如果说，兵匪祸乱、不断增加的捐税属于外因的话，那么，陈庄长与小葵这一对父子的反目，则意味着乡村领袖阶层内生机制的中断。陈庄长作为乡村社会保护人和代言人被村民们送葬，产生乡村领袖的社会和文化体系也随之消散，新的一代或者奉行利益至上法则反过来掠夺乡村，或者唾弃了老一代的天命观念，去探寻新的暴力"革命"的道路。这才是"北方农村崩溃"的更为内在的原因。而慕琏对父辈的叛逆,更提示了一个新的价值体系的形成和力量,乡土社会已经不能保持其完整性。在对从《黄昏》到《山雨》的叙事分析中,隐然可以听闻这一动荡时代凌乱的脚步声。

第六章　地方的近代史：绅界变迁与四川"社会"的兴起
——李劼人"大河小说三部曲"

第一节　"接受之谜"与"社会"主题

　　作家李劼人在写出他最重要的"大河小说三部曲"的当时，便似乎处于被"冷落"的境遇。《死水微澜》《暴风雨前》和《大波》于1936—1937年由中华书局初版①。他的中学老同学郭沫若立刻为之大声喝彩，赞之为"伟大的作品"，可谓"小说的近代的《华阳国志》"，同时认为，"中国的文坛上，喊着写实主义，喊着大众文学，喊着大众语运动，喊着伟大的作品已经有好几年，像李劼人这样写实的大众文学家，用着大众语写着相当伟大的作品的作家，却好像很受着一般的冷落"②。新书刚刚出版，郭沫若便为之被"冷落"而抱屈，也许应该是一种修辞手法，期待其受到更多关注、更高评价而已。然而，却又似乎一语成谶。如刘再复在世纪之交回首百年中国文学时感叹："1988年，在国内'重写文学史'的议论中，我曾说过，倘若让我设计中国现代小说史的框架，那么，我将把李劼人的《死水微澜》和《大波》作为最重要的一章。很奇怪，李劼人的成就一直未能得到充分的

---

① 1954年到1962年间，作者对三部小说进行了修改或重写。本书结合研究目的来比对不同版本，依据《李劼人全集》第1卷（《死水微澜》）、第3卷（《大波》）所收版本，即主要依据中华书局初版本，《李劼人全集》由四川文艺出版社2011年出版，共17卷20册；《暴风雨前》则依据修改后版本，即王富仁、柳风九主编《中国现代历史小说大系》第6卷（河北人民出版社1999年版）所收版本。

② 郭沫若：《中国左拉之待望》，载《李劼人选集》第1卷，四川人民出版社1980年版，第6页。

评价,国内的小说史教科书相互因袭,复制性很强,思维点老停留在'鲁郭茅、巴老曹'的名字之上,而对李劼人的则轻描淡写,完全没有认识到他的价值。"①惊讶于这种冷落,于是20世纪80年代以来,研究者对李劼人作品的接受不断升温,不乏颇有影响力的批评家、文学史家赞誉"大河小说",提出李劼人理应归于经典作家之列。然而,在具体研究中却又有"李劼人难题""李劼人接受之谜"等问题困扰学界②。时至近年,依然有研究者"诘问历史:《死水微澜》为什么会被漠视?"③

某种意义上,所谓"李劼人接受之谜",可以视为作家和他的作品对现代文学研究的既有视野和方法提出的挑战。如20世纪80年代作家周克芹曾坦言:"前些年我们都不敢多谈李劼老的作品,一个关键的原因是很难说出他的作品究竟是什么主题。其实,说不清主题的作品才有可能是具有永久生命力的作品。"④那么,"大河三部曲"的主题是否"说不清"呢?其一度所遭受的"冷遇",或因为既有文学研究的视野和方法,对作品"主题"的判断,与作家的创作意图之间存在着错位。

早在1930年7月,李劼人致信中华书局编辑所所长舒新城,表示准备创作长篇小说,对于小说的主题、内容,此时已有基本把握:"此小说从辛亥年正月写起,至现在为止。以成都为背景,将此二十年来社会生活及粗浅之变迁,与夫社会思潮之遭递,一一叙说之,描写之;抉其原因,以彰其情。全书告成,大约百万字以上。"⑤"二十年来社会生活"的变迁,是后来这部大河小说的着眼点。及至1935年6月终于落笔之际,李劼人重申创作意图:"此部小说暂名为《微澜》,是我计画联络小说集之第一部。背景为成都,时代为光绪庚子年之前后,内容系描写当时之社会生活,……

---

① 刘再复:《百年诺贝尔文学奖和中国作家的缺席》,《北京文学》1999年第8期。
② 参见陈思广:《认同与思辨——1976—2010年李劼人"大河小说"的接受研究》,《当代文坛》2011年第5期;白浩:《"然而,事情却有点奇怪"——李劼人小说的市民文化精神与接受之谜》,《当代文坛》2011年第5期。
③ 宋剑华:《诘问历史:〈死水微澜〉为什么会被漠视?》,《山东师范大学学报(人文社会科学版)》2017年第6期。
④ 张义奇:《周克芹谈李劼人作品》,载李劼人研究学会编《李劼人的人品和作品》,四川大学出版社2001年版,第165页。
⑤ 《李劼人全集》第10卷《书信》,四川文艺出版社2011年版,第19页。

尤其注重事实之结构。"①此时,李劼人第一次提到小说名字《微澜》,并对小说所叙写之"社会生活"有了更加具体、全面的把握:"洋货势力逐渐侵入,教会之侵掠,人民对西人之盲目,官绅之昏庸腐败,礼教之无聊,哥老之横行,官与民之隔膜,以及民国伟人之出身。"②梳理李劼人创作始末,整个写作计划的时间线索经过颠覆性的调整,由辛亥革命以后之二十年调整为辛亥革命前,由近而改为远,同时他所欲叙写的"社会生活"则日益丰富。

新中国成立之后,李劼人在新的历史和文学环境中修改或重写了这三部小说。对于重写的结果,研究者褒贬不一。但是李劼人在这一阶段写作意识更为明确。1961年,他在致信刘白羽时谈道:"关于创作规划,我原有一种妄想,拟将六十年来之社会生活(包括政治、经济和思想生活,在各阶级、各阶层中之变化)以历史唯物观点,凭自身经历研究所得,用形象化手法,使其一一反映于文字。"③至此,他将自己所把握、所叙写的"社会生活"进一步概括提炼为"包括政治、经济和思想生活,在各阶级、各阶层中之变化"。念兹在兹,书写"社会生活"的变迁,一直是作家的目的和动力,而已有研究对于作家所一再申述的"社会"主题却并未给予足够相称的关注。反思这一现象,不仅可能为所谓"李劼人接受之谜"提供另一种答案,也关乎现代文学史书写中"社会"意识的自觉。

通常在文学研究者的理念中,"社会"是一个太宽泛、太平常的词汇,而意识不到它作为一个概念在近代中国兴起的历史,也因此对于李劼人所一再表达的叙写"社会"之宏愿,并无有意识地探究,而只是理解为作家欲包罗万象地书写历史而已。"虽然人类自古以来就生活在某种组织之中,但由于这些组织(家庭和政治组织)的形成过程并没有在人的意识之中,它也不是个人自愿形成之公共空间,故用'社会'一词来指涉人类生活在其中的组织及其整体是近现代的事,它是现代性的表现。"④而李劼人的

---

①② 《李劼人全集》第10卷《书信》,第39页。
③ 《李劼人全集》第10卷《书信》,第213—214页。
④ 金观涛、刘青峰:《观念史研究:中国现代重要政治术语的形成》,法律出版社2009年版,第186页。

特异之处正在于这样一种"现代"的"社会"意识。他一再申述个人创作的"社会"主题,并努力以自己的语言来表达这一概念,最终将其界定为"包括政治、经济和思想生活,在各阶级、各阶层中之变化"。"包括政治、经济和思想生活",不仅显示其视野的包容性,作家更欲强调的是叙写对象的整体性。有别于以政治史为主线的中国历史小说传统,自觉书写总体性的"社会生活"其实是一种新的创作现象。那么,如何展开对这一总体性的"社会"的书写呢?李劼人的抓手是呈现其"在各阶级、各阶层中之变化"。大河三部曲中出场人物众多,但是《暴风雨前》《大波》却不再有如《死水微澜》中蔡大嫂这般光彩夺目的人物形象,大约就与作家书写"社会"的追求有关,即相比塑造人物形象,李劼人在其后的创作中更倾向以"各阶级、各阶层"为主体,追踪和呈现社会结构的变化,以此写出社会变迁的骨架。首先理解作者的追求,将总体性的社会视野与对社会结构的分析相结合,由此重读大河三部曲,对其内在脉络与变化、对于三部曲的整体性会有更深入的认识。

  进一步的问题是,李劼人何以具有如此自觉的社会意识?以此问题重新进入李劼人的创作世界,进而会发现大河三部曲恰恰叙写并呈现了成都平原上近代"社会"本身兴起与发展的进程。当下的论述是努力以理论话语去把握李劼人的创作意识;而在李劼人创作的当时,是成都近代"社会"兴起和发展的新异气象,这深深吸引着他去叙写。他当然不是以后起的社会理论去看取鼎革之际的"社会生活",而是在"社会生活"自清末以来"在各阶级、各阶层中之变化"中,看到了近代"社会"的逐渐壮大和显形,"社会"就成为他叙写历史的主角。择其要者,可以从两个相互联系的方面来分析,一是他以绅士阶层的变迁为核心,叙写了清末民初四川社会阶层结构、不同权势力量的此消彼长;二是小说进而呈现了社会结构变化背后近代"社会空间"兴起与发展的历程。社会结构与社会空间的变迁相交融,李劼人由此写出了近代"社会"本身在内陆兴起的历程。

第二节　从"微澜"到"大波":四川绅界的分化与变迁

"大河三部曲"作为鸿篇巨制,出场人物众多。但是从社会史视野来辨析,主要人物多属于传统社会中的士绅阶层,或与此相关的基层社会权势阶层。这一阶层是传统社会结构的中枢,它自清末民初以来的分化与蜕变,不但带来了地方社会的解体与转型,也构成近代社会变迁的主线。李劼人正是紧紧围绕这一阶层蜕变与转型的过程来结构故事,从而将人的变动与历史事件、时代进程融为一体,绘就了近代四川社会变迁的巨幅画卷。

一、《死水微澜》:烘云托月,官绅压轴

关于《死水微澜》的既有研究,多聚焦于天回镇上的精彩故事,却不够关注故事其实是在天回镇与省城成都之间发生的。从小说一开始,"成都",就是距离成都只有二十里路的天回镇上的乡下姑娘邓幺姑的想象和向往。

> 两年之间,成都的幻影,在邓幺姑的脑中,竟与她所学的针线功夫一样,一天一天的进步,一天一天的扩大,一天一天的真确。从二奶奶口中,零零碎碎将整个成都接受过来,虽未见过成都一面,但一说起来,似乎比常去成都的大哥哥还熟悉些。

一方面,小说开篇通过一个成都小孩子回忆当年的视角,将故事放到了城外的天回镇;另一方面,因为小说的主角、天回镇上的邓幺姑对于成都不可遏制的强烈向往,也预示着故事一定会回到成都城里。"成都",一点点开始揭开它高贵的面纱。成都的青羊宫庙会,成都的东大街,是这群主要来自城外的天回镇上的粮户、袍哥们的冲突发生、矛盾激化之地,进而,成都成为大河三部曲主要的故事空间。这不仅仅是由其作为省城的重要性或者地理位置本身决定的,更是因为绅士们主要聚居于此,而绅士

阶层是清末川省社会变迁的中枢。成都的官绅，比成都更加神秘。开始只是模模糊糊的一团，并无具体面目。郝公馆和它的主人到后半段才慢慢出场，而在其出场之前，叙事者极尽铺排烘托之能事。罗歪嘴与蔡大嫂的整个情爱故事除了自身的进展之外，同时为官绅人物的出场作前导。

一开始，大户人家、官绅阶层的生活就是邓幺姑对成都想象的核心。罗歪嘴出场之后，通过他坐在兴顺号杂货铺的讲述，直接展现袍哥和其领袖在地方社会的势力。而官绅的地位和影响，大多在字里行间，需要细心体会。比如，故事的另一个角色顾天成，既是个粮户，有一定财产，又因为兄弟顾天根做了贡生，与缙绅阶层沾边，但是和成都的官绅相比，就显出彻头彻尾的土气。官绅，是高于粮户的一个阶层。

小说故事很重要的冲突发生在省城的东大街，一直想报仇的顾天成在此巧遇进城观赏春节灯会的罗歪嘴、蔡大嫂等人。在巧遇之前，叙事者特意铺排省城和东大街的体面和繁华。

> 东大街在新年时节，更显出它的体面来：每家铺面，全贴着朱红京笺的宽大对联，以及短春联，差不多都是请名手撰写，互相夸耀都是与官绅们接近的，或者当掌柜的是士林中人物。

在成都的一派体面中，官绅与士林人物居于核心，是最受推崇的。

接下来，顾天成终于和官绅人家有了关系。他在与罗歪嘴的街头冲突中走失了自己十二岁的女儿招弟，后者被辗转卖进郝家做了丫头。此时郝家人，也是大河三部曲的第二部《暴风雨前》的主人家，其登场似乎已是呼之欲出，但是实际的出场过程依然曲尽笔墨。场景切换到赶青羊宫庙会的盛况，首先出现的人物是蔡大嫂，偕同罗歪嘴几个男子一起。不经意间，蔡大嫂注意到一位小姐。蔡大嫂本身就是天回镇上顶出众的女子，却依然为眼前这个年轻小姐所吸引，于是"一双亮晶晶的眼睛"与"一双水澄澄的眼光"恰好碰上，"正正斗着"。两个女性的互相瞩目和吸引，为接下来蔡大嫂提调罗歪嘴几个人为素昧平生的郝家一家人解围做了简洁而

自然的铺垫。然后,叙事者方才缓缓道出:

> 蔡大嫂他们所碰见的那个年轻体面的小姐,就是郝家大小姐香芸。他们全家恰也在今天来赶青羊宫。

郝家人由此才露面,但惊鸿一现,转身即去。当顾天成的命运牵涉到义和拳与洋人对峙的时局,叙事者方才转过身,再次回到郝家,郝达三终于堂堂正正地登场,这也是官绅阶层的正式亮相。叙事者由郝家的身世,溯及川省整个缙绅阶层的来历。缙绅阶层的一个重要基础来自传统的积累。但是,相比帝国腹地,要跻身成都和四川省的缙绅阶层,对于籍贯和家世的要求不高,因为此地多是迁入人口。相应的,只需要两个条件,一是房子造得大,即为公馆,也意味着有财产基础;二是依然还要能读几句书,有一定文化基础,这样"自然而然就名列缙绅"。"郝达三就是这类半官半绅的一个典型人物",在他身上体现了缙绅与官员两个群体或阶层之间的联系。做官是缙绅的进一步追求,但通常捐官者也不求拿到实职,只是为了维护和加固作为缙绅的地位。官员的位置是流动的,而缙绅的地位是可以世代相传的,所以也可以反过来讲,做绅士是做官的追求或归宿。"半官半绅",既是官绅阶层中一个典型类别,也可以作为官绅阶层的代表。

从小说的进展而言,罗歪嘴开篇就出场先声夺人,他所代表的袍哥势力不可小觑;另外,从众人热议教案,尤其是顾天成这个土粮户为了报仇,在官方权力和洋教势力之间取舍不定,也可感知到洋教势力正在上升。有研究者由此推导,顾天成改奉洋教,显示了原有官绅体制不能保护他。①然而,如果深入小说体会作者的手法,在蔡大嫂充满向往的成都想象中,在顾天成土气、世俗的追逐中,在顾天成与罗歪嘴的冲突中,官绅阶层的

---

① 参见高静:《〈死水微澜〉的创作本末与社会史意识的自觉》,《中国现代文学研究丛刊》2018年第3期。

气派和影响一直或远或近地存在着。这是袍哥、粮户们一直在追求,努力想跻身其中,却似乎遥不可及、高不可攀的一个权势阶层。顾天成只能通过钱县丞家的跟班的做派,想象和神往于官绅的气派。在赶青羊宫时,从蔡大嫂的眼里,看见郝家大小姐的出场宛如惊鸿一现。郝家所代表的半官半绅阶层的正式出场,具有千呼万唤始出来的气象,叙事者曲尽了烘云托月之笔法。

既有研究过于顺从小说叙事的表层,将目光都投向罗歪嘴所代表的袍哥势力与顾天成所投奔的洋教势力之间的消长,并由此来阐释这一时期四川基层社会权势结构正发生的剧烈变动。尤其是蔡大嫂为了救出丈夫蔡兴顺和自己的情人罗歪嘴,而决心改嫁信了洋教的顾天成,这一极富戏剧性的结尾,更是将读者的目光都吸引到袍哥与洋教势力的竞争与斗法上。然而,直到官绅阶层出场,小说所欲展现"事实之结构"才是完整的。所谓"一绅二粮三袍哥",官绅、粮户和袍哥,是川地原有的三种社会权势力量。基于明清时期的政治设计,同王朝的其他地方一样,这仍然是一个由官绅合作进行治理的社会,粮户或地主是其在基层的支撑。同其他地方又不一样,由于成都平原多是移民迁来,宗法组织不够强大,因而扎根于流民中的秘密组织哥老会得以发展壮大,成为更强大的力量。由顾天成的一系列遭遇,小说展现了洋教势力日益引人关注,成为"一绅二粮三袍哥"之外崛起的力量。但是并不可由此轻易推论原有社会结构的解体或覆灭。相反,深入文本,贴近小说来阅读,却可以感受到原有社会结构之稳固,集中体现在官绅阶层的社会地位上。

如果说袍哥与洋教势力的此消彼长,主要通过罗歪嘴和顾天成的冲突和较量具体地展示出来,那么官绅阶层高高在上的地位则主要是通过其远离罗、顾二人冲突所体现出来的。在《死水微澜》中,作为官绅阶层的典型,郝家并没有具体介入罗歪嘴、蔡大嫂和顾天成的冲突故事中,研究者似乎因此忽视显示官绅阶层的势力,进而忽视了原有的完整的社会结构,只是把郝达三的缓缓出场主要理解为作者为勾连下一部小说《暴风雨前》设下的伏笔。然而,从叙事效果来体会作者的叙事手法,袍哥与教民

第六章 地方的近代史：绅界变迁与四川"社会"的兴起——李劼人"大河小说三部曲" | 131

的争斗如在前台，官绅阶层安居幕后。一方面在口耳相传中，各地的县官、知府已经很为教案挠头，见了教民不禁骇然；另一方面，官绅阶层依然深居公馆中，并没有受到新势力的影响。郝家的太太们，即使听说了因为八国联军进占北京城，当朝皇太后偕光绪皇帝向西安逃难的消息，也毫不在意，不愿停下手中的牌局。官绅阶层的笃定，基于他们在原有社会结构中的稳固地位。作者辅以烘云托月的手法，层层渲染，尽显其高高在上、备受尊崇的威势。

既读到罗、顾二人围绕一个女人的精彩故事，又体会在故事背后，在他们之上，他们共同的想象和向往的所在，才能深切理解为何成都仍是一片死水，而这片死水又为何起了波澜。当其时，社会结构确实在改变，新的力量在崛起，但作为既有社会结构的核心，官绅阶层的地位依然稳固。他们不但在政治、经济和文化上占据要津，尽显优势，同时在社会上是其他阶层大多数人尊崇和向往的势力，所以尽管水花溅起，潜流涌动，水深处依然平稳如故，波澜不惊。

当然，此刻的郝公馆内，并非全无时代的印记。值此时代，学问已分新旧，盖因西方世界的步步逼近。郝达三虽然不懂新学，郝家"生活方式虽然率由旧章，而到底在物质上，都渗进了不少的新奇东西"。比如，洋灯已经摆放在郝家的大堂上；全家人用西洋的照相机留下了大大的合影，虽然郝太太很担心被照相机摄去了元神。此外如橡皮垫子、八音琴、留声机等，"郝公馆里这些西洋东西，实在不少"。对此，郝达三与他的至交葛寰中，这两位官绅人物的认识是，"只管不满意这些奇技淫巧，以为非大道所关，徒以使人心习于小巧，安于怠惰；却又觉得洋人到底也有两人佩服之处"。不过"洋人之可佩服，除了枪炮兵舰，也不过这些小地方，至于人伦之重，治国大经，他们便说不上了。康有为梁启超辈，何以要提倡新学，主张变法，想把中国文武，一扫而空，完全学西洋人？"可见，康、梁"都是图谋不轨的东西"。二人对康、梁维新的认识，也代表了其时绅士阶层对于中西关系的看法。然而，随后正是中西关系、力量对比发生更加深入的变化，一步步推动官绅阶层的分化和转型，从而带来整个川省社会的近代变迁。

当其时，遥远的都城，已经被洋人攻陷，近在成都城外的一个土粮户顾天成改奉了洋教，借势报了个人的仇怨，郝公馆内的西洋玩意儿，安安静静地摆放着，似乎还尽在主人的掌握下。不过，洋兵、洋枪、洋教，与郝家的洋玩意儿，并非毫无干系，如郝达三将之截然分割为"奇技淫巧"与"人伦之重，治国大经"，器物与文化或制度似乎无关。然而，它们共同来自另一个完整的世界，这个世界最终搅起天府之国乃至一个东方帝国的历史巨变。将"大河三部曲"整体来看，在第一部《死水微澜》中洋教势力与袍哥和官绅势力的鼎足而立，更多是作者一种叙事设计，洋教势力本身在后续的《暴风雨前》和《大波》中，并没有更多表现。但是，洋教与进占北京的洋兵、与郝公馆的洋玩意儿等，从不同层面所代表的那个西洋世界，在《暴风雨前》和《大波》中进一步化身为另一种"文明"的力量，改变了官绅阶层的观念世界，成为近代转型的重要动力。由此也可见李劼人酝酿"大河三部曲"的时候，有着更加高远的目光，更为开放的视野。

在社会史视野下，贴近文本，进行细致的叙事分析，或可以发现既有研究过于停留在小说故事的表层了。只有发掘缓慢出场的官绅阶层的分量，感知炙手可热的洋教势力背后的西洋"社会"，才能更加深入地品味大河三部曲内在的节奏、韵律。因为接下来正是在西方力量的刺激下，川地的官绅阶层从观念到构成不断分化、蜕变，最终带来天府之国的深刻改变。

二、《暴风雨前》：绅随学变，"学界"崛起

在《死水微澜》中千呼万唤方轻启门扉的成都暑袜街上的郝公馆，在《暴风雨前》终于成为小说人物集散地。与之相应的是，绅士阶层走到台前。虽然小说的背景时间不过隔了几年，但是从《死水微澜》到《暴风雨前》，高高在上的郝达三郝老爷逐渐退后，在《暴风雨前》活跃的主要是绅士阶层的新一代。这一时期，绅士阶层加速分化，而促动分化最有效力、影响最为深远的举措是新学堂的兴办和留学之路的日益畅通，"学界"由此兴起。

小说详细地叙写了成都和四川省学堂兴起的历程。高等学堂首先兴办,这是国家救亡的需要与士人谋求新出路的需要相结合的产物。田伯行最初劝说郝又三也去考高等学堂时候就透露了这一点。一方面,因为有了新的认识,"看了些新书新报,也才恍然大悟出科举制度以八股取士之误尽苍生";另一方面,"国事日非,科举有罢免之势,士人鲜进身之阶",不能不多点谋求出路的考虑,而进学堂不仅是为了追求新知,而且本身是一条新的谋生之路。如田伯行所看重的,"三年卒业,便可出而办学堂,育英才,救国家,吃饱饭矣!"进学堂,毕业以后可以办学堂,学堂的兴办本身提供新的就业机会;"救国家"与个人"吃饱饭"可以统一起来,这大概是学堂能够长足发展的内因。

郝又三在妹妹的鼓励下考入了高等学堂。他到新学堂报到之日,发现了一个新奇的世界:

> 学堂之为学堂,原是另外一个世界,而且是崭新的!

全新的学堂多由旧制改造而来。比如,四川省这第一个高等学堂是由尊经书院旧址改办的。学堂的物理空间新旧参半,其内部的管理机制则是全新的。"甚么传事啦,外稽查啦,内稽查啦,斋务啦,教务啦,监学啦,总理啦,业已把一个未曾经见的郝又三弄昏了。"相应地,学堂的学习和生活节奏也与私塾或书院不同。这里"摇铃上课,摇铃下课,课毕自习",起床和睡觉都有定时,吃饭在食堂,出入学堂需要请假。郝又三对这样的学堂生活,"起初很感觉不便",同时承认"这样读书,真是新奇"。学堂之新奇,核心还在于课程。"课程他也感觉到一种极新颖的味道。经学国文、中国历史、地理不说了,那是亲切有味的。外国历史、地理,也只稀奇古怪的名字难记,却也一说之后,懂得是什么。物理化学,就不大容易了。"历史地理、物理化学、算学英文,这一延续至今的课程体系此时已经建立。而英文在整个课程体系中最具分量,也显示出面向世界的气息。"大家都如此说,英文是必学的,英文是学堂中主要功课。因为许多学问,都须将英文学好了,能够直接看外国书,你才懂得,也才有用处。再伸言之,英文者,万学之母也,富国强兵之所由也。"

在其时关于救国道路的讨论中,办学堂与革命相提并论,所谓国民若有充分知识,革命便可以少流很多血。于是"办学堂就成了钱塘的秋潮,举凡书院、庙宇、公所、祠堂、废了的衙署、私人的公馆,都在门口挂出一道粉底黑字吊脚牌,标着各种各级的学堂名称",其中开办小学堂最为风行,于是田伯行鼓动郝又三,几个尚未毕业的高等学堂学生也办起了一个小学堂。学堂监督由郝又三的父亲郝达三担任,这也成为其后来作为郫县绅士的代表担任省咨议局议员的重要资本。新学,已经成为一个时代的风潮。

学堂兴起的一个重要结果是,促进了"学界"的逐渐形成和自我认同。这首先是基于学堂师生群体规模日益庞大。新学堂一方面招收新生,另一方面吸纳原本科举体制下的读书人成为新学堂的师生。此消彼长,新学群体不断扩大,奠定了一个相对独立群体形成的基础。其次,新学堂集中授课,集中住宿,与科举体制下分散在乡村各地私塾的教学方式不同,老师、学生之间的认同感大大增强。"学界"遂逐渐浮现出来。在《暴风雨前》中,首先看到尤铁民使用这一概念。他在留学回国后,再见到郝又三时感叹,"成都的革命党人,十之六七都在学界"。所谓学界,即指在新学堂的老师和学生。

相应地,"学界"这一概念也意味着新学堂群体与"绅界"的相对区分。如尤铁民等人组织起事不成,革命党人名单被获,粗略统计"抄获的名册中人:除一部分绅界、商界人士外,顶多的是学界,其次是军界"。"学界"与绅界、商界、军界俨然是其时四大社会群体。在科举制度下,官绅、士人都以科举功名为共同立身基础,"绅"与"士"逐渐合称,而此时此地学界则又与绅界相分立。从小说中看,"绅界"主要指已经获得科举功名的有身份的人,如德高望重的翰林院编修伍老先生,功名高,年岁长,成为川省绅界的代表,"学界"则主要指在新学堂中的师生群体。两者的知识基础不同,分属新学、旧学;相应地,晋身资格不同,绅界中人主要靠科举功名,而新学堂出身在此时已经成为一种新的资格和身份。

随着学界的壮大,其开始越来越独立地面对官场。就在四川首届全省学堂运动会上,学堂学生对于巡警教练所参加比赛就很不满。

> 但在一般办学的人的心里,则以为运动会本是我们学界比赛优劣的大事,如何能让一个官办的巡警教练所厕将进来。何况巡警并非学生,学生是何等的高尚,学界是何等的尊严,巡警乃官吏的走卒,与皂隶舆台相去一间的东西,如何能与学生比并?

此时"我们学界"的认同感已经相当强烈,而且是在与"官吏"的区分中强化这一认同的,自认为学生高尚,学界很有尊严。此种心理,既有科举时代士人清高的余绪,也是因为新学逐渐独立而与官场不断拉大距离。原本"学而优则仕",科举制度下"学"与"仕"本是一途,此时学堂的出路不仅仅只有官场,学生并不都是官员的预备。学与仕逐渐分开,学界与官场的界限开始显现。带着这样的心理,运动会上,学堂学生果然与巡警队伍发生了冲突;随之带来的是官场与学界的对峙。而在这种对立中,学堂师生对自我归属于"我们学界"的认同日益强化。事实上,学堂运动会这种形式本身,"这在成都,又是伊古以来的创举",就是基于学界作为一个同质性的群体而得以举办的。"参加运动的除了省城中等以上学堂外,远至自流井、重庆等处公私立的学堂,都有整队学生开上省来参加",通过开展大规模的集会和比赛,只会更加强化"学界"的认同。而四川全省学堂运动会是由"四川教育会"主办的。如"教育会"这样的新型社团的成立,则是强化学界认同的重要组织,此后更是20世纪上半叶绅权扩张的重要支撑。

学界仿佛是在这一时期从绅界中快速成长出来的一个分支,学界高层此时大都是绅界中人,但是学界也有为绅界难以容纳的部分,那就是在学界中正日益涌现的革命党人。郝又三见到回国宣传和发动革命的尤铁民,后者透露"成都的革命党人,十之六七都在学界",对此中山先生也是了然的。不独成都,在四川各地,学堂都是革命党人的重要来源或藏身之地。对此情况,官方也有察觉。郝又三甚至于总结:"学堂就是革命窝巢,日本留学生都是革命媒介物。"办学堂和留学,本为官方倡导或允许,乃是其时清廷新政的重要举措,却从中兴起革命党这一致力于推翻清廷统治的力量。

一方面,随学堂和留学大兴而形成的"学界",渐渐从绅界中相对独立出来;另一方面,有违官方乃至绅界大兴学堂的新政设计,学界又成为革命党长足发展的领地。官、绅、学、革命党,成都乃至四川这一时期社会阶层结构正急剧裂变与分化,呈风起云涌之势;你中有我,我中有你,显波诡云谲之象。《暴风雨前》紧紧抓住郝又三这个人物,立足他的学堂生活来呈现这一切,也就是以"学界"兴起为线索,抓住这个核心环节,得以呈现社会变迁的复杂和迅疾。原本官绅一体的结构,分化加剧如此,社会变革的暴风骤雨似乎已经不远。

三、《大波》:"绅气大伸",时代巨变

《暴风雨前》收尾于王中立对时事的议论。在抨击男女大妨大受冲击、女子也能进学堂等现象以后,王中立进而惊讶:"如今官也背了时!受洋人的气,受教民的气,还要受学界的气,受议员的气。听说啥子审判厅问案,原告被告全是站着说话。唉!国家的运气!连官都不好做了!一句话说完,世道大变!"从一个偏于守旧的人眼里,更看出"世道"之大变。如果说《死水微澜》中表现了官员"受洋人的气,受教民的气",那么到了《暴风雨前》和《大波》,则写出了当此之世官员们何以"还要受学界的气,受议员的气",因为"学界"的崛起,因为成立了咨议局这种"奇怪的"机构。时局已由维新时代进入立宪时代。郝公馆的主人郝达三"居然在无意之间,以郫县的粮绅资格,被选为四川省破天荒的咨议局议员"。原本绅权主要在县以下,联系正式的官方权力和乡村社会。此时咨议局乃至资政院的成立,使得绅权大大突破了原有层级,成为可能在全省乃至全国层面与官方对等的另一种权力。官员与学界、绅界在这一时期权势力量对比大大改变,蕴含着接下来"世道"和时局进一步动荡的趋势。

果然,几方的权益,因为朝廷将川汉铁路收归国有的政策瞬间胶着在一起,相争相斗,酿成保路事件,最终不但改写了成都和四川的历史,也改变了一个王朝的命运。这就是李劼人以两写《大波》来记叙的历史。在大河三部曲中,《大波》体量最大,作家耗费心血最多,而唯有将"大河三部曲"联系起来阅读《大波》,才更接近作者的深切用心。

《大波》开篇,两种权力的矛盾即骤然爆发。川汉铁路之争,首先是地方绅界与清廷的矛盾。"咨议局"成为四川绅界的中枢,也是铁路事件的一方代表。作者以社会学家的眼光,对于此时四川绅界的力量、结构做了详尽、清晰的分析:

> 这时,咨议局大开,各县选送来局的议员们,有一多半是官场所目为不安本分的读书人,是素爱预闻地方公事,使父母官闻之头痛的绅衿们;有一小半是关怀国事,主张缩短预备立宪年限的维新派;也有很小一部分,受过《民报》《国粹学报》的洗礼,又看过《黄书霻梦》等禁书,颇具民族思想,主张排满,而尚不知民主共和为何物的志士。这三种人,第一是读过书,有过科名,为一方的知名之士,确能左右众人的;第二是岁数都在三四十之间,朝气未泯,具有大欲的。咨议局是假立宪所特许的言论机关,与平日只可仰其鼻息的官僚是对抗的,可以放言高论而得社会信托,不受暴力摧残的,有了这个凭借,所以四川的绅气,便一反以往专门迎合官场,以营私利的行为,而突破了向日号称驯良的藩篱,而大伸特伸起来。

"绅气""大伸",表现就是绅士们不再专门迎合官场,而是成为与官方相对抗的力量。小说进而分析了其时四川"民众思想的中枢",是当时"与官场对抗,与社会绝缘,自以为清高而超越一切的学界"。绅界依托咨议局发声,学界掌握思想中枢,两个群体的成员构成又相当接近,所以绅界和学界"结为了一体,而隐然与官场相抗,在言论和思想上,它的力量便甚大了"。小说也客观地指出,其时"革命党总还占不着势力。因为社会秩序未乱,生活方式未变,大家本是有路可走的"。

小说特别注重呈现思想的传播方式和群众动员的过程。在成都的茶铺里,人们热议着关于铁路事件的种种新闻,而新闻由报纸带来,现代媒体与口耳相传相结合。从四川全省看,则是"各县的士绅又大抵视成都士绅为转移,于是也动作起来"。于是一个以成都士绅为中心,由成都到各县、由士绅到民众的传播和动员网络渐渐成形。当其时,一个"绅士公共空间"①已经浮现,后文详说。

绅气和民气相结合,保路同志会的成立就水到渠成了。辛亥年五月二十二日,"这一天,是四川人在满清统治下二百余年以来,第一次的民众,——不是,第一次有知识的绅士们反抗政府的大集合"。作家特意突出保路事件的实质,是"绅士们反抗政府"的一次运动。从《死水微澜》到《暴风雨前》,李劼人写出了成都和四川城乡社会的样貌,敏锐地捕捉种种新变,而其目光则始终聚焦于绅士阶层的动向。随着这一阶层的分化和壮大,终于开始面向地方和中央政府争取权力的斗争。

随后,赵尔丰到任四川总督,直接面对川省绅界;双方刚一接触,在赵尔丰的感觉是,不禁有点骇然:"几年不见四川绅士,四川绅士果真变了样儿了,气概也行,说话也行,人又那么众多,这可要小心点才好啦!""气概也行"即所谓绅气大伸;而人数众多,可见绅界大大发展。此后,双方几番较量,随着川省民众的动员和辛亥革命的爆发,赵尔丰大势已去。在内外交困之下,他召集官绅协商,就四川独立自治条件达成一致以后,即将权力移交咨议局,大汉四川军政府随即在成都的皇城宣告成立,正副都督均是绅士阶层的代表。

官绅角力、政权更迭之际,袍哥组织的趁势扩张也是此次革命不可忽视的另一面相。旧官僚、绅界与革命党在台上斗争,成都的市面上一方面是空前的自由,另一方面是失去秩序。旧警察不敢出面管事,陆军、巡防

---

① 关于这一概念,参见金观涛、刘青峰:《观念史研究:中国现代重要政治术语的形成》,第71—99页。

兵、各地的同志军陆续进城,街面上人心惶惶,当此之际袍哥组织填补了权力真空。时局动荡,成为蜀地哥老会发展的一次重大契机。初版《大波》的最后,一个旧军人吴凤梧谋得了新的军政府授予的"标统"这一高级军官职位,并成立标部。标部成立的仪式本已是新旧杂陈,神桌上设着刘、关、张的牌位,标统身穿军服,大家上前叩头。而在仪式结束后,大家"把血酒喝了,一齐起来,再团团互相磕了一个头,便算一齐都变成了袍哥了"。新政府的新军队,与原属蜀地民间社会秘密组织的袍哥融为一体,既显现了过渡时代的特征,所谓新旧杂陈,又因为其不伦不类,说明新的"社会"组织、运行理念和方式还未形成,其间隐含着天府之国此后几十年间军阀割据、内战不止的预兆。而袍哥此时的声势大展,与"大河小说"开篇罗歪嘴代表袍哥强势登场、遭逢教民时落败而逃的故事,遥遥相对,直让人感叹白云苍狗,不到二十年间,何以世事剧变如斯。

原原本本记述从保路运动到川省独立的历程,自有其价值,然而这并不是李劼人的追求。李劼人的写作计划步步前移,本欲写四川自辛亥革命以后二十年的社会变迁,改为先写辛亥年保路运动的历程,再考虑为了写清保路运动的缘由,唯有向前追溯,写出暴风雨前的川省社会之变化。不同历史时期之间、历史的前后阶段之间自然有诸多层面的千丝万缕的联系,而李劼人有自己明确的立足点和考察角度,那就是聚焦绅士阶层的兴替,由此勾画社会结构的对比变化,从而写出几十年间四川"包括政治、经济和思想生活"的"社会"变迁历程。

第三节 报刊、演说和社团:"绅士公共空间"的兴起

社会结构的调整与社会空间不可分割。几十年间,成都和四川绅士阶层的分化、变迁,伴随着一个新的社会空间的兴起,也是近代"社会"兴起的过程。李劼人的大河三部曲,是一部有意识地叙写"社会"在内陆兴起历程的大书。

当代空间理论的发展,揭示出空间的社会本体论意义,深刻影响了人

文社会各学科的研究。在传统地理学中,空间是先于甚至独立于社会而存在的客观自然,社会不过是给定的自然地理背景中的存在。而在当代空间理论看来,空间不是单纯的社会关系演变的舞台,反之它是在历史发展中生产出来,又随历史的演变而重新结构和转化的。①列斐伏尔明确指出,"空间其实是一个社会产物"②。清末民初的四川大地从"死水微澜"到"大波激荡","社会生活"急剧变化,相应地,"社会空间"也发生了重大调整。李劼人的大河三部曲,写出了地处内陆天府之国的绅士阶层在分化中发展壮大,直至成为时代中枢力量的历程,与之相应,一个"绅士公共空间"也在此萌芽、扩展、不断壮大,择其要者,当数报刊、演说、社团和学堂的兴起,几种要素相互促进,一个近代社会空间渐渐浮现。同时,市民生活公共空间出现近代化趋向。社会阶层结构与社会空间转型相结合,彰显出四川近代"社会"兴起的过程。

一、报刊

"现代报刊生成于19世纪,它所触发的不仅是一系列翻天覆地的媒体变迁,而且也是一整套开天辟地的社会变革。"③可能基于李劼人丰富的主笔、编辑和办报经历,他具有敏锐的媒介意识。他对报刊这种现代传媒进入成都和四川,进而发展起来的历史很是熟悉,并充分意识到报刊对清末民初时期四川省的政治、经济、文化进程的内在影响。从《死水微澜》到《大波》,他将一部地方的报刊发展史自然融入大历史书写之中,研究者对此尚未有系统的梳理。

"报纸"这种新事物首次露面是在《死水微澜》中的郝公馆。当郝达三兄弟二人与至交葛寰中谈论时局时,后者提供了一个新的信息渠道——《申报》,它"好像《京报》同《辕门抄》一样,又有文章,又有各地方的小事,倒是可以用资谈助的"。作为现代报刊,它不是由政治中心出版,因为办

---

① 陆扬:《空间转向中的文学批评》,《吉林大学社会科学学报》2009年第5期。
② [法]亨利·列斐伏尔:《空间政治学的反思》,陈志梧译,载包亚明主编《现代性与空间的生产》,上海教育出版社2003年版,第62页。
③ 李彬:《中国新闻社会史》(插图本),清华大学出版社2008年版,第46页。

报动因已经不限于官方政治,而是基于信息交流迅捷等更广泛的需求。相应地,它的内容更加丰富多样,编辑方针尤其注意贴近地方、贴近民众生活。

在"死水微澜"的时代,新报纸悄然露面,迅即隐去,几乎难以为读者察觉。然而,仅仅过了几年,它已经进入了成都官绅学界的日常生活。《暴风雨前》开篇,一个着装新异的年轻人苏星煌,坐在郝公馆的客厅里侃侃而谈,满口的新名词让郝家父子摸不着头脑,于是前者透露这些新名词都来源于新书报。这吸引郝又三也加入了合行社,"而第一件使郝家人耳目一新的,便是常由郝又三从社中带一些见所未见、闻所未闻的《申报》《沪报》回来。据他说,都是上海印的,每天有那么大几张。真果是前两三年葛寰中曾说的又像《辕门抄》,又像《京报》,可是又有文章,又有时务策论,又有诗词,还有说各省事情的,尤稀奇的是那许多卖各种东西的招贴"。有消息、有文学、有广告,现代的报纸就此进入郝公馆。

郝又三后来入读高等学堂,已经感觉进入一个新奇世界;进而,由报刊又打开一重世界:"《民报》的力量,如此其大!它把好些同学都鼓荡起来!有几个人竟不知不觉地加入了同盟会,而革命排满的名词,自然就流传于口齿之间。"从最初听闻《申报》到读到《申报》《沪报》,继而学习《新民丛报》,再到偷偷看起《民报》、订阅《国粹学报》,从郝又三的读报史,可见其思想见识变化的确凿印迹。而既有研究偏重于对人物思想认识本身的界定和评价,但是对于思想何以变化、如何传播却缺乏关注。

当尤铁民赴日留学再回国又见到郝又三、田伯行的时候,从三人言谈之间可知报纸对于革命事业的传播之功越发显著。第一,其时报纸在分化中政治立场日益鲜明,如《神州日报》《民报》是倾向于革命的;第二,这些报纸的接受者和影响是跨阶层的,"好些士大夫以及一般黎民百姓",以及学界中人都经由新书报更加了解了革命;第三,通过报刊的宣传,革命已经被建构为一种"天下大势",得到更多人的理解和接受。

报纸不仅有启蒙和革命动员之效,而且也在进入市民生活。葛寰中一家与郝又三兄妹在劝业场遇到,然后一起吃饭,席间谈到一张《通俗报》。这是成都人傅樵村办的一份本地报纸,市民生活中的趣事逸闻是其关注所在。它打破了官方活动独占版面的垄断地位,社会新闻成为重要内容。葛太太调侃如果因为吃不熟悉的西餐,可能闹出笑话,就会被《通俗报》登出。诸如此类的"新闻"除了市民趣味并无多大价值,但在其背后是现代报刊的"社会化"趋向。通俗报刊的兴起表明受众的关注重心由单一的朝政向社会经济文化领域转移,表现出游离于"官"的倾向。报刊不再单纯是王朝权力的喉舌,而成为社会各界表达意愿、交换信息的园地。葛寰中进而向郝又三介绍了办报人傅樵村的情况:"傅樵村之为人,乱只管乱,其实未可厚非。第一,他舍得干;第二,他不怕人家非议;第三,他能得风气之先。你只看他桂王桥那个公馆门口,挂了多少招牌,办了多少事情,又是报馆,又是印刷所,又是图书社,又是代派省外书报的地方,又是通俗讲演所,又是茶铺,他本人还在里面住家,……而他居然干得很有劲。"其间活现出一个身居内陆城市的现代媒介开拓者的形象。傅樵村是以个人身份来办《通俗报》的,是其时报刊"社会化"发展趋向的另一种表现。报刊经营的社会独立性与自主性的逐步加强,不仅办报者系民间人士,而且报纸的受众也以一般意义上的社会公众为主。其信息来源和内容编排上鲜明的社会取向,其阅读和传播过程中所体现的"公共性",产生了多重社会效应。它"改变了传统的官民文化格局,从而在文化上加剧了政治国家与民间社会的疏离与对峙","而这种分立乃至于对抗,是公共领域的孕育与发展不可或缺的基础性条件之一"①。

民办报刊对于自身的力量也是逐渐体察和自觉的。1911年春天花会期间,四川巡警道的道台违背礼制举行宴饮被报纸发现并报道,最终只好辞职,黯然下台。"周肇祥一失败,办报的方晓得自己原来有这么大的力量,自然对于向不满意的专横麻木的官场,不客气的加以指摘,披露他们可笑的新闻,口口声声提说着这就是立宪时代的言论自由。而看报的,也

---

① 方平:《晚清上海的公共领域(1895~1911)》,上海人民出版社2007年版,第95页。

才渐渐由惊奇报纸的势力,而感生了兴趣。"所谓"报纸的势力",即是"舆论"的力量,而川人习惯坐在茶铺看报纸、听新闻,这一新兴舆论力量和四川社会本有的广泛分布的"茶铺"融合起来,更加扩展。

在民间和革命组织办报蓬勃发展的同时,官方也开始重视,在《辕门抄》之外推出了新的官办报纸。如"三老爷看刚才送到的《成都日报》。——是官报书局新近办的,类似《京报》《辕门抄》的一种日报,用四号铅字印在半张连四纸上,但凡官绅人家都必须谨遵宪谕订一份"。官方专门成立了官报书局,负责管理和主办报纸。在其后的《大波》中可见,《成都日报》在保路运动中成为官方的重要发声渠道。

一方面,绅界在壮大,另一方面,现代报刊在发展。到1911年保路运动酝酿、发动的时候,报刊已经成为影响时局的重要因素,乃至成为区别不同时代的标志:

> ……后来邮政开办了,上海的报纸,不到两个月就可寄达成都,学堂是得风气之先的,便有一些学堂,设起阅报室来。其时,顶风行的是《神州日报》、《民立报》。于是有一小部分的人,对于国家大事,社会琐闻,渐渐生了兴趣,也渐渐懂得了些办报的方法,以及采访新闻的手段。所以到辛亥这一年,用铅字印,而居然长久出版的,竟有了几家。一是官办的官报书局出版的《成都日报》,著重的是上谕,辕门抄,也有一点无关紧要的社会消息。一是商会出钱办的《商会公报》,……而较有生气,常常有着抨击政府的论文的,只有私人集资办的《西顾报》,以及铁路事起,应运而生,极富讽刺性的《启智画报》。……自四月下旬以后,铁路问题发生,绅士们首先发了言,报纸上也跟着说了些向来不敢说的硬话。(《大波》)

以上长篇引述,可谓蜀地一部近代报刊史的缩写。其时的报纸多元发展,官方、商界各有自己的报纸,民间的报纸时常抨击政府。报纸的筹办已经很灵活,比如,因为川汉铁路事件发生,马上就有《启智画报》"应运而生"。虽然报纸各有所属,但是绅士们对于舆论走向最有影响,绅界的壮大和报纸的崛起互相促进。看起来绅界主要依托咨议局,学界栖身于学堂,两者结合后"在言论和思想上,它的力量便甚大了,在省会地方,竟自可以左右人众"。而言论和思想要有力量,必须经由传播,为更多的人所接受。这一时期绅界的影响力扩大,与报纸业的不断发展有着内在联系,"思想的中枢既已如此动作起来,一般的视听,当然要不安了,何况更有报纸的鼓吹"。绅界和报纸的结合,一个近代公共空间正在形成。这正是铁路事件爆发前夕的"社会"条件。

在保路运动爆发后的千头万绪中,《大波》特别留意围绕报纸发生的新的故事:看报,卖报,禁报。

傅隆盛本是街面上一个卖伞的掌柜,很支持绅界代表川人争取路权的斗争。因为关注事件进展,他居然开始"看《西顾报》,看《启智画报》,看《同志会报告》,也是这时候才习惯的"。由傅隆盛看报,引出了成都其时一个新行当:卖报。由于保路事件的推动,街头"卖报"这一新活路在成都街头出现了。卖报的本钱和收益清楚,尤其是还可以赁报,可以兑换新报,当天卖剩下的报纸可以再寄到成都以外的州府县去,大概唯有亲历者才可能留下这么生动的记载。不仅先生们看报,普通市民也开始看报,"顶卖得的是《西顾报》,是《启智画报》"。卖报这一新行当的出现,更可见因为时事进展,报纸的受众大大扩展。

官绅的角力,终究波及报纸的出版。七月十五日,赵尔丰逮捕了保路同志会九位先生后,事态激化。同志会向成都的南门和东门进军,官方的应对措施之一,就是禁报。赵尔丰面对外有同志军、内有朝廷的压力,他首要措施是用兵,"最后,就令官报局总办候补道余大鸿,于《成都日报》之外,再添办一种《正俗白话新报》,满街张贴,专门歌颂宪仁,并制造官兵四路打胜,乱匪伏尸枕藉的新闻"。封禁绅士和民众的议论,创办新报以制造新闻,官方进行舆论的管控成为与用兵镇压同等重要的举措。然而,大势难挡,最终赵尔丰还是不得不接受川省独立自治,交权给咨议局。

"媒介一经出现,就参与了一切意义重大的社会变革——智力革命、政治革命、工业革命,以及兴趣爱好、愿望抱负和道德观念的革命。"①"大河三部曲"以敏锐的社会意识和媒体意识演绎出现代报刊在四川地方社会的发展轨迹,进而揭示了它所引发的"社会变革"效应。从听说一种新报纸,到官绅阶层读报学习新知,本地人办起面向市民的通俗报,再到保路运动爆发以后,普通市民通过看报参与时事,民众街头卖报,官方禁报,再到1911年独立之后的报业繁荣,在"大河三部曲"的宏大画卷中,现代报刊业的兴起、发展已经融于天府之国波澜壮阔的时代进程中,同时细细寻绎,其本身发展的线索亦清晰可见。这与"大河三部曲"聚焦绅士阶层来叙写历史的角度是分不开的。自近代以来,绅界权势的扩张,正是因为借助和融合了现代报刊业这一新的权势网络。

二、演说

报纸之外,演说也是这一时期建构新的社会空间一种重要方式。

演说几乎成为革命党人尤铁民的个人标志。尤铁民赴日留学再回国后,郝又三和田伯行见到他的第一眼,就是看到他正在召集广智小学堂的学生,进行革命演说。尤铁民具有自觉的演讲意识,因为"演说"是革命党人在各地发动起义、鼓舞大众的重要方式。

保路运动发动以后,集会和演说更是保路同志会集结、动员民众的主要形式。在保路同志会成立的那天,楚子材和吴凤梧前往观礼,看到罗纶先生正在演说,这是保路同志会成立仪式的核心环节。随着运动的深入,保路同志会组织演说更加精心,现场也更具感染力。比如,一个多月后再召开保路同志职员会,通过小店铺老板傅隆盛的眼睛,传递出全场听众全身心投入的效果。其后,保路同志会特别设立了演说部,组织专人前往四川各地。集会和演讲成为建立各地分会、动员群众参与保路运动的最主要方式。

---

① [美]威尔伯·施拉姆、威廉·波特:《传播学概论》,陈亮、周立方、李启译,新华出版社1984年版,第19页。

而且演讲者在动员过程中,不仅逐步提高自身演讲能力,甚至也意识到演讲这种方式的"现代性"。吴凤梧本是一名巡防营的旧军官,脱离军队后也投身保路运动。他向黄澜生介绍了自己前往新津县成立和改进该县保路同志协会的情况,并获得了跨阶层演说的体验。他自诩做巡防营下级军官的时候,也很善于以粗话鼓动属下,但是他明白,"大家斯斯文文的坐着,讲点有道理的话,我自然不行"。袍哥头子侯治国也意识到,他的袍哥话语不适于保路同志会成立大会的演说,虽然台下的听众多是由他召集来的几堂兄弟。袍哥是民间秘密组织,靠内部的一套语言所谓"海底"联络;而保路同志会是基于共同利益和公共目标而成立,即保护川汉铁路路权,由不同阶层的人志愿加入,结成团体,它需要面向全体民众发言。现代演说自然有一些技巧,比如,楚子材以夸大事实来煽动对盛宣怀的仇恨,但是公共性、说理性是其基础。川汉铁路路权属于四川全省的绅士和民众,已远远超出了家族或乡里社会的界限。就这样一个公共事务进行跨阶层、跨区域的宣传和动员,自然会要求不同于秘密会社的袍哥组织的话语,也超出了熟人社会的话语体系。也正是在这个意义上,公开讲话似乎古今皆有,但是在这一时期公众"演说"开始具有现代性,它是组织新的社会空间的一种有力形式。

吴凤梧本是一介武夫,之所以对黄澜生大讲这一番演说体会,既是因为他认识到公众演讲的重要性和影响力,"演说又是顶要紧的事,我们的协会能不能成立,就成立了,有没有声光,就要看演说的人行不行",也与他本人因为听取演讲而提升了思想认识的体验分不开。他坦言一开始自己对保路运动也不关心,而"听了几场演说,从旁看见了罗先生他们的精神气概,我的心意才转变了"。罗先生等四川绅士领袖和代表,其精神气概因为公开演讲而传染给民众,鼓舞了民众,道理和道义也借演讲而为民众所接受。正因为他们掌握和运用了现代演讲这种方式,得以影响更广泛的民众,提升和扩大了绅界的影响力,绅气得以大伸,绅权得以加强,从而改变了历史走向。"绅气大伸"是与现代演说互相推进的过程,乃是一个新的社会公共空间建构过程中的另一个侧面。

三、新型社团

社团是构建和组织社会空间的主体。新型社团的出现,是蜀地近代社会公共空间形成的重要标志,也是其进一步发展的支撑。

《暴风雨前》开篇还是在郝公馆的客厅里,但是新名词、新组织已在此亮相。一个叫苏星煌的少年侃侃而谈。他着装新异,满嘴新名词,倡言维新。当郝又三对其所谈迷惑不解时,他道出来由,欢迎后者加入"文明合行社"。共同阅读新报纸以获取新知是合行社的日常活动,其另一功能是组织成员之间讨论争辩,彼此增进见识。比如,众人在此就"看杀廖观音"这一时事展开激烈讨论,认识不断深入,也透露出时代观念的重大进展。其中一个重要概念是"文明",进而提出"文明国家"的概念,提供了一个讨论本国事务的全新参照。"文明"的概念,推动了各人的认识,成为思考的方向。而"文明"也是合行社的名字,乃是合行社的追求。

看起来"文明合行社"大概是类似学会的组织,这是一种新的士人团体。时人曾为这类新型社团的成立寻找合法性,一种说法是古已有之,但经历史学者分析,清末社团完全不同于传统社会中的文人组织,这些有章程、有宗旨、有专门旨趣、会员缴纳会费的新型社团,与西方社会现代社团更为接近。[1]它是以新的方式和理念来成立的新的组织,开始具有建构近代公共空间的性质。传统社会中,绅士阶层发起的民间组织如果基于非亲族纽带,通常会遭到禁止。但甲午年以后,中国迅速出现了大量以绅士为主体的商会、学会和各类不是基于亲族关系的社会团体,它们是人们按照某种目的自觉自愿结成的团体。[2]文明合行社得以成立,正是基于现代社团开始兴起这一时代背景。

到《暴风雨前》结束的时段,四川省咨议局的成立,也可以视为一个争取到官方认可的、正式的且组织更严密的绅士社团组织。它的成立,乃至全国层面的资政院的设立,大大提升了绅士组织的层级,它表明绅士组织

---

[1] 金观涛、刘青峰:《开放中的变迁:再论中国社会超稳定结构》,法律出版社2011年版,第96页。

[2] 金观涛、刘青峰:《观念史研究:中国现代重要政治术语的形成》,第209页。

已经进入官方体系之中,绅界的影响力随之扩张,这就带来了《大波》中四川官绅围绕川汉铁路路权展开斗争的可能。保路运动期间,朝廷、官方与四川绅士、民众乃至革命党之间,或抗衡、斗争,或联合、妥协,绅士阶层一度成为运动的中枢力量,而近代性质的社团的兴起,特别是保路同志会的成立,则是绅界领导运动走向的重要支撑。

革命党或与维新派、立宪派绅士政治立场不同,但是他们也都是从新型社团中萌生,如尤铁民和苏星煌共同创建了文明合行社,然后一起赴日留学,尤铁民进而加入了同盟会。

四、学堂与"学界"的兴起

新学堂的出现和蓬勃发展,是四川绅士阶层在这一时期加速分化,并且在分化中得以壮大的最重要动力。正是因为学堂的出现,才酿成了山雨欲来的气象,终于带来浩瀚汹涌的"大波",已如前述。

需要补充的是,以上几种因素是相互联系共同作用的。比如,在学堂里更容易读到新潮的报纸。郝又三凭借在文明合行社阅读新报的一点新学基础,考入高等学堂,在更熟悉了学堂的管理以后,就"能够在自习室中避开监学,同好些人偷偷看起《民报》来,自己也在二酉山房定了一份《国粹学报》"。而报纸则带他们进入一个更加新锐的思想世界,乃至加入更激进的革命团体。学堂是激进报刊扩大影响、具有政党性质的新团体发展成员的要地。新社团、新报纸、新学堂交相作用,推动这群士绅阶层的新一代加速分化。

学校的讲堂有时候会自然变成演说新思想的讲台。铁路事件爆发后,在课堂上,学生也议论纷纷,这时候作为中学学堂生物课教师的郝又三干脆放下课程,给学生讲解朝廷为啥要卖路,何以国人要"排满"。"这篇演说吹在各个学生胸里,犹如严冬寒风,把众人的精神都吹得很是耸然。"随着保路运动进展,官方日显颓势,表现在中学学堂就是管理松弛,学堂监督再也难以控制,于是郝又三"公然放下了他那讲表皮,讲神经系,讲毛细管,讲骨骼的课本,而公然讲起他的排满论,革命论,并讨论起立宪共和之优劣异同"。

新学堂、新报纸、演说、新社团的交相出现,相互激荡,在四川尤其是成都城内逐渐建构起一个由绅士阶层主导的新的"社会空间",也是"社会"形态在蜀地出现的开端。"社会"这个词本身在中文里古已有之,但是其获得近代"社会"的意义却是晚近的事情,这一过程在清末以来的四川大地上与绅士阶层的壮大、近代空间的形成联系在一起。李劼人的"大河三部曲"相当自觉地、全景式地书写了这一进程。

士绅阶层在中国传统社会中曾长期扮演重要角色。费正清认为:"在过去一千年,士绅越来越多地主宰了中国人的生活,以致一些社会学家称中国为士绅之国。"①卜正民进一步阐释,所谓士绅社会是一个由获得功名的精英主宰的社会,它处于由地方行政官代表的公共事务领域与个人及其家族的私人领域之间。②然而,有历史学者辨析,在20世纪之前,士绅所主导的民间社会只是某种国家和家庭之外的第三领域,并没有公共空间的性质;相应地,中文世界中"社会"这个词主要用来表达诸如民间集会、下层秘密结社这些自行组织起来的团体,而不具有今天使用"社会"一词的意义。但甲午战争以后,中国迅速出现了大量以绅士为主体的商会、学会和各类不是基于亲族关系的社会团体。特别是庚子事变以后,"社会"作为家庭以外的公共领域,成为从事各项新政事业的绅士和官僚的活动空间。③与此同时,中文世界里,1904年前后"社会"逐渐取代"群",来表达society的意义。换言之,"社会"一词的普及,可以视为绅士公共空间兴起在语言学上留下的痕迹。④自19世纪末以来的成都平原上,随着绅士阶层的发展和壮大,新学堂、新报纸、演说、新社团互相支撑,带来了新的社会空间,促进了地方社会的近代化,相应地也带来了近代"社会"的概念。"大河三部曲"写出了蜀地绅士阶层、"公共空间"与近代"社会"形态相伴生的历程,这最深刻地体现了李劼人自觉而强烈的"社会"意识,也是李劼

---

① [美]费正清:《美国与中国》,第26页。
② [加]卜正民:《为权力祈祷:佛教与晚明中国士绅社会的形成》,第21页。
③ 金观涛、刘青峰:《绅士公共空间在中国》,《二十一世纪》(香港)2003年2月号。
④ 金观涛、刘青峰:《观念史研究:中国现代重要政治术语的形成》,第86页。

人书写历史的核心追求。

第四节　青羊宫、茶铺与公园：成都"公共地方"的近代化

作为有形的社会空间，成都市民的公共活动场所在十几年间也发生了重大变化。一方面，如庙会、茶铺等公共活动和场所开始近代化；另一方面，出现了近代性质的"公共地方"。在其背后则是社会空间和维护秩序的力量改变，如警察的创办。

除了春节的灯会，成都人的公共聚会形式原本主要是庙会，而赶青羊宫是其中顶热闹的。居住在成都城内公馆中的郝家人初次出场就是赶青羊宫，不料郝家的大小姐香芸却遭遇三个痞子的纠缠，幸而蔡大嫂帮助解困，一家人才悻悻而返。不过仅仅几年之后，再来青羊宫，郝香芸的感觉却大大不同。这一次，香芸兄妹三人来青羊宫赶的是劝业会，是官方这一时期因推行新政而开办的新事务之一。依然有物资交流，但是范围扩大到全省的货品，以各州县为单位参加，隐隐有现代大型展览和贸易会的气象。尤其是破除男女大妨，女性可自由参会，这是因为官方新创办了警察来维护秩序，于是又吸引了郝家大小姐前来，因为地点仍然是青羊宫中，引起香芸感受特别鲜明：

> 大小姐忽然想起前六年，自己才十七八岁时，也是赶青羊宫，曾被几个流痞凌辱的事情。当日公共地方，那么不容许年轻妇女出来，而今哩，举眼一望，随处都是年轻妇女，也随处都有年轻男子追随着在，可是像从前那种视眈眈而欲逐逐的情形，却没有了。
>
> 大小姐遂向她哥哥说起这事。
>
> 郝又三笑道："可见世道变得多了！大家的眼界也放开了！……"
>
> （《暴风雨前》）

今昔对比，香芸明显感受到"公共地方"空间改变了，郝又三由此感到

"世道"变得多了。世道之所以改变,女性能公开出行,既是因为西潮冲击迫近内陆城市,人们的思想、观念和眼界得以改变,对此研究者颇为关注;但不可忽视的另一面是,公共空间的组织、管理方式悄然变化,制度性因素的推进通常持续而有力。比如,由葛寰中透露,作为新政措施之一,四川官方向外国学习,要办警察。警察是一项现代社会管理机制和机构,创办伊始就介入成都市民日常生活,市民们遂感到"警察兵处处来管你"。伍大嫂的母亲王奶奶直指负责办警察的官员:"周秃子,就是周道台,警察局总办,现在省城里顶不好惹的一员官,随便啥子事他都要管,连屙屎屙尿他都管到了。"另一方面,也因为有警察的"弹压保护",维护秩序,女性的出行自由才增加了。

至辛亥革命后四川独立之初,一时间成都失去了秩序,"在前,警察局本是全般人民最嗔恨的所在,于今才几天,就令一部分的人思想它的劳绩了。大家很是盼望来一个能干的新官"。小说对周道台和警察的复调叙写,通过不同人褒贬不一的表达,显示出叙事者对于"警察"这一机构与近代社会空间之间关系的全面认识。

另一个有所改变的传统场所是茶铺。"茶铺,这倒是成都城内的特景。""坐茶铺,是成都人若干年来就形成了的一种生活方式。"作为老成都人,李劼人深谙其中三昧。《死水微澜》中,陆茂林在省城茶馆搭讪上顾天成,故事由此继续进展。另外,通过茶馆中人的议论纷纷,透露出北京城内朝廷、义和拳和八国联军攻守之势,自然交代了时局。《暴风雨前》中,郝又三有时不愿在家与朋友喝茶,而是选择了看起来一片嘈杂的茶铺。更有一位奇人傅樵村,将新书报、讲演这些新的公共事务与茶铺融于一体,既是过渡时代的一个奇观,也可见传统茶铺包容空间之大。在保路运动中,茶铺更进一步汇入由绅界所引领的这一近代大事件中。大茶铺设立了阅报栏,人们在茶铺里讲新闻听新闻,时刻关注和跟踪事态进展,这里成为民众动员的重要场所。茶铺这一传统的"公共地方"似乎与近代公共空间之间毫无障壁,自然汇入近代社会之中。

一方面是青羊宫、茶铺这些"公共地方"开始近代化,另一方面是新出现了近代性质的公共地方。

这一时期成都新创的"公共地方",最典型的是《大波》中少城公园建成并开放。少城公园位于成都的满城内,由将军玉昆把握时机开辟了这个大公园。

> 这是自有成都以来,破天荒的一个大公园,虽然屋宇修得太不好,毕竟树木还多,地方还大,又有池塘,又有金河,因此,公园一开,生意登时就兴隆起来。(《大波》)

《大波》的主角楚子材时常或独自一人,或偕同学来少城公园。比如,他和王文炳、罗鸡公三个人就坐在少城公园的茶铺里,议论保路同志会和保路运动。

历史巨变与空间的变革常联系在一起。四川独立之后,皇城作为军政府所在地。在拥挤不堪的军政府成立典礼之后,皇城也成为展现政权鼎革最直观的空间。

> 今天独立了,在许多人的心中,凡是以前种种不便,种种拘束,似乎这汉字旗一扬,全都失去了它的性能,不足置齿了;因此各界的女人们也敢于破天荒的走出她们的堡垒,……公然毫不怯懦的麇在男子丛中,也奋勇的要涌进皇城来观光。(《大波》)

性别的解放,与空间的解放直接联系在一起,而这一切最直观地显现出这一次政权变革的意义。它不再是王朝的替代和轮回,而是一次具有解放意义、带来了新的"自由"的政治革命。社会空间秩序的改变,最直观而又深刻地昭示出这一点。

从《死水微澜》到《大波》三个不同时期,成都城内市民公共空间改变的阶段性很是清晰,显示出作家李劼人对于社会空间变化的观察和叙写是自觉而有意识的。

第五节　大河小说与现代文学史的"社会"意识

现代文学史家在论及"大河三部曲"的时候，认为《死水微澜》"应该称为近代风俗小说"，《暴风雨前》"实在应该称为近代思潮史小说"，《大波》"是名副其实的近代政治史小说"。①诚然，"大河三部曲"作为如此宏阔的"历史小说"，涵盖了政治史、思潮史、民俗史等多方面的丰富内容，但在其深层是否还有更具贯通性的联系呢？如果视"大河小说"是由作家努力建构的一个完整的世界，一个统一体，那么这都基于李劼人以特出的"社会"意识对四川清末以来历史进程的总体性把握。比如，年鉴学派创始人马克·布洛赫指出："无论什么性质的社会，一切事物都是互相制约、互相联系的，政治、经济的结构与信仰及思想最基本、最微妙的反映都概莫能外。"②布罗代尔强调，"所谓总体，指的是一个统一体"③，历史首先是一种互相联系和互相作用的总体史。除了以"社会"意识表现出的总体性眼光之外，"大河小说"更进一步写出了"社会"本身形成的过程。纵览"大河三部曲"，它以绅士阶层的分化、蜕变、发展与局限为核心，绘就的四川近代历史画卷，同时是"以商会、学会和学堂以及报刊言论为主的绅士公共空间"的建构和发展过程，从而也是四川地方社会近代化的标志和开端，是"社会"形态在四川开始出现和形成的历史。小说不仅写出了四川社会迈向近代化的种种表现及其交织而成的宏大历史画卷，而且写出了"社会"形态本身在这里兴起的过程。在总体性和历史性相结合的意义上，或许可称"大河小说"创造了现代文学史上特有的"社会史小说"类型，而它整体上又是在地方史的框架中展开的。回望李劼人在20世纪30年代叙说

---

① 杨义：《中国现代小说史》（中），载《杨义文存》第 2 卷，人民出版社 1998 年版，第 443—446 页。
② [法]马克·布洛赫：《历史学家的技艺》，张和声、程郁译，上海社会科学院出版社 1992 年版，第 180 页。
③ [法]费尔南·布罗代尔：《资本主义的动力》，杨起译，生活·读书·新知三联书店 1997 年版，第 52 页。

"社会生活及粗浅之变迁,与夫社会思潮之遭递"的宏愿,直至1961年将一生写作归结为叙写"六十年来之社会生活"的不变追求,近代"社会"的形成、四川社会迈向近代化的历程,确是作家一生孜孜矻矻书写历史的着眼点、用力处。

  由此视野重新进入李劼人所创造的历史世界,或会有新的感悟和体验,进而对于作家在中国现代文学史上的特定贡献和价值会有更深入的认识。尤其是"大河三部曲"或能提示现代文学史的叙史意识中应当激活并加入"社会"这一维度,即意识到近代意义上的"社会"概念本身与近代社会的形成是一个新的现象,而不是当然的事实;以"社会"意识对历史进程的总体性把握,具有为现有"历史小说"题材或"自然主义""现实主义"创作方法等概念不能完全体现的叙事特质。文学叙事不仅"反映"社会现实,而且可以努力建构现代社会本身形成的历史。这是"大河三部曲"的特有追求,也因为特异而长久未得到准确和充分认识之所在。近年来,在文学研究中,社会史的视野、社会空间理论等正得到更广泛的借鉴和运用,对"大河三部曲"的重读或能促进对于常见概念和思维惯习的反思,并由此进一步认识地方书写与现代"社会"建构的内在联系。

第七章　新旧乡绅：在宗族、地方与国家之间
——张天翼的"喜剧"世界

关于近现代以来乡绅阶层的分化变迁，张天翼的叙写相当自觉、完整而独具价值，只是此前研究者殊少从这一视角阅读和分析他的小说世界。

张天翼1906年生于南京，祖籍湖南湘乡。张家曾为世家望族，不过到张天翼出生的时间已经趋于没落。父亲张通模曾于光绪年间中举，又参加过清末"经济特科"考试，被选为江苏江宁知事，不应，后做过教员、职员。性耿直，有名士风，思想能跟上时代潮流①。"在这里我们就知道天翼是出身于一个士大夫阶级家族，而且由这家族，多少能够看出当时社会的一点进程。"②张天翼的小说对于他所出身的绅士阶层的各类人物进行了生动刻画，这些人物涵盖了传统的族绅、秀才、理学家，民国时期活跃在市镇上的"区董"，借抗战而活跃的"新乡绅""新官绅"等。张天翼既勾画出了这一阶层不同时期的不同面目，又揭示了这一阶层自近代以来与地方和国家关系日益疏离、最终成为一个自利性阶层的趋势。

第一节　《脊背与奶子》《砥柱》：族绅与"理学"

许是因为出身的关系，张天翼对于传统乡绅人物的生活相当熟悉，而

---

① 沈承宽、黄侯兴、吴福辉编：《张天翼研究资料》，中国社会科学出版社1982年版，第8页。
② 蒋牧良：《记张天翼》，载沈承宽、黄侯兴、吴福辉编《张天翼研究资料》，中国社会科学出版社1982年版，第46页。

身处新文化时代,反观这一阶层又另有一种批判的眼光。

　　短篇小说《脊背与奶子》①揭破了族绅的道德嘴脸。族绅长太爷垂涎族人任三的老婆任三嫂许久,但为任三嫂严厉拒斥。不久,任三嫂逃到庄溪亲人那里又被逮回来,长太爷在香火堂上摆开架势教训,一边令任三严厉责打,一边仍觊觎任三嫂的肉体。过堂两个月以后,长太爷再次调戏任三嫂,并向任三逼账,要拿任三嫂抵账,任三马上答应将其送来伺候长太爷,长太爷急忙声辩:"我要她伺候什么!……成何体统!……她是淫奔之妇,她……她她……伺候!……真是荒谬不经!"顾及体面,他要任三嫂还住在家里,晚上由任三送过来。然而,就在这天晚上,任三嫂挣脱长太爷,打了他一拳,捶着他的脑袋,把他推倒,然后逃到庄溪去,和"野老公"连夜走了。

　　小说的讽刺性主要基于长太爷的"族绅"身份,正像面对长太爷的调戏,任三嫂的声讨:"亏你还是族绅——任家祖上真倒尽了楣!"绅权并不必然和族权相联系,但是在明清时期,"族权是绅权的基础。由于下层士绅被摒除在仕途之外,只能重新流向社会,在社会中求生存,他们因此得以深深地扎根于草根社会,并成为宗族的领导者"②。宗族势力越强,乡绅在地方上的势力也就越强,因而出现了"族绅"这样的人物。"一个社区的权威人士,在本宗族组织中一般也是居于领导地位的,他的这种领袖地位并不一定说是宗族组织的执事人员,主要指的是他的影响力。"③族绅通常有别于族长,他不是宗族事务的具体操办者,但是他为宗族的巩固和延续提供话语支撑并做出道德表率。而长太爷在宗族的香火堂上,一边以族绅身份鞭挞着晚辈妇人的脊背,一边窥视其双乳,同时冠冕堂皇地声言:"唔,这种事情是丢我们先人的丑……我一定要整顿整顿这风气,给那些相信邪说的无耻之徒看看!……孝悌忠信,礼义廉耻一桩都不讲了,这还

---

　　① 初被收录于《脊背与奶子》(单行本),上海良友图书印刷公司 1933 年版;现被收录于《张天翼文集》第 1 卷,上海文艺出版社 1985 年版,本书据此引用。
　　② 李世众:《晚清士绅与地方政治:以温州为中心的考察》,上海人民出版社 2006 年版,第 194 页。
　　③ 于建嵘:《岳村政治——转型期中国乡村政治结构的变迁》,商务印书馆 2001 年版,第 102 页。

了得……！淫奔——万恶淫为首……非严办不可！"小说紧紧抓住了这种道德说教和实际行为的喜剧性矛盾。作为族绅，他必须保持自己的道德面目，要讲礼义廉耻，以此维持个人在地方社会的地位，才能继续"管地方上的事"；然而，他又欲念缠身，却又不能让人知道，只能虚伪行事。

张天翼对于长太爷的虚伪主要是揭露，对于理学家的虚伪则报之以嘲弄。短篇小说《砥柱》①的主人公黄宜庵先生一直以理学修身。"他在地方上那么有声望——并不是因为他家里每年有三百担租谷，也不是因为他当过秀才又学过法政，只是因为他做人不同些。"他此刻正在船舱里教训女儿，"无论天下怎么变，一个礼字是要讲的"。不料，同舱的一个妇人给小孩子袒胸喂奶，让理学家焦躁不已，而隔壁舱里有几个男人的下流谈话断断续续传来，"他们显然是读书人，那种说话方法实在相当高明：叫他感到一种半推半就的特别诱惑力"，更是让黄宜庵坐立不安。他想过去阻止他们的谈话，"假如那批东西是读过书的，那一定知道'黄宜庵'这个名字——一位理学家，一位这个乱世里的中流砥柱，一位易总办的亲家"。闯进隔壁，原来是一帮经学研究会的成员，黄宜庵更是被会长一把拉住，邀他作为一个老手参与这种谈话。有史家评论："张天翼的道德喜剧具有敏锐的文化眼光。中国传统文化偏重于人文伦理，深刻的道德嘲讽，必然联系着对民族文化构成的历史反思。"②这样的道德嘲讽最佳的对象就是这些虚伪的乡绅。自理学兴起，"礼义廉耻"几乎成为士绅阶层的标签和专利。然而，他们又抑制不住庸俗委琐的欲望，时而露出尾巴来。《砥柱》嘲弄地看着黄宜庵的种种可笑的表现，同时揭破了这一阶层的庸俗面貌。

自鲁迅开始，就对于这一阶层的道德面目进行揭露，而到了张天翼这里，则对之发出了欢快的嘲讽的笑声。文学史家如是揭示张天翼小说的意义，"中国多暴露小说、谴责小说，而较少讽刺小说。暴露小说、谴责小说是在作者与暴露、谴责小说有着大致相同的伦理道德标准的情况下产

---

① 原载《作家》月刊1卷2号（1936年5月），后被收录于《张天翼文集》第3卷，上海文艺出版社1985年版，本书据此引用。

② 杨义：《中国现代小说史》（中），第368页。

生的",而"讽刺小说在作者与讽刺对象之间应具有不完全相同的人生价值标准和审美标准,在讽刺对象自以为庄严正经的言行中发现其荒诞可笑的不正经的内容"①。张天翼不是站在维护"礼义廉耻"或"理学"的立场上,对于小说人物的矛盾和虚伪进行谴责,而是由于新文化的兴起,带来新的道德、知识、观念和新的世界,因此对于原有社会精英阶层连同他们的立身之基能够进行整体性的审视,张天翼的讽刺由此具有颠覆性的效果。

第二节 《清明时节》:"区董"的内斗

如果说这些本以道德面目示人的传统乡绅不时露出了虚伪的底子,那么民国时期新兴起的绅界更加鱼龙混杂。中篇小说《清明时节》②即展现了一个市镇里绅界人物的众生相。

在这个镇上随缘居茶馆靠窗的一张桌子总是坐着几个老主顾,"他们都是这里的区董。他们喝过墨水的,帮人写写状子,也给人问问是非。那张褪了漆的茶桌成了他们办公事的地方;要跟他们谈打官司的买卖,要问他们借钱,都得恭恭敬敬挨那窗子边去。""区董""坐在茶馆里办公事",正是这一时期绅界的典型形象。由于自晚清以来政制变迁,因此传统时代掌握着非正式权力的乡绅们开始直接介入地方事务,成为与行政权力体系密切相关的绅董、局绅、团绅等。他们活跃在政权机关、社团及民意机关之间,始终占据了地方权力的中心位置。③虽然不再拥有传统功名,但他们的行为方式在某些方面承续了清末以前的绅士角色,时人遂仍以"绅士"相指称。比如,《清明时节》里谢老师、罗二爷们依然是坐在"茶馆"里影响地方社会的舆论,裁决地方事务,或者相互钩心斗角。"茶馆"就成了

---

① 王富仁:《中国现代短篇小说发展的历史轨迹(下)》,《鲁迅研究月刊》1999 年第 10 期。
② 原载《文学》月刊 5 卷第 1 期(1935 年 7 月),后被收录于《张天翼文集》第 3 卷,上海文艺出版社 1985 年版,本书据此引用。
③ 王奇生:《国民党基层权力群体研究——以 1927—1949 年长江流域省份为中心》,博士学位论文,华中师范大学,1997 年。

他们展示权势、发挥影响的空间。与传统绅士相比,这个兴起于后科举时代的新乡绅阶层,来源更为芜杂。《清明时节》的主角谢老师,"进过学,从前还在省城那家了不起的人家里教过书——大家就一直叫他做谢老师。他每年还有八十担租谷,并且还送了儿子到县城里进中学。他在地方上也算有点声望",所以他也得以在茶馆这条桌子边占据一席之地。谢老师是以"进过学"、在大人物家里教过书,从而赢得了一定的声望,罗二爷则是这一时期地方上凭借强力崛起的人物。谢老师的言行举止还不失"老师"气质,因而显出文化人的委琐,那么罗二爷对于谢老师则是蛮横相对,丝毫不顾忌所谓的"面子",显示了霸蛮者崛起于地方的时代背景。二人明显是两类人物,可见这一时期乡绅阶层内部的同质性已经大大削弱。

这两位"区董"之间最近发生了矛盾。谢卖了一块地给罗,但是谢家的祖坟还在地中间。罗扎起篱笆,谢家兄弟不能入内。二人清明节想去上祖坟,不想又被罗二爷安排的看门人打了耳光。愤恨之下,谢拉拢住在家里的三个兵大爷,办了一顿酒饭招待他们,挑动他们去为自己报仇。为此,他与"三个侉子"称兄道弟,互认朋友。三个大兵打了罗二爷以后,他又怯于罗二爷的凶狠,向罗二爷出卖了这三个大兵,甚至还帮着栽赃那几个侉子。"然而到底有个好处;往后他可以天天来亲近罗二爷。"第二天,他就邀请罗二爷上门赴宴了。这个进过学、在地方上有点声望的人物,为催逼三个大兵动手,大讲信义,而其人实际毫无信义,完全以一己需要为转移。而且他既怯于罗的蛮横,却又想从罗的手上沾得便宜,想让后者出钱把坟地买下,所以举止委琐、阿谀奉迎却自取欺辱,咬牙报复之后随即怯弱,庸俗势利的一面由此充分暴露,不但可怜,而且可恨又可笑。

小说不但写出了谢老师这个人物的卑鄙委琐,而且从中也可见这个地方绅界的面貌。谢、罗二人这一番争斗不过是坐在窗边桌子这群人之间一个故事而已,他们相互算计,其他"区董"则幸灾乐祸。罗二爷被三个兵大爷打了以后,谢老师佯装常态再次走进茶馆,这里叽叽喳喳议论的一桌人突然安静了,"像一阵风从近处刮到远处,然后没了一点声息。只有这里那里发出一两声故意的咳嗽"。"可是别人眼色里有点什么恶毒的东西。大家都眼巴巴地希望他有点灾难。他们用的语句都是含含糊糊的——叫他摸不清那到底是热心,还是有股冷气。"相比两人热热闹闹的争斗,这里突然安静下来的场面更加惊心动魄。唯有对于这个阶层阴暗庸俗的一面有深刻洞察的作者,才能写出这一笔。

第三节 《华威先生》:"国族主义"下的新乡绅

战乱也会成为这一阶层相互内斗、改变权势地位的机会。抗战兴起,张天翼很快写出《速写三篇》,其中尤以《华威先生》引起了偌大风波。不过,《华威先生》要与《谭九先生的工作》联系起来解读,或者说,不妨把《谭九先生的工作》看作《华威先生》的前篇①。其时评论者多倾向于认为《华威先生》提出了抗战时期国民性改造问题,或认定"华威先生"是代表着国民党政权的意志来抢夺抗战领导权。如果把这两篇相互联系,置于其时的社会背景,小说对于国民性的批判,依然是落实于新兴的乡绅阶层人物身上。它们可以视为讲述了一个故事,"谭九先生"首先利用抗战时机从老一代乡绅手中夺取地方权势,然后"华威先生"进一步以抗战需要和国家意志为旗号扩大着自己对于地方社会的掌控。如果说《砥柱》写出了族绅面对百姓的面目,《清明时节》讲述的是乡绅内斗,那么《谭九先生的工作》《华威先生》等篇可以剖析这一阶层与新"国家"的复杂关系。

《谭九先生的工作》透露了乡绅阶层新旧两代之间权势更易的背景。"唔,这镇上要做的工作真太多,可是这镇上的知识分子又那么少。大学毕了业——还肯住在这里替地方上做点子事的,只有他谭九先生一个。他自从得了一张法学院的文凭之后,就在家里一直住到如今。……他不像人家那样要远走高飞,丢下家乡的工作不管。现在你看,譬如说吧,要

---

① 《速写三篇》收录《谭九先生的工作》《华威先生》和"新生"三篇短篇小说。其中《谭九先生的工作》作于1937年11月,初被收录于《速写三篇》;《华威先生》作于1938年2月,原载《文艺阵地》半月刊第1卷第1期(1938年4月),修订后被收录于《速写三篇》。《速写三篇》由重庆文化生活出版社1943年初版。现均被收录于《张天翼文集》第4卷,上海文艺出版社1985年版,本书据此引用。

在这里多找几个真正头脑明白的爱国分子——嗯,就着实不容易。"谭九先生蠢蠢欲动的心理背后,也反映了其时的一个重要的社会现象:在教育体制的转轨过程中,乡村的读书人纷纷离乡进城,留在"这镇上的知识分子又那么少"。乡村精英们在城里或国外受过新教育,取得资格后便再也不愿回到自己的家乡了,因为在那里不但没有他们享受高等教育的条件,而且没有他们谋生的机会。费孝通在20世纪40年代也注意到这一现象,"以前保留在地方上的人才被吸走了;原来应当回到地方上去发生作用的人,离乡背井,不回来了","乡间把子弟送了出来读书,结果连人也收不回"①。他称之为社会侵蚀,正是新学教育体制加速了乡村精英外流的趋势,使乡村社会受到前所未有的"侵蚀"。而谭九先生大学毕业"就在家里一直住到如今",这使得他觉得自己的资历具有优势。为此,他还从传统中寻求支援。他手边放着一本《湘军志》,时而翻翻,"不错,当年文正公也是在家乡工作。他老人家是个翰林公,就等于如今一个大学毕业生。此所以地方上一办团练,当然就要推他老人家出来主持"。他寻找历史依据,追溯到了"文正公"(当暗指曾国藩)在地方上主持团练的历史,不过这一历史的内涵复杂,因为湘军的崛起乃是近代以后绅权相对于国家权力不断膨胀的发端。

抗战到来,谭九先生觉得有了在地方上出场露面的机会,因为在民族国家战争的时局下,他能快速地掌握新的话语,将自己定位为镇上不多的几个"真正头脑明白的爱国分子",从而获得又一重优势。新学教育的经历已经是民国年间重要的社会身份,在地方社会中,大学毕业生的稀缺使得谭九先生更感到责无旁贷。此时,他则进一步借助于抗战大势,自我标榜为"爱国分子",沟通自己和"国家"的联系,赢得权势争夺的优势。为了与十一太公争夺地方抗战工作的主导权,他义正词严:"(十一老官是)土豪劣绅!那不行!十一老官是我的叔叔,照家族主义讲来,我本该拥护他。但是我是个讲国族主义的,想必你也不反对这个主义。我要爱国,为

---

① 费孝通:《乡土重建》,上海观察社1948年版,第71、73页。

得——为得——要——要——要要——要抗战！那我那我——大义灭亲！俺,不客气!"在抗战形势下,"国族"凸显,谭九先生在此则将"爱国""国族主义"作为从上一代乡绅那里夺取权势的旗号,他进而公开宣扬以"国族主义"来改换"家族主义",并且娴熟地运用主流政治话语,"土豪劣绅"在这里成为乡绅阶层内部的相互指控。然而,"哼,看吧,如今地方上的人有事多半找十一太公,不来请教谭九。这简直是抢人的买卖!"谭九太太的心理暴露了丈夫冠冕堂皇的口号背后争权夺利的实质,地方权势而不是抗战大局才是他内心所想。在夺权同时,他还在忙着囤积谷子等待高价出售,准备大发国难财。在地方社会乡绅阶层权势争夺的社会背景下,才能更准确地把握这位大学毕业依然居乡的谭九先生的言行。

如果说"谭九先生"是一位尚未能利用抗战时机成功崛起的"华威先生",那么"华威先生"就是一位已经得手后的"谭九先生",他正在依照"谭九先生"的策略继续扩大着自己在地方上的权势和影响范围。

大多评论认为华威先生是一个国民党政府中"抗战官僚"的典型形象,这一界定其实需要推敲。虽然他被邀请参加县长公余工作方案的决策,时而要和刘主任会面,不过他应该并不掌握正式的行政权力,而是近于"官"的"绅",称之为"官僚"并不确切,"新乡绅"当更为近之。历史研究者指出,新乡绅的主体即是国民党基层政权掌权者演化而来,他们一般曾在国民党政权官僚结构中的底层任职,他们在失去权力中心位置后大多仍沉淀于地方社会,活跃在社团、民意机关等,形成左右地方施政的地方权力集团,他们在县政中具有稳固的权力地位,成为一个官与绅身份互换的社会群体。这种地方权力集团的成员,其民间身份就是新乡绅,他们构成了新乡绅的主体。[①]华威先生的身份更接近于"新乡绅",他所奔走参加的都是抗战以来兴起的各个民众团体的会议,他所谋取的就是在这些团体里担任一个"委员",开会的时候去讲上两点。他在不同会议都强调的是,"要认定一个领导中心","要是上面没有一个领导中心,往往

---

① 林济:《新乡绅与近代宗族》,《二十一世纪》(香港)2002年10月号。

要弄得不可收拾"。这被研究者解读为"国民党当局推行的消极抗日、压制人民的民主救国要求的路线的表现",因而华威先生往往被视为"顽固官僚"。①他自然有与政权接近的一面,不过其深层动机还在于维持和巩固个人在地方社会的地位,以对官方政治的迎合来加固自己在地方各团体中的影响力。比如,他乍一听妇女界战时保婴会没有请他参加,"吃了一大惊",便把其中一个负责人找来问罪:"你能不能对我担保——你们会内没有不良分子?你能不能担保——你们以后的工作不至于错误,不至于怠工?你能不能担保,你能不能?你能够担保的话,那我要你写个书面的东西给我。以后万一——如果你们的工作出了毛病,那你就要负责。"这近乎恫吓,其动机却不在于贯彻自上而下的那个"领导中心",而是要对方接纳自己当一个"委员",保持自己对于各个团体的全面介入。当听到几个青年新组织了难民读书会的时候,他跳了起来,进而破口大骂。他的气急败坏,并不因为这些团体是否脱离了"一个领导中心",而是因为自己居然不知道这一情况。这里凸显的不是他对于政权的忠诚,而是他本人强烈的权力欲和控制欲。他那单调的不断重复的两点不过是他实现个人权力欲望的话语外衣罢了。

华威先生们在依附于官方政权的同时,一直保持着游离的特征,谋求着不受官方制约、独立于民众的特殊利益。实际上,同明清乡绅相比,新官绅同国家组织及传统文化的一体化程度均较低。②在抗战时代,华威先生们转换调门,"国族主义"或者"一个领导中心"都成为他们扩张权势的口号,这不是对于"天下兴亡,匹夫有责"的士人传统的继承,相反,其实是他们与"国家"疏离、借"国家"需要来扩张地方权势的表现。他们的存在,揭示了国民政府统合"绅""民"阶层存在着严重问题,在应对战时危局时刻就暴露出来。不应简单地把华威先生视为国民党当局抗战路线的代表,不是要对他个人进行政治批判,而应首先还原这一人物的社会身份,

---

① 杨义:《中国现代小说史》(中),第375页。
② 魏光奇:《官治与自治——20世纪上半期的中国县制》,商务印书馆2004年版,第361页。

才能更全面地揭示这一短篇小说的社会文化内涵。

小说问世之时,茅盾即高度关注:"'华威先生'那样典型的出现,而且引起普遍的注意……,而且更引起了青年作家对于隐伏在光明中的丑恶的研究和思索,——这也是最近八年来文坛的新趋向。"①而在小说发表六年后,还有人谈道:"我们能够静心观察的话,有一个事实是无法否认的:在广大的中国土地上,华威先生之多,犹如恒河沙数,而在日常生活之中,我们更不断接触到,抗战以前有,直到抗战第八年的今天仍旧活跃着。华威先生的时代还没有死去!""华威先生是中国国民精神病状的凝结与综合;他名义上在刘主任那里办事,其实整天在别的地方鬼混,在官场上这种情形最普遍不过了。"②如果把华威先生简单视为一个国民党党棍,那么这样的人如"恒河沙数",政权的基层力量应该很强大。而在地方社会空间中还原其新乡绅的身份,才可以理解何以遍布城乡、贯穿抗战始末都有这种人,因为他们是当时社会存在一个阶层,掌握传统的绅权,但是却游离于"国族"和民众之外,只膨胀着一己利益。他们的社会地位有着传统的影子,而他们身上又发展出时代的病症,转换口号只为私利。

因为"谭九先生""华威先生"们不是党棍,而是新乡绅,所以刻画他们的小说才会在当时引起热议,在若干年后还给人以深广的思索和回味的空间。

---

① 茅盾:《八月的感想——抗战文艺一年的回顾》,《文艺阵地》第 1 卷第 9 期(1938 年 8 月)。

② 蒋星煜:《论华威先生——华威先生的时代还没有死去》,《民主世界》第 1 卷第 14 期(1944 年 12 月)。

第八章 转折:从"乡绅"到"地主"
——革命文学之两例

在中国共产党领导中国革命运动的漫长历程中,对于乡绅阶层的定性、政策和策略在不同阶段曾有变化和调整。在革命文学兴起、发展的过程中,对乡绅这一重要的社会阶层也多有表现。在早期的革命文学中,这一阶层还曾经以"士绅""绅士"的形象出现,不过在后来的作家笔下,这一阶层的大多数人物则主要以明确的"地主"身份亮相。在"乡绅"被定性为"地主"的背后,是乡村革命道路不断摸索,革命话语体系和群众动员技术日趋成熟的过程,最终乡村革命选择以阶级斗争方式开展,"绅""民"之间的等级差别被塑造为地主与农民之间的阶级对立,这一阶层由此最终覆亡。革命文学反映了这一历史进程,同时作为话语建构的一部分参与了这一历史过程。本章即以蒋光慈《咆哮了的土地》与丁玲《太阳照在桑干河上》为中心,分析革命文学中乡绅人物形象与命运的变迁,进而揭示这一过程背后叙事模式的发展及对于1949年以后文学的影响。

第一节 《咆哮了的土地》:土地革命与绅士父子

将光慈的长篇小说《咆哮了的土地》书名原来拟作《父与子》,1930年在《拓荒者》月刊正式发表时改为现名。全书1930年11月完稿,作家逝世后方才出版。①有文学史家评价此书"较为充分和深刻地渲染了大革命

---

① 1932年湖风书局出版单行本时易名为《田野的风》。本书系引自《蒋光慈文集》第2卷所收《咆哮了的土地》,上海文艺出版社1983年版。

前后农村阶级对立和斗争的气氛,揭示了土地革命的必要性、复杂性及其群众基础","把农民运动的题材拓展为农民武装斗争的题材,在社会内容上可谓出奇制胜,在现代小说史上具有开创的意义"①。然而,相比此后革命叙事更加明确的"阶级斗争"意识,这部小说的主题并没有如此清晰。如能贴近小说文本,辨析人物的社会身份,可见它首先呈现的是社会阶层结构的矛盾和对立,从而保留了乡村"革命"从社会阶层矛盾向阶级斗争发展的过程。

主人公张进德返回乡间,将"革命"从"离此乡间不远的城市中"传布到乡村的时候,即指向了"地主们的田地"。"他随身带回来了一些新的思想,新的言语,在青年们中间偷偷地传布着,大部分的青年们都受了他的鼓动。……他说,地主们的……田地,都是农民为他挣出来的,现在农民应当将自己的东西收回转来……这是一种如何骇人听闻的思想!然而青年们却庆幸地将它接受了。""革命"最初进入乡间的时候,即带来了"剥削"的概念,它显得那么"骇人听闻",爆发出启蒙的效力,"青年们感觉得自己的眼睛,自己的心,在此以前被一种什么东西所蒙蔽住了,而现在他,张进德,忽然将这一种蒙蔽的障幕揭去了,使着他们开始照着别种样子看待世界,思想着他们眼前的事物。他们宛然如梦醒了一样,突然看清了这世界是不合理的世界,而他们的生活应当变成为别一种的生活"。"剥削"的概念指向了对土地所有权的改变,不过在这部小说中主要展开的还是围绕"绅权"的斗争,斗争的对象首先以"绅士"的身份出场。

研究者论及此书中的人物形象,主要聚焦于两个发动乡村革命的领导者,其中张进德是一个较成熟的革命者,而李杰则是知识分子的形象。若依小说原拟书名《父与子》,当是指李杰与其父亲李敬斋,那么李敬斋也许会占有更多的篇幅。现在的叙事视角更接近于李杰,李敬斋形象尚不够鲜明,但是其社会身份是明确的。作为李家老楼的主人,他被称为"李大老爷","本是一乡间的统治者,最有名望的绅士",是"地方上面的绅士

---

① 杨义:《中国现代小说史》(中),第82、80页。

们"的头领。同时,他与张举人、何松斋等人还都是"田东家"。从这部革命文学早期的作品中,尚可以觉察到"田东家"与"绅士"身份并不等同,因而阶级斗争的开展还需要一个过程。

乡间秩序原有的主宰者,在田地的所有权受到威胁之前,首先感受到他们的"绅权"受到挑战。小说前一半的篇幅主要都是革命者的动员和组织过程,其后才看到革命对象们现身。相比地方官员,首先站出来的是"绅士们",因为他们才是地方上的主宰:

> 农会的势力渐渐地扩张起来了。地方上面的事情向来是归绅士地保们管理的,现在这种权限却无形中移到农会的手里了。农人们有什么争论,甚至于关系很小的事件,如偷鸡打狗之类,不再寻及绅士地保,而却要求农会替他们公断了。这末一来,农会在初期并没有宣布废止绅士地保的制度,而这制度却自然而然地被农会废除了。绅士地保们便因此慌张了起来,企图着有以自卫。如果在初期他们对于农会的成立,都守着缄默不理的态度,那么他们现在再也不能漠视农会的力量了。在他们根深蒂固地统治着的乡间社会里,忽然突出来一个怪物,叫做什么农会!这是一种什么反常的现象啊!

组织起来的农民改变了地方上的权力格局,"绅士们"开始慌乱并筹划自卫。"有一天下午,地方上面的绅士们,以张举人领头"一起到李敬斋的家里来看他。李敬斋深感惭愧,儿子对绅士主导的地方秩序的叛逆,让他"颜面"尽失。"'唉,世道日非,人心不古了啊!'最后张举人很悲哀而绝望地叹了这末两句。"张举人的悲哀和绝望依据传统话语,依然着眼于"世道"和"人心",这符合其"举人"身份,绅士们也掌握这一话语来维持乡间秩序,并继续以此看待和应对"革命"。然而,后者已经溢出了这一范畴,"革命"是从外面的世界引进的完全不同的话语,这是乡间社会一个历史性事件,原本统一的话语体系破裂了。

绅士们想用偷袭的办法捉拿张进德和李杰,不料,张举人反而先被农会逮捕了。张举人以两家世交的关系向李杰求情,并保证:"此后地方上的公事,我决不过问就是。"不过,农会锋芒所指却不限于处置"地方上的公事"这种权力。因为"革命"并不是要取代张举人他们来行使"绅权",而是要消灭这种权力形态,不仅是要打倒张举人,而且要打倒这一他们所属的阶层,所以农会不但不会释放张举人,接下来还要拉着他游街。只见"癞痢头手持着竹条,正有一下没一下地鞭打着张举人逗着趣"。张进德说:"也好,……平素他们在乡下人的眼里该是多末地高贵,该是多末地了不得,妈的,现在也教他们出出丑才是。我们要使乡下人知道,有钱有势的人并不是什么天上的菩萨,打不倒的,只要我们穷人联合起来,哪怕他什么皇帝爷也是可以推翻的。"游街、批斗会后来成为革命的一种仪式,游街的目的在于打掉"绅士们""高贵"的身份,是对于原来社会阶层等级结构的破坏。"自从这一次破天荒的游行示威以后,乡间的空气大为改变了。乡人们在此以前屈服于金钱势力之下,也就把这种现象当成了不可变更的运命的规律,可是从今后他们却感觉到这金钱势力并不是神圣不可侵犯的,只要乡下人自己愿意将代表势力的张举人和代表金钱的胡根富打倒,那便不会有打不倒的情事。"正因为斗争对象的"绅士"身份,所以才有这样的斗争方式。因为绅士们是一个声望阶层,"他们的社区影响力首先是靠声望而不是仅靠权力、某种学历资格认证或财富实现的,对于他们,民众对其所拥有的财富、学识、权势、社会关系等方面的优势予以充分认同,由此形成了对村庄领袖的普遍尊崇与心存敬畏的社会心理"①,所以对这一阶层的斗争必然指向他们的"无形资本"——以"面子""威望"为主要内容的象征资本,而游街这样新的革命"仪式"即是通过对于绅士们的羞辱,来颠覆乡间的等级秩序。

  他(王荣发)不由自主地被众人推到低着头不语的张举人面前。见着那白纸糊成的高帽,感觉到一种滑稽的意味;见着他那般萎丧

---

① 渠桂萍:《华北乡村民众视野中的社会分层及其变动(1901—1949)》,第98—99页。

的,龙钟的老态,又不禁深深地动了怜悯的心情。张举人很畏惧地抬起头来望了他一眼,这一眼忽然使他回想起来了往事。……于是老人家王荣发便也低下头来,默不一语。……很奇怪,噪嚷着的人众一时都寂静下来。王荣发默默地低着头站了一会,便回过身来悄悄走开了。

小说通过王荣发的心理细腻地写出了乡村社会原有等级关系被颠覆的时刻。王荣发可以对张举人产生"滑稽"夹带着"怜悯"的心情,而张举人则"低着头不语",眼神里带着畏惧。在"噪嚷着的人众一时都寂静下来"的时刻,大约他们在内心里真切地体味原有阶层关系的倾覆,并努力确认这一点。

结合社会史视野,认识张举人、李敬斋们的"绅士"身份,才可能更深入地体会在热烈的群众运动中"很奇怪"的"寂静"时刻。这一时期的"阶级斗争"更具有社会阶层革命的内容。这一阶段的"革命",主要是强化原有的"绅士们/乡人们"这一阶层关系对立的一面,从而动员乡人们行动起来颠覆原来的等级关系。而"阶级"对立意识在这里还比较模糊,斗争对象的"地主"身份并不突出。

地主,古语中多指当地的主人或土地神,唐代以后虽也被用来指田地的主人,但向无贬义。近代以来,随着阶级概念的引入,"地主"一词逐渐成为英文术语中"Landholder"或"Landlord"的汉译政治名词,即特指那些依靠出租土地收取地租为生的人。①作为一个阶级概念的"地主",是革命进入乡村社会后引入的。在中国传统社会中,"绅士"与"地主"有联系但是更有区别。绅士集团并不一般的等同于地主阶级。绅士之所以为绅士,并不是由于其必然占有多少土地,而是由于其具有独特的政治地位和

---

① 有关"地主"一词近代意义衍生的考据,可参见[德]李博:《汉语中的马克思主义术语的起源与作用:从词汇—概念角度看日本和中国对马克思主义的接受》,赵倩等译,中国社会科学出版社 2003 年版,第 213—216 页。有关这一概念的象征性意义的讨论,可以参见张小军:《阳村土改中的阶级划分与象征资本》,载黄宗智主编《中国乡村研究》(第二辑),商务印书馆 2003 年版,第 108—111 页。

社会地位;地主与士绅有重合之处,但又是不同的阶层;土地财产可以决定地主身份,但不能决定士绅地位。①有学者近年来调整研究视角,强调先进入本土历史的实践层面,考察村庄民众自己是怎样看待自身所处的社会的,探明乡村民众原初的、内生的、自发的分层意识,经过研究后也发现,在他们的社会意识中,"阶级意识"淡薄,而绅士与普通民众的社会分层则是普遍的社会意识。②

在"绅士"后来被定义为"地主"的背后,是"绅士们/乡人们"的阶层对立被转换为"地主/贫雇农"阶级对立的过程,这是革命策略与革命话语的一个重大转换。分辨这一点,才可能深入体会此后革命文学叙事的发展。

第二节 《太阳照在桑干河上》:"地主"的发现与"诉苦"的动员

虽然"革命"最初进入乡村社会的时候,即带来了"剥削"的概念,比如,《咆哮了的土地》中张进德宣传:"田地,都是农民为他挣出来的,现在农民应当将自己的东西收回转来。"不过,以"剥削"的概念划分乡村阶级,改变乡村民众原有的社会意识,动员乡村民众开展阶级斗争,从而根本性地变革原有的社会结构,直到20世纪40年代后半期全国土地改革运动中才实现。

土地改革是一个伟大的事件,叙述这一事件也是一项重大的使命,它不但具有"记录"历史的性质,而且本身也参与了对于"历史"的建构:在文本世界里阶级话语颠覆了原来的地方社会秩序,建构和确立了阶级性才是宗法制乡村社会的"本质"关系,建基于宗法秩序上的旧社会就此被打倒,新的国家形态呼之欲出。从这一视角来重读丁玲的《太阳照在桑干河上》③(以下简称《桑干河上》),可以更为贴切地认识小说中的一些人物和

---

① 参见王先明:《变动时代的乡绅——乡绅与乡村社会结构变迁(1901—1945)》,第371—375页。
② 渠桂萍:《华北乡村民众视野中的社会分层及其变动(1901—1949)》,第370页。
③ 《太阳照在桑干河上》由光华书店即新华书店东北总分店1948年9月初版;本书系引自人民文学出版社1955年版。

事件,进而认识小说中新旧叙事模式转换的内在动因。小说的诞生包含着现代文学与民族国家叙事的深层联系,此后的多舛命运、引发的众多纷争展现出从现代文学到当代文学叙事规范和文学观念转换、调整、重构过程中的生动信息。

尽管有海外历史学家将20世纪的中国看作一个国家向乡村社会不断渗透的过程①,但在20世纪的上半期,这种渗透的程度仍然是相当有限的。在全国大规模的土地改革发生之前,中国乡村的社会生活在很大程度上仍然是一个相对自然的过程。就如同《桑干河上》暖水屯的村民,生活在以宗法关系为主要特征的社会秩序中。"大家都是一个村子长大的,不是亲戚,就是邻居。""村上就这二百多户人,不是大伯子就是小叔子。"和中国成千上万的村庄一样,这个桑干河畔的自然村落,"以地缘血缘交织的经济关系、人际关系、亲属关系、依从关系、政治关系等组成一个社会关系网络",这个自然村落同时构成了一个乡里共同体。②在工作队进入这个村子之初,村民们同样表现出对于"地主"的陌生,他们只感到钱文贵有那么一份"势力"。

评论家肯定《桑干河上》成就之一就在于它塑造了两种不同类型的地主形象,钱文贵这个人物尤其被视为一个"真实"的地主形象③。但问题是如何理解钱文贵的赫赫威势,这是一个什么样的"地主"呢?研究者注意到,作为"地主",要是比占有的土地、比家产多少,钱文贵尚不如李子俊,他也不掌握权力,不像许有武当过乡长,他甲长都不当,但是"村子上的人谁也恨他,谁也怕他"。最主要的是,不仅贫农、中农怕他,而且其他地主也怕他、恨他。然而,连村里人自己也似乎不明白这是怎么回事。"钱文贵家里本来也是庄户人家。但近年来村子上的人都似乎不大明白钱文贵的出身了。""不知怎么搞的,后来连暖水屯的人谁该做甲长,谁该出钱,出

---

① 参见[美]杜赞奇:《文化、权力与国家——1900—1942年的华北农村》,王福明译,江苏人民出版社2003年版。
② 参见万直纯:《〈太阳照在桑干河上〉中的农村宗法社会》,《中国现代文学研究丛刊》2000年第3期。
③ 陈涌:《丁玲的〈太阳照在桑干河上〉》,《人民文学》第2卷第5期(1950年9月)。

伕,都得听他的话。"研究者分析其权势来源,笼统地将其界定为一种宗法性质的权力,不过多侧重于钱文贵对于血缘、姻亲关系的有意利用方面。尤其是在土改即将来临的时候,钱文贵送子参军,用女儿俘虏治安委员张正典,看见程仁在村子上出头以后,又想靠侄女把他拉拢过来。研究者认为,以联姻结亲的方式收买干部体现了他对宗法关系的有意利用,表明了其权势的宗法本质。然而,他的家族势力本身并不大,不若李子俊同姓佃农多。冯雪峰曾经用"心理上的影响"来描述这种"威势",认为作者"在依靠其他具体的条件之外,又着重地从地主阶级在人们心理上这种影响来看问题,这种观察是深刻而正确的。……这是这部小说及其人物写作成功的重要原因之一"①。贴近宗法制乡村社会自身的权力形态来分析,研究者近来也有相近的认识,强调其权威的产生是一种"心理上的权势",或者说是一种"象征性权力":"由于长期受害形成普遍恐惧心理,造成钱文贵心理权力对人们的统治。""这种心理上权势具有封建宗法性的,是共同体的产物。"②这一分析角度更加贴近小说,不过仅仅视之为一种"心理上的权势"又有局限。

钱文贵的威势根植于传统乡村社会关系的土壤中,属于传统社会里联系官方和基层民众之间的一种权力形态,即乡绅或精英权力。社会史学家指出,传统乡里社会具有相对的自治性,乡村精英在乡村秩序的建构、调节中起着主导作用。就像钱文贵"他不做官,也不做乡长,甲长,也不做买卖,可是人人都得恭维他,给他送东西,送钱。大家都说他是一个摇鹅毛扇的,是一个唱傀儡戏的提线线的人。他就有这么一份势力"。如果从宗法制乡村社会权威的产生角度来分析,钱文贵权势的最重要来源就是他和外界,尤其是与当权者的联系,从而据有当权者与村民之间中介的角色。"他虽然只在私塾读过两年书,就像一个斯文人。说话办事都有心眼,他从小就爱跑码头,去过张家口,不知道是哪一年还上过北京,……

---

① 冯雪峰:《〈太阳照在桑干河上〉在我们文学发展上的意义》,《文艺报》1952 年第 10 号。
② 万直纯:《〈太阳照在桑干河上〉中的农村宗法社会》,《中国现代文学研究丛刊》2000 年第 3 期。

人没三十岁就蓄了一撮撮胡髭。同保长们都有来往,称兄道弟。后来连县里的人他也认识。等到日本人来了,他又跟上层有关系。""绅权"的重要基础和表现之一就是代表村庄和地方与国家政权打交道,既因为官府无力深入村庄实行直接的管理,也因为在传统农业社会可以降低行政成本。乡村精英的地位通常与其维护地方利益的能力相关,具有保护地方整体利益的功能。只是到了20世纪,随着乡绅阶层的退隐,类似钱文贵这种投机性人物才攫取了这种地位,但并不承担保护职能,而只为自己谋利,甚至鱼肉乡里。① 不过,其权力来源还是要从传统乡村社会的特点与结构来认识。

　　从钱文贵的权势本身产生的地方社会背景中来认识这个人物,进而可以更加深入地发掘这场土地改革的意义。如果仅仅是要划分出"地主",要从地主那里拿回土地,钱文贵并不显眼。他的地并不是最多的,其"剥削"的罪恶也不是最大的,然而,小说的高潮却是钱文贵作为真正的敌人被发现,从而被打倒。正是这里透露了这场土地改革的深广内涵:土地改革的目标不仅仅是土地,也指向钱文贵的"威势",甚至主要指向产生其威势背后的传统乡村社会关系。这里涉及现代以来,国家与地方社会关系转型的历史背景。

　　一般而言,一个社会的整合是通过两个层次实现的,一是全国层次上的政治整合,二是地方层次上的社会整合。在中国传统社会,"在社区层次上的社会整合主要是通过乡村的地方精英实现的,血缘关系和地缘关系在整合地方社会上起着重要的作用"。这种"整合机制的突出特点之一是社会整合较强,而政治整合较弱"。② 这一方面赋予整个社会以灵活性和稳固的基础,使之能维持两千多年,另一方面也造成这种社会体系的致命弱点,即整合的层次较低。其结果之一是,在近代受到西方列强的侵略时,无法作为一个整体做出强有力的反应。为了应对近代以来由政治解

---

① 参见[美]杜赞奇:《文化、权力与国家——1900—1942年的华北农村》。
② 孙立平:《现代化与社会转型》,北京大学出版社2005年版,第131页。

体和社会解组结合在一起的总体性危机,高度的动员能力成为新的政权形式极为关注的问题,"对士绅、地主、宗族、民间宗教以及秘密会社的坚决打击与取缔,就成为国家全面渗透到农村社会的必要条件"①。在中国历史进程中,乡村社会稳定的血缘关系和传统的人伦秩序,在政治变革的大潮逐渐为一种新凸显出来的政治关系即阶级关系所重塑,这也是中国政治现代化道路所择取的一种方式。革命政党的目标是建立新型国家政权,从而实现最大程度地动员民众,实现民族富强。为此,追求以历史上前所未有的深度和广度渗透于基层的社会生活,使地方层次上的社会整合从属于国家层次上的政治整合,是其制定各项政策、发动革命运动的一个深层动因。②钱文贵之所以应当被打倒,不仅仅因为他利用权势欺凌乡邻的具体罪恶,最主要的是因为他这种权势形态本身为现代政治结构所不容。在钱文贵这个"没有多少地的地主"身上,豁显出这场土地改革的深广内涵:土地改革不仅仅是对于土地的重新分配,不仅仅是经济领域的变革,更是要深入基层社会,重构新型的国家与地方、国家与社会的关系。实际上已经有学者察觉,从单纯的经济角度看,土改对农村社会结构的改变是有限的。对于土改,"与其从经济的意义上去理解,不如从政治的角度去诠释"③。"土地改革最直接的作用就是粉碎农村中原有的控制农民的权力网络,……土地革命的主题不在于土地,而在于旧政权的摧毁和新政权的重建。"④对新生的人民政权来说,土地改革主要目标是摧毁地方精英权力的合法性基础。

由钱文贵身上所体现的基层乡村社会的权力形态,明了了土地改革的政治内涵,"诉苦"的意义就凸显出来。在《桑干河上》,把地契送到农民手上、送到家中,农民还会给地主退回去。直到农民通过诉苦发动起来,面对面地控诉地主的罪恶,才真正直起腰来体会到了翻身解放的感觉。

---

①② 孙立平:《现代化与社会转型》,第 131 页。
③ 吴毅:《从革命到后革命:一个村庄政治运动的历史轨迹——兼论阶级话语对于历史的建构》,《学习与探索》2003 年第 2 期。
④ 张凯峰:《土地改革与中国农村政权》,《二十一世纪》(香港)网络版 2004 年 9 月号。

"诉苦"从发动、进展到最终胜利,这一过程贯穿始终,成为小说叙述的线索。读者对此常感觉烦琐,研究者一般认为诉苦乃是动员发动群众、推进土地改革的一种方式。实际上,《桑干河上》所展现的立体性画卷表明,"诉苦"具有更深刻的社会历史变革内涵:它不仅仅是为了重新分配土地,更重要的是为了在传统乡村内部造成阶级分化,从而根本上颠覆宗法乡村秩序,将广大农民从"乡里共同体"中解放出来,组织到现代国家这个更高级的"共同体"中。

小说中的侯忠全已经被视为现当代文学人物长廊中"不觉悟"农民的典型。他之所以把农会送来的地契又偷偷给地主送回去,就是因为他依然遵从乡间常规生活秩序和观念。他一家被叔爷爷一家害得家破人亡,最后还是租上了后者的地。

> 侯殿魁把他找了去,说:"咱们还是叔伯叔侄,咱哥哥做的事,也就算了,让亡灵超生吧。如今你的地在老人手上就顶了债,只怪你时运不好。你总得养活你娘你儿子,你原来的那块地,还是由你种吧,一年随你给我几石租子。"他低着头,没说什么,就答应了。

通常归结为这是地主利用亲情纽带麻痹了农民的反抗意志,其实在这里"时运""天命"观念所起作用更大。所谓"时运"等可以看作乡村传统生活秩序的集中表达,一种象征。侯忠全也许可以反抗具体的压迫,但是面对整体的乡村秩序他是不可能有所作为的。在土改大潮中,侯忠全周围的亲人期待老头能够站起来,围着他做工作,老婆"用眼睛在老头脸上搜索,想在那里找出一点仇恨,或者一点记忆也好。可是她失望了,老头子一点表情也没有"。要他站起来,就必须使他的内心深处、他自身能够产生"仇恨"和重塑"记忆"。

一开始农民要地契的斗争不够坚决。工作队发动农民"诉说了许多种地人的苦痛,给了许多诺言"后,对于他们向地主要地契的行动才比较放心。地契要回来后,在分地之前,工作队又再次发动大家"诉苦":

另一个也说了："以前咱总以为咱欠江世荣的，前生欠了他的债，今世也欠他的债，老还不清。可是昨天大家那么一算，可不是，咱给他种了六年地，一年八石租，他一动也没动，光拨拉算盘。六八四十八石，再加上利滚利，莫说十五亩地，五十亩地咱也置下了！咱们穷，穷得一辈子翻不了身，子子孙孙都得做牛马，就是因为他们吃了咱们的租子。……如今咱总算明白了，咳，咱子孙总不像咱这辈子受治了啦！"

"如今咱总算明白了"——这个问题的言外之意是没有受苦人的劳动，哪有地主土地上的收获？地主是靠"剥削"穷人而生活的，这可以理解为劳动价值论取代资本价值论的民间表述，而这正是由于工作组从外面带来了对于村庄社会关系新的解释、新的话语系统。

在取得理论依据后，苦痛的回忆和诉说则是真正"觉悟"的开始：

大家都几乎去想过去的苦日子了。……这些情形，虽然还不足说明群众已经起来了，但却是部分的有了觉悟的萌芽，已经开始回想，自己的苦痛怎么样了，已经自动的来清算了，这是在这村子上从来没有过的情形。

回忆和引导之后，苦痛被当众说出是最重要的一环。《桑干河上》对这一历史性场景的叙述浓墨重彩、非常生动：

从人丛中又走出一个老头儿，他是人们把他推上去的。他一句也不会说，只用两眼望着大家。……大家催促他："你说呀！不怕！"可是他张了张嘴，说不出话来，又哭起来了。咳！全场便静了下来，在沉默中传来嘘唏的声音。

接着又一个一个的上来，当每一个人讲完话的时候，群众总是报以热烈的吼声。大家越讲越怒，有人讲不了几句，气噎住了喉咙站在一边,隔一会,喘过气来,又讲。

……李宝堂老汉说:"没有,如今是翻身了,啥也不怕,啥也不管哪!好,让他们都说说,把什么都倒出来啦!要清算李子俊时,你看咱也要说,咱还要从他爷爷时代说起咧。"

只有"说出来"的时候,群众才真正"站起来"、才真正"翻身"。与钱文贵面对面的批斗是这场话语权力斗争的最高潮,小说让我们简直可以感受到现场"沉默"与"言说"的紧张对峙:

他们骤然面临着这个势力忽然反剪着手站立在他们前面的时候,他们反倒呆了起来,一时不知怎么样才好。有些更是被那种凶狠的眼光慑服了下去,他们又回忆着那种不堪蹂躏只有驯服的生活,他们在急风暴雨之前又踌躇起来了。他们便只有暂时的沉默。

就在这千钧一发的时刻,程仁冲上来了,带动群众一起控诉,最终打倒了地主的威风。村庄秩序在这一刻被颠覆和扭转了。"言说"原来具有改变历史的力量,阶级斗争的最高潮体现为"说话"权力的对峙和争夺是意味深长的。无独有偶,在《暴风骤雨》中可以看到类似的场面。事实上,在土改过程中,"诉苦会的确变成了一种基本的叙事形式,这种非常现代的仪式,是显示话语组织力量的地方"。"新生活的形成标志就在于对话语力量的重新分布与调整。"①诉苦的这一功效主要是通过阶级分类而实现的。从某种意义来说,阶级的分类是社会动员不可缺少的基础,也是治理社会的主要方式。在诉苦中,农民建构了一种认同,获得了自己的"本质":

---

① 李杨:《抗争宿命之路——"社会主义现实主义"(1942—1976)研究》,时代文艺出版社1993年版,第104页。

人们越想自己的苦处,就越恨那些坏人,自己就越团结。

诉苦生产一种集体认同,即"穷人"间的认同,同时"诉苦"是归因过程。土改前乡村社会中的分化和农民的疾苦是客观存在,但这种种痛苦是弥散于生命之中,而且通常无处归因。工作队意识到"像这种新解放区,老百姓最恨的是恶霸汉奸狗腿,还不能一时对这种剥削有更深的认识,也看不出他们是一个阶级,他们在压迫老百姓上是一伙人,哪怕有时他们彼此也有争闹"。通过诉苦,通过将苦难归因为地主的"剥削",将形形色色的土地占有者归为"一伙人",土改就胜利了:

> 干部们都挤在台上,程仁站了出来,宣布开会了。程仁说:"父老们!乡亲们!咱们今天这个会是庆祝土地回老家,咱们受苦,咱们祖祖辈辈做牛马,可是咱们没有地,咱们没吃的,没穿的,咱们的地哪儿去了?"
>
> "给地主们剥削走了。"底下齐声的答应他。

相比较恶霸对于村民人身、财产的直接侵害,"地主"的"剥削"无疑更为抽象,这一概念乃是对于宗法乡村"天命"观念、日常生活秩序的改写,对于乡村历史的另一种叙述。台下农民对于这一概念的齐声应答表明,传统的乡村秩序已经改变了。在土改过程中"诉苦"乃是重构社会认同、划分阶级,进而实现对乡村社会重新整合的必然过程。

小说所展示的还不止于此,诉苦更加有意义的是重构了农民与周围世界、与新的国家的关系。普通民众通过诉苦确认自己的阶级身份,进而获得了"国家"的概念。在小说的结束,村民们踏上了新的道路:

> 文采几个朝县上走去,去到新的工作岗位去,沿路遇着一队一队的去挖战壕的民工,那些人都是各村翻身的农民,都洋溢着新的气象,兴高采烈,都好像在说:

"土地是咱们的,是咱们辛辛苦苦翻身的结果,你蒋介石就想来侵占吗?不行!咱们有咱们人民的军队八路军,有咱们千百万翻身农民,咱们一条心,保卫咱们土地!"
　　……不只是村庄,县城南关的农民也同样的敲起锣鼓来了。欢腾的人声便夹在这锣鼓声中响起。呵!什么地方都是一样的呵!什么地方都是在这一月来中换了一个天地!世界由老百姓来管,那还有什么不能克服的困难呢。

"诉苦"不仅具有阶级划分的功效,昔日家族化的农民在获得"阶级"身份的同时,在自身破除家族樊篱获得解放的同时,已经通过阶级这个中介性的分类范畴与更宏大的"国家""社会"进程建立起联系。"天下穷人是一家,共产党领导穷人打天下,翻身得解放。"正是通过这种阶级化的认同,暖水屯以外的战争形势、国家局势也成为村人所关心的问题,最后全村青壮年组织起来参加村庄外的战斗。由此,村庄内外的变化在农民的心目中连接成一个整体,村民们加入了一个持续的政治化进程。

第三节　从"乡绅"到"地主":话语的转换与"新中国"想象

　　《桑干河上》这部叙述暖水屯村庄话语秩序转化过程的小说,同时留下了新旧叙事模式转换的痕迹。
　　在小说问世之后,陈涌称赞"这个作品最使我们不能忘记的,正是作者注意到了农村阶级斗争的复杂性,注意到了农村复杂的阶级关系"[①]。这一评价多为其后的文学史著作所用。然而,究竟何谓"阶级斗争的复杂性"呢?陈涌曾阐释道:"农村阶级斗争复杂性是由农村阶级关系的复杂性决定的。地主与农民的矛盾是土地改革以前中国农村的主要矛盾,……环绕这个主要矛盾同时和这个主要矛盾相联系,农村往往还表现

---

① 陈涌:《丁玲的〈太阳照在桑干河上〉》,《人民文学》第 2 卷第 5 期(1950 年 9 月)。

着地主与富农之间、地主与地主之间、大小地主之间以及这种农民与那种农民之间的矛盾,……这一切复杂多变的矛盾和斗争组成了农村阶级关系和阶级斗争的一幅丰富多样的图画。"①然而,这更多是一种理念上的"复杂性"。或者说,是批评家为了把《桑干河上》所展现的为阶级理论所无法完整解释或不予承认的血缘、宗法等社会关系纳入阶级分析框架所作的一种调整,但是这种调整又是有限的。在阶级关系之外的丰富的社会关系,并不能完全简化为阶级关系。近来,有研究者明确认识到:"所要申述的是《桑干河上》所揭示的现实关系,显然不只是阶级关系。过去研究一直把两者等同起来,是片面的,不符合作品实际,不符合中国社会实情,这正是《桑干河上》与其后大量出现的仅以阶级斗争为视角的土改小说,及其类型农村小说不同之处,也就是其独异之处。"②不但是现实图景无法统一,在此背后还有着两种叙事模式的差别与转换,对于"阶级斗争复杂性"的叙述其实有异于阶级斗争的叙事规范。

  小说对于暖水屯原有社会关系相当丰富的呈现,其一是基于作者自身关于土改过程的亲身经历、所见所闻的"写实性"叙述。小说前面大约三分之一的部分是对于村里人际关系的叙述,有评论家甚至感觉这部分很沉闷③。主要因为作者在这里呈现的是一个阶级斗争风暴到来之前的村庄社会,其中更多个人观察和体验的因素,更多"写实"的成分,而缺乏对于展开阶级斗争所应有的紧张对立关系的想象。其二则是基于作者自身对于乡村社会的体验、情感和记忆。且不说顾涌、黑妮这两个曾引起诸多争议的人物形象中有着作者个人体验和情感融入的因素,带着浓重宗法气息的钱文贵这个地主人物,也是作者基于自己的"出身""经验"和个人思考而选择和塑造的:

---

① 陈涌:《〈暴风骤雨〉》,《文艺报》1952 年第 11、12 号合刊。
② 万直纯:《〈太阳照在桑干河上〉中的农村宗法社会》,《中国现代文学研究丛刊》2000 年第 3 期。
③ 陈涌:"《太阳照在桑干河上》不少地方是令人感到沉闷的。……在前面大约三分之一的篇幅里,这类地方更见明显。"[《丁玲的〈太阳照在桑干河上〉》,《人民文学》第 2 卷第 5 期(1950 年 9 月)]。

《桑干河上》是一本写土改的书,其中就要有地主,但是要写个什么样的地主呢? 最初,我想写一个恶霸官僚地主,这样在书里还会更突出,更热闹些。但后来一考虑,就又作罢了,认为还是写一个虽然不声不响的,但仍是一个最坏的地主吧。因为我的家庭就是一个地主,我接触的地主也很多,在我的经验中,知道最普遍存在的地主,是在政治上统治一个村。看看我们土改的几个村,和华北这一带的地主,也多是这类情况。①

这里正显现了这部小说叙事上的缝隙:作者主要不是以阶级话语中"地主"的定义来塑造这个人物的,而主要依托的是自己对传统乡村社会的认识和体验。由于选取了钱文贵这个没有多少地的"地主"人物,深刻影响了小说的情节设计和整体结构。②作家对个人经验的坚持也使得暖水屯的整体风貌不再如阶级理论所规划的那么单纯,而呈现出"复杂"和模糊。作者的这一写作方式和态度曾被归为对"写真实"的"现实主义"创作精神的坚持,但是并不能就此简单地称之为一个"真实"的文本。小说同时存在虚构、加工,尤其是"想象"的因素,小说更突出的意义在于对阶级斗争的成功叙述,对社会主义现实主义创作原则所具有的"示范性意义"③;或者如新的文学时期有批评者所认为的,是对一种"政治式写作方式"的遵循④。除了陈涌试图以"阶级斗争复杂性"将两者统一起来之外,这两种叙事模式在小说中的共存和矛盾批评者大都意识到,只是不同历

---

① 丁玲:《关于〈太阳照在桑干河上〉的写作》,《人民日报》2004 年 10 月 9 日。
② 贺桂梅:"与《暴风骤雨》主要通过直接的阶级冲突来唤起阶级意识不同,钱文贵阶级身份的隐蔽性使得土改工作的展开变得困难,发现'敌人'的难度决定了这部小说在结构方式上类似于侦探小说。"(贺桂梅:《转折的时代——40~50 年代作家研究》,山东教育出版社 2003 年版,第 274—275 页。)
③ 关于小说的这一意义冯雪峰的总结相当准确,参见冯雪峰:《〈太阳照在桑干河上〉在我们文学发展上的意义》,《文艺报》1952 年第 10 号。近来研究者对此也有深入阐释,可参见钱理群:《1948:天地玄黄》,山东教育出版社 1998 年版,第 191—216 页。
④ 可参见刘再复、林岗:《中国现代小说的政治式写作——从〈春蚕〉到〈太阳照在桑干河上〉》,载唐小兵编《再解读——大众文艺与意识形态》(增订版),北京大学出版社 2007 年版。

史时期对此评价相互对立,且反复变化。近来,多肯定前者,视之体现出作家对自身经验和自我的坚持,而后一种写作方式乃是政治话语的灌输造成作家被迫的屈从。①但是也有论者警惕于这一论断方式的简单,而意识到两者的过渡与转折有值得细致探究的内在逻辑。②

《桑干河上》包含着现代民族国家建构过程中的生动信息,而中国现代文学与民族国家一直有着内在联系,在此视野中可能更全面认识这部小说中从"旧现实主义"到"社会主义现实主义"两种叙事模式之间的过渡、衔接和转换的动因,进而认识小说的文学史意义。《桑干河上》不仅仅是对于具体土改政策的演示,对于土改进程的记录或加工,在实践新的叙事规范同时坚持既有创作方式过程中,作者有着自己的叙事追求。"要写一个什么,开始要有一个主题思想",作者自述关于《桑干河上》的写作动因:"我想写一部关于中国变化的小说。要写中国的变化,写农民的变化与农村的变化,是很重要的一方面。在当时我就有这样一个明确的思想。"③作者不仅在写暖水屯这个小村庄的土改经历,或者是简单地向党的政策靠拢;作者有自己内在的追求,有着非常明确、自觉的叙事意识,即要通过写"农民的变化与农村的变化"而呈现"中国的变化"。这是关于"新中国"的叙事。

由前文对于《桑干河上》叙事过程的分析可见,阶级理论对于传统乡村社会其实有一个从外部进入的过程。正如历史学家注意到:"实际上,当大多数农民刚一接触到共产党人的阶级分析理论的时候,他们完全是陌生的。……尽管农民们能够明显意识到他们村子里存在阶级和政治差别,但他们一般不会运用这种理论和方法对财富和权力的等级做精细而系统的区分。即使在他们学习使用这些新的术语的时候,也并不

---

① 比如,钱理群在分析这部小说时谈道:"按照'是怎样的'写作,这就是通常所谓'写真实'的现实主义的写作模式;按照'应该是怎样的'的要求去写出所谓的'本质的真实',这是'社会主义现实主义'的写作模式。丁玲选择了前者,因此付出了沉重的代价"。(钱理群:《1948:天地玄黄》,山东教育出版社1998年版,第209—210页。)
② 参见贺桂梅:《转折的时代——40~50年代作家研究》,山东教育出版社2003年版。
③ 丁玲:《生活、思想与人物——在电影剧作讲习会上的讲话》,《人民文学》1955年3月号。

一定感到他们的基本觉悟是由阶级划分来决定的。"①对于乡村社会而言,阶级理论乃是一种现代话语。只有当工作队进村之后,通过一次次的"诉苦",通过诱导和培养,暖水屯的村民才接受这种话语,最终改变了村庄的历史。《桑干河上》对此的叙述,则在文本世界里建构和确立了这一话语转换的过程,在乡土中国的土壤上塑造了"中国的新时代和中国新人"②。

冯雪峰当时就深刻地认识到这一点。他指出这部小说的优点之一就是"作者是根据于农村阶级斗争的内在的联系,把党的领导和农民自身的斗争相结合,当作农民之阶级的要求及其革命力量成长的历史条件来写的;这样,就是说,党的领导就不会被写成为对于农民没有内在的历史联系的外在力量了。这也是本书很重要的一个优点"③。"党的领导"通过"被写"即在文学叙事的过程中和农民自身结合起来,显现为村民们自己的要求,从而党所带来的新的政策、阶级话语内植于村庄社会中,新的话语由此"内化"或者说自然化了。而当读者接受了这个故事是"真实的"时候,也就接受了组织这个故事的话语,一种"共同本质"就在文学叙事过程中创造出来。在小说问世不久,冯雪峰即由此肯定"这正是新中国诞生前的叙事诗"④。这是相当敏锐的。土地改革是一个伟大的事件,叙述这一事件也是一项重大的使命,小说不但具有"记录""历史"的性质,本身也参与了对于"历史"的建构:在文本世界里阶级话语颠覆了宗法秩序,展示了阶级性才是乡村社会的"本质"关系,建基于宗法秩序上的地方社会就此被打倒,新的国家形态呼之欲出。关于"新中国"的想象是作者努力创作、实践叙事方式转换的内在动力。

实际上,革命话语对于作家的影响不仅是政治控制文学的简单方式,

---

① [英]罗德里克·麦克法夸尔、[美]费正清主编:《剑桥中华人民共和国史(1966—1982)》,李向前等译,海南出版社1992年版,第652页。
② 丁玲:"我感到我在苏联读者面前负有多么重大的责任,他们将会把我的书当作了解中国农村,了解土改情况,了解中国新时代和中国新人的一个源泉。"(《〈太阳照在桑干河上〉俄译本前言》,载《丁玲论创作》,上海文艺出版社1985年版,第15页。)
③④ 冯雪峰:《〈太阳照在桑干河上〉在我们文学发展上的意义》,《文艺报》1952年第10号。

而有着值得具体分析的形式和复杂内涵。比如,新的话语可能提供了更能为当时作家接受的现代性想象方式,促使作家新的认识和想象的产生,进而落实为具体的创作。另一方面,不但是革命话语影响作家创作,文学叙事本身即是建构新的历史、确立新的权威的重要形式。由此,才可能更深刻地认识这部在叙事转折时期的小说其内在的矛盾与悖论,认识其历史命运。1946年,周扬在评价赵树理小说的时候就明确表达了一种新的叙事期待。他指出,中国农村的变革过程,是"现阶段中国社会最大的最深刻的变化,一种由旧中国到新中国的变化",而赵树理的小说正好"在一定程度上"反映了这个变革过程①。丁玲在创作《桑干河上》的时候则已拥有更为自觉的叙事意识,显示出应对民族国家叙事要求的更为明确和积极的姿态,因而小说对于"中国叙事"的推进就更为显著。从社会主义现实主义文学发展的角度,冯雪峰深刻地看到:"像《太阳照在桑干河上》这作品,对于我们所以是一个重要的收获,就不仅因为它是几部写土地改革的作品中更为优秀的一部,在一定高度上反映了土地改革,而且还因为这标记着我们的文学在反映现实的任务上已经有一定的成就和能力,标记着我们文学的一定的成长的缘故。"②所谓"文学在反映现实的任务",就是要通过叙事创造新的本质,建构新的中国。这即是"社会主义现实主义"叙事的意义,"将现代性组织现代民族国家的过程自然化、客观化、历史逻辑化"③。《桑干河上》努力实践这一历史任务,从而推动了"我们的文学"的"一定的成长",即相当成功地实现了由"写真实"的"旧现实主义"向"写本质"的"社会主义现实主义"的"发展",对于新的叙事模式的形成做出了创造性贡献。

然而,小说所实现的只是"我们的文学""一定的成长"——作者既在努力实践着新的叙事规范,同时并非刻意然而相当"顽固"地保留了旧现实主义的叙事方式。作者既积极地展望着历史的"本质",充满热情地想

---

① 周扬:《论赵树理的创作》,《解放日报》(延安)1946年8月26日。
② 竹可羽:《论"太阳照在桑干河上"》,《人民文学》1957年10月号。
③ 李杨:《抗争宿命之路——"社会主义现实主义"(1942—1976)研究》,第117页。

象和建构着新的社会图景,"想象"的方式、"想象"的因素正在创作中变得空前重要;同时相当诚恳地记录乡村变化的"过程",执着地抒写她的乡村记忆、她的乡村体验,保留了革命话语进入之前的地方社会图景。小说整体上显示出向新的方向、新的叙事阶段的"发展",同时暴露出实践新的叙事方式的不够"规范"。对于这种叙事的结果即"新中国"而言,小说的贡献在于写出了从"由旧中国到新中国的变化",然而小说的局限也在于它保留了由旧中国到新中国的"变化",即它叙述的是阶级话语分化乡村社会的过程,由此保留着想象和建构新的"中国"的痕迹。它已经相当程度地将"新中国"的"本质"自然化了,同时这种自然化的程度还不够,所建构的"本质"并不纯粹。

关于"中国"的叙事始终处于发展之中。小说此后的命运与关于"中国"的新的想象紧密相关,随社会主义现实主义趋于激进的历程而起落沉浮。正如冯雪峰所表达的,虽然《桑干河上》已经对于新的叙事规范和创作原则做出了一定贡献,但是"我们的文学"本身还在"成长"之中。《桑干河上》在新旧模式转化之间矛盾的一面逐步凸显出来。评论者从黑妮、顾涌等人物形象塑造的"偏向"中分辨出这其实是"自然主义"的创作方法的错误,从中看到"贯穿在这小说中的现实主义方法和自然主义方法的错综复杂的同时又清浊分明的两种因素的对立;不仅看到了作者的生活限度与这个对立的不可分的关系;而且,我们已经看到了作者的旧的思想观点和旧的阶级感情,如何地影响着这部小说的创作过程,给小说和小说中的人物创造带来了多大的损害的情形"①。随着社会主义现实主义的不断"前进",对于本质的追求越来越纯粹,《桑干河上》的"旧现实主义"(或者叫"自然主义")的因素由此格外醒目。而差不多同时问世的《暴风骤雨》就显得"单纯"许多,阶级觉悟更多地表现为农民自身具有的意识。到了社会主义现实主义经典《创业史》中,梁生宝几乎是天生地具有一种新农民的气质,具有"社会主义"觉悟。通过这个典型人物的塑造,社会主义现

---

① 竹可羽:《论"太阳照在桑干河上"》,《人民文学》1957年10月号。

实主义叙事组织现代民族国家的任务最终完成。①与之相比,《桑干河上》对于新中国的想象就不够纯粹,尤其是对阶级话语自然化的程度不够。这里还存在大量的复杂的社会关系图景,保留着阶级关系从外部进入地方社会、逐步确立的过程。小说逐渐显出"落后",直至被斥为"反动",兼之作者本人命运多舛,小说遂被打入冷宫。《桑干河上》促进了社会主义现实主义叙事规范的形成,这一规范又引导当代文学追求越来越纯粹本质的激进实验。这不仅造成了作者和小说的悲剧命运,也可见这一时期文学的异化过程。

1979 年,《桑干河上》得以重印出版。关于小说的评价首先表现出某种回归,小说对于复杂社会关系的呈现再次得到肯定,并被用以批评"图解政策""简单化""表面化"的写作方式②。在对于"本质"与"感性形式"、"理论"与"生活"关系的辩证阐释中,"写真实"的"现实主义"重新得到赞赏。在此认识基础上,《桑干河上》对于阶级话语改造村庄社会这一"过程"的叙述被研究者明确肯定:"正是在这种真实地反映出的阶级关系的基础上,作者写出了农民推翻压在他们头上的地主势力的曲折过程,写出了人们确定主要斗争对象的回环往复的过程,写出了他们为从实际出发执行政策而与教条主义、主观主义斗争的过程。这种对于阶级关系的反映和对运动过程的描写,使小说较之那种图解政策的作品,当然具有更充分的现实性和典型意义。"③在新的转折时期小说对于"变化过程"的叙述被认定为"更加真实",背后则是对于"本质"固定认识的松动。即承认新的人物品质、新人物形象、新的社会关系有其发展、形成的过程,容许在发展中逐步展现"本质",认为这样"更真实"。在此,关于"本质"的解释或者认识已经不再是固化僵死的。小说的某种"过渡性""转折性"由此被容许,但是,现实主义文学要表现"本质"这一观念还是牢固的。继而,小说

---

① 参见李杨:《抗争宿命之路——社会主义现实主义(1942—1976)研究》。
② 可参见蔡葵、臻海:《〈太阳照在桑干河上〉的革命现实主义》,《新文学论丛》1980 年第 1 期;赵园:《也谈〈太阳照在桑干河上〉》,《芙蓉》1980 年第 4 期。
③ 赵园:《也谈〈太阳照在桑干河上〉》,《芙蓉》1980 年第 4 期。

又被指认为一种"政治式写作"行为而得到批评,所要揭示的本质被指出不过是"党的政策、意识形态"。①与此同时,在新时期以来愈加多元的写作实践中,阶级关系也逐步失去了作为"本质关系"对于叙事的全面控制。同样是具有土改背景的小说中,人性的、欲望的因素也成为叙事发展的内在动因。②而在近来,小说中一度被评价为很"真实"的村庄图景也被认为"不够丰富""不够真实"。与《白鹿原》等作品相比,研究者认为《桑干河上》的人物关系设置"较多地突出阶级对立和差别,未能把血缘、亲缘、地缘联系构成人际关系中的复杂微妙状态写出,以致作品中宗法关系、情面观念等显得空泛、抽象了些。这点不及后来的《白鹿原》……更令人信服。大概作家囿于阶级观念,不能深入亲情感情深处"③。在这背后,则是对于作家所要叙述的"现实"、对于"现实主义"的认识发生了变化。在肯定《桑干河上》"革命现实主义"的时期,研究者的认识是:"现实关系主要就是阶级关系。《桑干河上》之所以获得较高的现实主义成就,首先取决于作家对我国农村阶级关系的深刻理解,因而才能真实的揭示土改运动的一些本质方面,塑造出一批相当成功的人物形象。"④这里主要依据的是"现实"中"本质"的方面,强调小说对于"革命"的贡献。而近一时期对于小说在反映现实方面的成就与不足的评价,则主要关注的是"现实"与"社会实情"的接近,着眼于对于阶级关系之外的社会关系的呈现:"丁玲的《桑干河上》在理解现实关系上也是极其出色的。简言之,丁玲再现乡村社会关系时,既表现阶级关系,又写出宗法关系这一中国乃至东方社会特有的社会关系。"⑤相反,阶级话语还制约了作者对于人物和社会关系更生动的表达。在关于这部小说复杂多变、对立矛盾且有所反复的评价和认识中,

---

① 参见刘再复、林岗:《中国现代小说的政治式写作——从〈春蚕〉到〈太阳照在桑干河上〉》,载唐小兵编《再解读——大众文艺与意识形态》(增订版)。

② 参见贺仲明:《重与轻:历史的两面——论中国当代文学中的土改题材小说》,《文学评论》2004年第6期。

③⑤ 万直纯:《〈太阳照在桑干河上〉中的农村宗法社会》,《中国现代文学研究丛刊》2000年第3期。

④ 蔡葵、臻海:《〈太阳照在桑干河上〉的革命现实主义》,《新文学论丛》1980年第1期。

生动地反映出诸如"现实""现实主义"与"本质"等当代文学核心内涵的变迁,也由此可见当代文学规范建构与变迁过程。

《桑干河上》的诞生与此后的命运沉浮有着现代文学与民族国家叙事相联系的深层背景,具体反映着这种联系历经变迁的复杂内涵。关于《桑干河上》的评价,在不同历史时期甚至相互矛盾对立且历经反复。小说的命运沉浮不仅系于不同时期的批评话语和文学观念的变化与对立,也因为其自身即包含着这种矛盾和对立,它与此前、此后的繁复变化息息相关,本身即是现当代文学叙事规范嬗变历程的重要部分。对小说和相关对立论断不能静止地来评判,而应当将其置于这一嬗变的动态过程中才可能有全面、深入的认识。

第九章　潜流:"乡绅"与"知识分子"
——十七年文学之侧影

一方面,随着科举制度废除后近半个世纪的光阴流逝,传统乡绅渐渐消失;另一方面,民国以后兴起的新乡绅、新官绅阶层与传统乡绅阶层相比表现出劣化和痞化趋势,暴力性和私利性不断增强,日益成为一个游离于国家体制之外、与民争利的阶层。历经"打倒土豪劣绅"的国民革命运动、共产党领导的农民运动的冲击,随着土地改革运动在全国的全面开展,这一阶层随同大大小小的"地主"一起被打倒。与这一政治进程相联系的是,随着新中国叙事的进展,这一阶层已经属于历史的过去,渐趋消失。不过,与"乡绅"向"地主"的转换相关,但是并不能被这一进程所完全覆盖的,还有乡绅阶层向知识分子阶层分化、转型的一条历史脉络。在十七年文学中,以上两个过程相交织,既可发掘出"乡绅"阶层在当代文学中绵延存在的身影,总体上又构成这一阶层从叙事作品中消失的过程。比如,在《风云初记》《红旗谱》《艳阳天》等这一时期的重要小说中,有几个都曾"在北平上过学"的人物形象,其阶级出身与人生走向各异,在小说中也大都不是主角,然而,因为"在北平上学"的经历获得了转换原有身份的可能,或接近于广义的"知识分子"身份,并在革命大潮和民族国家战争中进一步分化、裂变,从而这些人物形象并不如此前界定的那么单一,而是"乡绅""地主"或"知识分子"等多重身份相交错。在几部小说的互读所呈现的现代以来社会阶层结构转变与阶级关系建构相叠加的进程中,新教育、革命与民族战争是最显著的推动因素;而革命话语与原有地方社会形态的起伏消长,时时改变着现代以来乡绅叙事的走向,使之最终归于潜隐。

第一节 《风云初记》:在绅士家庭与革命队伍之间

孙犁于 20 世纪 50 年代初期创作的《风云初记》①,还有"绅士"的身影出现。"传说日本已经到了定县。县城里由一个绅士,一个盐店掌柜的,一个药铺先生组成了维持会,各村的村长就是分会长。"革命县长李佩钟组织民众拆毁城墙以抵抗日本占领,三个老者前来阻止,其中领头的是李佩钟的父亲大高个子李菊人:"我们代表城关绅商,有个建议,来向县长请示!""绅士""绅商",在这一时期的革命记忆中,依然保存着原有的社会称谓。然而,李佩钟并不理会父亲所代表的"绅士们"的意见,这让李菊人怒不可遏,誓言断绝父女关系。绅士阶层的断裂,成为新的"知识分子"成长的重要契机,也是这一时期知识分子叙事的一个常见模式。李佩钟作为一个女性之所以走向革命,而且非常坚决,首先是因为新学教育给她走出家庭的机会,从而接受新的思想;而她之所以能够走出家庭接受新学教育,进入师范大学,因为她出身于绅士家庭,既有财力供给,也有一定知识基础,比如,她父亲的学识虽然主要来自戏文,咬文嚼字已成习惯。然而,新学教育却成为这些"知识分子"叛逆绅士家庭的土壤和契机,民族战争的爆发则推动他们更进一步走向革命阵营。

在小说中首次出场时,李佩钟即有鲜明的"知识分子"气质,而且自己也表现出对"知识分子"身份的认同。比如,她怀着微妙的情愫与高庆山交谈,"等一等再走,我有句话儿问你。是你们老干部讨厌知识分子吗?"相对于"你们老干部","知识分子"自然联系着"我"。而高庆山的回答,颇具代表性。一方面,从革命工作的角度,"文化是宝贝,一个人有文化,就

---

① 《风云初记》第一集边写边由《天津日报》副刊从 1950 年 9 月 22 日起连载发表,1951 年 3 月完稿,后由人民文学出版社出版。第二集完成于 1952 年 7 月,1953 年春仍由人民文学出版社出版。第三集原本于 1954 年 5 月写完,未及加工润色,孙犁便因患病停笔,直至 1962 年春病体稍愈后开始修改工作,其中对小说结尾进行了重写。1963 年 4 月,这部共 90 章、27 万多字的长篇小说全本由作家出版社出版。本书系引自《孙犁全集》(修订版)第 4 卷所收《风云初记》,人民文学出版社 2016 年版。

是有了很好的革命工作的条件"；另一方面，"自然知识分子也有些缺点，为了使自己的文化真正有用，应该注意克服"。所以，"遇到知识分子，我从心里尊敬他们，觉得只有他们才是幸福"，这可以理解为高庆山或一个成熟的革命者个人的态度，而"克服缺点"或者说"自我改造"，是革命对"知识分子"的另一重要求。正在进行的民族战争成为革命向"知识分子"打开大门的契机，并为后者提供了一个改造的空间。

这一阶段的李佩钟作为"知识分子"，不仅身处绅士家庭与革命队伍之间，还需要与另一个"大学生"决裂，由此走出另一个"地主"家庭。乡村上层的下一代，在都市里接受新教育后，并不自然就成为"知识分子"，比如，村长田大瞎子的儿子"田耀武在北平朝阳大学专学的是法律，……'一二·九'以后，同学们更实际起来，有的深入军队里进行鼓动，有的回到乡下去组织农民。田耀武积极奔走官场，可惜没有攀缘上去，只好先回家了"。其人凭借新学教育的文凭，返乡当了区长。同样接受的新学教育，却只是成为他接续父辈继续统治乡里社会的资本。李佩钟与被父亲所许配的田耀武之间的不和，在小说开篇阶段即可感知，并成为故事的一个副线。对于二人的矛盾小说并不向前追述，也未具体叙写，可以感受到的是两个"大学生"的气质、身份截然不同，显示出"知识分子"与"地主"的差异。田家显然是横行村里的土老财，县城里的李家将女儿许配子午镇上的田家，又可见"绅士"与"地主"之间本有的关系。而李佩钟作为或者要成为"知识分子"，不仅要叛逆原本的绅士出身，与地主家庭也格格不入。如果说，这种社会阶层与阶级结构分化、重构之际的矛盾相互缠绕但并不明朗，李佩钟只能一个人住在新政府大院的时候自怜自叹，徒增一分知识分子的忧郁和犹豫气息；那么民族战争的来临，则激化也简化了几重矛盾。随着日寇逼近，田耀武先是投靠中央军，随后投敌，身份差异、阶层矛盾即刻化为敌我界线，甚至田还向李射击，两人决裂自不待言，而"知识分子"面前的道路选择更加明确，就是在民族战争中告别自己的出身，改造自己的"缺点"，走向革命。

李佩钟这个形象并不是小说的主角，但作者对之别有一种感情。其中不仅有作者对刻画女性人物的偏爱,大约也包含着一名"革命""知识分子"一路走来所经历的身份转换与跨越过程中的幽深心曲。

《风云初记》选择抗战兴起作为叙事起点,开篇即是日寇逼近,滹沱河边的子午镇为战争所扰动,瞬间动荡起来,展现的是一个不断改变中的地方社会形态,比如,村民们打破传统婚俗赶忙嫁娶,财东家收敛了面对长工们的强势。小说主要叙写了滹沱河边一群儿女在抗战中走向革命的历程,对革命的"前史"也有所追述,比如,十年前在这里曾发生农民暴动,暴动的参与者此刻成为走向抗战的前驱。但是农民革命何以发生,或者说高庆山、春儿、芒种们与田大瞎子、田耀武原本的日常生活、对立矛盾何以发展到阶级斗争,不是这部小说的着眼点。此后另一部重要长篇小说《红旗谱》同样以冀中平原社会为小说空间,叙写的则是抗战之前农民革命的历程,从中可见原本地方社会秩序及其如何改变。

第二节 《红旗谱》:复杂身份与"地方色彩"

《红旗谱》①是"十七年文学"的重要收获,文学史家高度评价它写出了中国农民从自发斗争走上自觉斗争的历程。不过在这部小说中,作为阶级敌人的一方,"地主"冯老兰的凶狠面目似乎不很突出。除了在小说开篇强卖铜钟这一"恶霸"行径外,其后在抢夺脯红鸟儿、包揽"割头税"等事件中,他的表现算不得穷凶极恶。比如,反"割头税"斗争的结局是"冯老兰一家就这样在充满了闹剧色彩的欢乐中承认了征税的失败"②。而冯贵堂更是十七年文学中一个尚未引起足够关注的形象。他作为读了现代大学后又返回家乡闲居的一员,潜在地与现代文学中同类人物谱系相沟通;而在十七年文学语境中,他以一身包含了"士绅""地主""乡村社会改良者"等多重身份,在故事结构日益简单明了的革命史叙事中更显独特,从

---

① 梁斌:《红旗谱》,中国青年出版社 1957 年版。
② 参见李杨:《50~70 年代中国文学经典作品再解读》,山东教育出版社 2003 年版,第 68—72 页。

中可见地方记忆依然存在于一种新的宏大历史建构过程中。

故事开篇,冯老兰即是以"恶霸"形象登场:

> 平地一声雷,震动了锁井镇一带四十八村,"狠心的恶霸冯兰池,他要砸掉这古钟了!"

这一场景作为革命史经典叙事的开端,意在呈现阶级斗争的剑拔弩张,但于不经意间也呈现了原有社会空间的一面。相比此后"地主"人物形象的"剥削"本质,冯老兰此时首先是一个"恶霸"人物,霸占的是地方社会的"公产",破坏的是原有的社会秩序,也由此使人窥见地方社会本来的样子。锁井镇一带四十八村某种程度上呈现出乡土社会自治的一面,在这里基本看不到官府的影子,公共设施主要由民间自行兴建和管理。华北农业社会最重要的公共资源就是水利设施,锁井镇上的千里堤即是由四十八村共同修建,为了修桥补堤的公共开支,"集资购地四十八亩,空口无凭,铸钟为证",并设有堤董负责管理。这样的水利组织的运作构成国外历史学者研究中国华北社会权力结构的重要部分,并由此提出了"权力的文化网络"这一概念。① 而冯老兰当年的身份即是"锁井镇上的村长,千里堤上的堤董",凭借管理水利工程这一公共事务,跻身地方社会主导阶层,即乡村主导者不仅仅是"地主",还需要参与地方祭祀、水利管理等公共事务,才能从权力的文化网络中获得权威。

在《红旗谱》开篇所展开的清末时期,一方面可见这样的社会形态,另一方面它正面临冲击,发生改变。改变首先来自主导者行为方式的转换。冯老兰砸钟、卖钟以侵占四十八亩官地,是以乡绅身份侵吞公产,体现了这一时期以公产及"公"伦理为基础成立的乡村权力关系开始结构性变动。② 乡绅对于地方社会的公益性影响减弱,私利性趋势日趋严重。绅与

---

① 参见[美]杜赞奇:《文化、权力与国家——1900—1942 年的华北农村》。
② 王先明:《变动时代的乡绅——乡绅与乡村社会结构变迁(1901—1945)》,第 130 页。

民由身份特殊的两个等级转变为利益对峙的两个阶层,而且随着制度变迁的深入,这种绅民对立的趋势愈演愈烈。在小说正文中,冯老兰已经转换为另一个身份:"地主"。江涛对贾老师讲述锁井镇上的"封建势力的情况","论财势,数冯老兰,有的是银钱放账。三四顷地,出租两顷多,剩下的土地,雇上三四个长工,还雇很多短工,自己经营"。此时对冯老兰的分析和介绍,已经是以新的阶级视野进行的身份划分和界定。于是,一方面是清末以来乡绅阶层的私利化,另一方面是阶级话语的兴起,地方社会的主导阶层原有的乡绅身份淡去,阶级身份凸显。乡村社会上层劣化、原有地方社会开始解体,成为革命史叙事的"前史"。

在《红旗谱》正文所展开的由革命史主导的叙事进程中,依然可见原有地方社会结构的绵延;而由于新教育兴起对乡土社会的强大冲击,促成新一代乡绅与"知识分子"道路的遇合、接近与交错而过,则是已有阅读中较少揭示的。小说的主角朱老忠是朱老巩的儿子,随着他返乡为父报仇,也一线串珠地展现了乡村权势阶层下一代的生活:冯贵堂是冯老兰的儿子,严知孝是严老尚的儿子。在他们活动的 20 世纪二三十年代,官-绅-民三方互动的社会结构依然存在,"士绅"依然是对一个社会阶层的称谓。比如,张嘉庆在学校就遇到一位。"去年冬天,当局为了统治学校,禁止抗日活动,派了一个老官僚当训育主任。这人是个矮个子,……绰号'火神爷'。'火神爷'是地方上有名的士绅,当过曹锟贿选的议员。他到了学校,雷厉风行,每天带着训育员,早午晚,三次查堂查斋,闹得学生们无法进行抗日活动。"时而为议员,时而为学官,正是这一时期"地方上有名的士绅"们不断变换的身份或职业。

小说明确写到严知孝在保定城内的"士绅"身份和职能。"严知孝是北京大学的学生,在北大国文系毕了业,一直在保定教书。除了在第二师范教国文,还在育德中学讲国故。"保定二师学生为了促进抗日爆发学潮,严知孝即以士绅身份出面斡旋,以期保护学生、搭救江涛。代表官方的陈旅长,与严知孝和冯贵堂"三个人在北京读书的时候见过面,一起玩过"。而"陈旅长的父亲,和严老尚曾有一面之交。陈旅长到保定接任卫戍司令的时候,为了联络地方上的士绅名流,拜访过严知孝,请他出头做些社会上的公益事业"。当严知孝为此找到陈旅长的时候,陈回复:"论私情,咱们是世交。论公事,你是地方士绅。咱们说一句算一句。就请你做个中间人吧,三天以内,要他们自行到案,这样也显得我脸上好看些。"公事连带着私情,由"地方士绅"出面做"中间人"正是传统社会处置矛盾的方式。

在冯贵堂身上集中体现了这一时期乡绅阶层的延续与转型。在小说所展开的社会空间中,他的身份首先是"地方士绅""保南名绅"。比如,在《播火记》中,冯贵堂因恐惧红军发展迅猛危及自家钱粮安全,请求陈旅长前来围剿,后者带他拜见行营主任钱大钧。因为"听说到是有名的'士绅'",钱大钧才表示了对冯贵堂的重视,说"我们从南方来到北方,就是尊重地方士绅,我们愿意和你们共同合作"①。冯贵堂不是以"地主"而是以"保南名绅"的身份与官方打交道,因为后者具有代表地方的身份。

除了身份和称谓上的延续,冯贵堂的身上又显示了现代时期乡绅阶层的转型与分化。

首先是乡绅阶层的代际变化。当冯贵堂出场的时候,与《风云初记》中"田耀武"的经历相当接近。"冯贵堂高高身材,……他上过大学法科,在军队上当过司法官。上司倒了台,他才跑回家来,帮助老爹管理村政,帮助弟兄们过日子。"不过他表现出新教育的更多影响,因而父子两人关于"村政"的理念已经发生分歧:

> 冯老兰:"你花的那洋钱,摞起来比你还高,白念了会子书,白在外头混了会子洋事儿。又不想抓权,又讲'民主',又想升发,又不想得罪人。怎么才能不树立敌人?你说说!在过去,你老是说孙中山鼓吹革命好,自从孙大炮革起命来,把清朝的江山推倒,天无宁日!清朝手里是封了粮自在王,如今天天打仗,月月拿公款,成什么世

---

① 梁斌:《播火记》,中国青年出版社1979年版,第259—260页。

界?还鼓吹什么男女平等,婚姻自由,闺女小子在一起念书。我听了你的话,把大庙拆了盖上学堂。如今挨全村的骂,快该砌下席囤圈了……"

冯贵堂:"这主要是因为村里没有'民主'的过,要从改良村政下手。村里要有议事会,凡事经过'民主'商量,就没有这种弊病了!咱既是掌政的,就该开放'民主'。……""……""听我的话,少收一点租,少要一点利息,叫受苦人过得去,日子就过得安稳了。……"

冯贵堂曾经支持孙中山的革命,在乡村里宣传"男女平等,婚姻自由,闺女小子在一起念书",推动冯老兰"把大庙拆了盖上学堂"。某种意义上,他是这里现代性的引进者。他甚至还曾试图引入现代政治规则,"改良村政""凡事经过'民主'商量"。他不但面临冯老兰的阻力,甚至也需要面对村民们的反对,比如,因为办学堂,父子两人都挨全村的骂。反对新学是当时乡村的普遍情绪,在此局面下,冯贵堂的感受也许与"蒋冰如"(《倪焕之》)、与青龙潭边的"林先生"(《青龙潭》)并非没有接近甚至共鸣的地方。

尤其是他在推广新的农业种植技术过程中,更是颇多感慨:

"老辈子人们都是听天由命,根据天时地利,长成什么样子算什么样子。我却按新的方法管理梨树,教长工们按书上的方法剪枝、浇水、治虫。梨子长得又圆又大,可好吃哩。可是那些老百姓们认死理,叫他们跟着学,他们还不肯。看起来国家不亡实无天理!看人家外国,说改良什么,一下子就改过来,日本维新才多少年,实业上发达得多快!"

"咱倒想办办这点好事,叫人敲锣集合人们来看我剪枝,你猜怎么样?庄稼百姓们一个人也不来!"

这是出身于"地主"之家、受了新学教育后返乡的一代人,在乡村社会普遍遭遇的困境。他的努力自然包含谋利的企图，也不乏改良乡村社会的愿望。他曾宣称，"在目前，我的努力方向，是把地里都打上水井，买上水车。要按着书本上，学着外国的方法耕种土地，叫我的棉花地上长出花堆，玉米地上长出黄金塔来"。发展"现代农业"的积极意义并不应该因为冯贵堂的阶级身份而被否定。作为乡居的大学毕业生，某种意义上可以看到他与"钱良材"（《霜叶红似二月花》）、"陈小葵"（《山雨》）、"谭九先生"（《谭九先生的工作》）们相似的身影，甚至是相近的困惑，当然又有各人不同的选择和归宿。

其次，虽然依然被称为"士绅"，但是新一代"士绅"之间的差异越来越大，已渐渐难以为同一种身份所概括，因为有了新的"知识分子"道路。冯贵堂与严知孝有相似的背景和经历，他们都在北京上过大学。冯贵堂对着严知孝倾吐他在乡下的努力和挫折，不仅因为二人"表兄弟"的关系，更因为他们曾经相近的新学背景。而两人的差异则与返乡与进城的选择大有关系。吃饭的时候，"严知孝在一边看着冯贵堂，心上就直觉好笑。他想，一个人几年不见，就有这样大的变化，过去还是老老实实研究学术的，如今变得这样的市侩气！"原来冯贵堂当年甚至也曾"老老实实研究学术"。冯贵堂、严知孝身份与人生道路的相近与相异，显示了乡绅阶层与现代知识分子道路不可遮蔽的联系。社会史学家注意到这样一种现象："新学人士只有融入城市社会或社会分化程度较高的社会，才能在新的社会结构扮演新的角色：自由职业者，公务员，知识分子等；而一旦回归乡村社会，并融入传统社会中，就只能扮演传统社会角色，发挥乡村社会结构所需的功能。"①冯贵堂、严知孝在城乡之间依旧担负士绅角色，曾是中国知识阶层现代转型过程中一种相当普遍的经历和出路。只是由于"知识分子"研究视野的局限，对于返乡的知识者缺乏自觉关注；另外，在革命兴起的乡土世界中，对"地主"的命名覆盖了其转型中的"士绅"身份，这一处于新旧、城乡之间的过渡状态被遮蔽了。

---

① 王先明：《变动时代的乡绅——乡绅与乡村社会结构变迁(1901—1945)》，第 384 页。

而《红旗谱》之所以能在确定的"地主"身份背后写出人物从"士绅"阶层中分化的过程,乃是基于作家对地方社会的体验和记忆。梁斌曾自述塑造反面人物的设计:

> 对于冯老兰、冯贵堂、李德才、刘二卯等反面人物,我觉得恶言恶语地骂他,不一定真能暴露出他们的丑恶性格,人物的艺术形象也难以树立。我在写冯老兰和冯贵堂的时候,尽量不用这个办法。地主阶级有地主阶级的丑恶生活,要尽量暴露他的生活的黑暗面。写父子两代思想方法的不同,剥削方式的不同,写父子两代不同经济基础上产生的不同的统治阶级的性格。冯老兰是从封建的生产基础上生长起来,是封建剥削的代表人物。冯贵堂则受了资产阶级教育及帝国主义奴化教育,开始也曾热衷于资产阶级革命,还打出改良主义的幌子,后来成为"买办"型的农村资产阶级的代表人物。①

作者对于两人的阶级地位有明确定性,但是在写出他们的"思想方法的不同,剥削方式的不同"的同时,透露了新乡绅一代曾经尝试过的改革乡村社会的一种努力。小说中,冯贵堂的面目与阶级人物典型形象的差异,不仅源于"士绅"与"地主"之间的差别,更来自"士绅""地主"与"知识分子"等多种身份之间的交叉。而作者对这一时期社会阶层复杂变动的记忆借助于"民族化"叙事得以进入革命史叙事经典中。梁斌自述:"想要完成一部有民族气魄的小说,我首先想到的是要做到深入地反映一个地区的人民的生活。地方色彩浓厚,就会透露民族气魄。为了加强地方色彩,我曾特别注意一个地区的民俗。我认为民俗最能透露广大人民的历史生活的。"② 有研究者也注意到,《红旗谱》对于乡风民俗的呈现,对于农家劳动场面的描摹,这种"生活化叙事","反映出梁斌潜意识中的属于农民个体具有的'地方性知识',这是一种作为自然村成员

---

①② 梁斌:《漫谈〈红旗谱〉的创作》,《人民文学》1959年6月号。

的身份和意识"。①由于对"地方色彩"的坚持,《红旗谱》得以呈现乡村社会原有的阶层结构、生活状态在现代变迁之际更为丰富的图景。

当其时,与冯贵堂作为返乡"士绅"的乡村改革道路、严知孝既继承了"士绅"身份也开始接近于"知识分子"的道路同时进行的,还有中国知识阶层的第三种努力:成为"革命者"。作为革命领导人的贾老师,除了作者为他设计了一个工人家庭的出身之外,他与冯贵堂、严知孝一样,都有在都市学习的经历。这个在乡村社会引入革命的人,其公开的社会身份依然与新教育联系在一起:高小学堂的教员。作者确认,"有人认为贾湘农过于书生气,工作不熟练。据我知道,早期革命运动的领导人物,确以知识分子为多"②。而且,贾湘农在寻找和培养第一批乡村革命者的时候,同样表现出对于"知识分子"的偏好。他最初注意到运涛的时候,后者正在看一本《水浒传》,他轻轻颔首:"乡村知识分子!"虽然运涛的实际文化程度并不高,但是"革命"的传播与发动首先需要有一定文化知识的人,只有他们才有可能理解什么是"革命"。因为"革命"有一个从外部世界进入乡村的过程,是一种"现代"的话语,它需要一定的理解力。正如贾老师最初给运涛安排的乡村调查任务:"比方说,捐税有多少种? 具体到农民身上,他们要付出多少血汗? 地租高的有多高? 低的有多低? 利息最高的几分? 最低的几分? ……嗯,能办得到吗?""革命"的发动需要了解乡村社会,需要调查研究,它是对于乡土社会的重新组织,需要抽象的分析、概括能力。贾老师是在故事中间才出场的一个人物,他与故事主要人物体系(朱、严、冯等家族)发生会合的这一点,就在运涛看书时,被他发现了这个乡村"知识分子"。一方面,贾老师吸引了运涛、江涛这样的"知识分子",然后逐步动员民众,把民众组织在"革命"的道路上,在城里则取得了严知孝这样的"士绅"的理解和支持,赢得了第二师范青年学生的追随,队伍不断壮大;另一方面,是冯贵堂面对民众的灰心和退缩:"经一事长一智,我

---

① 李杨:《50~70年代中国文学经典作品再解读》,第67页。
② 梁斌:《漫谈〈红旗谱〉的创作》,《人民文学》1959年6月号。

对改良农夫的生活失去了信心。过去我还想在乡村里办平民学堂,提高农民的文化,教他们改良农业技术,可是隔着皮辨不清瓢儿,那算是不行!"最终前者取得了胜利,也取得了对于"知识分子"道路和历史的书写权力,后一条道路作为"改良主义"被宣判必然失败,其代表人物也随之湮没于历史云烟中,或者最终退化到敌对"阶级",以反面人物形象登场。

第三节 "知识分子":一种可疑的身份

随着社会主义现实主义写作规范进一步成型,叙事者视角的选择更加纯粹,不可能再保留"自然村成员的身份和意识",冯老兰、冯贵堂这样的人物作为阶级敌人身份更加明确,其在原有乡村社会阶层结构中的"乡绅"身份及在现代以来的变化过程完全消失。比如,长篇小说《艳阳天》①中的反面主角马小辫的身份就很明确,但是分析他的经历却又相当复杂。

> ……谁不知道东山坞的马财主? ……十八岁那年,花钱捐了个小小的功名,二十岁主修佛庙,博得远近有钱主儿的敬佩。民国年间修改旧县志,他是编纂委员之一,更是大大地抬高了身价。那时候,他长袍马褂一穿,一手托着个水烟袋举在胸前,一手捻着佛珠贴在背后,狮子院门口一站,谁见了,远的躲闪回避,近的点头哈腰;进城上镇,四套小轿车,前呼后拥,镇长见了都远接近迎。他把自己打扮成"慈悲善人",满口仁义道德,一肚子男盗女娼,是个地地道道的吃人魔王!大旱灾,他把囤里霉烂了的粮食倒在猪圈里,都不肯借给别人一点儿救命,……;佃户要饿死了,不等咽气,先派人抽房梁,摘门扇顶他的租子。土地改革那会儿,光从他家地里挖出来的洋钱就是三大缸,……

---

① 浩然著长篇小说《艳阳天》第一卷、第二卷和第三卷由人民文学出版社于 1964 年 9 月、1966 年 3 月和 5 月先后出版,本书系引自此版本。

其人居然历经清末、民国和新中国三个时代,相比其作为"地主"的阶级身份,他的社会经历和背景相当复杂。早年间,为了维持自己的地位,他捐有功名,主修佛庙,"民国年间修改旧县志,他是编纂委员之一,更是大大地抬高了身价"。以修改县志的举动抬高身价,乃是典型的"乡绅"行为,以至塑造出"慈悲善人"的面目,受到官、民的敬畏。当地当时他拥有的即是"乡绅"身份和地位,而不仅仅是东山坞的"地主"。只是他表里不一,"满口仁义道德,一肚子男盗女娼,是个地地道道的吃人魔王!"这一揭露也是对其"乡绅"表象而言,但是他作为"地主"的本质属性是一贯的。

他的二儿子马志新依然是一个在北京读大学的学生,不过读的是新中国的大学,因而成了东山坞的反革命力量与外界的联系人。马志新的信带来了北京整风运动的消息,而且接受了大学中的一位"教授"的拉拢,"那位教授给我一件极为重要的任务:广泛网络农民对于共产党怨恨之事例,行诸文字,以供他老人家在国务性会议上为炮弹;他很希望在农村出现一些敢于闹事请愿的人,跟城市里的勇士们呼应起来,再通过舆论界在全中国、全世界传播开来。我勇敢地承担了这一任务"。"教授"乃是现代"知识分子"的典型身份和代表,不过在这里是一个反对新政权的角色。

而原来革命阵营中的"知识分子"也跟不上形势,很容易犯错误。乡长李世丹"出身于一个贫寒的知识分子家庭,北平上学的时候参加了革命。解放后紧跟任务,当了区长"。这也是一位曾"在北平上学"的知识分子。因为他曾经扶植一个中农富社,受到处分,降职为乡长。而在东山坞这场严峻的阶级斗争中,他又受到马小辫的误导,流露出来的"书生气"让他在阶级斗争中显得立场不够坚定,比如,他拦阻群众拘留马小辫:"乡亲们,村干部随便拘留人是不对的!""如果允许他们这样随便留人,你们还有民主生活没有?"革命群众的回答是:"哎呀呀,做了坏事不惩治,这叫民主哇!""您把我们的民主夺过去给了地主啦!"冯贵堂在北平读书返乡后,欲改良村政、在村里推行"民主",遭到老地主的嘲弄;李世丹又是一个在"北平上学"的"知识分子",这一次是面对革命胜利后的群众宣扬"民主",不幸的是他又犯了错误,这一次是群众拒绝了他。

中国现代文学中,出身于乡绅家庭的小说人物,因其家庭的财富基础和地方权威,在阶级分析视野下常常径直被界定为地主或地主出身。然而,不可忽视的是,"知识分子"也为传统士绅向现代转型的重要道路之一,这基于传统的"士"与现代的知识阶层之间难以割断的联系。地主与知识分子,或一分为二,如蒋冰如与倪焕之;或合二为一,如冯贵堂从乡绅之家走出,在北平读了大学,再回乡继承乡绅之路,只是已难以为继,在随后的民族战争中走向反面敌对阵营。而如严知孝这样,进城之后合"士绅"与"知识分子"两重身份为一体,只是一种短暂的过渡状态,只有如他女儿严萍这样在民族战争的推动下进一步走向革命,成为如李佩钟一样的又一位革命女县长,才能在历史叙写中占据一角。只是她们在革命阵营中带着难以褪去的"知识分子"气息,遥遥与现代文学中"小资产阶级"形象相连通。随着阶级话语对社会阶层话语的渗透和覆盖,知识分子这一阶层身份逐渐与阶级出身相结合,如《红旗谱》中运涛、江涛这样出身乡村贫寒之家或工人队伍、逐渐成长为"革命知识分子",才是这一概念的主流。然而,随着革命叙事进一步发展,阶级出身也不能保证其一直正面和正确的形象,作为"知识分子",就需要接受以日益纯粹的革命标准不断进行的审视。传统士绅阶层通向现代社会的这一条道路,遂渐渐隐匿。

如果在现代文学以来的叙事中追踪士绅阶层的消亡之迹,那么它向现代知识阶层的分化、转型或过渡则是另一条尚未得到充分关注的线索。

第十章　发现商州：一个"地方社会空间"
——贾平凹《腊月·正月》

　　1982年，已初有文名的贾平凹面对批评之声，焦灼地思考写作之路如何突破。他选择于次年早春回到故乡商州，"再去投胎"。"第一次进商州，对我震撼颇大，原来自以为熟悉的东西却那么不熟悉，自以为了解的东西却那么不了解。"①"震撼"之下、沉潜之后，遂有《商州初录》惊艳亮相，继之以"改革三部曲"誉满文坛，再以长篇小说《浮躁》集其成——这一组"商州系列作品"②，一举奠定了作家在中国文学的新时期直至今日的重要地位，"商州"也从此成为其贡献于世人的一方文学世界。多有批评家认为这一次返乡之旅，堪称作家对于商州的重新发现。但是究竟发现者何？作家何以实现了这次创作生涯中的重要转折或者飞跃？或如近来有研究者追问："商州如何成为了贾平凹的起点？"③对此，迄今的研究囿于批评理念的局限，揭示得尚不充分，与作家的自我认知也有相当距离。或者说，作家的创作突破，挑战了既有批评观念，甚至于批评界迄今还没有做出足够有效地应对。

　　通览"商州系列作品"，笔者发现中篇小说《腊月·正月》在其中具有

---

　　①　贾平凹：《答〈文学家〉编辑部问》，载《访谈——贾平凹文论集》，生活·读书·新知三联书店2015年版，第3页。
　　②　既有评论者如此概括，作家本人也采用这一说法，可参见贾平凹《寻找商州》，《收获》2008年第1期。
　　③　程光炜：《商州如何成为了贾平凹的起点？》，《文汇报》2016年6月2日。围绕这一问题，程光炜展开了系统而深入的贾平凹文学之路"源流考"，可参见《贾平凹序跋、文谈中的商州》，《文艺研究》2016年第10期。

特别意义;重读《腊月·正月》,或可以在思考这一问题时提供新的路径和视野。《腊月·正月》刊发于《十月》杂志1984年第4期,当年即获得第三届全国优秀中篇小说奖。这篇小说与作家稍早发表的《小月前本》《鸡窝洼的人家》被称为"改革三部曲",一时好评如潮。大家孙犁读过《腊月·正月》后赞赏有加:"贾平凹的这篇小说,……从现实生活取材,写的是家常事,平凡的农民。却也能引人入胜,趣味横生,发人深思,有时代和社会的深刻意义。"① 不过,"平凡的农民"的"家常事"中何以蕴含"时代和社会的深刻意义",迄今的解读并不充分。或者说,既有批评对于小说的"时代性"似乎阐释得相当充分,但其深刻的"社会"内涵仍有待细细品味。

小说虽落笔于一个小小村镇,然而开篇气势阔大。历史传说远溯秦代商山四皓,地理方位则涉及"长江""黄河""秦岭",上下千年,纵横万里,最终才落脚于商字山下的这一隅土地,故事即在这一方灵山秀水之间展开。小说意蕴丰沛,若仅止于"改革题材文学"解读有些许买椟还珠之憾。若能开放批评观念,呼应当代社会科学"空间转向"大潮,从而超越传统与现代对立的先定框架,视野下沉、深入这个村镇内部,认识地方社会权威与秩序的变迁,方能切实理解人物身份及其行动逻辑。由此,在更准确、更全面发掘小说社会内涵基础上,对于"商州系列作品"内蕴的突破与创造也将有新的认识:那就是对于作为"地方社会空间"的商州的发现,乃是作家此行的最重要收获,并成为其此后创作的时空参照。

第一节 近乎乡绅的"韩先生"

对于这篇小说的解读通常都围绕着韩玄子这个主人公展开。在小说发表当时的"改革文学"大潮中,韩玄子被定性为一个"保守派",一个阻挠改革的反对派。关于其具体身份,蔡翔认为韩玄子是"旧式乡村知识分

---

① 孙犁:《谈〈腊月·正月〉——致苏予同志》,载孙犁《陋巷集》,百花文艺出版社2012年版,第175页。

子"与农民的结合①。其后,有研究者或将其定义为"农村贵族"②,或视其为一个狭隘的"庄园主"③;也有研究者认为"韩玄子对自己有一种类似于'乡绅'的文化期许,肩负着秩序维持者的责任"④,不过点到即止,无意加以申述。

关于韩玄子身份的秘密,也是解读这部小说的钥匙,在第二段就已设下:

> 镇上的八景之一就是"冬晨雾盖镇",所以一到冬天,起来早的人就特别多。但起来早的人大半是农民,农民起早为捡粪,雾对他们是妨碍;小半是干部,干部看了雾也就看了雾了,并不怎么知其趣;而能起早,又专为看雾,看了雾又能看出乐来的,何人也?只是他韩玄子!

这里既凸显出韩玄子的独特身份,也暗含了韩玄子何以保持独特地位的社会结构:他与"干部"和"农民"都不同,在镇街上拥有一个独属于自己的社会地位。

作为小说的主人公,"韩玄子"系直接借用商州历史上唯一的举人的名字⑤,足证作者心目中这个人物形象的原型。拥有丰厚的文化资本,既是韩玄子不同于"农民"和"干部"的显著特征,也使其有别于一般意义上的村落领袖或地方精英。韩玄子出场即表现出浓郁的"老文人"的气质。他习惯坐在花架下带着老花镜怡然自得地吟读《商州方志》,满腹经纶,熟知历史掌故、本地野史;在民国年代的县中接受的教育给他打下了良好的

---

① 蔡翔:《行为冲突与观念的演变——读贾平凹的〈腊月·正月〉》,《读书》1985年第4期。
② 魏华莹:《时间在空间中流淌——读贾平凹小说〈腊月·正月〉》,《河南理工大学学报(社会科学版)》2014年第1期。
③ 苏奎:《改革文学标签的误用——重读贾平凹的〈腊月·正月〉》,《创作与评论》2014年8月号(下半月刊)。
④ 黄平:《贾平凹与80年代"改革文学"——重读贾平凹"改革三部曲"》,《渤海大学学报(哲学社会科学版)》2010年第2期。
⑤ "棣花之所以出名,有各种各样的说法。文人界的,都知道那里出过商州唯一的举人韩玄子。"(贾平凹:《商州初录》,《钟山》1983年第5期。)

文墨基础,写得一手好铭旌,让他很是自信;在外教书三十四年,因而"桃李满天下",学生中不乏领导干部,从而赢得四乡尊重。以其文化修养为基础,他有着显著的不同于农民和干部的情趣,这成为其独特地位的标识。比如,唯有他有欣赏"冬晨雾盖镇"这一自然景观的心境与品味。再如,"照壁前的一丛慈竹,却枝叶清楚,这是他亲手植的,在整个镇子上,惟有他这一片竹子",因为"他老记得一副对联:生活顿顿宁无肉,居家时时必有竹"。另外,他还吸水烟,"吸这种烟在农村是极少的","这镇上当然只有他韩玄子才能如此享受"。这些都成为韩玄子独特地位的象征。"诸如兴趣、爱好、生活情趣等身体化的文化资本是村庄领袖区别于其他阶层的又一显著标志。"①

当然,韩玄子之所以成为"镇上的头面人物",不仅因为文化修养高,更因为他依恃文化资本广泛参与村、镇的各种事务。

首先,韩玄子负责组织镇上的文化生活。他从外地学校退休返乡以后,公社出面邀请他担任了镇上的文化站长。正如公社王书记所说,"农民富裕了,文化生活一定要赶上去"。于是一进入腊月,韩玄子就接受公社的委托,督促队长们收集经费、组织排练社火;到了正月,则督促社火队积极演出,参加全县社火比赛。请一位退休老师担任此职,可见这不是一个正式行政岗位,但是却显示了公社对其文化修养的尊重和社会地位的承认。

其次,韩玄子在镇街上承担着调解矛盾的职能,这既是其社会地位的体现,也是其个人威望的更重要来源。韩玄子面对家庭矛盾的时候感叹,"这镇子里多少家庭不和,都是我去调解的"。"调解"是乡土社会解决矛盾的首选方式,而调解人通常是地方社会内生的领袖,得到矛盾双方的尊重。韩玄子拥有文化上的优势,又是教师身份,即所谓知书达理,年纪赋予了他经验和威望,而且作为"本地人","韩玄子对镇街上的二千三百口人家,了如指掌,谁家的狗咬人,谁家的狗见人不咬"。作为民间调解人,

---

① 渠桂萍:《华北乡村民众视野中的社会分层及其变动(1901—1949)》,第 80—81 页。

自身的威望与对本地人情世故的熟稔缺一不可。韩玄子以此调解纠纷,满足了村镇上居民的需要,从而也增加了自身的权威。

他的影响更广泛体现在,镇街上的人,包括王才,要找政府办点事儿,都会来托付韩玄子办理。比如,驼背巩德胜要办杂货店,"就来给韩玄子说好听的,央求能帮他办个营业执照","韩玄子去公社说了一回,从此驼背就成了店主"。正月里,王才一连三天来韩家,请求韩玄子帮他把加工厂需要的面粉、油、糖纳入国家粮站供应指标,"你在公社里人熟,给他们说说,盖个章,填个意见,呈报到县里去"。与其说王才是通过韩玄子走后门,不如说是托他与正式权力机构打交道。韩玄子在这里承担的是沟通"干部"与"农民"之间联系的角色。这是韩玄子最重要的社会功能,从而也是其社会地位的支撑。也基于这种联系,韩玄子获得了某些特权。比如,他就可以从公社拿到买化肥的指标,在自家田里撒化肥的时候,韩玄子心中充满了展示特权地位的快意。

最终,韩玄子对镇街社会具有全方位的影响。公社对于这位文化站长的借重,不仅仅是托付他筹办社火。前一年公社的社会综合治理工作,韩玄子就参与其中。该项工作受到县里表彰后,公社王书记特别恭维韩玄子:"你在这里威信高,比我倒强哩。"他已经介入了村镇权力的运作中。比如,狗剩等人在巩德胜的杂货店酗酒闹事,后者急忙找到韩玄子,由韩玄子给公社的张武干打招呼,张武干马上出面,狗剩等人很快就受到了惩罚,王才也因此受到打击。"韩玄子对这件事的处理,十分惬意。他虽然并未公开出面,却重重整治了秃子、狗剩这类人。"韩玄子确实可以影响村镇权力的使用,但值得注意的是,无论是生产队还是公社里这类事务,他都"并未公开出面",而是隐于幕后。因为他明了自己的身份:当然不是普通"乡民",可也毕竟不是"干部"。他确实很有影响,但这是非正式的权力,是一种社会影响力。

韩玄子在村镇上的地位从村民们对他的称呼得到集中体现:"如今在村中,小一辈的还称他老师,老一代的仍叫他先生。"在镇街上碰面,村民们都喊他"韩先生"。这一称呼,无论是在这改革初兴的时代,还是之前由革命话语主导的年代,都相当特别,而与社会主义改造运动兴起之前的乡土社会显示出隐而不绝的联系,接续起乡土中国的"乡绅"传统。确然,以文化资本为基础,退休"还乡"之后广泛参与镇街上的事务,沟通着农民与公社的联系,受到双方的尊重,具有较高的社会地位——韩玄子的生活轨迹、社会角色与传统乡绅几乎是一致的。

第二节 地方社会的延续

是否可以根据社会史的概念,就此界定韩玄子的社会身份近乎传统"乡绅",当然还可以讨论。不过,正如有评论者意识到的:"韩玄子的典型意义不仅在于他本身,还在于他所连结的根深蒂固、握有实权的社会权势。"① 人物的社会角色并非由其自身设定,而是与其生存的社会空间联系在一起的。韩玄子的权威在地方社会中生成,并在地方社会中得以展示和体现。若能由韩玄子这一人物形象进而关注到他所置身的地方社会秩序,方才能进一步体味小说丰富的社会内涵。

这里需要辨析的是,小说故事展开的是一个典型的以镇街为中心的"地方社会"场域,而不仅仅是村庄社会。主人公韩玄子生活在镇街上而不是村庄里。他确是东街的村民,但这里同时是公社所在地。与韩玄子打交道的不仅仅是村民,他还经常出入公社大院,与公社干部推杯换盏往来密切。"中国基层集镇作为地方性生活共同体的经济、行政和文化行政的空间区域",这里是"国家与农民的地理中介亦即地方控制的核心"②。正因为生活在镇街上,是"地方社会"的中心,所以韩玄子具有遍及全镇的影响力,其权力空间与传统"乡绅"的身份更为相称。甚至小说中还透露,韩玄子这一地位隐然有着家世传承的意味:韩家祖上经营着镇街上唯一的挂面坊,州河上"那个新堤,也是韩玄子的父亲经手,方圆十几

---

① 唐先田:《充满浓郁诗意和改革精神的农村画卷——评贾平凹的三部中篇小说》,《江淮论坛》1984 年第 5 期。
② 王铭铭:《社会人类学与中国研究》,生活·读书·新知三联书店 1997 年版,第 147 页。

个村的人联名修的"。韩家世代生活在镇街上,韩玄子父亲组织乡邻修河堤的行为也体现出地方领导者的角色。其在地方社会的角色,似乎并未因20世纪50—70年代的基层社会剧变而改变。循此发现再来细读文本,一个乡土社会空间渐渐浮现出来,这乃是韩玄子现有地位的根本支撑。

其一,源远流长、绵延不绝的民俗文化与活动是韩玄子权威地位的基础和体现,也是地方社会空间韧性延续的重要支撑。小说故事时间设置在"腊月""正月"是颇富深意的,这是乡土社会一年中民俗活动最为集中的季节。全镇村民们在辞旧迎新之际,办社火,拜大年,韩玄子为大女儿出嫁办"送路"宴席,成为小说情节主线。在这里,仿佛看不到20世纪中叶社会主义改造运动对于乡村风俗与社会文化曾经带来的巨大冲击。因为民俗处于社会的底层,本身具有超强的稳定性。民俗文化的绵延不绝,使得改革之初的基层乡村接续着乡土中国社会。在这篇小说中,办社火成为一条情节主线。韩玄子对此事可谓不遗余力,这是因为他的社会角色、他的威望与民间文化生活密不可分。诸如戏乐、庙会等乡村的各种民间性活动,需要民间领袖来发起、管理和主持,而韩玄子通过对民俗活动的组织和引导也赢得了个人权威。

其二,家族观念和势力依然在这里延续。韩玄子为女儿出嫁办"送路"酒席,开始的考虑是只请族人。后来请客范围不断扩大,方才遍及全村。这里也可见族人与村民的分野,家族观念依然在延续。家族对于韩玄子的意义在于,他不仅在家里保持着老家长的权威,而且借家族秩序掌握着生产队里的大小事务。生产队的仓房卖不卖,是否以抽签方式来确定买主,"侄儿队长"都要向韩玄子讨主意。而在"传统"的地方社会中,乡绅即与"家族"紧密结合,家族是乡绅权势的基本支撑,而乡绅的影响力会大大拓展、提升所属家族的地位。在四皓镇,韩玄子的影响力之一就在于他是家族的长老。王才想买仓房,径直来向韩玄子打探,因为他明白韩玄子不但是镇上的头面人物,"队长还是他侄儿",要靠他拿主意。

其三,这里人们的社会分层观念、等级秩序也更接近于乡土社会,从而维护着韩玄子的地位。众所周知,以阶级身份为主的政治分层是1949年后划分社会等级的主要标准。然而,在小说中,在四皓镇上,却几乎看不到政治分层对人们观念的影响。韩玄子之所以瞧不上王才,对王才的崛起很是恼怒,是因为王才本来貌不出众,家境贫寒,本是"上不了台面的人""就这么个不如人的人"。对此,王才本人也是承认的,这也成为他稍显自抑的个性一个原因。不独如此,村民们也是奉行的这一标准。比如,巩德胜讨好韩玄子最有效的方式就是恭维他:

"你老哥英武一辈子,现在哪家有红白喜事,还不是请了你坐上席?正人毕竟是正人;什么社会,什么世道,是龙的还是在天上,是虫的还是在地上!"这话又投在了韩玄子的心上……

强调原有社会分层标准的延续性,让韩玄子大感宽慰。在这一以所谓"正人"为取向的等级秩序中,乡绅是居于中心地位的。

基于印象式阅读,评论者大都认定韩玄子是旧秩序的维护者,是一个逆时代潮流的旧人物。然而,韩玄子与改革"新时代"有着更为复杂的关系。因为原有地方社会形态不但悄然延续,而且在20世纪80年代甚至还表现出了复苏乃至复兴的迹象。作为这篇"改革小说"的时代背景,最重大的改革举措是联产承包责任制的推行。"现在,又是一个冬天,商字山未老,镇前河不涸,但社会发生了变迁,生产形式由集体化改为个体责任承包,他欢呼过这种改革,也为这种改革担忧过。"一方面,家庭重新明确地成为生活和生产单位,某种意义上小农经济形态的"恢复",正是原有地方社会的基础。另一方面,则是正式国家权力的收缩,小说对此也有表现,只是批评者多未曾留意而已。如韩玄子对巩德胜发牢骚时感叹:

"现在你看看,谁能管了谁?老子管不了儿女,队长管不了社员,地一到户,经济独立,各自为政,公社那么大一个大院里,书记、干部六七人,也只是能抓个计划生育呀!"

随着国家权力收缩,自近代以来,由民族国家建设所推动的权力不断下沉、深入基层和村庄社会的大势稍歇,由社会主义改造运动之后建立起来直接对接农户的管理体制开始松动、后撤,重新释放出一定的社会空间,乡土社会的权威与秩序遂由隐而显,甚而"复苏"。这即是作为地方权威的韩玄子得以存在的现实原因。

在韩玄子的背后,隐藏着这里的地方社会空间虽经巨变、依旧绵延、终于复苏的历史。这一人物形象不是一个偶然的存在,也并非"封建时代"的孑遗,他的存在有着深广的历史与现实依据。并不能简单地说韩玄子是旧秩序的维护者,或者新时代的反对者。韩玄子不是前一个时期大锅饭政策的拥护者,却是更为传统的、似乎已经瓦解的乡土社会秩序的维系者。贴近小说可见,新的改革时代对于韩玄子具有双重意义,他的欢呼是真诚的,他的忧虑也是真实的。由乡绅主导的地方社会"旧秩序"似乎迎来了复苏,同时却在蜕变。这已经不仅仅是改革与保守、传统与现代之间的纠葛,而只有置于"社会空间"视野才能充分揭示这一曲"改革颂歌"内部的冲突与张力。后文将就此进一步展开论述。

第三节 "人物"、面子与影响

如果说透过韩玄子的社会角色隐约可见其背后乡土社会空间的延续,那么他与王才的矛盾与竞争,则使得这一地方社会空间相当鲜活地呈现出来,且在改革年代表现出新的活力和生机。

正如有批评家所言:"这部作品使人不易理解、却又是最深刻的地方,正在于韩玄子与王才的冲突了。"[①]探究两人的冲突,是吸引诸多批评家解

---

① 雷达:《蜕变与新潮》,中国文联出版公司1987年版,第83页。

读这部小说的兴趣所在。两人似乎没有直接利益冲突,他们的矛盾似乎没有缘由。而在认识了小说故事得以发生的地方社会空间之后,对于两人冲突的缘由与方式可以有更为准确、深入的认识。韩玄子居于"干部"与"农民"之间,实际具有了近乎乡绅的地位,而"这种绅士必然是在本地要保持社区的稳定,要尽量减少阶层的流动,要设法阻止和压抑任何绅士的代兴;对于整个局势也必然是要维护传统憎厌革新的"①。这正是韩玄子压制王才的根本原因,甚至他本人对此都没有明确的意识,却近乎本能地做出了反应。深入小说所展开的社会空间,在两人之间,不仅是宏大叙事的"改革"与"保守"路线之争,也不是含混笼统的所谓"封建"与"现代"行为、观念的冲突,而是具体地表现为关乎"面子"的一系列竞争,背后是对镇街社会"影响力"的争夺。

开始是在家庭争吵中老伴提及了王才,韩玄子动怒:"大大小小整天在家里提王才,和我赌气",强调自己的心理优势,"他就是成了富家,地主,家有万贯,我眼里也看他不起哩!"他到镇街上,又处处感觉到王才的影响,更是恼火。"王才,那算是个什么角色呢?韩玄子一向是不把他放在眼里的。"王才曾经是他的学生,又瘦又小,家里很穷,本是个"不如人的人"。然而,"土地承包以后,居然爆发了!"而且,"王才的影响越来越大,几乎成了这个镇上的头号新闻人物!人人都在提说他,又几乎时时在威胁着、抗争着他韩家的影响,他就心里愤愤不平"。王才财富的"爆发"带来了社会影响的扩大,"威胁着、抗争着他韩家的影响",这是韩玄子愤愤不平的深层原因——他动摇了韩玄子对镇街社会的影响力。正如韩玄子在家庭会议上坦言,他可以接受王才财富的增加,"他发了,那是他该发的","我也不是说他有钱咱眼红他",矛盾在于"可没想到他一下子倒成了人物了!"王才可以有钱,但是不能成为"人物",即社会地位和影响不能上升,否则就影响到了韩玄子的地位:"这些人成了气候,像咱这样的人家倒不如他了?!"研究者大都谈到,韩玄子和王才两人本来毫无利害,没有宿

---

① 史靖:《绅权的本质》,载吴晗、费孝通等《皇权与绅权》,第134页。

怨,但是德高望重的韩玄子,却总是处处把王才作为他的"重点打击对象",这似乎是不可理喻的矛盾。只有在"社会空间"视野中才能发现,两人的矛盾来自镇街上权力空间的冲突。

王才虽然在韩玄子面前很是谦抑,但他以个人财富为基础,已经于无形之中改变着镇街上社会空间。他办的食品加工厂,吸收了几个村人入伙劳动,这几个人转向了王才。于是,韩玄子借着他们在杂货店打架的事儿,由张武干出面处罚他们,打击了王才。听说王才出钱公映电影,韩玄子就指使巩德胜出面包了更有吸引力的新片《少林寺》,直接争夺人气。正月里则拦阻镇街上的狮子队去王才家喝彩,王才于是从远处请来了另一家狮子队,表演更加精彩。评论者常常以此批评韩玄子的狭隘固执,却不明就里。若能留意王才自愿赞助社火表演却为韩玄子所拒这一情节,或更容易认识两人之间的关系。年后,面临全县的社火比赛,四皓镇经费不足,王才愿意向公社捐出四十元。作为社火的组织者,韩玄子正为经费发愁,但还是不愿意直接接受王才的资助,而建议公社采取了变通的办法:把一批废旧木料作价卖给王才。公社的王书记不禁为之叫绝。这也确是小说高妙的一笔,写活了人物,也写出了地方社会的微妙与丰富。如前所述,诸如民俗等地方社会的公共活动,也是生成与展示地方权威的重要场域。韩玄子不愿意让王才成为赞助者,本意乃是拒绝王才进入镇街上的公共生活,进入唯有韩玄子可以主导的场域,一个由地方社会领袖所据有的空间。

两人竞争的最后一个回合是韩玄子为女儿出嫁置办的喜宴。本来喜宴准备规模不大,但是由于王才崛起的刺激,改变了韩玄子的计划,决定大办"送路酒"。不料另一个因素最终打乱了韩玄子的苦心准备,县委的马书记正月十五这天去王才家拜年了。这让韩玄子难堪极了。马书记表达的是对王才这类个体户和专业户的支持,明确显示了政治方向的调整,从抓"路线"转而抓经济。这一姿态强有力地改变了这里的社会空间。狗剩立马在镇上张扬,马书记"来给王才拜年,就是代表党,代表社会主义来的!你算算,眼下这镇子上,最有钱的是谁?王才。最有势的是谁?还不是王才?!"马书记以更上一级政治权威的身份对于王才的支持,不但吸引出席韩家宴席的村民转而跑到王才家里,也让与韩玄子交好的公社干部颇为失落。马书记走后,公社的王书记和张武干赶到韩家,与韩玄子沉闷地喝着哑酒。

在改革文学大潮中,这被视为新旧交替过程中"改革"战胜"保守"的一幕场景,得到批评家的欢呼。随着韩玄子的失意,他大约是这里的最后一个"乡绅"。然而,这并不意味着在这个镇街上"绅权"形态的终结。其时的批评家从小说中看到的是改革派对保守派的大获全胜,然而,进入地方社会的内部来看,韩玄子与王才两人的竞争结局主要是新兴的经济能人对于传统文化精英的替代,这是乡村领导者阶层变迁过程中的重要调整。但是,这里的社会结构与地方秩序并没有根本改变,比如,村民们摇摆于韩玄子和王才之间,依然需要仰望或者依附于地方精英;公社干部和县委领导虽然支持对象不同,但都很重视与地方精英的沟通,或以此辅助地方治理,或以此传达政策导向。从另一方面讲,韩玄子与王才的冲突,以及干部与农民们围绕两人冲突的反应,使得这里的社会关系得以充分展现,可触可感,形象生动地显示了地方社会秩序的存在与新变。两人的竞争既是叙事推进的动力,也是社会空间复活的体现,精英的自然更替显示了这一空间的生机。相比就韩玄子与王才争斗故事的表面来证实改革步伐的不可阻挡,这才是改革年代所带来的社会变革更为深层的体现。

第四节　商州写作与"地方社会空间"的复现

不独《腊月·正月》,新时期诸多文学作品如《古船》(张炜)、《二程故里》(阎连科)等都展现了20世纪中叶空前规模的社会改造运动之后的乡村,其实依然有"乡绅"这一类传统阶层人物的影子,只是他们却成了熟悉的陌生人。评论者宁可借用"农村贵族"等来指称韩玄子,却遗忘了并不遥远的"乡绅"人物,既感受到此类人物形象的"真实"与丰富,却又否认其当代性,从中透露出对此类人物形象的隔膜,生动地显示了 20 世纪以革命为载体,现代性与现代国家携手对于乡土社会的强势进入与深刻改变。如果说当代文学世界中"乡绅"的消失,是以叙事建构的方式对于现代民族国家改造乡土社会这一历史进程的配合;那么批评家对于散落在城乡社会里此类人物形象的陌生,则显示了现代性逻辑的强大力量,它不但主导历史叙述,更形塑着人们看取历史、解读文本的视野。

作家已经打开了新的文学世界,召唤着批评家亟须反思既有的认知思维。对韩玄子身份的陌生与隔膜,既与一些批评理念有关,更源于批评思维背后的现代性逻辑。细读文本,贴近作家的创作意图,辨析既有的批评理路,自觉反思最终指向对当代社会科学"空间转向"大潮的呼应,即不但要更新批评理念、借鉴社会史的研究视野,更需要建立文学批评的空间维度,促进文学批评的"空间转向"。在此尝试将对既有批评理路的反思、对新的空间思维的认识析为"环境与社会""国家与地方""时间与空间"三个层面加以申述。

一、"环境"之外是"社会"

对韩玄子身份认知的困难,首先囿于批评概念本身的束缚。批评家大都赞许《腊月·正月》的清新文笔,肯定其展开了一组"风俗画卷",呈现了商州的"地域文化"。然而,这些概括还停留在"环境描写"的意义上,对作家笔法的关注与赞赏常常只指向山川风物、民风民俗描写的生动细致,而忽视了在其中所渗透的浓郁的社会历史性,乃至"环境描写"所具有的社会本体论意义。事实上,作家本就不是在灵山秀水或者奇山异水的意义上呈现故乡,甚至也没有止步于塑造地域文化。贾平凹曾自述其创作"商州系列作品"的路径:"我想着眼于考察和研究这里的地理、风情、历史、习俗,从民族学和民俗学方面入手。"① 具体而言,"我在商州每到一地,一是翻阅县志,二是观看戏曲演出,三是收集民间歌谣和传说故事,四是寻吃当地小吃,五是找机会参加一些红白喜事活动。这一切都渗透着当

---

① 贾平凹:《腊月·正月》"后记",北京十月文艺出版社 1985 年版,第 423 页。

地的文化啊！"①就作家的关注和用心而言，已经超出了自然环境、历史地理乃至地域文化的范畴。通过前文对《腊月·正月》的重读，尤其是揭示韩玄子与四皓镇街"环境"的内在联系，作家的用心及其背后的深意更为显豁。在这方村镇，自然地理与社会历史、风俗民情、传统文化已经融为一体难分彼此，构成人物得以存在的"地方社会空间"——前文主要在社会史研究意义使用这一概念，下文将努力申述当代社会科学"空间转向"理论热潮可以赋予这一概念的新的内涵。

就字面而言，"空间"概念包容更广，更具综合性和整体感，更贴近叙事文本的全息性特征。其实批评家对于《腊月·正月》整体上的"空间"效果早有体会。比如，有人赞赏："作家对于四皓镇周围的山水风习的描绘点染，是那样的古朴，是那样的宁静，和外界又那样的隔离，这就造成一种浓郁的气氛，似乎在这种气氛中只有韩玄子才能生活得自由愉快、得心应手，他的威望也似乎是永恒的，而王才在这种气氛中则不宜兴盛起来。"②所谓"气氛"是批评家对于一种整体性空间的感觉，不仅仅包含着自然环境描写，也不仅仅是风俗画的描绘能够达到的，而是自然山水、历史文化、民俗风情与现实的社会关系等融为一体的"空间"。

"空间"不仅仅包容更广、更为综合和立体，而且较之风俗画或地域文化等概念，当代空间理论还揭示了"空间"的社会本体论意义。在传统地理学中，空间是先于甚至独立于社会而存在的客观自然，社会不过是给定的自然地理背景中的存在。而在当代空间理论看来，空间不是单纯的社会关系演变的舞台，反之，它是在历史发展中生产出来，又随历史的演变而重新结构和转化。③列斐伏尔明确指出，"空间其实是一个社会产物"④。"社会形成和创造了空间，但又受制于空间，空间反过来型塑着社会构型，

---

① 贾平凹：《答〈文学家〉编辑部问》，载《访谈——贾平凹文论集》，第6页。
② 唐先田：《充满浓郁诗意和改革精神的农村画卷——评贾平凹的三部中篇小说》，《江淮论坛》1984年第5期。
③ 陆扬：《空间转向中的文学批评》，《吉林大学社会科学学报》2009年第5期。
④ [法]亨利·列斐伏尔：《空间政治学的反思》，陈志梧译，载包亚明主编《现代性与空间的生产》，第62页。

人们之间的等级、政治、经济、种族、性别关系在空间中体现出来。"①由此，回望《腊月·正月》中的"风俗画"，或有新的认识。时至岁末年初辞旧迎新之际，节日民俗格外集中，贯穿小说始终，诸如全镇办社火、拜大年，韩玄子家办送路酒宴，都不仅是一幅幅民俗场景，而构成了镇街上的社会场域。小镇上错综复杂的社会关系就生成并体现在这些民俗活动中，而且随着节庆活动悄然变化、重组、更迭。韩玄子与王才两个人的矛盾、竞争体现于民俗活动，并在其中发展、加剧、转折。镇街上无人能够置身其外，围绕两人的矛盾，村民们之间的关系也在分化、组合。社火、拜年、送路酒不仅仅是相传已久的风俗或地域文化，而且是现实的社会场域，它们构成小说情节，聚集矛盾冲突，体现着社会变化，塑造着人物形象。各种社会关系铭刻在空间中，空间中也在生成新的社会关系。

更重要的意义在于，空间理论建立在对传统的主客观二元对立论的超越之上，它凸显出存在的空间维度，揭示人与社会空间不可分割的内在关系。而无论是风俗画，还是"地域文化"，都是基于环境与人物二分的理念，无论这种论述多么充分，人物不过是被放置在这个"外部环境"中，从而对于人物或者环境的分析都难以避免相互割裂。由此，一方面无从深入揭示社会矛盾中人的因素，比如，关于韩玄子与王才的冲突，评论者常将其归因于韩玄子作为一个老年人的固执、保守性格，或者是他对于王才的"嫉妒"心理，并将嫉妒心理归纳为国民性缺陷来批判，以此来提升小说主题②。这其实是将人物心理表现本身归结为矛盾的原因和故事发展的动力。另一方面，也不能充分揭示人物存在的社会性。既有批评对于韩玄子这一人物形象认知的模糊，原因就在于局限于这一人物本身，而没有充分认识他与"地方社会空间"之间互动生成关系，并在人物与社会的相互关系中阐释小说的情节进展与矛盾冲突。倘能打开空间视野，即可认识到韩玄子的社会地位、身份和角色植根于这里的社会空间，其

---

① 潘可礼：《社会空间论》，中央编译出版社2013年版，第228页。
② 参见苏奎：《改革文学标签的误用——重读贾平凹的〈腊月·正月〉》，《创作与评论》2014年8月号（下半月刊）。

权威由社会空间中生成,其内心的波动、性格的变化也与社会空间的变化息息相关。反过来,韩玄子的存在也是这一地方社会秩序运转的重要因素,所以韩玄子的心底波澜才具有深广的社会历史内涵。这一人物形象之所以生动,不仅仅因为小说以出色文笔描绘了这里的自然环境与地域文化,更在于将主人公与他所得以生存的社会空间整体性地呈现出来。

二、"国家"之下有"地方"

《腊月·正月》对社会空间的展现,又是与商字山下这块具体的"地方"联系在一起的。或者说,因为叙事者立足于商字山下的这个镇街、立足于这一地方社会展开故事,才得以将环境描写推进到"社会空间",在塑造了韩玄子这一人物形象的背后,展现了地方社会空间的延续。相对于观念史的研究结论而言,这一叙事其实隐含着对国家与地方社会关系的改写。这无论对于贾平凹本人的创作道路还是对于当代文学史而言,都具有尚未被揭示的重要意义。

文学史家注意到,"中国大陆当代,尤其是'文革'期间的小说,地域、风俗的特征趋于模糊、褪色",并认为这主要是由于阶级观念和政治意识对文学观念的制约①。其实它根源于现代国家主导的话语对于地方社会的覆盖与遮蔽。按照"国家政权建设"理论对于中国社会现代化进程的解释,自晚清以来,由于近代国家强化自身权力,向基层吸取资源,使基层秩序发生了一个前所未有的变化,尤其是乡绅阶层受到巨大冲击,这破坏了传统上以地方精英为中心的社会整合秩序。特别是在 20 世纪中叶,经过大规模的社会主义改造运动以后,"消灭了社区领袖和民间精英层,把一切资源和权力集中于国家机器"②。这一过程不仅宣告了乡绅社会的覆灭,而且在话语层面确立了以国家为取向的单一视角,"基层社会是需要被改造的被动客体","基层社会秩序只是一个被改造、被控制的

---

① 洪子诚:《中国当代文学史》(修订版),北京大学出版社 2007 年版,第 281 页。
② 沈延生:《村政的兴衰与重建》,《战略与管理》1998 年第 6 期。

对象,从而失去了自己的主体"①。对于文学叙事而言,抽空了地方社会内涵的地域文化,只具有自然地理上的差异,这样的"地方"主要是作为国家行政区划下的不同地域而已,"地域、风俗的特征趋于模糊、褪色"实属自然。

因而,《腊月·正月》中所谓"风俗画"的重现,实为"地方社会空间"的延续,包含着在1983年后的几年间,贾平凹重回商州之旅的重要发现。商州是作家的故乡,他对此不可谓不熟悉:"我早年学习文学创作,几乎就是记录我儿时的生活,所以我正经第一本短篇小说集就取名《山地笔记》。确切说,我一直在写我的商州。"②然而,1983年这次回乡之所以后来显现出重大意义,所谓从"无意识地写商州"到"有意识地写商州"③的转折,不仅仅是因为作家比原来更广泛地了解了商州七县百余个乡镇更多的情况,积累了更多的材料,关键在于作家的"意识"发生了变化,看待故乡的眼光和立场逐渐发生了变化,从而作家对商州乃至对自己都有了新的认识。他一方面风餐露宿,具体地搜集和记录着这里社会空间的知识和信息,另一方面也在时时思考着作为一个整体的"商州"是什么:

> 商州固然是贫困的,但随着时代的前进,社会的推移,它也和别的地方一样,进行着它的变革。难能可贵的是,它的变革又不同于别的地方,而浓厚地带着它本身的特点和色彩。我便产生了这么一个妄想:以商州作为一个点,详细地考察它,研究它,而得出中国农村的历史演进和社会变迁以及这个大千世界里的人的生活、情绪、心理结构变化的轨迹。④

他一方面仍然在宏大的"中国农村的历史演进和社会变迁"视野下看商州;另一方面,"以商州作为一个点",也意味着将"商州"与"中国"、与

---

① 刘金志、申端锋:《乡村政治研究评述:回顾与前瞻》,《开放时代》2009年第10期。
② 贾平凹:《答〈文学家〉编辑部问》,载《访谈——贾平凹文论集》,第1页。
③ 贾平凹:《答〈文学家〉编辑部问》,载《访谈——贾平凹文论集》,第1—3页。
④ 贾平凹:《腊月·正月》,第422—423页。

"别的地方"做相对的区分,以其为考察的主体,从而,既"考察它,研究它",深入且综合地研究这里的"地理、风情、历史、习俗",由此,发现了商州作为一个地方社会共同体的存在:"它具有本身的特点和色彩"。同时,作家开始立足于商州反观其他地方,并将其放回整个中国中来打量:"将这一切变化放入整个中国农村的大变化中加以比较、分析,深究出其独特处、微妙处,这就为我提供了写出《商州初录》之后的一系列中篇小说的创作素材。"①在这样的审视、考察、比较和分析中,作家悄然建立了"国家-商州(社会)"的双向视野——相对于现代国家,商州也确认着自己作为"地方"的主体性。"商州"由此不仅仅是作为作家创作的素材库与背景墙而存在,贾平凹不仅仅在这里寻找图解国家政策的材料,更逐渐意识到地方叙事本身的价值与意义。从而,"商州"不但是写作的对象,也成为写作的主体。

关于1983年这次返乡,多有批评家称之为"发现商州",只是对于"发现"的内涵语焉不详,而作家则自述为"寻找商州"②之旅。其实,作为自然地理的"商州"一直存在,作为行政区划的"商州"历史沿革清晰可追。所谓"发现",所谓"寻找",不仅仅是积累的现实素材量的增多,更因为作家内在世界发生的变化:作家的地方意识逐渐萌发,体认到地方社会的主体性,发现了一个作为地方社会的商州的存在,逐渐开始立足于"地方"的创作。

对于作家这一内在的变化,即由现代国家政治主导的宏大视野转而立足于地方社会内部,既有评论尚未充分认识。然而,对此作家本人其实深有感觉并且想尽力表达。对于《小月前本》《鸡窝洼人家》《腊月·正月》这一组被批评家归结为"改革文学"的作品,贾平凹自陈:"这一组,我的目的并不在要解释农村经济改革是正确还是失败,政策是好是坏,艺术作品不是作为解释的,它是一种创造。所以,这一组小说的内容全不在具体生

---

① 贾平凹:《答〈文学家〉编辑部问》,载《访谈——贾平凹文论集》,第5页。
② 贾平凹:《寻找商州》,《收获》2008年第1期。

产上用力,尽在家庭,道德,观念上纠缠,以统一在三录(即'商州三录',本书按)的竖的和横的体系里。"①然而,这一组小说仍然主要被纳入"改革文学"之列进行阐释。这是因为评论者对于作家着意强调的与"商州三录""统一的体系"缺乏认识。这个"统一的体系",也即"商州系列作品"内在的追求,其实指向对于一个作为地方社会的商州的发现与建构。随着《腊月·正月》进入商字山下这个镇街社会内部,可以发现小说讲述了一个在改革大潮下,地方社会权威发生更迭的故事。权威阶层的构成要素开始变化,新一代的经济能人替代了老一代的文化权威,成为地方社会新的焦点人物。在这一更迭过程中,可以感知地方社会秩序的韧性延续与复苏,无穷的变化和活力正在其中。相比简单地以韩玄子的失意、王才的崛起来证实当时改革大潮的浩然之势,拓宽视野,证之以改革开放以来整个中国社会历史进程,"地方社会"的复苏与活跃,无疑更接近这场历史巨变的核心,小说的"现实主义"力量由此更显强大而持久。相比局限于以其时政策为取向的阐释,在国家与地方社会的双向视野中对于小说的阅读可能更多所得。

三、"时间"之外有"空间"

韩玄子这一乡绅式人物形象不但与现代国家叙事冲突,还与现代性逻辑矛盾。现代性主要体现为线性进化的时间观念,批评家惯用的"传统-现代"这一框架即奠基于此。在社会进化的轴线上,乡绅阶层人物与其依存的乡土社会形态属于旧的、传统的、封建保守的社会阶段,必然也已经为现代社会进程所淘汰。因而,评论者一方面赞赏韩玄子这一人物形象富有魅力,另一方面却对其社会身份很隔膜;一方面赞许他的真实、生动,另一方面却急忙定义其为一个落后的、过时的人物,只是封建社会一个残余而已。——这里隐含的一个问题是:韩玄子这样一个属于旧社会的旧人物何以跨越"现代"尤其是革命时期而存在,直至生活在20世

---

① 贾平凹:《我的追求——在中篇近作讨论会上的说明》,《关于小说——贾平凹文论集》,生活·读书·新知三联书店2015年版,第24页。

纪 80 年代新时期?

从小说中可见,民国时期韩玄子在县中学读书,打下了文墨功底。20世纪 50—70 年代,在"外地"(县城)安稳地做着中学教师,直至退休返乡,现在成为镇街上的"头面人物"。他的历史似乎是清晰的,却隐含一段空白:这个"封建遗老"式的旧人物似乎从未面对"现代"或者"革命"的冲击。这一空白并不仅仅是出于简洁叙事的追求,更隐含着小说时间设置的策略。小说在时间设置上隐藏着跳跃:"现代"尤其是革命时期在这里似乎是缺席的。与同时期几部工业题材"改革文学"的代表作品不同,这个山乡里的改革故事,不是针对改革之前由"左倾路线"主导的历史时期的拨乱反正,而是仿佛直接与更前一个时代,一个社会主义革命之前的"封建社会"联系在一起。由此,由 80 年代改革大潮催生的个体户王才直接与"封建遗老"韩玄子碰撞了,而其间社会主义革命时期在这里仿佛没有多少痕迹。然而,读者似乎并没有觉察到历史阶段的跳跃。诚如有评论者的感受:"生活给韩玄子提供了这样一种现实的活动舞台,在商山脚下这个小小的自然村落中,弥漫着一种古老的情调……巧妙地暗示着一种历史悠久的文化传统,以至于我们留恋其中,常常忘记了沧桑演变。"[①]所谓"一种古老的情调",主要来自对地方社会空间的呈现。如前所述,这里的村民生活节奏遵循民俗时间,家族力量依然存在,社会分层完全看不到阶级年代的影响,由此保持了以韩玄子为中心的地方社会秩序。主要由革命驱动的前一个时代在"社会空间"似乎没有留下多少痕迹和遗产,除了已经被改革的大锅饭政策、依然叫"公社"的乡镇机构和被砸毁的四皓庙。"这闭塞的天地似乎是不变的,过去重大的政治斗争掀起的波澜也很快被传统的生活方式所平息"[②],不由得读者在其间"常常忘记了沧桑演变"。——小说以社会空间的延续掩盖了"现代"的缺席,或者说超越了现代性逻辑,从而回避了历史进化的意识形态,"旧人物"韩玄子的出场才给

---

① 蔡翔:《行为冲突与观念的演变——读贾平凹的〈腊月·正月〉》,《读书》1985 年第 4 期。
② 刘建军:《贾平凹论》,《文学评论》1985 年第 3 期。

第十章 发现商州：一个"地方社会空间"——贾平凹《腊月·正月》

人"自然""真实"的感觉。

因而，对韩玄子这一人物形象的塑造，对其置身的地方社会空间的呈现，其实隐含着对于现代国家与现代性逻辑的双重挑战。而现代国家与现代性逻辑紧密相联，正是评论者对于韩玄子身份认知模糊的深层原因。诚如有政治学者揭示，在中国乡土社会转型过程中，现代国家、现代性与地方性知识是最重要的三种逻辑。相对于村庄社会，国家的进入与现代性的进入往往是一体的，是一个过程的两个方面。"国家对于村庄的政治影响并不是一种单纯的权力进入与结构重塑，并且也不仅限于治理方式的变革，它同时意味着作为文化意识形态权力的符号转换和现代性的进入。"①只是权力与话语的结合却遮蔽了地方社会的主体性与表达。然而，学者通过深入研究尤其是田野调查发现，社会现代化的历程并非表现为国家权力与话语对地方性权威空间的单向进占，而是"表现为一种更为复杂的交切、互渗与博弈，以及由博弈所导致的新的村庄权威与秩序形态"②。虽然"现代政治对地方社会的塑造从规模和力度上都是空前的"，看起来已无可争辩地取代了地方传统的位置，然而，这只是表面现象，"上层政治""依然与地方社会早已形成的传统行为逻辑密不可分地纠缠在一起，很难清晰地剥离开来"③。一旦立足于地方社会，打开地方社会空间的内部视野，就会发现由国家与现代性主导的叙事的另外一面，一个更丰富的世界。正是在这里，可以窥见《腊月·正月》乃至"商州系列作品"艺术上突破的内因。或者说 1983 年之后的几年间，作家沉浸于故乡山水，所谓"发现商州"，其要义究竟何在？——作家重返故乡，立足于地方社会，获得了反观现代政治与现代性逻辑的场域，得以从两者携手建构的叙事模式中突围而出。随着地方意识的萌发、对于地方社会的更多发现，并逐

---

① 吴毅：《村治变迁中的权威与秩序——20 世纪川东双村的表达》，第 372 页。
② 吴毅：《村治变迁中的权威与秩序——20 世纪川东双村的表达》，第 22 页。
③ 杨念群：《"地方性知识"、"地方感"与"跨区域研究"的前景》，《天津社会科学》2004 年第 6 期。

渐自觉立足于地方社会空间的写作,以及这种写作得到肯定,作家寻找、感知、确认着个人文学世界的时空维度:"商州"不再仅仅是国家版图下的一块行政区域,而是有着自己历史文化的地方社会。相比单一的政治,这里有包容更广的社会空间;相比现代性逻辑指示的直线向前的时间,这里时间形态更为多元,在大历史断裂的地方,作家发现了潜在的连续,在前进的意识形态下,作家发现了复苏与回归。

正是在这个意义上,贾平凹发现了作为文学世界的商州,从而也发现了自己。因为商州也是作家的故乡,是作家成长的空间,在为商州定位的过程中,作家也逐渐确定了个人的时空位置。在发现并建立文学世界的空间与时间坐标的意义上,作家当年就宣言,商州由此成为"参照":"我这一辈子不可能目光老盯着商州,老写商州,但不论以后再转移到别的什么地方,转移到别的什么题材,商州永远是在我心中的,它成为审视别的地方、别的题材的参照。"①

第五节 "发现商州"与文学批评的"空间转向"

作家的创作不是被动地等待着批评家的评判,真正的艺术突破常常带来对批评理念的挑战。评论家往往在发掘素材、深入现实的意义上评价贾平凹这次返乡,也因此主要把"商州"看作其题材库和创作基地,这与作家的"参照"说其实有相当大的距离。这是因为评论家没有深入挖掘作家本人时空观的感觉与变化。相对于作家的突破与超越,批评显示出滞后、脱节,日益暴露出评论者在认识论上的局限,那就是空间维度的缺失。虽然 20 世纪 90 年代已有敏锐者提出"时间神话的终结"②,但现有批评主要还是在现代性逻辑下展开,传统与现代的二元对立是最常见框架。现代性的历史就是时间高扬、空间受到贬抑的历史;历史决定论则是现代性

---

① 贾平凹:《答〈文学家〉编辑部问》,载《访谈——贾平凹文论集》,第 7 页。
② 唐晓渡:《时间神话的终结》,《文艺争鸣》1995 年第 2 期。

逻辑的集中体现,也正是"空间贬值的根源"①。然而,随着社会科学"空间转向"理论大潮影响日盛,正在改变这一局面。它强调社会存在的空间性,不是对于"传统与现代"话语的简单反思,而是在时间维度之外,凸显存在的空间维度,以建立时间-空间-社会存在的三元本体论②。

由《腊月·正月》打开的地方社会,重新进入"商州系列作品"可见,面对故乡商州,贾平凹虽然仍不乏基于传统与现代二元对立式的追问与思考,但地方意识已悄然萌发。20多年后,作家如此总结自己"寻找商州"的最终所得:"随着商州系列作品产生了影响,我才一步步自觉起来,便长期坚守两块阵地,一是商州,一是西安,从西安的角度看商州,从商州的角度看西安,以这两个角度看中国,而一直写到了现在。"③——"商州""西安""中国","空间"的差异与转换,才是激发作家至今笔耕不辍的不竭源泉。

只有建立"空间"意识,才能把握作家的艺术追求。批评家常以"商州三录"为代表,对作家的"环境"描写赞不绝口,其中的深意或者达到的境界,却不如作家自述心曲更为切近:"对于商州的山川地貌、地理风情我是比较注意的,它是构成我的作品的一个很重要的因素……在一部作品里,描绘这一切,并不是一种装饰,一种人为的附加,一种卖弄,它应是直接表现主题的,是渗透、流动于一切事件、一切人物之中的。"④在这一时期,贾平凹正逐渐突破"环境描写"的层次,在《商州初录》的高起点上,进而追求"渗透、流动于一切事件、一切人物之中"的空间呈现。这一空间渗透、流动于一切事件、一切人物之中,是自然地理与社会历史的统一,主观与客观的统一,社会与空间的统一,所以它才"不是一种装饰,一种人为的附加,一种卖弄",而是直接表现主题的。反过来讲,"渗透、流动于一切事件、一切人物之中"且"直接表现主题"的"山川地貌、地理风情",就是"社

---

① [美]爱德华·W.苏贾:《后现代地理学:重申批判社会理论中的空间》,王文斌译,商务印书馆2004年版,第31页。
② 潘可礼:《社会空间论》,中央编译出版社2013年版,第210—212页。
③ 贾平凹:《寻找商州》,《收获》2008年第1期。
④ 贾平凹:《答〈文学家〉编辑部问》,载《访谈——贾平凹文论集》,第6页。

会空间"。而在作家这一寻求突破的过程中,《腊月·正月》的成功具有重要意义。如前所述,相比评论者单纯就韩玄子这一人物形象大发议论,人物与此地的"山川地貌、地理风情"的共生共存才更能体现小说的主题:商州在改革年代的变化。相比简单地以一个退休返乡的老教师的失意、一个个体户的兴起来诠释改革大潮的进展,在二者竞争故事的表面下,地方社会空间的绵延与复苏、变化与重组,无疑更接近这一仍在进行中的改革时代的核心,由此也可以阐释这篇小说能够跨越"改革文学"浪潮而具有更为持久的魅力之所在。

从社会空间的发现与建构的视角解读,才可以对作家的创作道路有更深层的理解。评论者一般认为贾平凹前期作品偏于主观抒情,时代性模糊,社会性不强,因此大都肯定作家此次深入商州以后加强了创作的现实性、社会性。事实上,这一变化具体就表现在从环境描写到社会空间的提升,从而呈现了社会存在的空间性与空间的社会性。所谓作家发现了社会,源于发现了相应的空间——作为地方社会的商州。始于《商州初录》,至《浮躁》告一段落,贾平凹的"商州系列作品"文体各异,长短不一,连通起来可以具体看到对于作为地方社会空间的"商州"的不断发现与建构。而《腊月·正月》在这一过程中,具有特别的意义。如果说《商州初录》还给人"环境与人物相互剥离","缺乏现实生活内容"[1]的感觉,比如,有研究者认为其价值还在于历史地理的踏勘[2],那么到了《腊月·正月》这篇小说,不但如诸多评论者所言增强了现实性和时代感,更内在的突破在于,它立足商字山下这片土地,发现了地方社会的绵延存在,从而直面现代政治和现代性逻辑,有突破,有回避,有调整,打通了自然与人事、历史与现实、传统与当代,以相对圆融一体的艺术创造,使得商州世界初显。其后,对于20世纪50—70年代的历史,贾平凹并没有一再回避,如《商州又录》即有意记录"文化大革命"时期的各地逸事;《浮躁》进而直面这一历

---

[1] 吴进:《商州系列作品:贾平凹创作的成熟期》,《延安大学学报(社会科学版)》1991年第4期。

[2] 程光炜:《贾平凹序跋、文谈中的商州》,《文艺研究》2016年第10期。

史时期创作出更为阔大雄浑的作品,比如,它直接表现了在革命政治主导时期,家族观念和势力在地方社会的实际存在和影响。由此,在地方社会空间中,前现代、革命时代与改革时代缠绕、回旋,改变与冲突浓缩在这片土地上,所以才浮躁不已。自"商州三录"惊艳亮相,继之以《腊月·正月》所代表的"改革文学",然后是"远山野情"系列一路走来,其间还有小长篇《商州》不甚成功的试验,至长篇《浮躁》,作家对于商州的表现终于骨肉丰满,时空贯通。作家至此在小说《序言》中宣言:"在这里所写到的商州,它已经不是地图上所标志的那一块行政区域划分的商州了,它是我虚构的商州,是我作为一个载体的商州,是我心中的商州。"①

对于这一时期在贾平凹整体创作道路上的意义,也只有加入空间维度,才能有更内在的认识。比如,从这一时期的改革颂歌到 20 年后故乡挽歌(《秦腔》)的变奏,只有立足于地方社会空间才能给予更合理的解释。"商州"不但作为作家创作基地,它还意味着作家由此建立了自己的时空坐标,因而才成为此后创作道路的"参照"。

"商州系列作品"也被视为新时期"寻根文学"的重要一支。洪子诚认为,当代文学尤其是"文化大革命"时期作品"地域、风俗特征模糊、褪色",因为这一时期"日常生活,体现'历史连续性'的民族文化的、人性的因素,自然会被看作对于阶级意识的削弱而受到排除"。而到了 20 世纪 80 年代"寻根文学"大潮兴起,"不少作家认识到,特定地域的民情风俗和人的日常生活,是艺术美感滋生的丰厚土壤,并有可能使对个体命运与对社会、对民族历史的深刻表现融为一体"②。"特定地域的民情风俗和人的日常生活"何以能够解构主导前一时期文学的政治观念与阶级意识,成为体现"历史连续性"的因素?或许可以从揭示贾平凹商州写作内蕴的突破性得到新的认识。所谓"特定地域的民情风俗和人的日常生活"的结合不妨理解为"地方社会空间",对其的发掘与呈现内含着对于由现代国家政治

---

① 贾平凹:《浮躁》,作家出版社 1988 年版。
② 洪子诚:《中国当代文学史》(修订版),第 281—282 页。

与现代性逻辑主导的叙事模式的突破,由此,作家们可能自觉程度不一地获得了个人对时间与空间的感觉。这就是何以加强了解"某一地域的居所、器物、饮食、衣着、言语、交际方式、婚丧节庆礼仪、宗教信仰等",可以成为作家"拓展创作视境的凭借";这就是这一时期的批评家何以转而"重视特定时空的日常生活情景的创作,以之作为文学生命力的一个重要条件"①。20世纪80年代中期以后,寻根文学大潮稍歇,家族叙事兴起,至今繁盛,包含"乡绅""族长"等"传统"的社会阶层人物角色的小说独具引力,乃至当下新农村建设中对"乡贤"的召唤,都可以由此视角重新认识或作为参考。

---

① 洪子诚:《中国当代文学史》(修订版),第282页。

第十一章　世纪回眸:"最后一个士绅"
——陈忠实《白鹿原》

20世纪80年代初期,当贾平凹从西安回到陕南,不畏寒暑在商州山水间往复踏勘的时候,另一位关中作家陈忠实刚刚"进城"。因为获得了陕西省作家协会专业作家这个"公家人"的身份,他终于可以放下祖祖辈辈耕种的黄土地,走进西安城。不过他旋即又回到了自己出生、成长的白鹿原上。在这里,他一如往日生活在熟悉的村庄里,或凝望不远处耸立的秦岭南山,或奔走于周边几个县翻阅、抄录县志,随即在老屋的小桌板上摊开纸笔,寻思着不过几十年前的老辈人怎样在这原上生活,如何经历20世纪前半叶的时代剧变①。春秋几度,他终于在1992年完成长篇小说《白鹿原》②,并以此作为自己的垫棺之作。

《白鹿原》自面世至今,吸引众多批评家进行了广泛深入的探讨。然而,囿于意识形态和既定知识构架,相关大量的批评和研究中,对于小说所呈现的社会历史图景和人物形象的解读存在诸多偏差之处,从而影响了对小说叙事意图的确切认识和对其文学价值的全面评价。对此,只有深入文本、重新打开地方社会的内在视野,历史地而不是抽象地、概念化地理解"宗族"、"士绅"与"国家"的关系,才能全面、贴近地认识小说所反映的社会历史内容,评价小说人物形象与文学成就。

---

① 参见陈忠实:《寻找属于自己的句子——〈白鹿原〉创作手记》,上海文艺出版社2009年版。

② 首先发表于《当代》1992年第6期和1993年第1期;1993年全书由人民文学出版社初版,1997年曾推出修订版。本书依据人民文学出版社1993年版。

第一节 "最后一个先生"

评论家多看重《白鹿原》通过家族变迁来反映渭河平原乃至北方社会近半个世纪的历史风云的立意结构,对其所作"史诗"评价多依据于此。然而,《白鹿原》的价值首先在于,在新文学历史上它第一次以宗族村落为正面表现对象,从宗族的日常活动、代表人物的言行举止、婚丧嫁娶的风俗礼仪等方面,全面、生动地展现了传统乡村的社会形态、权力结构和运作机制。

在小说开始的一段时间里,这里呈现的是一隅安宁和谐的乡村社会,其特征之一是自治性,这里基本上看不到官府的影子。在"白鹿原"上,宗族是村民生活世界中主要的社会组织,祠堂是宗族的象征和族人主要的活动场所,族长是宗族功能的人格化体现。如果有了纠纷,按乡里社会不成文规矩,首先应该在内部寻求解决,尽可能不要诉诸官府。比如,白嘉轩和鹿子霖为李家寡妇那六分地起了争斗,一度想打官司。朱先生、冷先生警告双方,诉讼会导致两败俱伤的严重后果,并晓以仁义大义劝服双方,于是两人握手言和。这一处理方式得到了滋水县令的褒奖,显示出家族村落的自治性是为官方所承认和支持的。在这一点上,"白鹿原"可为中国传统乡土社会的一个缩影。"在帝国统治下,行政机构的管理还没有渗透到乡村一级,而宗族特有的势力却维护着乡村的安定和秩序。"[1]韦伯在论述中国传统社会组织和权力结构的时候也认为,村落是一种离旧政府的功能很远的自治单位,正规的政权在村落里并不施行任何控制,政府没有派遣自己的警察和官员管理村落,而是承认地方自治的合法性。[2]

在自治性的乡村社会,对其秩序的形成和维持,乡绅、长老、族长等人

---

[1] [美]W.古德:《家庭》,魏章玲译,社会科学文献出版社1986年版,第166页。
[2] [德]马克斯·韦伯:《儒教与道教》,洪天富译,江苏人民出版社2003年版,第78—81页。

物起着主导作用。在"白鹿原"上,就是体现于朱先生、白嘉轩、冷先生、鹿子霖等人身上,这些乡村精英身上集中展现了乡土社会权威的建立与特征。

评论家面对朱先生这样一个人物形象,每每感觉无从定位。一种有代表性的评论认为,朱先生"缺乏人间气和血肉之躯,他更像是作者的文化理想的'人化',更接近于抽象的精神化身"①。其实,如能进入地方社会空间,就会认识到朱先生这样的人物属于历史悠久的"士绅"阶层。社会学家指出:"士绅不仅是传统农村社会中一支主要的运作力量,而且士绅和农民是传统农村最基本的社会构成。"②朱先生并非超然世外、不食人间烟火的纯粹精神性的存在,他以"士绅"的身份与乡土社会很具体、很紧密地联系在一起。"士大夫居乡者为绅",朱先生曾高中举人,即拥有功名,虽然安居乡里,但是他主持白鹿书院,教书育人,拥有对儒家经典文化、道德规范的解释权,从而对原上社会发挥着文化培育和引导的作用,这是朱先生在原上享有崇高地位的基础。拥有功名还意味着朱先生虽然没有做官,但是在科举制社会,他和地方官拥有共同的背景,常常作为民意代表可以和地方官直接沟通,地方官通常也会对其表示尊重。比如,"每有新县令到任,无一不登白鹿书院拜谒姐夫朱先生"。士绅因文化而获得人们的膺服和敬重,权力和地位也从人们的膺服和敬重中产生。③小说中,朱先生能轻而易举化解白嘉轩与鹿子霖的争地纠纷,避免所在的乡村发生诉讼,乃是士绅权威的有力体现。朱先生曾接受县令委托领衔禁烟,十天内铲绝了原上种植的鸦片,一举威震古原。而在辛亥革命以后,张总督极力争取朱先生能前往前清巡抚方升军营说服他放弃攻打西安,朱先生本着免于百姓遭难的立场成功说服方升撤军,避免了一场兵祸,可见其"领导权力不仅是传统伦理风俗的指导,而且进入地方公务的

---

① 雷达:《废墟上的精魂——〈白鹿原〉论》,《文学评论》1993年第6期。
② 周晓虹:《传统与变迁:江浙农民的社会心理及其近代以来的嬗变》,生活·读书·新知三联书店1998年版,第61页。
③ 秦宝琦、张研:《18世纪的中国与世界·社会卷》,辽海出版社1999年版,第329页。

处理上面"①。或者说,在乡土社会中,对于礼俗维护的同时具有"政治"的意义。在这个意义上,或可以说"乡绅无疑是乡村政治的中心"②。在地方社会空间中,朱先生不仅是一个文化象征,他在"白鹿原"上实实在在地发挥着多方面的职能,代表了乡土社会结构中不可或缺的士绅阶层的形象。有学者认为,传统社会中,正是士绅阶层的存在沟通了政治系统和社会系统,乃是王朝不断更替过程中,帝国体制得以延续的基础。③

朱先生这样的士绅整体说来,承担的是皇权与地方社会之间的中介角色,而在自治性的村庄社会内部,白嘉轩等人是实际领导人物。白嘉轩身为族长,他接受朱先生的文化理念,坚决地在村庄推行《乡约》;而诸如鹿子霖、冷先生等人在原上都有各自的威望和影响力,他们作为乡村的精英人物共同维持着"白鹿原"上的宗法乡村社会。探究其权威的形式和来源,则可以深入了解地方社会的内在机制和权力结构。从小说中可以看出,财富和经济地位并非这些乡村领导人物权威的主要来源。相比一般农家,确实他们家道更为殷实,但是其影响力、号召力并不直接来源于其财产实力,因为"仅有财富并不能使家庭在社区中享有社会地位"④。他们的威望和权力来自对乡村公共事务的积极承担,践行文化伦理的表率作用。中医冷先生一家既以其高超医术服务乡里,更因祖辈几代都表现出急公好义之德,多有仁义之举,在老中医去世的时候方有四乡群众相送,显示出在原上的威望。鹿子霖一家也是因为与族长白嘉轩一家在有关家族的公事上紧密配合,才获得尊重。白、鹿两人联手兴办村学堂,学堂开学之日,白嘉轩和鹿子霖都被村人披红以表敬重。鹿家和白家暗地里存在竞争关系,表现之一就是在对村庄事务多做贡献方面。历史学家杜赞奇对华北乡村社会的深入研究,理论贡献之一就是纠正了单一经济视角

---

① 胡庆钧:《论绅权》,载吴晗、费孝通等《皇权与绅权》,第121页。
② 张鸣:《乡村社会权力和文化结构的变迁(1903—1953)》,广西人民出版社2001年版,第8页。
③ 孙立平:《现代化与社会转型》,第113页。
④ 杨懋春:《一个中国村庄:山东台头》,张雄等译,江苏人民出版社2001年版,第48页。

的局限,揭示出乡村权力关系网络的多元因素,指出精英人物"出任乡村领袖的主要动机,乃是出于提高社会地位、威望、荣耀并向大众负责的考虑,而并不是为了追求物质利益"①。他将这样的乡村领袖称为保护型经纪,他们不仅沟通了国家与民众,而且实际上承担着乡村保护人的职责②。乡村本有的社会机制具有激发乡村精英为之献身的内在动力,而承担社会责任、践行仁义精神的行为也是乡村精英阶层展示其权威的方式。

这一社会机制集中体现于作为族长的白嘉轩身上。在一个自治性的基层乡村,白嘉轩的权力不是来自科层制结构中的上级授予,"族长"不是行政职位,其合法性来自家族内部的血缘秩序,对其行为的引导来自乡绅所掌握的文化价值体系,对其权力的约束来自族人的口碑舆论。白嘉轩出任族长并非为了攫取可见的经济利益,相反为了宗族和村庄事务他宁愿自家多出些钱物,而对他仁义行为的回赠就是声望和口碑。白嘉轩在兴建祠堂和学堂时多有善举,因为他相信"他的名字将与祠堂和学堂一样不朽"。而倡议全村加固村寨围墙以抵御"白狼"的领导行为,"不仅有效地阻遏了白狼的侵扰,增加了安全感,也使白嘉轩确切地验证了自己在白鹿村作为族长的权威和号召力,从此更加自信"。他自觉意识到维护村寨安全的实际行动使他增加了权威,这激发他更加主动地为村庄利益服务,更执着于对仁义文化价值的守护,自觉担当起白鹿村保护人的角色,这集中体现于他多次为自己的"仇人"说情、搭救"仇人"的行为中。比如,在农民运动失败之后,田福贤回到镇上疯狂报复,鹿子霖也在白鹿村的戏台上惩治参加过农协的村民。这时白嘉轩走出了祠堂:

> 白嘉轩端直走到田福贤的前头鞠了一躬,然后转过身面向台下跪下来:"我代他们向田总乡约和鹿乡约赔情受过。他们作乱是我的过失,我身为族长没有管教好族人理应受过。请把他们放下来,把我

---

① [美]杜赞奇:《文化、权力与国家——1900—1942年的华北农村》,第4页。
② [美]杜赞奇:《文化、权力与国家——1900—1942年的华北农村》,第28—39页。

吊到杆上去!"

他代村人受过的行为让田福贤骑虎难下。而在对手鹿子霖被抓进监狱后,鹿贺氏求助于白嘉轩,他爽直地答应了,"白嘉轩鼻腔里不在意地哼了一声,摆摆头说:'在一尊香炉里烧香哩!再心短的人也不能不管。'"白嘉轩还曾在不同时期多次解救黑娃,尽管黑娃曾砸毁了祠堂里的石碑,其手下的土匪还打断了自己的腰椎。白嘉轩以德报怨的大度与宽容不仅仅是一种个人道德自律和文化修养,而且和他作为"族长"的社会身份不可分割,与他在乡土社会结构中的位置密不可分。正如有论者指出,在传统村社,遵从集体价值和准则乃是权势人物树立并再生其权威、积聚其"象征资本"的实际可行手段。① 白嘉轩曾很郑重地向家人讲述自己这一门担当族长的历史,强调"白家的族长地位没有动摇过,白家作为族长身体力行族规所建树的威望是贯穿始今的"。关于家族的悠久传说,对于历代族长的功过评定不断强化他的责任意识,促使他愈加尽力于村庄事务。反过来,这使他获得更高的威望,更加有支配性的权力。自治性的乡村社会机制激发、鼓励了他的仁义之举,从而促使他在领导、保护村人的过程中完成自我人格的升华,提升着人生境界。

一种伦理道德的实践必然有其现实的机制,并互相结合。白嘉轩对于伦理规范的持守、对于仁义精神的践行,并不仅仅出于个人道德修养和文化选择,背后有相应的地方社会结构为支撑。也因此,并不能把朱先生、白嘉轩等仅仅视为单纯文化性的人物角色,所谓是"儒家文化的代表",他们的活动与乡土社会的政治、经济、文化形态整体性地联系在一起,单一的阶级斗争理论或者文化道德阐释都不能全面、完整地解读这些人物。

第二节 "国家"的进入

在小说第六章以后,"白鹿原"上这种稳定和安宁被打破了。

---

① 李怀印:《二十世纪早期华北乡村的话语与权力》,《二十一世纪》(香港)1999年10月号。

在一天深夜,冷先生从城里带回来"反正"的消息,"皇帝只剩下一座龙庭了",因为辛亥革命爆发了。民国的建立不再是皇权社会的改朝换代,而带来的是现代政治制度和理念。滋水县新任县长登门礼请白嘉轩出任县"参议会"的"参议员",县长所说的"什么民主,什么封建,什么政治,什么民众,什么意见,这些新名词堆砌起来",让白嘉轩很是糊涂,他渐渐体会到"白鹿原"上自治性的乡村秩序开始发生改变。改变首先来自新的国家行政体制。"皇帝在位时的行政机构齐茬儿废除了,县令改为县长;县下设仓,仓下设保障所;……保障所更是新添的最低一级行政机构,辖管十个左右的大小村庄。"历史学者注意到,现代以来,"所有的中央和地方政权,都企图将国家权力伸入社会基层,不论其目的如何,它们都相信这些新延伸的政权结构是控制乡村社会的最有效的手段"①。社会学家吉登斯指出,现代民族国家的一个重要基石是行政力量的强化;中国学者认为,这对于中国现代以来国家与社会关系的变革也是有解释力的。②新的国家政权不断向基层深入,从而改变了宗族在乡村社会的地位,改变了乡村社会的权力空间。在宗族这样的自治性组织之外,还有了正式的基层行政机构;在乡绅、族长、长老这些原有的乡村领袖之外,还出现了官方任命的"总乡约""乡约"等基层"官员"。除了在地方社会自治体系中谋求地位之外,乡村精英还有了新的权力来源,那就是加入正式的行政系统。就像鹿子霖在上任"乡约"之后的心理活动:"现在,他是保障所的乡约,下辖包括白鹿村在内的十个村庄,起码不在白嘉轩之下吧?"正因为不必服务桑梓也可以拥有权力,所以鹿子霖一变最初的形象而表现放浪,这未始不是一个原因,原有的地方权力结构、乡村的道义评价对他的影响和约束减弱了。

新的国家政权在深入乡村的同时逐步向乡村社会植入新的文化体系和思想观念,影响最为深远的举措是在"白鹿原"上开办新的学校。此前

---

① [美]杜赞奇:《文化、权力与国家——1900—1942年的华北农村》,第56页。
② 王铭铭:《村落视野中的文化与权力:闽台三村五论》,第43页。

"白鹿原"上的教育主要是私塾体系,比如,白嘉轩延请徐秀才在白鹿祠堂里坐馆执教,主要为本村子弟进行启蒙教育,学堂敬奉祭祀的是孔子,朱先生亲自主持的白鹿书院则是原上最高学府。然而,民国以后新学体制的建立冲击并很快终结了私塾教育系统。兆鹏、兆海兄弟首先"进城念新书去了",其后"生员们纷纷串通离开白鹿书院,到城里甚至到外省投考各种名堂的新式学校去了",朱先生最终关闭了书院。滋水县筹建起第一所新式学校——初级师范学校。白鹿镇头一所新制学校也在这年春天落成,由县府出资,白鹿仓负责筹建,鹿兆鹏回到原上担任校长。使乡村教育从地方社会"面对面的社区型社会化"向由国家组织、规划和控制的"超离于面对面社会化的普遍性知识传播"转化①,是现代民族国家建设的重要方式。

新学教育的影响逐步显现。白嘉轩把女儿白灵送进本村的学堂念书,还不让给女儿缠脚,显示出一定的开明和变通精神。然而,白灵却由此进了城里的教会学校读书,接受新教育以后的结果则完全超出了白嘉轩的承受力。白嘉轩在女儿难得回家一趟时,把她锁在厦屋里,逼她尽快到婆家完婚。白灵却大声唱歌大声演讲,向全家人宣传起北伐革命。原来她和兆海在城里读书的时候已经分别参加了国共两党,致力于推进国民革命。夜里白灵用一把镢头挖开了厦屋后墙跑了!白嘉轩只能宣布:"从今以后,谁也不许再提说她。全当她死了。"另一位进城读书的鹿兆鹏以小学校长的身份再回到原上的时候已经是一名成熟的革命者,他在这里掀起了农民运动的熊熊烈火。他逃避家长确定的婚姻,不愿进祠堂参拜,在农民运动高潮中把父亲鹿子霖也拉到台上批斗,其言其行对原上的伦理道德、文化观念带来了巨大冲击。新学教育成为吸引"白鹿原"上的年青一代接受新思想新观念的主要渠道,年青一代进而进入新的政治体系,他们在这里加入现代政党,并转而以新的"主义"和思想来变革"白鹿原"的社会形态。

另一方面,随着传统教育体系的覆灭,士绅阶层失去了自己安身立命

---

① 吴毅:《村治变迁中的权威与秩序——20世纪川东双村的表达》,第134页。

的岗位,在社会结构的转型过程中再也找不到确定的位置。朱先生在勉强出任县立初级师范学校校长半年后,向县长请辞,回到了白鹿书院,并召集八位同窗门生一起编纂县志,而其他曾在学堂任教的先生大多只能回家务农闲居。私塾教育与科举制度相联系,读书人进可以高中功名谋得一官半职,退可以安居乡里,以对文化知识的传授作为自己的工作,以对文化价值的阐释和守护赢得尊重。然而,由于学堂的停办,这一文化体系难以为继,朱先生也就成为"原上最后一个先生"。由于原有文化体系废弛,文化价值规范力量弱化,土匪兵痞纷起,乡村武化现象严重,面对如此丛生乱象,朱先生只能一再失语。朱先生在向县长请辞校长职务时曾自嘲:"我自知不过是一只陶钵——陶钵嘛,只能鉴古,于今人已无用处。"也许不完全是自谦,而包含着对世事的预判、对自身命运的先觉。作为旧人,他已经难以在以现代政党为主角的新的政治体制中觅得位置,只能冷眼旁观原上的风云变幻;一句"白鹿原这下成了鏊子了!"实在贴切得很,也丰富得很。

国家政权的下沉对乡村社会的深刻影响,更体现在它对乡村社会的极力榨取,尤其是不断加重村庄的赋税,这极大地损害了乡村领袖的保护人角色,破坏了其权威基础,从而不仅造成了民生凋敝,也破坏了地方权力结构和文化生态,整体性地改变了乡土社会。国家乃至各种地方势力向基层延伸行政权力,其中一个主要动力即在于更有力地榨取财源。白鹿仓成立之后,首先就开始清查土地和人口,然后据此收缴印章税,税赋之重让原上村民大为吃惊。此后,各色政权无不如此,极力在村庄一级加强统治,并且对基层的权力控制和资源榨取逐渐成为同一个过程。在20世纪三四十年代,为应对战乱,国民政府开始在原上推行更为严密的保甲制度:"白鹿仓改为白鹿联保所,下辖的九个保障所一律改为保公所,……最底层的村子里的行政建制变化最大,每二十至三十户划为一甲,设甲长一人;一些人多户众的大村庄设总甲长一人。"而保甲制度实施以后,所干的头两件事就是征丁和征粮,这"立刻在原上引起了恐慌","民国政府在白鹿原上征收的十余种捐税的名目创造了历史之最"。这不仅是财产掠夺,还改变了"白鹿原"的权力格局。白嘉轩本来是不愿接受官方的各种职务,后来他已经不可能承担了。"大征丁大征捐的头一年,他让孝武躲到山里去经营中药收购店,不是为了躲避自己被征,而是为了躲避总甲长和保长的差使。"因为"甲长和总甲长成为风箱里两头受气的老鼠,本村本族的乡邻脸对脸臭骂他们害人,征不齐壮丁收不够捐款又被联保所的保丁训斥以至挨柳木棍子"。国家和地方势力对于村庄的掠夺,"迫使村庄领袖在国家政权和自己所领导的村民之间作一选择,从而确定到底站在哪一边。在这种环境下,顾及自己在村民中地位的乡村领袖是无法保持其领导地位的,他们大批地退出乡村政权"①。只有像鹿子霖这样的人如鱼得水,他代表联保主任巡查原上,所到之处甲长们竭力款待,"天天像过年"。此时,"村公职不再是炫耀领导才华和赢得公众尊敬的场所而为人追求,相反,村公职被视为同衙役胥吏、赢利性经纪一样,充任公职是为了追求实利,甚至不惜牺牲村庄利益"②。至此,宗族村落的保护职能趋于瓦解。在保甲制度实施后,白嘉轩勉力支撑了一段,最后他关上了祠堂的大门:

  第二天,他把在家未逃的族人召集到祠堂里:"各位父老兄弟!从今日起,除了大年初一敬奉祖宗之外,任啥事都甭寻孝武也甭寻我了。道理不必解说,目下这兵荒马乱的世事我无力回天,诸位好自为之……"

  新的国家政权的深入和掠夺使得"白鹿原"人以宗族为中心的传统生活方式最终解体。由于乡村精英这一中间阶层被挤压和解体,各级政权不断深入地方社会,这里已经没有宗族这样自治性的社会组织生存的空间。

  白鹿原上近半个世纪的风云变幻,主要是一个由于民族国家兴起、国家与地方关系转型引致的政治、社会、文化整体性的变革过程,所谓宗法

---

①② [美]杜赞奇:《文化、权力与国家——1900—1942年的华北农村》,第176页。

文化、道德传统的衰落只是这一过程的一个方面，而不是宗法社会形态终结的原因。历史学家对 20 世纪上半叶华北农村的深入研究也表明，中国农村的社会变迁与"传统的蜕变"没有太大关系，而与权力网络的变迁不可分割，尤其是"自 20 世纪初就开始的国家权力的扩张……使华北乡村社会改观不小——事实上，它改变了乡村社会的政治、文化及社会联系"①。

第三节　话语的覆盖

深入文本，打开乡土社会的内在视野，并联系近现代以来"国家"和"宗族"关系变迁的历史背景，静态与动态、宏观与微观视野相结合，可以更贴近地认识小说所塑造的这一组身处历史大变革中的人物群像，感知其文化心理结构的生成和嬗变，体会其命运变迁。白嘉轩被评论家高度评价为"人格神"，然而，其人格的完成，不仅仅是个人道德自律的结果，也和他的社会角色、社会活动不可分割，因而，就需要对宗族及其文化传统在近现代社会转型过程中的处境有所认识。此前的评论多立足既定的论断，比如，认为"反动的国家政权，以血缘为纽带的宗法关系作基础的族权，和传统的意识形态——封建的纲常名教相结合，成为压迫人民的强大的工具，给人民带来了深重的灾难"②。不过，社会学、历史学研究也揭示了传统乡村社会具有相对自治的一面。如果囿于意识形态认知，不深入文本、具体地认识"白鹿原"上的传统乡村社会秩序，就不可能理解白嘉轩深沉的族长意识和自觉担当的保护人角色。所谓白嘉轩身上是"吃人"与温情的结合，看似辩证而全面，却又似是而非，并未准确地概括这个人物。这是一种调和了意识形态论断之后的表达，却并没有深入说明人物所作所为的内在依据。

---

① ［美］杜赞奇：《文化、权力与国家——1900—1942 年的华北农村》，第 1 页。
② 陈涌：《关于陈忠实的创作》，《文学评论》1998 年第 3 期。

深入文本,不仅可以呈现意识形态所遮蔽的层面,反思既有批评的局限性,也可能对这种局限性本身加以追索,即它可能植根于批评家所身处的概念体系、知识范畴之中。

比如,多有批评家认为"白嘉轩对政治有种天然的疏远"①,赞誉他在面对新的国家政权和各色军阀统治所表现出的独立态度。然而,所谓白嘉轩疏远"政治"其实是一种偏于简单的认识。如前所述,作为族长,白嘉轩本来就置身于传统地方"政治"之中。新的国家政权到来的时候,他也并没有回避"政治",他组织了一场大规模的"交农"事件,赶跑了民国的第一任滋水县县长,迫使县政府收回了征税决定。这是一次成功的政治行动,不过白嘉轩却是依据传统政治理念和动员方式发动的,出于不满"苛政"的传统道义,以鸡毛传贴的方式来组织群众。而在这次行动中,他已经发现与现代政治之间的鸿沟。为了搭救因领导交农事件而被抓的七个人,他自行前往县政府投案,被拒,再去法院自首又被视作闹事,他被现代法制理念搞糊涂了:交农事件原来是一次合乎"宪法"的"示威游行",是"不犯法的",因为"革命政府提倡民主自由平等,允许人民集会结社游行示威"。不再是既往历史空间中的王朝更替,新的政权带来了"现代""政治"形态。对于一直处于皇权统治下的族长和普通村民而言,现代国家政权的建立对他们其实是陌生的事物,宗族上层并非天然地与国家政权保持一致。因为民族国家的兴起,"国家"与宗族之间已经逸出"家国同构"的传统框架。当其时,不是白嘉轩主动自觉地疏远政治,而是"政治"形态发生根本改变,他已经成为现代"政治"的局外人。首先,他不属于新的政治体系;其次,新的"政治"还不断侵蚀他本有的权力基础,直至他最终完全无能为力。由此,才能理解白嘉轩面对现代"政治"那傲然态度背后的复杂况味。不管原上风云变幻,他都坚持祭祀先祖,续修家谱,然而,面对祠堂里被砸碎的石碑,面对戏楼成了各方杀人的场地,他在坚守祠堂的同时只能深感无奈和无力;当他转过挺直的腰身背对"政治"的时候,也许身

---

① 雷达:《废墟上的精魂——〈白鹿原〉论》,《文学评论》1993 年第 6 期。

影依然傲岸自信,然而,面对原上的世事变迁也止不住迷茫和伤感,只能发出深长的叹息。在动态的历史视野而不是既定的认识框架中,才可能深切体会主人公内心世界的起伏波澜,体会他的豪狠、他的坚持,他的挣扎、他的失落、他的迷茫、他的伤感,体会他全部的复杂与丰富。也由此才可能体会作为乡土社会一个浓缩性的人物形象,遭遇这样一个大变革的时代,白嘉轩的坚持与迷茫何以不仅仅是他个人的,而凝聚了近现代社会转型过程中一个民族的心路历程。

"社会史分析的那些基本范畴是从近代社会科学中产生出来的,比如,政治、经济、社会、文化等范畴和分类,是近代知识和社会分类的产物。当我们把许多历史现象放置在经济、政治或文化的范畴之内的时候,我们失去的是那个时代的内在视野",可能扭曲历史图景①。有学者即注意到,在古代中国,"政治"并不是一个概念,而只是一个普通名词②。"政治"成为概念属于现代知识范畴,而朱先生、白嘉轩所置身的乡土社会有着自己的"政治"形态,或者说乡土社会的权威和秩序并不能由现代知识框架中的"政治"概念对等地表达。

"白鹿原"上具有内在完整性的乡土社会形态为意识形态所遮蔽,被现代知识构架所分割,从而在文学批评视野中消失,也许可视为民族国家冲击和改造地方社会的另一种形式和结果。"国家对于村庄的政治影响并不是一种单纯的权力进入与结构重塑,并且也不仅限于治理方式的变革,它同时还意味着作为文化意识形态权力的符号转换和现代性的进入",因此,"相对于村庄社会,国家的进入与现代性的进入往往是一体的,是一个过程的两个方面"③。在近现代历史转型的视野中,现代性的进入既具体表现为村落空间中新学的建立、社会-文化的变迁,更深刻的影响也许在于现代知识构架对于乡土社会话语空间的覆盖,在改造宗族村落

---

① 汪晖:《现代中国思想的兴起》"重印本前言",生活·读书·新知三联书店2008年版。
② 张汝伦:《从教化到启蒙——近代中国政治文化的起源》,《复旦学报(社会科学版)》2009年第2期。
③ 吴毅:《村治变迁中的权威与秩序——20世纪川东双村的表达》,第372页。

的同时对之的文化批判逐步成为意识形态。自20世纪初,宗族文化被推为与现代性相对立的"旧传统"而受到批判,"吃人"乃是对其本质的集中概括。然而,有学者已指出,这一似乎是在文化领域展开的批判有着民族国家兴起的深刻背景。由于民族国家政治的兴起,"宗族作为一种与旧政权体制密切相关的地方社会组织形态,很难幸免于现代政府及其话语建设者的攻击";相应地,把传统视为"现代化的敌人"或必然为现代性取代的文化模式,"其所服务的对象是新权力结构的建设,是新民族-国家对社会和社区的全权化监控的一种意识形态合法论"①。意识形态确立后成为固化的知识,而隐藏了与具体历史过程的联系,抹去了自身建构的痕迹。如同诸多评论者对《白鹿原》的解读,"白鹿原"上复杂的历史变迁最终被概括为文化道德新旧更替的结果,被抽象为对传统向现代嬗变这一必然规律的证明,而对宗族村落、地方社会与现代民族国家之间冲突与改造的具体进程视而不见。民族国家不但主导着近现代社会转型的历史,而且以意识形态工具塑造着我们认识这一历史过程的视野和角度。

如果对于批评话语本身的意识形态性质缺乏必要的反思,对其有限性缺乏自觉的认识,那么具体的批评将难以避免矛盾与含混。多有批评家论证《白鹿原》对于意识形态的突破,然而,在更深层次上这些意识形态论断依然还是批评家自身的立足点。面对小说所展现的世界,批评家的感觉开始徘徊,其表达不经意间发生了分裂。一方面,肯定和赞赏宗族文化所展示的感召力量,所流露的脉脉温情,所达到的道德境界;另一方面,在唏嘘、感叹、沉醉之余又必须回头寻找和论证宗法社会消亡的历史必然性:白嘉轩言行的背后、传统的宗法文化具有"吃人"的一面,因而是落后的,从而必然为时代所淘汰。这一立场似乎无可辩驳,而且可以表述得辩证而全面,比如,所谓宗法文化具有两面性,白嘉轩身上是"吃人"与温情的结合②,等等,然而其论述方式本身却可以质疑。问题不在于宗法文化

---

① 王铭铭:《村落视野中的文化与权力——闽台三村五论》,第90页。
② 参见雷达《废墟上的精魂——〈白鹿原〉论》(《文学评论》1993年第6期)等评论。

本质可否用"吃人"来概括,而是这种以文化道德判决来解释社会历史变迁的话语逻辑、从意识形态出发然后又落脚于意识形态的思维习惯,它们与文本以及宗族村落绵延存在的社会现实都存在距离。如果批评家对于自身入思立论的前提缺乏必要的反思,那么就可能限制批评的穿透力。

作者在卷首题词:"小说被认为是一个民族的秘史。"小说之作为"秘史",乃因其呈现历史变迁的全息性,有可能展开"一个时代的内在视野",使我们能够悬隔一些意识形态论断,于文学世界中浸染沉醉,对于这个民族转型的历史、对其心路历程有新的发现和更全面的认识,从而丰富我们对于世界和自身的感知。反过来,"从那个时代的内在视野出发"还可以"反思地观察我们自身的知识、信念和世界观","反思现代性的知识处境"[1]。在关于《白鹿原》文本内外的解读中,对既有批评话语的前提有所省察,对意识形态和现代知识构架形成、建构的过程进行追索,或可以对于新文学乃至我们自身的现代处境多一份自省。

面对文学世界中的乡土中国,不固守现代知识构架与意识形态,而重新打开一种历史视野,沉入地方社会空间,细致呈现现代性、民族国家进入乡土社会时改造与冲突、碰撞与对话的具体情景,乃是一个更值得努力的研究方向。

---

[1] 汪晖:《现代中国思想的兴起》"重印本前言"。

结语　打开现代文学研究的地方空间

距开始创作《白鹿原》逾 20 年后,陈忠实回顾当初创作欲念的产生,在中篇小说《蓝袍先生》写作中,当打开主人公家那镌刻着"耕读传家"门额的四合院大门的那一刻,有一个生活记忆的库存仿佛也被激活了。于是,"第一次以一种连自己也说不准要干什么的眼光瞅住了白鹿原的北坡",原本自以为熟悉的故土忽然变得"陌生和神秘"起来。因为作家内心萌发了一个问题:"且不说太远,在我之前的两代或三代人,在这个原上以怎样的社会秩序生活着?"而因为这一问题的萌生,"我对拥有生活的自信被打破了";"我顿然意识到连自己生活的村庄近百年演变的历史都搞不清脉络","顿然意识到对乡村社会的浮泛和肤浅,尤其是作为标志的 1949 年以前的乡村,我得进入 1949 年以前已经作为历史的家乡,我要了解那个时代乡村生活的形态和秩序"①。作家对原有"社会秩序"或"乡村生活的形态和秩序"的这种陌生感颇值得探究。为了体味进而重建白鹿原上原有的"社会秩序",陈忠实一方面抄录周围几个县的县志,另一方面留意寻访所在村庄的历史和人物原型,最终在小说中重建了一个以士绅为领袖、由族长等人为支撑、具有一定自治性的社会空间,进而讲述了这一地方社会形态在 1911 年以来的历史巨变中延续与瓦解的过程。小说出版以后,获得热评。然而,在创作与批评之间有着几重错位。对作家而言,

---

①　陈忠实:《寻找属于自己的句子——〈白鹿原〉写作手记》,《小说评论》2007 年第 4 期。由此陈忠实开始了《白鹿原》创作手记的连载,历时两年分 13 期载完。后结集成书,2009 年由上海文艺出版社出版;北京大学出版社改题为《寻找属于自己的句子——陈忠实自述》于 2019 年出版。

"朱先生"是唯一有人物原型的角色;而众多批评家则感觉,这是一个基于儒家文化理想而虚拟的形象。对原有地方社会秩序的追寻激发了作家在文本世界中重建的动力,而其时的批评家更习惯以宏大的"传统文化""宗法文化"来概括之。在前者,显示出批评家对于"乡绅"人物的陌生;在后者,显示了批评家"地方"视野或"社会"意识的缺失。前者似乎属于社会记忆或社会知识问题,后者属于批评意识层面,然而,这两者是相互联系的。追寻和分析这一关系成为本书关注现代以来乡绅叙事的起点,进而选择本书的研究路径,即在乡绅身份与地方社会的互构关系中认识现代文学以来的乡绅形象,通过对乡绅叙事作品的具体解读,呈现现代文学世界中地方"社会秩序"浮沉的一个侧面,进而关注认知框架中地方意识的消长之迹。

自 1905 年废除科举制度之后,作为明清时期重要社会阶层的乡绅便不得不开始分化和蜕变。如果将明清以来的传统"乡绅"身份概括为知识、财富和地方身份三个要素①,现代文学众多作品中展现了这一乡绅身份逐渐失去其完整性、三种要素相互分解进而各自分化的过程。而在这背后,则可见地方社会面临革命、现代国家和现代性的不断冲击,进而被改造和重构的历程。

第一节 从"乡绅"到"地主":阶级革命对于地方社会的改造

如同对鲁迅小说集《呐喊》《彷徨》的解读,其中的举人老爷、七大人和慰老爷等,常常被归为"地主阶级"。然而,如果回到"鲁镇"或"未庄",在其时其地的社会空间中他们的身份更近于士绅或乡绅。不过本书并不着意于对这些小说人物社会身份的"还原",从而再次论证单一的阶级分析视野的局限性,如社会史研究者已经指出,"以一种宽泛的容涵着今人意

---

① 参见张静:《基层政权——乡村制度诸问题》,浙江人民出版社 2000 年版,第 19—20 页;徐祖澜:《绅权与国家权力关系研究——从明清到民初》,社会科学文献出版社 2017 年版,第 21—34 页。

识的地主阶级概念去律定历史上的绅士,无助于对于绅士本身社会地位和时代特征的科学说明"①。本书更关注对这些小说人物身份的界定转换的过程和场域。乡绅之家通常拥有超出村民的土地和财富,然而,富裕的乡绅及其家族被界定为"地主",则是因为以土地革命为核心的阶级斗争的胜利开展。从早期的革命文学如《咆哮了的土地》到土改叙事经典《太阳照在桑干河上》《暴风骤雨》,书写了阶级革命逐步深入村庄社会,通过诉苦发动群众,树立"剥削"概念,重新分配土地的过程。原有的以乡绅为中枢的社会阶层结构被重组为以"地主/贫雇农"对立为基础的阶级结构,进而通过阶级史观重述历史,深刻改变了认识和讲述社会历史的方式。在这一过程中,原有的地方社会秩序在现实中被重组,在认知中被遗忘。

第二节 "乡绅"与"知识分子":城乡分离与地方视野的消隐

现代文学多角度、多层次展现了中国知识阶层从"乡绅"向"现代知识分子"转型过程的多种形态与繁复曲折。只有辨析这两个概念的历史性,才能捕捉现代文学对此的复杂呈现,进而从空间格局与社会阶层转型相结合的视角,体会地方社会被遮蔽的一个侧面。

乡绅因为对规范知识的掌握而赢得乡民服从,又得到科举制度的支撑,可以与国家权力沟通。在此意义上,以功名为基础的"士绅"更符合明清时期一个标准的地方权威人物的身份,士绅即是这一时期中国知识阶层的主体。然而,科举制度的废除改变了这一切。新教育制度下形成了新的知识阶层,"知识分子"作为一个相对独立的社会阶层,是伴随着近代学堂和近代教育制度的创建而产生,并在五四运动前后初步形成的。无论是活动的社会空间,还是内涵、特征,"士绅"都有别于知识分子。如果因为字面意义上两者共同的"知识"要素而不加辨析地使用,不但会遮蔽

---

① 王先明:《近代绅士——一个封建阶层的历史命运》,天津人民出版社1997年版,第16页。

二者之间转型的过程,也会遮蔽两者之间深刻的历史联系。

现代文学呈现了乡绅阶层的新一代向知识分子转型的初始和困境。比如,对茅盾小说《霜叶红似二月花》中钱良材以及其同辈,如黄和光、张恂如等,研究者多以"青年知识分子"称之,并不确切。从小说所展开的社会空间来看,钱良材及其同辈就是当地"绅缙"家族的子一代。他们接受了新教育,但是在当时他们的社会身份与地位主要继承于绅缙家族,无论是他们的社会地位、身份认同乃至思想意识并没有表现出充分的新的因素,从而可以归入"知识分子"行列。另一方面,看起来他们的人生将重回乡绅阶层的轨迹,不过他们的颓唐状态和深深困惑又显示旧路已无法安顿其内心。他们身上所呈现的从乡绅阶层向现代知识分子转型的起始状态,既体现着两个阶层难以斩断的历史联系,更说明以清晰的概念区分两者的必要,因为只有概念清晰才能注意到小说对这种"萌芽"状态的叙写。

现代作家敏锐地捕捉到两者之间转型的历史时刻。比如,长篇小说《倪焕之》中两位具有新气象的知识人倪焕之与蒋冰如似同而实异,简单地将之都称为"知识分子"遮蔽了两者的差别,也限制了对于小说价值的揭示。倪焕之在新文化运动的感召下离乡进城,走上了向现代"知识分子"的转型之路,而蒋冰如体现了传统士绅阶层在现代以来的分化与停顿,他欲借助于现代学校来实践士绅的文化理想,最后却很颓唐,在时代前行中渐渐觉出自己成了"落伍者"。他们共同展现了传统的士人阶层在现代以来对于新的道路的探索与挫折,他们代表了新的方向、"新势力",他们曾是同志但也有落差,他们与"旧势力"有斗争也有缠绕。在新旧历史交错的时刻,细细品味"士绅"最后一代与"知识分子"最初一代的合作、分化与最终不同的选择,不但对于蒋冰如这样的"新士绅"人物类型多一分理解,亦可加深对于"知识分子"道路探寻过程的体验。

现代文学中还存在一个处于乡绅与知识分子转型过程中间状态的人物系列。自从"假洋鬼子"到东洋留学复又返乡以后,现代文学中多了许多人物。他们受过新学教育后又返回乡村,或者思谋变革却不断遭遇挫折,或者无所事事颓唐度日。其具体形象差异很大,既有钱良材(《霜叶红似二月花》)这样的正绅人物,也有陈小葵(《山雨》)这样为村民痛恶的新式人物,如华威先生一般的投机分子,如冯贵堂(《红旗谱》)这样也曾力图改革乡村,继而又返回旧路的"地主恶霸"。他们游走城乡之间,虽不是"知识分子",然而读过新学,甚至大学毕业,不再只为占有土地,甚至也曾改革村政,同时继续攫取地方权力和利益。这一类"沉积"于乡间的新式人物,处于新旧、中西之间,常常让研究者失语。而如果不是以固定的概念去界定他们,而是深入文本,贴近他们生活的社会空间,勾勒其处于变迁大势中尚未定型的社会身份、游移不定的社会位置,既可以对于这些人物形象本身做出更恰当的分析,也可以显现中国社会现代转型中的复杂情境,具体入微地揭示现代文学与中国近现代转型进程的内在联系。

　　研究者习惯以后起的"知识分子"概念去界定现代以来分化、蜕变中的部分乡绅人物,不仅是缺乏对概念本身历史性的辨析,更因为认知思维中空间维度的缺失。中国知识阶层现代转型过程中,还伴随着空间结构的调整。原本乡绅阶层的存在及其在城乡之间的流动,使得城乡社会都受一种文化的支配。直到近代,"在乡村,小传统并没有使价值观和城市上流社会的大传统明显分离"①,这是因为"中国落叶归根的传统为我们乡土社会保持着地方人才……人才不脱离草根,使中国文化能深入地方,也使人才的来源充沛浩阔"②。自废除科举,兴起新学教育,其重心向城市的倾斜,推动着近代城乡社会渐渐分离的趋势,读书人离乡进城成为延续至今的现象,在都市中渐渐汇聚和形成了新的现代知识分子阶层。而在一代代青年如"倪焕之"一样纷纷走出地方社会、走向都市的背后,不仅是"地方人才"的流失,也包括原有"意义世界"的分裂。如前所述,倪焕之选择进城因为新文化运动及其背后现代知识空间的吸引,感觉找到了新的"根本意义",而另一方面则意味着地方社会原有的意义系统已不能

---

① [美]费正清、费维恺编:《剑桥中华民国史(1912—1949)》(下),第 30 页。
② 费孝通:《乡土重建》,上海观察社 1948 年版,第 70 页。

安顿他们的身心。有论者或由此在近代以来乡绅阶层嬗变中看到了地方的文化意义被抽空的过程,地方不再是具有自主性和自身意义系统的"小中心"①。

现代知识分子的登场,即意味着脱离原有的乡土社会,"知识分子"话语主要表达的是身在都市里的知识人的经验。倘若研究者径直以知识分子概念去界定乡绅人物形象,不但遮蔽了中国现代文学对一个社会阶层转型过程的丰富呈现,也遮蔽了在阶层转型背后上层与下层、中心与边缘的空间格局重组的过程;暗含着以都市为中心的空间意识,对曾长期由乡绅阶层所主导的城乡一体的社会-文化空间的覆盖。其实中国现代作家大都身处这一身份与空间转型相结合的进程中,对故乡的书写常常是身在都市的"侨寓文学",仅以"知识分子"话语为中心的研究,既简化了对现代作家本身的认识,也遮蔽了其创造的文学世界的空间丰富性。

第三节　绅权终结:现代国家与地方关系重构

相比知识和财富要素,对绅权的实施才是乡绅身份的核心。现代以来,乡绅身份本身的多样转换径直吸引了研究者的目光,但现代文学中乡绅人物形象的塑造与绅权的变迁同这一时期国家与地方治理关系的改变之间有着更深层的联系。

现代文学中人物形象系列众多,读者有一个很深印象是"无绅不劣"。去除其中的道德化评判色彩,所谓劣绅,乃是因为他们虽然活跃在地方舞台上,但是其利益已经与地方利益发生了分裂;他们已经不再为地方公益而努力,在时局变动中沦为一个只谋私利的群体。如吴练长(《山雨》)借支应过往军队的勒索而中饱私囊;如赵守义、王伯申(《霜叶红似二月花》)据有"绅缙"的位置,但是所思所谋都是个人私利。如周乡绅(《五奎桥》)

---

① 参见王小章:《"乡绅作为方法"与走出知识分子的"孤立化"》,《读书》2020年第11期。

气度不凡,功名和经历都很符合传统乡绅身份,然而在大旱之年,却不能急村民之所急,从而引发一场乡村暴乱。早如"假洋鬼子",其后如胡国光(《动摇》)、如谭九先生和华威先生读了大学依然居乡(《谭九先生的工作》《华威先生》),在辛亥革命、大革命或抗战兴起的历史巨变前,他们奔走上下,投机钻营,或高喊革命口号,或率先举起"国族主义"大旗,却只是为了给自己在地方权力结构中争得一席之地。

与"劣绅"相比,现代文学中展现的与地方社会疏离、悬浮于乡土社会的人物系列值得更多关注。在动荡时代,老一辈的吴老太爷冯云卿们(《子夜》)赶忙进城,抛离了原有的地方社会;新一代如陈小葵(《山雨》)学业完成即跻身县城社会的一员,转而借兴办教育压榨乡村,如严知孝(《红旗谱》)进入省城执教大学,依然拥有士绅的身份,但已远离滹沱河边的村庄。其他具有现代气息的绅士人物如钱良材(《霜叶红似二月花》),如林公达(《青龙潭》),依然扎根乡里,与乡民生活在一起,或率领村民抗旱,或传授现代知识和科技,但是他们的困惑和挣扎显示出与村民之间日益扩大的鸿沟。

由此注意到,现代文学中也不乏正绅形象。顺应晚清以来绅权不断扩展的趋势,四川的绅士阶层因发起"保路运动",推动了辛亥革命的爆发,展现出建构新的社会空间的态势,只是对地方自治的探索其后变为军阀混战的乱局("大河小说三部曲")。江南社会中有可以影响一县的乡绅钱俊人,热心地方公益(《霜叶红似二月花》),北方村庄里有陈庄长,在动乱年代里依然勉力庇护村民(《山雨》)。所谓"正绅",因为他们身上仍具有为村庄和地方社会服务和负责的意识。而且如清末的四川绅界,如支持维新变法的钱俊人等,并不保守,他们都积极应对时局,或开办新学,或投身报纸等新媒体,或学习新的科学文化知识追求富国强兵。只是他们的追求大多难以遂愿,当此时代已难以成就地方事业。

由传统乡绅的困境、现代"知识分子"纷纷离乡的趋势来看劣绅的涌现,这已不仅是因为个人道德的堕落,而且是因为乡绅阶层与地方社会之间的互构关系面临冲击。自清末以来,随着天下向国家的转型,国家与地方的关系开始调整①,乡绅本身是处于国家政权与地方民众之间的中间阶层,就不能不变。随着建设现代国家的需要,加强中央集权成为趋势;另一方面,这一时期也确有地方自治、乡村自治等改革探索,但是缺乏创造性转化,处于无序化的状态之下,整体上不能有效应对危机。"正是在这样的背景下,30 年代国民党的全能主义政治应运而生。基于这样一种道路的选择,中国 20 世纪前期现代化的历史趋势最终是要以集权取代分权,在国家不断扩大其在乡村社会的存在时,已经不打算给自治或是以自治形态呈现的绅治留有余地。"②随着土地革命的胜利,共产党最终完成了现代民族国家建设这一任务。由于绅权被取缔,乡绅阶层也就因此不存。与这一过程相联系,现代国家话语重新定义了乡绅的历史存在,决定了乡绅叙事的基本框架。无论乡绅被定义为"地主"或"知识分子"并在这一再定义的过程中消失,皆根源于国家与地方关系的现代重构;同时,一种以现代国家为中心、自上而下的视野悄然覆盖了曾由乡绅阶层所主导和言说的地方空间。如前所述,在以国家为取向的单一视角下,"基层社会是需要被改造的被动客体","基层社会秩序只是一个被改造、被控制的对象,从而失去了自己的主体"③。对于文学叙事而言,抽空了地方社会内涵的地域文化,只具有自然地理上的差异,十七年文学尤其是"文化大革命"文学中"地域、风俗的特征趋于模糊、褪色"④,原因或可追溯至此。

第四节　20 世纪 80 年代的寻根文学与"发现地方"

对于 20 世纪 80 年代的"寻根文学"潮流,评论者多从地域文化的重

---

① "前近代帝国基础结构权力的不发达,不能简单地理解为帝国没有足够的能力深入民间,更不宜把这种相对'软弱'的基础渗透力,视为民间控制力增强,并抵消、减弱国家渗透力的结果。事实上,这种地方治理方式,在很大程度上出自国家的设计。"[李怀印:《中国乡村治理之传统形式:河北省获鹿县之实例》,载黄宗智主编《中国乡村研究》(第一辑),商务印书馆 2003 年版,第 102 页。]然而,近代以来为了应对危机,正式权力向地方社会不断下沉成为新的选择。

② 徐祖澜:《绅权与国家权力关系研究——从明清到民初》,社会科学文献出版社 2017 年版,第 186 页。

③ 刘金志、申端锋:《乡村政治研究评述:回顾与前瞻》,《开放时代》2009 年第 10 期。

④ 洪子诚:《中国当代文学史》(修订版),第 281 页。

新发掘这一角度来阐释;对于自那时起绵延至今的家族叙事,也多从对家族文化传统的叙写来认识和批评。关于《白鹿原》的评论,一开始即置于这一批评路径中。然而,在现代文学以来乡绅叙事的重读中溯游而下,从寻根文学到《白鹿原》的出现,可能另有一条脉络:不仅是"地域"文化,而是"地方"文化的复现;不仅是地方"文化"(包含家族文化),而是地方"社会"形态日益完整地再现于当代文学世界中。

仅以贾平凹20世纪80年代的商州写作而言,从"商州三录"、《腊月·正月》到《浮躁》可见,以民俗和家族文化的绵延为支撑,由近似乡绅人物为主导的地方社会形态,虽历经社会主义改造乃至"文化大革命"冲击,至改革开放的新时期依然存在。陈忠实在酝酿长篇小说创作的时候,还曾反复研读张炜的《古船》①。《浮躁》和《古船》其实都展现了在宏大历史叙述下面,以家族斗争为底色的"地方性逻辑"的存在。最终《白鹿原》的问世,写出了一个地方社会秩序在1911—1949年的变迁,从而为《浮躁》《古船》乃至20世纪80年代文学中地域文化、家族文化或民俗文化的绵延存在接续了前史。这一点似乎主要体现在故事时间的前后接续上,其实不独如此,《白鹿原》的意义更在于叙事空间的转换:把现代国家的历史纳入地方史的重述中,从而在当代文学中重新确立了地方叙事的权力。与《红旗谱》努力将滹沱河边锁井镇、小严村的故事融入新的国家历史中不同,陈忠实从"白鹿原"或"白嘉轩"的眼中看着王朝灭亡以来的世事巨变,将一部现代史包括革命史融入"白鹿原"的地方史书写中。②借助人物原型,陈忠实塑造了朱先生这一乡绅人物典型,由此重现了一个以乡绅为领袖、以族长等地方精英为支撑的"社会秩序",然后叙写了这个乡绅人物和这一地方社会在动荡时局、阶级革命和现代性的冲击下最终消亡的过程。虽然在故事层面白鹿原上的地方社会秩序消亡了,但是因为对这一

---

① 《古船》首次发表于《当代》1986年第5期;人民文学出版社1987年8月初版,后多次再版。

② 参见陈忠实:《寻找属于自己的句子——陈忠实自述》,北京大学出版社2019年版,第192—212页。

消亡历程的发掘和重述,为宏大叙事所压抑的"地方"视野得以重启。并不能简单地说《白鹿原》挑战了已有政治意识形态的结论和叙事,显而易见的是它改变了以现代国家和政治为中心的单一视角,而展开了一个国家与"社会"、国家与"地方"互动生成的场域。

在"宗族""村落"中发现进入现代之前的"地方""社会",不仅是一股文学潮流。如果开放学科视野,似乎可以发觉寻根文学的历程与更广阔的社会、文化乃至学术思潮之间的呼应或感应。20 世纪 80 年代以来,随着社会学复兴和田野调查的重新进行,众多研究者"进村找庙",在研究过程中既确认现代政治对地方社会的塑造从规模和力度上都是空前的,同时又发现"政治"对地方社会的塑造尽管在制度层面已达到无孔不入的地步,却依然与地方社会早已形成的传统行为逻辑密不可分地纠缠在一起,很难清晰地剥离开来。①这一研究取向已不仅是揭示"传统文化"的绵延,而且是促成了中国社会史研究的"区域转向",即区域社会史兴起。这一转向的动力在于,摆脱"政治史"研究中只依据宏大结构阐释由"帝国"向近代"国家"转变过程的单一解说,而重新界定新的研究单位,比如村落;打破以整体政治为主要关注对象的传统做法,把注意力重新集中到"社会"层面上来,于是关注"宗族"和"庙宇"在地方上的组织和凝聚作用。由此,"把'政治'放到'地方史'的故事脉络中加以阐释已成为当代'区域社会史'的一项重要任务"②。这一研究取向既与后现代史学思潮有契合的地方,此后又与"全球化"话语相对话。本书无意对此进行评析,而更关注其背后认知思维的转换对于文学研究可能的启示意义,即这一研究转向力图在"空间"上重新界定历史考察的范围,隐隐含有解构以时间序列安排历史演变内涵的大叙事取向。③

---

①② 杨念群:《"地方性知识"、"地方感"与"跨区域研究"的前景》,《天津社会科学》2004 年第 6 期。

③ 杨念群:《中层理论:东西方思想会通下的中国史研究》(增订本)"再版序言",北京师范大学出版社 2016 年版。

第五节　以"乡绅"为方法,打开现代文学研究的地方空间

现代文学以来乡绅阶层自身的分化、蜕变,被再定义进而消亡的过程,与现代文学中地方空间的浮沉紧密联系。无论是《白鹿原》的作者有一天忽然惊觉地方记忆的缺失,还是《白鹿原》的评论者对小说中乡绅人物形象的陌生,均显示了20世纪阶级革命、现代性与现代国家建设相携手,不但现实地改变了中国社会,而且重塑了人们认识历史与社会的视野。由文学评论中对乡绅人物的陌生,追索对现代文学中乡绅阶层形象一度视而不见的现象,又使得我们可以去分析和认识这一重塑的过程,进而反思基于线性时间观念的研究框架,推进文学研究的空间转向,探索重新打开地方空间的价值。

其一,反思关于乡绅叙事的已有研究,应当在人与社会空间的互动生成中来认识人物形象。除了知识和财富要素,乡绅的身份更是在本人参与地方社会事务的动态过程中生成的;现代文学以来生动的人物形象,与其得以存在的社会空间不可分割。正如陈忠实的追述,在酝酿小说过程中直到能将"白嘉轩"和"白鹿原"融为一体的时候,对于这部长篇小说的创作才终于有了信心。[①]相应地,文学批评和研究也需要在人物与社会空间的互动生成关系中认识小说形象,对社会空间的无感或无视只能让研究变得单薄。比如,如果基于"统治阶级/被统治阶级"二元对立社会结构,对于朱先生(《白鹿原》)这样的中间阶层典型形象就无从认识。然而,明清时代官-绅-民三方共存的社会结构日趋稳定,在县以下的乡里社会,以乡绅为领袖,以宗族为依托,形成了具有一定自治性的乡里空间。在这一社会空间中来认识,朱先生绝不仅仅是一个文化象征,并非超然世外、不食人间烟火的纯粹精神性的存在,他在"白鹿原"上实实在在地发挥着多方面的职能,他以"乡绅"的身份与乡土社会很具体地联

[①] 陈忠实:《寻找属于自己的句子——陈忠实自述》,第162页。

系在一起。另一方面,从乡绅与地方社会的疏离与背离的角度解读,也有助于去除对现代"劣绅"人物的简单印象,而可能认识这一人物系列本身的复杂性、逐步劣化的趋势,从而更深入体会现代文学中乡土社会不断消解的内因。

其二,反思关于乡绅叙事的研究,进一步指向基于现代性逻辑的认知思维。在传统与现代的认知框架之外,文学批评同样需要打开国家与社会、国家与地方互动的场域,才可能更贴近地把握创作世界的变化,从而回应历史与现实中的复杂问题。

如前所述,阶级革命、现代性与民族国家建设联袂冲击,不但消除了绅权,而且塑造着我们认识这一历史过程的概念和视野。在社会不断进步的轴线上,乡绅阶层人物与其依存的乡土社会形态属于旧的、传统的、封建保守的社会阶段,必然也已经为现代社会进程所淘汰。由此,评论者一方面赞赏朱先生这一"关中大儒"形象富有魅力,另一方面却又对其实际的社会身份很隔膜;一方面称许韩玄子(《腊月·正月》)的真实、生动,另一方面又匆忙将其定义其为一个落后的、过时的人物,只是封建社会一个残余而已。以进化的历史观念回望,自"现代"伊始乡绅阶层就应该符合历史规律地消失了。这一时期乡绅人物在现实生活与文学文本中的活跃,仿佛并不存在,其分化、蜕变、消亡的具体过程更无须关注。然而,以人物身份与社会空间动态生成的视角打开现代文学世界,却发现另一番景象。清末民初以来,由于制度巨变,乡绅阶层急剧分化、蜕变,绅界并没有消失,相反,空前杂乱而丰富。一时间,新旧乡绅、地主、知识分子等共存于现代文学世界中。即使在革命胜利后建立的全能社会中,其身影仍依稀可见。而在正式权力从乡里社会后撤的改革时代,这样的人物随即浮出地表,我们相应地会发现其背后以民俗和家族观念等作为支撑的地方社会空间一直绵延存在。面对这样的文本事实,面对现实生活中家族及地方社会的绵延存在,文学批评显示出脱节和回应现实的无力,暴露出文学研究者在认识论上的局限,那就是空间维度的缺失。中国社会史研究方法的不断更新、社会科学"空间转向"大潮的启示意义由此凸显。前者打开国家与地方社会互动的场域,后者强调社会存在的空间性和空间的社会性,它不是对于"传统与现代"认知路径的简单反思,而是在时间维度之外,凸显存在的空间维度。

中国社会史研究的不断推进启示研究者有必要反思以整体性的"中国"为论述对象的做法,进一步进行空间划分,在政治之外还关注"社会",在国家之下注意到"地方"的存在。乡绅即是曾活跃在国家与地方之间的一个阶层,只有从国家与地方关系变迁的视角,才能贴切地认识其在现实与文本世界中的变迁。而通过对乡绅叙事变迁的分析,或可以有助于打开中国现当代文学研究的地方视野。比如,近来有研究者从地方志、地方史进入小说写作的角度来重审寻根文学的源起与流变[1],即显示出新的批评路径可能的价值。

研究思维的"空间转向"有助于认识更丰富的文学世界和现实。在线性进化的时间轴线上,前后是彼此替代因此相互断裂的。然而,在空间视野下,就会发现由国家与现代性主导的叙事的另外一面。在这里,在前进的箭头指向之下,还有复苏与回归,看似断裂的地方,却能够发现延续,传统、现代和后现代可能共存于社会空间之中。文学研究者常常以地区发展的不平衡、生产方式和社会结构的延续性来解释"某些角落"依然存在传统社会组织和人物类型。然而,传统的存在不是特例,不是个案,研究者不是以这样的解释方式增加现代性逻辑的弹性,而应该认识社会存在的空间性。传统与现代的共存是社会的常态。所谓生产方式和社会结构的延续性,就是基于社会存在的空间性。因此,发掘和呈现现代文学世界中乡绅阶层人物及其变迁,并非探幽掘奇,不是一次考古之旅,而是一项立足当代的学术探究,为了更深入更全面地认识今天的文学和当下的社会,认识它的丰富和何以丰富。比如,21世纪以来,多部长篇小说径直以"乡绅"人物为主角;比如,近年来新农村建设中对"乡贤"的召唤,并非历

---

[1] 可参见周保欣主持的国家社科基金项目"地方志与中国当代小说诗学建构研究"(项目编号:17BZW031)的系列研究成果。

史的循环往复,而是传统一直就存在于我们的文学和社会空间中,只是时隐时现,见或不见而已。学习当代空间理论,打开空间视野,可能更生动和立体地发现全息性的文学世界。

其三,反思关于乡绅叙事的研究,进而打开地方视野,也关乎对本土事实和全球化时代的自我进行认知的方式。

解释历史乃是为了解释现实与未来。回望历史,明清时代的科举制度"派生了拥有功名的绅士群体,同时为地方社会筑成了一种以绅士为主干而植根于乡里的社会结构","这种社会结构在五百多年里维系和规定了中国极大多数人口的生存样式和生活状态"[①]。而自19世纪末以来,世事由急变而剧变,在不到20年的时间里走完了"泰西变法三百年而强"的路程。然而,一方面,思想观念的日新月异和政治制度的天翻地覆大半发生于社会上层,乡里社会依然如旧;另一方面,作为变法和改革主体的知识人所引来的道理改以东西方思想为渊源,并不能为大众所明了。于是,"同旧日的士与农之间密迩相接作对比,由此引发的历史走向便不能不导致知识分子和大众的脱节。与这种变化相类似的,还有同一个过程所造成的社会重心移于城市而致城市和乡村的日趋日远",而"没有这种礼法与习俗融为一体的乡里社会,中国文化便会成为悬浮的东西"[②]。"中国文化"包括文学的现代转型,与"社会""空间"的重组不可分割。对此,不能止于观念层面的分析,还需要努力在其时场域中理解。在现代性逻辑之外,还需要结合文本内外空间结构的变动,如上层与下层的脱节,城乡社会之分离,国家与地方社会的进退,由此将自下而上与自上而下的视野相结合,可能会更深入地体会历史与当代和当下的联系[③]。或者说,

---

[①] 杨国强:《衰世与西法:晚清中国的旧邦新命和社会脱榫》,第422页。
[②] 杨国强:《衰世与西法:晚清中国的旧邦新命和社会脱榫》"自序"。
[③] 另如,曹锦清基于个人进行当代社会研究的心得一直倡言,"'从内向外看'与'从下向上看',就是站在社会生活本身看'官语'与'译语'指导下的中国社会,尤其是中国农村社会的实际变化过程"。(曹锦清:《黄河边的中国》(增补本)"前言",上海文艺出版社2013年版。)

对于中国本土事实的认识,需要更具"地方感"①的研究。追索现代文学研究视野中对乡绅的遮蔽与发现这一现象,即提供了进行研究方法反思的一个案例。

虽然本书视野主要限于"国家/地方"之中,但毫无疑问全球化已成为讨论"地方"问题不可回避的另一重语境,哲学研究中亦有关于"失去的地方"的反思。面对全球化、资本化对地方从而也是对生活在地方中的人的归属感的巨大冲击,20 世纪 70 年代以来,不同领域的学者致力于对"地方"的理论建构和阐释,探讨通过不一样的路径或方式重塑地方,以至有"空间到地方转向"的学术潮流。在全球化语境下,研究者意识到人的自我认同、归属感与地方认同的内在关系。中国历史中尤其是明清时期的乡绅存在,代表了其时一种处理小地方与大地方、边缘与中心关系的方式。由于儒家伦理的内在化,乡绅群体"所想象的地方与中心的关系不是等级化的关系,有高有低,而是像月照千湖,每一个湖里都有自己的月亮,靠这样构造一个共同性"②。与此相关的是乡绅阶层的自我认同,尽管容易简单地将之界定为地方社会的代表,然而,多有历史学家提醒,"很多生活在实体'地方'中的士人,未必即以其所生活的地域为其想象空间,而更多以天下为其想象和思考的空间,未曾改变其'天下士'的自定位"③。而近代以来,随着社会结构的打破和重组,"地方"(边缘)的文化意义被抽空,不再是具有自主性和自身意义系统的"小中心",乡绅阶层的分化乃至劣化与此不可分割。中国现代文学中的乡绅叙事,在书写一个社会阶层命运的变迁背后,也包含了一种人与地方的关系、中心与边缘关系解体的过程,从而,也是一种看待自我与世界的方式改变、转换或消失的过程。至新时期文学伊始,寻根文学兴起,地方社会形态复现,大约是因为地方

---

① 参见杨念群:《"地方性知识"、"地方感"与"跨区域研究"的前景》,《天津社会科学》2004 年第 6 期。
② 项飙、吴琦:《把自己作为方法——与项飙谈话》,上海文艺出版社 2020 年版,第 25 页。
③ 罗志田:《地方的近世史:"郡县空虚"时代的礼下庶人与乡里社会》,《近代史研究》2015 年第 5 期。

乃是"集体记忆的所在",是一个群体通过过去的共同记忆来重新建构认同的场域①。在此意义上,对现代以来乡绅叙事的研究,追索"地方"潜隐或回归的过程,既是为了重新理解原有秩序和世界,也是反思"我们如何成为现代的"②的一种途径;回望来路既为了确认新的位置和处境,也不无走向全球化途中的家园之思。

---

① 黄莉萍:《找回失去的"地方"——基于西方马克思主义空间批判范式转型的阐释》,硕士学位论文,华东师范大学,2017年。
② 可参见汪晖:《我们如何成为"现代的"?》,《中国现代文学研究丛刊》1996年第1期。

主要参考文献

一、主要作品集

《鲁迅全集》,人民文学出版社,2005年。

《王统照文集》(1—6卷),山东人民出版社,1980—1984年。

《茅盾全集》(1—9卷),人民文学出版社,1984—1985年。

《叶圣陶集》(1—25卷),江苏教育出版社,1987—1994年。

《洪深文集》(1—4卷),中国戏剧出版社,1957—1959年。

《李劼人全集》,四川人民出版社,2011年。

《沙汀文集》,四川文艺出版社,2017年。

《张天翼文集》(1—7卷),上海文艺出版社,1985—1989年。

《蒋光慈文集》(1—4卷),上海文艺出版社,1982—1988年。

《丁玲全集》,河北人民出版社,2001年。

《赵树理文集》,人民文学出版社,2005年。

《孙犁全集》(修订版),人民文学出版社,2016年。

《柳青文集》,人民文学出版社,2005年。

《梁斌文集》,人民文学出版社,2005年。

《贾平凹文集》,陕西人民出版社,2008年。

《陈忠实文集》,太白文艺出版社,1996年。

二、专著与论文集

蔡翔:《革命/叙述——中国社会主义文学—文化想象(1949—1966)》,北京大学出版社,2010年。

曹锦清:《黄河边的中国》(增补本),上海文艺出版社,2013年。

陈柏峰:《乡村江湖:两湖平原"混混"研究》,中国政法大学出版社,2011年。

陈黎明:《魔幻现实主义与新时期中国小说》,河北大学出版社,2008年。

陈平原:《中国小说叙事模式的转变》,北京大学出版社,2003年。

陈平原:《故乡潮州》,商务印书馆,2022年。

陈翰笙、薛暮桥、冯合法编:《解放前的中国农村》(1—3辑),中国展望出版社,1985—1989年。

陈思和:《中国新文学整体观》,上海文艺出版社,2001年。

陈旭麓:《近代中国社会的新陈代谢》,上海社会科学院出版社,2006年。

陈忠实:《寻找属于自己的句子——陈忠实自述》,北京大学出版社,2019年。

丛小平:《师范学校与中国的现代化——民族国家的形成与社会转型:1897—1937》,商务印书馆,2014年。

丁帆:《中国乡土小说史论》,江苏文艺出版社,1992年。

方平:《晚清上海的公共领域(1895～1911)》,上海人民出版社,2007年。

冯尔康:《中国社会结构的演变》,河南人民出版社,1994年。

冯尔康:《中国古代的宗族与祠堂》,商务印书馆,1996年。

费孝通:《乡土中国 生育制度》,北京大学出版社,1998年。

费孝通:《费孝通文集》(1—14卷),群言出版社,1999年。

郭于华:《仪式与社会变迁》,社会科学文献出版社,2000年。

何炳棣:《明清社会史论》,徐泓译注,中华书局,2019年。

贺桂梅:《转折的时代——40～50年代作家研究》,山东教育出版社,2003年。

贺桂梅:《书写"中国气派":当代文学与民族形式建构》,北京大学出版社,2020 年。

贺雪峰:《乡村治理的社会基础——转型期乡村社会性质研究》,中国社会科学出版社,2003 年。

贺雪峰:《村治的逻辑——农民行动单位的视角》,中国社会科学出版社,2009 年。

贺雪峰:《新乡土中国》(修订版),北京大学出版社,2013 年。

洪子诚:《中国当代文学史》(修订版),北京大学出版社,2007 年。

户晓辉:《现代性与民间文学》,社会科学文献出版社,2004 年。

[美]黄宗智:《华北的小农经济与社会变迁》,中华书局,2000 年。

[美]黄宗智主编:《中国乡村研究》(第一辑),商务印书馆,2003 年。

[美]黄宗智主编:《中国乡村研究》(第二辑),商务印书馆,2003 年。

贾艳艳:《悲剧意识与"新时期"小说》,上海社会科学院出版社,2021 年。

金观涛、刘青峰:《开放中的变迁:再论中国社会超稳定结构》,法律出版社,2011 年。

金观涛、刘青峰:《观念史研究:中国现代重要政治术语的形成》,法律出版社,2009 年。

科大卫:《明清社会与礼仪》,北京师范大学出版社,2016 年。

李彬:《中国新闻社会史》(插图本),清华大学出版社,2008 年。

李继凯:《民族魂与中国人》,陕西人民教育出版社,1996 年。

李继凯:《秦地小说与"三秦文化"》,湖南教育出版社,1997 年。

李继凯:《全人视境中的观照:鲁迅与茅盾比较论》,中国社会科学出版社,2003 年。

李继凯等:《20 世纪中国文学的文化创造》,中国社会科学出版社,2009 年。

李路路、李汉林:《中国单位组织:资源、权力与交换》,浙江人民出版社,2000 年。

李培林、孙立平、王铭铭:《20 世纪的中国:学术与社会·社会学卷》,

山东人民出版社,2001年。

李生滨:《沈从文与京派文人的魅力》,宁夏人民出版社,2008年。

李世众:《晚清士绅与地方政治:以温州为中心的考察》,上海人民出版社,2006年。

李文治、江太新:《中国宗法宗族制和族田义庄》,社会科学文献出版社,2000年。

李希凡:《〈呐喊〉〈彷徨〉的思想与艺术》,上海文艺出版社,1981年。

李杨:《抗争宿命之路——"社会主义现实主义"(1942—1976)研究》,时代文艺出版社,1993年。

李杨:《50～70年代中国文学经典作品再解读》,山东教育出版社,2003年。

李怡:《民国政治经济形态与文学》,花城出版社,2014年。

李泽厚:《中国近代思想史论》,人民出版社,1979年。

李泽厚:《中国现代思想史论》,东方出版社,1987年。

梁漱溟:《乡村建设理论》,上海人民出版社,2011年。

雷达:《蜕变与新潮》,中国文联出版公司,1987年。

雷达:《思潮与文体——20世纪末小说观察》,人民文学出版社,2002年。

刘大鹏:《退想斋日记》,乔志强标注,山西人民出版社,1999年。

刘禾:《语际书写——现代思想史写作批判纲要》,上海三联书店,1999年。

刘起林:《红色记忆的审美流变与叙事境界》,中国社会科学出版社,2015年。

罗志田:《权势转移:近代中国的思想、社会与学术》,湖北人民出版社,1999年。

罗志田:《乱世潜流:民族主义与民国政治》,上海古籍出版社,2001年。

罗志田:《近代读书人的思想世界与治学取向》,北京大学出版社,

2009年。

罗志田:《道出于二:过渡时代的新旧之争》,北京师范大学出版社,2014年。

马敏:《官商之间——社会剧变中的近代绅商》,天津人民出版社,1995年。

潘可礼:《社会空间论》,中央编译出版社,2013年。

钱理群:《1948:天地玄黄》,山东教育出版社,1998年。

钱理群:《岁月沧桑》,东方出版中心,2018年。

秦宝琦、张研:《18世纪的中国与世界·社会卷》,辽海出版社,1999年。

秦晖、苏文:《田园诗与狂想曲——关中模式与前近代社会的再认识》,中央编译出版社,1996年。

秦晖:《农民中国——历史反思与现实选择》,河南人民出版社,2003年。

渠桂萍:《华北乡村民众视野中的社会分层及其变动(1901—1949)》,人民出版社,2010年。

瞿骏:《天下为学说裂——清末民初的思想革命与文化运动》,社会科学文献出版社,2017年。

瞿同祖:《中国法律与中国社会》,中华书局,2003年。

人民文学出版社编辑部编:《〈白鹿原〉评论集》,人民文学出版社,2003年。

山西大学中国社会史研究中心编:《中国社会史研究的理论与方法》,北京大学出版社,2011年。

上海社会科学院文学研究所中国现当代文学学科编:《文化转型与中国现当代文学》,东方出版中心,2020年。

沈洁:《1912:颠沛的共和》,东方出版中心,2015年。

孙立平:《现代化与社会转型》,北京大学出版社,2005年。

孙明:《生逢革命——辛亥前后的政治、社会与人生》,北京大学出版社,2013年。

孙强:《晚清至五四的国民性话语》,中国社会科学出版社,2014年。

唐力行:《延续与断裂——徽州乡村的超稳定结构与社会变迁》,商务印书馆,2015年。

唐小兵编:《再解读——大众文艺与意识形态》(增订版),北京大学出版社,2007年。

王笛:《茶馆:成都的公共生活与微观世界(1900—1950)》,社会科学文献出版社,2010年。

王汎森:《思想是生活的一种方式——中国近代思想史的再思考》,北京大学出版社,2018年。

王汎森:《中国近代思想与学术的系谱》(增订版),上海三联书店,2018年。

王富仁:《中国反封建思想革命的一面镜子——〈呐喊〉〈彷徨〉综论》,北京师范大学出版社,1986年。

王富仁:《中国文化的守夜人——鲁迅》,人民文学出版社,2002年。

王富仁:《中国鲁迅研究的历史与现状》,福建教育出版社,2006年。

王光东:《民间:作为中国现当代文学研究的视野与方法》,东方出版中心,2013年。

汪晖:《现代中国思想的兴起》,生活·读书·新知三联书店,2008年。

王铭铭:《村落视野中的文化与权力:闽台三村五论》,生活·读书·新知三联书店,1997年。

王铭铭:《王铭铭自选集》,广西师范大学出版社,2000年。

王铭铭:《走在乡土上——历史人类学札记》,中国人民大学出版社,2004年。

王奇生:《革命与反革命:社会文化视野下的民国政治》,社会科学文献出版社,2010年。

王铁仙:《中国现代文学精神》,人民出版社,2008年。

王先明:《近代绅士——一个封建阶层的历史命运》,天津人民出版社,1997年。

王先明:《变动时代的乡绅——乡绅与乡村社会结构变迁(1901—1945)》,人民出版社,2009年。

王晓明:《王晓明自选集》,广西师范大学出版社,1997年。

王学泰:《游民文化与中国社会》,学苑出版社,1999年。

魏光奇:《官治与自治——20世纪上半期的中国县制》,商务印书馆,2004年。

吴晗、费孝通等:《皇权与绅权》,天津人民出版社,1988年。

吴毅:《村治变迁中的权威与秩序——20世纪川东双村的表达》,中国社会科学出版社,2002年。

许纪霖主编:《公共空间中的知识分子》,江苏人民出版社,2007年。

徐茂明:《江南士绅与江南社会(1368—1911年)》,商务印书馆,2004年。

徐勇:《国家化、农民性与乡村整合》,江苏人民出版社,2019年。

徐祖澜:《绅权与国家权力关系研究——从明清到民初》,社会科学文献出版社,2017年。

杨国强:《衰世与西法——晚清中国的旧邦新命和社会脱榫》,中华书局,2014年。

杨国强:《脉延的人文——历史中的问题与意义》,北京师范大学出版社,2018年。

杨念群主编:《空间·记忆·社会转型——"新社会史"研究论文精选集》,上海人民出版社,2001年。

杨念群:《"感觉主义"的谱系:新史学十年的反思之旅》,北京大学出版社,2012年。

杨念群:《中层理论:东西方思想会通下的中国史研究》(增订本),北京师范大学出版社,2016年。

杨义:《杨义文存》,人民出版社,1998年。

叶中强:《上海社会与文人生活(1843—1945)》,上海辞书出版社,

2010年。

应星:《农户、集体与国家:国家与农民关系的六十年变迁》,中国社会科学出版社,2014年。

于建嵘:《岳村政治——转型期中国乡村政治结构的变迁》,商务印书馆,2001年。

余英时:《士与中国文化》,上海人民出版社,1987年。

张炼红:《历炼精魂:新中国戏曲改造考论》(增订本),上海书店出版社,2019年。

张鸣:《乡村社会权力和文化结构的变迁(1903—1953)》,广西人民出版社,2001年。

张鸣:《直截了当的独白》,生活·读书·新知三联书店,2003年。

张静:《基层政权——乡村制度诸问题》,浙江人民出版社,2000年。

赵秀玲:《中国乡里制度》,社会科学文献出版社,1998年。

赵园:《家人父子:由人伦探访明清之际士大夫的生活世界》,北京大学出版社,2015年。

赵园:《想象与叙述》,北京师范大学出版社,2015年。

周荣德:《中国社会的阶层与流动——一个社区中士绅身份的研究》,学林出版社,2000年。

周积明、宋德金主编:《中国社会史论》,湖北教育出版社,2000年。

周晓虹:《传统与变迁:江浙农民的社会心理及其近代以来的嬗变》,生活·读书·新知三联书店,1998年。

朱文华:《中国近代教育、文学的联动与互动》,复旦大学出版社,2019年。

左松涛:《近代中国的私塾与学堂之争》,生活·读书·新知三联书店,2017年。

三、中文译著

[英]安东尼·吉登斯:《民族-国家与暴力》,胡宗泽、赵力涛译,生活·读书·新知三联书店,1998年。

［英］安东尼·吉登斯:《现代性的后果》,田禾译,译林出版社,2000年。

［苏］巴赫金:《巴赫金全集》(第三卷),白春仁、晓河译,河北教育出版社,1998年。

［美］本尼迪克特·安德森:《想象的共同体——民族主义的起源与散布》,吴叡人译,上海人民出版社,2003年。

［加］卜正民:《为权力祈祷:佛教与晚明中国士绅社会的形成》,张华译,江苏人民出版社,2005年。

［美］杜赞奇:《文化、权力与国家——1900—1942年的华北农村》,王福明译,江苏人民出版社,2003年。

［美］段义孚:《空间与地方:经验的视角》,王志标译,中国人民大学出版社,2017年。

费孝通:《中国绅士》,惠海鸣译,中国社会科学出版社,2006年。

［美］费正清:《美国与中国》,张理京译,商务印书馆,1987年。

［日］沟口雄三:《作为方法的中国》,孙军悦译,生活·读书·新知三联书店,2011年。

［法］亨利·列斐伏尔:《空间的生产》,刘怀玉等译,商务印书馆,2021年。

［美］洪长泰:《到民间去——1918—1937年的中国知识分子与民间文学运动》,董晓萍译,上海文艺出版社,1993年。

科大卫:《皇帝和祖宗:华南的国家与宗族》,卜永坚译,江苏人民出版社,2009年。

［美］列文森:《儒教中国及其现代命运》,郑大华、任菁译,中国社会科学出版社,2000年。

［德］马克斯·韦伯:《儒教与道教》,洪天富译,江苏人民出版社,2003年。

［美］明恩溥:《中国乡村生活》,午晴、唐军译,时事出版社,1998年。

［英］沈艾娣:《梦醒子:一位华北乡居者的人生(1857—1942)》,赵妍

杰译,北京大学出版社,2013年。

[美]爱德华·W.苏贾:《后现代地理学:重申批判社会理论中的空间》,王文斌译,商务印书馆,2004年。

萧公权:《中国乡村——论19世纪的帝国控制》,张皓、张升译,九州出版社,2018年。

[法]谢和耐:《中国社会史》,耿昇译,江苏人民出版社,1995年。

杨懋春:《一个中国村庄:山东台头》,张雄等译,江苏人民出版社,2001年。

[美]伊恩·P.瓦特:《小说的兴起》,高原、董红钧译,生活·读书·新知三联书店,1992年。

张仲礼:《中国绅士:关于其在19世纪中国社会中作用的研究》,李荣昌译,上海社会科学院出版社,1991年。

四、部分论文

陈思和:《民间的浮沉——对抗战到文革文学史的一个尝试性解释》,《上海文学》1994年第1期。

傅衣凌:《中国传统社会:多元的结构》,《中国社会经济史研究》1988年第3期。

旷新年:《民族国家想象与中国现代文学》,《文学评论》2003年第1期。

雷达:《废墟上的精魂——〈白鹿原〉论》,《文学评论》1993年第6期。

罗维斯:《"绅"的嬗变——〈动摇〉的一种解读》,《文学评论》2014年第2期。

罗志田:《近代中国社会权势的转移:知识分子的边缘化与边缘知识分子的兴起》,《开放时代》1999年第4期。

罗志田:《地方的近世史:"郡县空虚"时代的礼下庶人与乡里社会》,《近代史研究》2015年第5期。

沈延生:《村政的兴衰与重建》,《战略与管理》1998年第6期。

王富仁:《鲁迅与革命——丸山昇〈鲁迅·革命·历史〉读后(上)》,《鲁迅研究月刊》2007年第2期。

王朔柏、陈意新:《从血缘群到公民化:共和国时代安徽农村宗族变迁研究》,《中国社会科学》2004年第1期。

后　　记

在本书最后定稿的阶段,为了陪伴母亲,我又回到了老家。在熟悉的山水间继续修改书稿,本书想探究的问题也渐渐清晰。

模糊记得还是在小学时代,有一天放学后回到村口看着小山村,隐隐感觉课本里的世界与自己生活的村庄是两个世界。多年以后,看到陈忠实回忆在 20 世纪 80 年代中期忽然发觉对自己生活的村庄社会的陌生,并以此作为酝酿长篇小说创作的起点,更触动了我长久的思索。陈忠实感叹的是,原来自己并不了解祖辈们的生活。如果说,在陈忠实和其祖辈生活之间因为横亘着 1949 年,由此存在历史的部分断裂;而在我,则是无法把课本讲述的社会历史图景与我所在的村庄和集镇的人们及他们的生活联系起来。这种陌生或断裂感,其后容易与故乡的分离相混合,而对故乡的回望又常常与对"乡土"和"传统"的几丝眷恋相联系。不过,对故乡的时时回首与对地方社会的关注,并不完全相同。正如陈忠实几乎一直生活在白鹿原上,并未远离故乡,却会在某一天惊觉社会记忆的断裂,最终他以长篇小说的形式重构了另一个"白鹿原"。本书并不企求通过文学阅读来弥合这种断裂,但是回望小书从选题到不断修改这漫长而拖拉的过程,对社会记忆断裂过程的探究,逐渐明确地牵引着我读书和思考的方向。

我的博士论文关注现代文学中的宗族书写。之所以不采用其时更通行的"家族叙事"概念,是因为隐隐感觉到,相比"家族"给人的印象主要是以血缘关系为基础,"宗族"是一个社会组织,或者说,基于宋以后国家与社会关系的一项建构。因此,对现代文学以来宗族书写嬗变的探究,便不能不置于国家与社会关系现代转型的历史语境中。由此,对家族叙事研究中诸如"家国同构"等常用表达的历史性多了一份反思,而关注到现代国家不断深入地方社会、改造宗族组织的趋势,宗族书写与这一历史进程有着内在联系。基于明清时期的制度设计,宗族又是与乡绅(士绅)紧密联系在一起的。关注宗族书写涉及的人物角色,除了"族长"形象引人瞩目之外,乡绅也不可忽视。于是,博士毕业之后在准备进一步拓展宗族书写研究的计划中,曾将乡绅人物列为一章。不料稍加探究,难以收手。在发表了几篇文章后,以此申请国家哲学社会科学基金项目,并于2015年获得立项。课题于2020年顺利结项,然而,在课题研究后期,问题意识已有所改变。简而言之,从把乡绅作为一类与宗族相关的人物形象开始,后来则以之为进入现代文学地方空间的引领。受国家与社会理论的启示,起初曾明确标举要借鉴社会史研究的视野和方法,不经意间似乎还赶上了本专业领域社会史研究兴起的潮流,也由此对若干作品做出了新的解读。然而,以社会史知识为辅助,从不同作品中辨析、确认一个个乡绅人物形象,然后进行分类或归纳,其研究价值是有限的。而在不同作品的阅读中,将乡绅人物身份置于其所在的社会空间中,他们立刻摆脱了各种常用的标签而鲜活起来;进而由此关注到现代文学背后地方社会空间的沉浮,忽然感觉到仿佛可以遥遥回应或解答我对故乡社会的那种陌生或断裂感。

  理论研究的推进有自身的逻辑,而人文学科研究问题意识的形成、研究方法的选择背后常常还牵连着研究者的生活和经历。因为从小在母亲的村庄里长大,给我的家族和故乡认同增加了复杂性;母亲村庄所属的豫西南边陲这个小镇,方音独特,民俗相通,既是一个市场圈,又是一个通婚圈,成为我在阅读沈从文的"边城"故事时不断联想的空间;在我儿时小镇依然保留的一段城墙和通向商州与西安的西城门,成为我对传统时代地方社会最直接的记忆。因为无书可读,小学时代就翻出了母亲的中学语文和政治课本,教材的时代差异可能让我较早地获得了某种历史感。其后,随着不断升学和工作,豫西南的山乡一隅渐渐成为故乡。直观可见的是,故乡与我工作所在的城市已分属两个世界。然而,七年前父亲病故了。在亲戚朋友还有乡邻帮助下,作为儿子执行着传承已久的葬仪,仿佛重新在本地秩序中找到了一个位置。送别父亲之后,故乡生活的一部分无可遮挡地展露在眼前。不再能远远躲避,还需要把一个家庭继续编入本地社会的网络之中。虽然只是蜻蜓点水式的参与,但对故乡社会已另有一种体认,并因此对父亲更多了一分理解。在小书定稿之际,已难以简单表达是献给父亲的作品,其间意味实在复杂。当然,事实上,父亲的古道热肠、仁义追求,时常为家族亲友事务奔走的身影,乃至父辈一代的音容笑貌,大约是我能想象基层和民间社会生活支撑者最直接的来源。

近年来,又多了一重"地方"体验。妻子是苏州人,于是在工作的上海之外,我也时常居住在苏州,打字之余也在热闹的横街、幽静的园林、小桥流水的平江路之间漫步。在地方的回望、回归或转换之间,一些感受和问题渐渐清晰。随着教材日趋一统,城市迅速扩张,科技日新月异,有为师者觉察对于年轻一代来说,故乡变得可有可无。然而,故乡是曾生活过的地方、曾置身其中的社会空间,回味对它的陌生或亲近,关注故乡社会本身的历史与变迁、传承与断裂,不仅仅是怀乡之思,也不是所谓关注底层,而是保持文本与现实的联系、不离日常生活、获得真实感受最自然的方式之一,从而拥有人文学科研究的切己之感。

现代教育带来了一个不同于村庄生活的世界;而如果没有教育,并不就能认识曾生活的村庄和地方。感谢我的导师和老师们的悉心指导,让我走上这条以文学阅读和研究来表达思考的道路。特别感谢李继凯教授拨冗为我这迟迟出版的第一本书赐序。李老师是我的硕导,当年接受了我这个跨专业到中文系读研的学生;而在硕士毕业、离开古都逾二十年间,依然能时时感受到老师激励的目光。感谢一路同行的同学、同门和伙伴。感谢我所在的上海社会科学院文学研究所,前辈老师悉心呵护,青年同事朝气蓬勃,使我不能过于懈怠;所在的中国现当代文学学科的王光东、贾艳艳等诸位老师于我亦师亦友,在学科建设、研究生教学和论文指导过程中时时交流,让我受教良多;特别是在本书修改过程中如张炼红老师拨冗通览初稿,悉心指出、纠正了诸多错漏,对框架结构的修改建议更让小书有所改观,即是这种师友关系的具体呈现。

本书根据2020年结项的国家社科基金项目"社会史视野下现代文学'士绅'阶层人物研究"的书稿修改而成。感谢国家社科基金匿名评委老师,他们对结项成果所给予的"优秀"等级肯定和指导性意见,既给我进一步修改的动力,也启示了修改的方向。本书从选题到展开有年,若干认识又有改变,此番成书虽尽力统一相关表述,仍不能做到完全一致。不过在对地方社会变迁的追索中,关注到新教育的深远影响,已引发新的问题和研究兴趣并获得国家课题立项,希望下一本书能写得更系统更完整些。感谢陈如江编审对本书稿的关注,能在三十年前推出老院长张仲礼先生《中国绅士:关于其在19世纪中国社会中作用的研究》一书中译本的上海社会科学院出版社出版之,既感有幸,也感到学术之流的默默流淌。同样感谢责任编辑邱爱园老师严谨且专业的编辑工作和为消除书中错讹所付出的大量辛劳。

在文本内外的重读中常常会发现,与乡绅阶层命运变迁相关的现代教育转型、城乡发展失衡乃至公共生活重建等社会问题,在当代依然有所延续且不能回避。如费孝通、潘光旦等学者其时对这些问题的一些思考,仿佛并未过时。这大约是基于中国社会的现代转型与重构本身就是一个需要较长时间的过程。另一方面,在城市化、网络化进程大大加速的当下,诸多问题又有新的变化。不同于费孝通等所关注的随着现代知识分子纷纷进城带来地方社会"水土流失"的问题,当下则出现了"空心村"现象。由于教育资源向县城的集中,村庄和乡镇正在失去他们的儿童。本书所关注的"地方社会"会如何发展,实在不能不继续牵动我接下来的阅读、观察和思索。

2023年5月于上海、西峡之间

图书在版编目(CIP)数据

地方的浮沉：现代乡绅叙事研究 / 袁红涛著.—上海：上海社会科学院出版社，2023
ISBN 978-7-5520-4181-1

Ⅰ．①地… Ⅱ．①袁… Ⅲ．①小说研究—中国—现代②小说研究—中国—当代 Ⅳ．①I207.42

中国国家版本馆 CIP 数据核字(2023)第 173866 号

地方的浮沉：现代乡绅叙事研究

著　　者：袁红涛
责任编辑：邱爱园
封面设计：周清华
出版发行：上海社会科学院出版社
　　　　　上海顺昌路 622 号　邮编 200025
　　　　　电话总机 021-63315947　销售热线 021-53063735
　　　　　http://www.sassp.cn　E-mail：sassp@sassp.cn
照　　排：南京理工出版信息技术有限公司
印　　刷：上海新文印刷厂有限公司
开　　本：710 毫米×1010 毫米　1/16
印　　张：18
插　　页：1
字　　数：256 千
版　　次：2023 年 9 月第 1 版　2023 年 9 月第 1 次印刷

ISBN 978-7-5520-4181-1/I·509　　　　　　　　定价：78.00 元

版权所有　翻印必究